MARVEL

MITOS

Y LEYENDAS

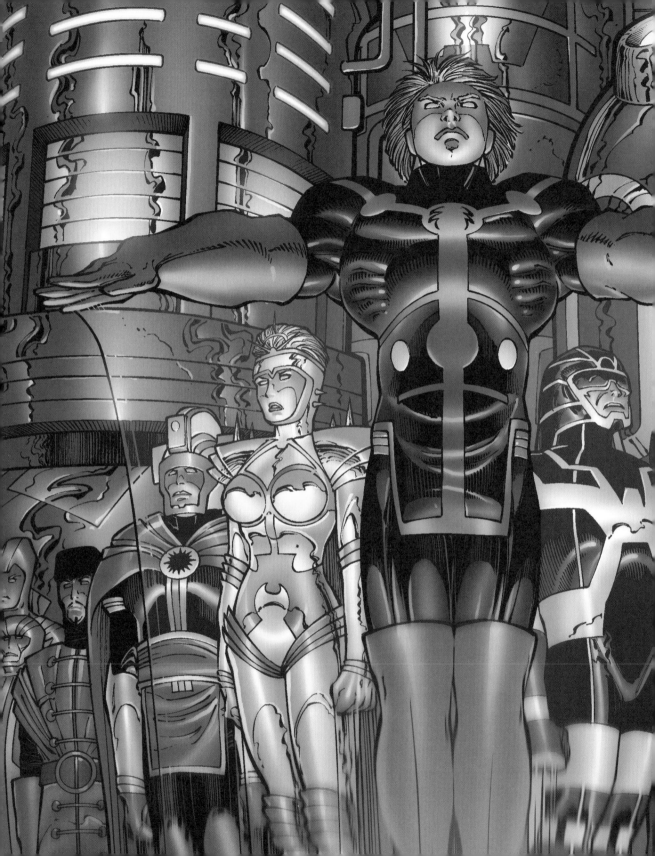

MARVEL

MITOS

Y LEYENDAS

JAMES HILL

CONTENIDO

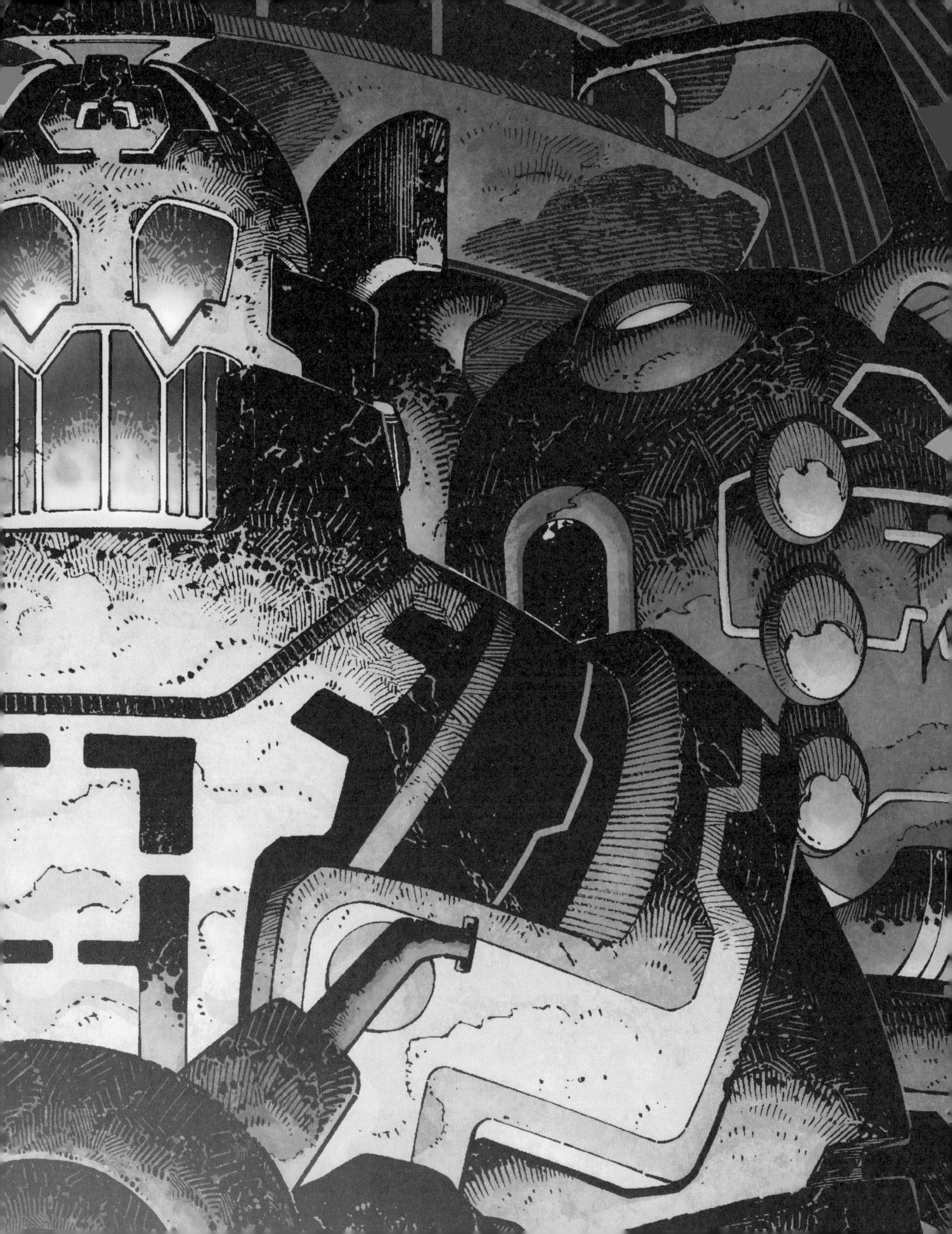

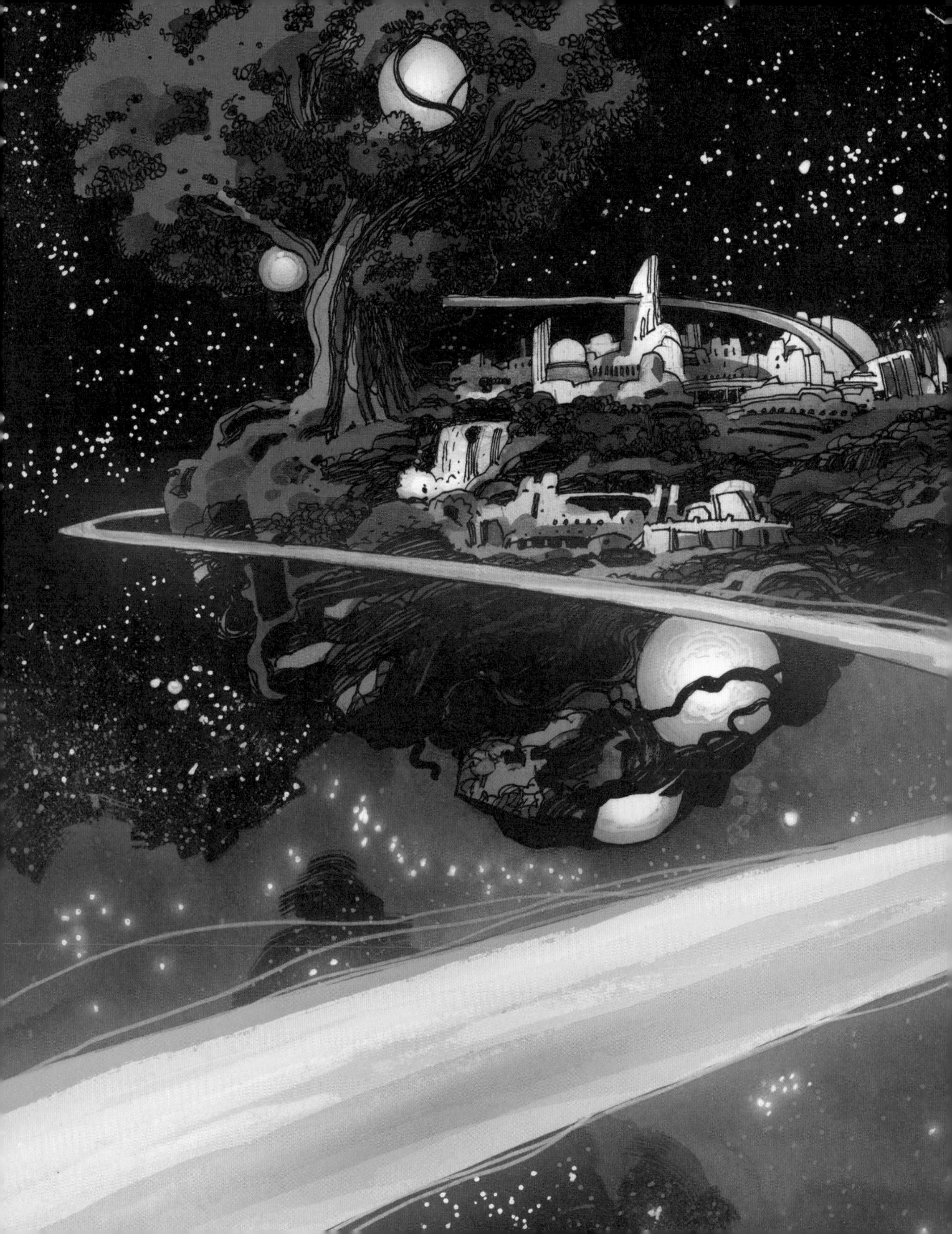

INTRODUCCIÓN

Todos los mitos hablan de seres fantásticos que habitan tierras legendarias pobladas por seres divinos. Los mitos se adoptan, se vuelven a contar y se renuevan. Son historias de los orígenes que configuran el modo como las personas se entienden a sí mismas y el mundo y cuyo eco resuena durante milenios.

Mitos y leyendas de Marvel desvela los misterios del Universo Marvel, rememorando las antiguas sagas y los eventos legendarios que dieron lugar a los Súper Héroes modernos. Este libro es una crónica de las hazañas de diversos dioses y magos de otras dimensiones. Estas historias épicas, protagonizadas por héroes como Thor, el Doctor Extraño, Pantera Negra y los Vengadores, se entretejen en un tapiz que abarca toda la historia del Universo Marvel. Estos relatos revelan una historia que ha avanzado a lo largo de miles de años y casi siempre en secreto, desde el nacimiento de Gea, la Madre Tierra, hasta el despertar de los Celestiales Oscuros en el presente. *Mitos y leyendas de Marvel* explora la tradición mítica y los turbulentos eventos ya olvidados que sustentan uno de los universos ficticios más apreciados en la actualidad.

La «Marvel Age of Comics» comenzó con la publicación de *Fantastic Four* #1 en 1961, y ya desde el principio fue evidente que había algo distinto en esta nueva línea de cómics. Los pioneros Stan Lee, Jack Kirby y Steve Ditko nunca fueron condescendientes con sus lectores y siempre confiaron en que estos apreciarían su sofisticado estilo narrativo. Aunque la línea fue creciendo, los personajes nuevos habitaban en el mismo universo, algo que resultó crucial: Spiderman conoció a los 4 Fantásticos, que se enfrentaron a Hulk, que, a su vez, luchó contra Thor.

Los primeros guionistas y artistas de Marvel sentaron los cimientos de una mitología moderna. Por supuesto, los cómics no se crearon en el vacío, y Lee y sus compañeros creativos se inspiraron en parte en el rico legado de los mitos y leyendas clásicos. Quizá el ejemplo más claro de ello sea la reformulación de Thor como Súper Héroe. Sin embargo, lo que había comenzado como una sencilla idea se convirtió enseguida en algo mucho mayor. El cómic *Thor*, alimentado por el interés de Lee y Kirby por las Eddas nórdicas, se amplió hasta acoger a todo el panteón asgardiano. Muy pronto se sumaron al elenco otros dioses antiguos, como los olímpicos, así como las doctrinas místicas de Asia oriental, que enriquecieron la cosmología del Doctor Extraño. No obstante, el equipo de Marvel no se limitó a usar el pasado, sino que desarrolló y remodeló el material clásico hasta convertirlo en algo realmente original.

En la década de 1970, Kirby añadió otra viga a la estructura mítica del Universo Marvel. En un eco de la entonces popular teoría de que los alienígenas habían visitado la Tierra en la antigüedad, creó a los Celestiales y a sus descendientes modificados genéticamente: los angelicales eternos y los malvados desviantes. Roy Thomas, Mark Gruenwald y Neil Gaiman integraron estos conceptos en el Universo Marvel. Thomas, que había sido profesor de historia, entretejió múltiples referencias clásicas en el canon de Marvel. Entre sus abundantes aportaciones, insertó más profundamente la historia del Caballero Negro en la leyenda artúrica y, en un homenaje a la utopía de Shangri-La, concibió la ciudad celestial de K'un-Lun como el hogar de Puño de Hierro.

Guionistas de Marvel más recientes han seguido una senda similar; así, Ta-Nehisi Coates ha referenciado deidades africanas en su exploración del Wakanda de Pantera Negra, mientras que Jason Aaron ha imaginado un equipo de Vengadores de la Edad de Piedra. Al igual que las leyendas antiguas evolucionaron con el tiempo, la mitología de Marvel ha experimentado una renovación en el Universo Cinematográfico de Marvel, con éxitos de taquilla como *Thor*, *Black Panther*, *Doctor Strange* o *Eternos* que han reformulado los mitos para un público más amplio.

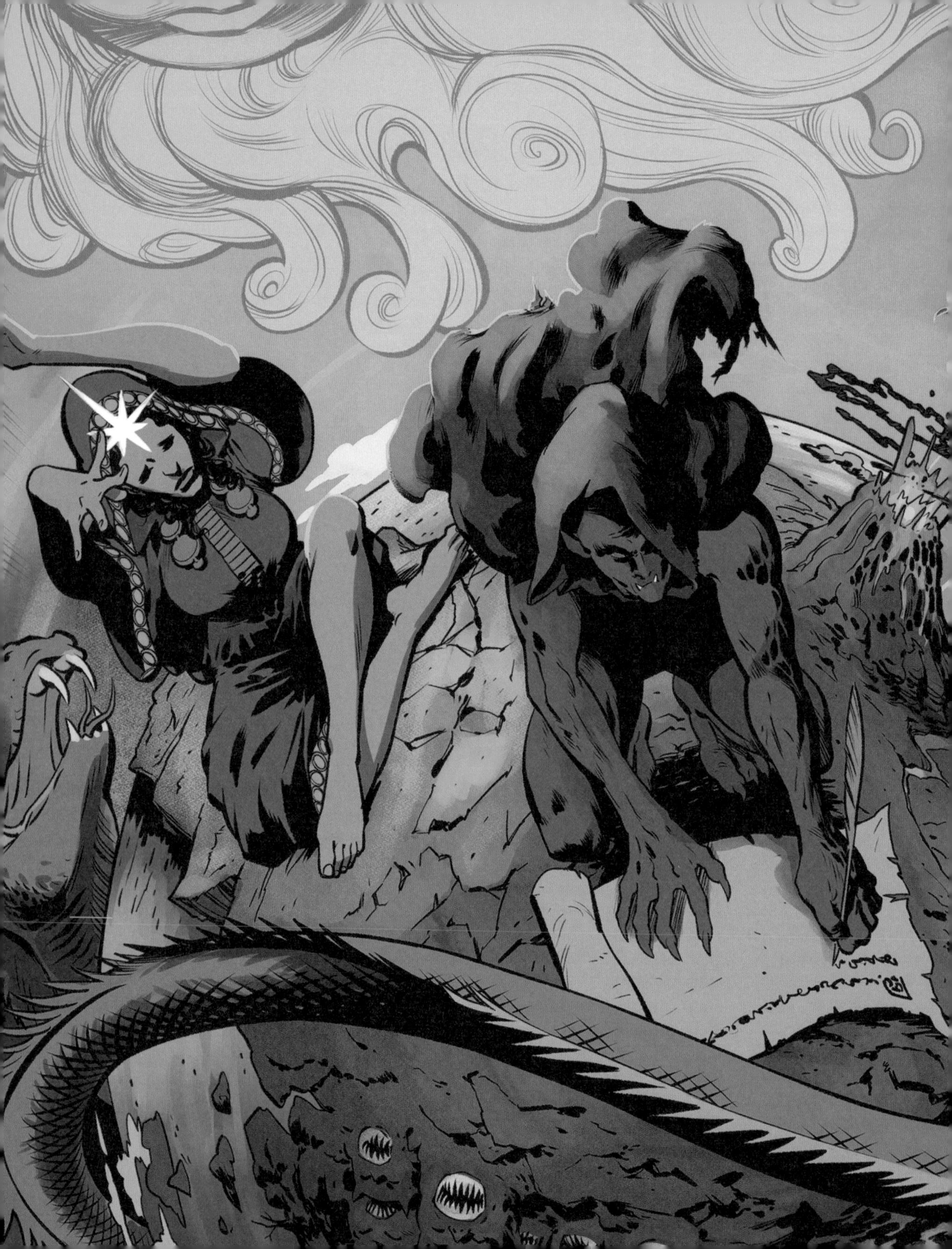

PRIMEROS MITOS

Desde el principio, la Tierra fue terreno abonado para seres con poderes enormes y apetitos y deseos igualmente colosales. Antiguos dioses, demonios degenerados y héroes poderosos proliferaron gracias a la biosfera única de la Tierra, imbuida de energías cósmicas y de la esencia de un Celestial fallecido. Primero fue Gea, la Madre Tierra que nutrió a las formas de vida emergentes del planeta. Luego vino Atum, que aniquiló a los demonios. Finalmente, Odín y los Vengadores prehistóricos surgieron como la primera coalición de individuos con superpoderes del mundo.

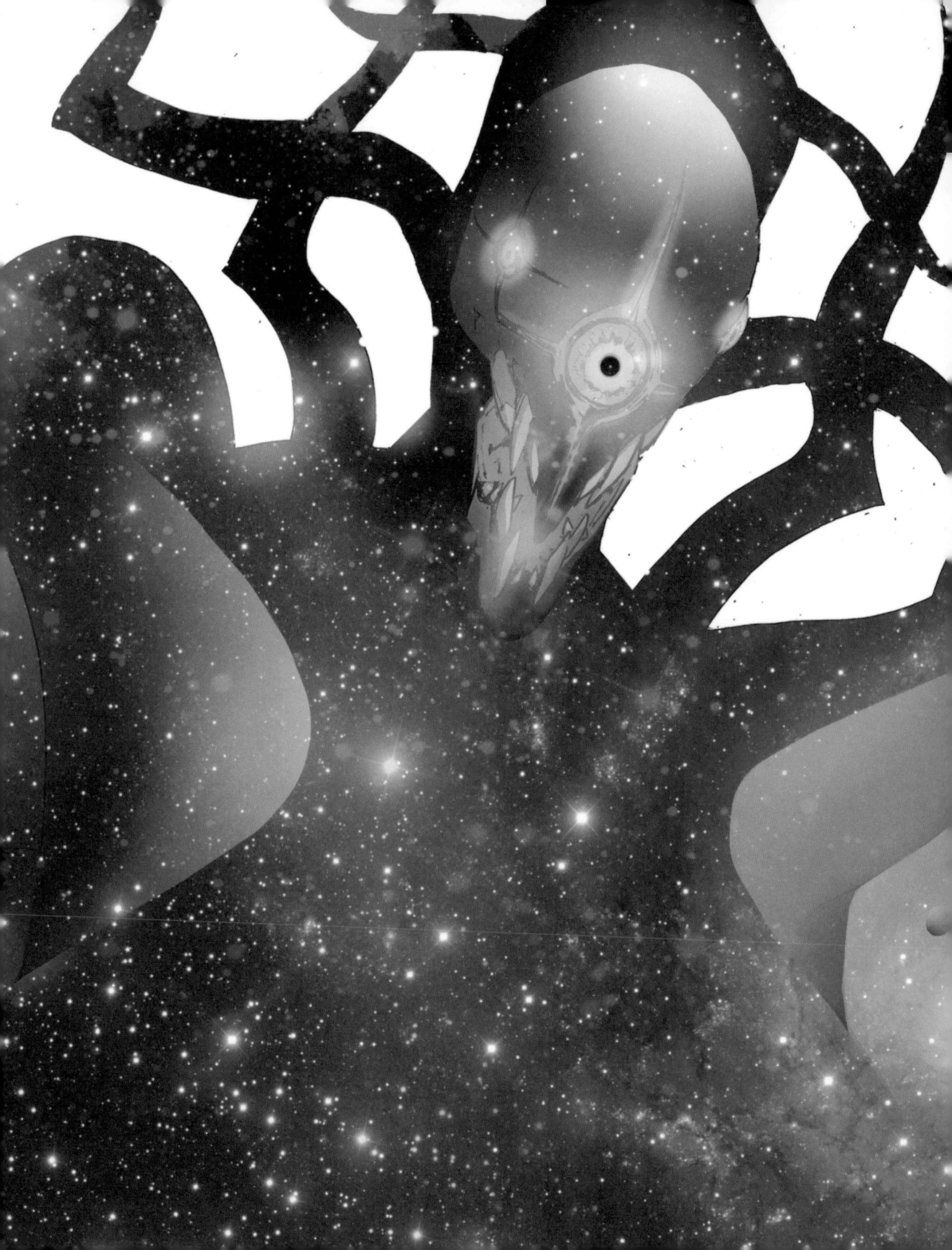

Dolores de parto

En un tiempo anterior al tiempo, el Primer Firmamento creó a los Celestiales y desencadenó una serie de eventos que sacudieron los cimientos del cosmos e hicieron de la Tierra un lugar único en el universo.

El Primer Firmamento fue el primer universo de la historia. Era consciente de sí mismo y sabía todo lo que había que saber acerca de la naturaleza de su propia realidad. Sobre todo, sabía que estaba solo y, para aliviar su soledad, creó descendencia: entidades cósmicas concebidas para entretener y cautivar. Algunos de estos seres, llamados los Aspirantes, adoraban incondicionalmente al Primer Firmamento y rezaban para que permaneciera inmutable para siempre. Otros, los Celestiales, sentían el impulso incontrolable de saber cada vez más sobre su propia naturaleza, de crecer, de evolucionar y de transformar el universo a medida que ellos mismos cambiaban.

El conflicto entre ambas facciones fue inevitable. Los Celestiales atacaron a los Aspirantes y la guerra arrasó el Primer Firmamento. La pugna se prolongó durante eones y alcanzó tal escala que el Primer Firmamento estalló en infinitos fragmentos cuando los bandos enfrentados hicieron detonar sus armas definitivas. Los restos dispersos de los Celestiales y de los Aspirantes se convirtieron en distintos universos que formaron un nuevo Multiverso, la siguiente iteración de la realidad, el Segundo Cosmos. Los Celestiales, que ya no eran cautivos del Primer Firmamento, exploraron ese cosmos virgen como gigantescos dioses espaciales: visitaron planeta tras planeta

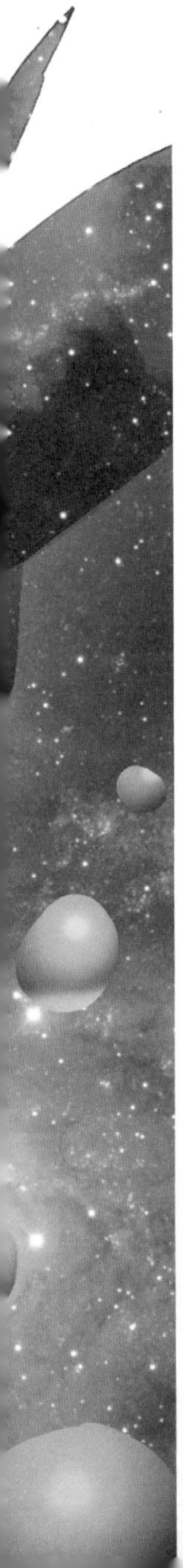

En el comienzo...
El universo sintiente del Primer Firmamento creó vida para remediar la profunda soledad que lo embargaba. Pero sus hijos entraron en conflicto y destrozaron el tejido de la realidad.
The Ultimates 2 #6 (jun. 2017)

y experimentaron con todas las especies indígenas con que se encontraron.

Miles de millones de años después, el planeta Tierra surgió de un torbellino de escombros espaciales y de gases turbios en torno a una estrella amarilla que en el futuro recibiría el nombre de Sol. Cuando el planeta aún era joven, fue visitado por el Celestial conocido como Progenitor. El dios espacial estaba agonizante y, aunque su llegada fue fruto del azar, una mera casualidad cósmica, tendría un impacto profundo sobre el destino de la Tierra y de sus habitantes. El Progenitor había sido infectado por la Horda, un enjambre de langostas cósmicas, en algún punto del vasto espacio y, consumido desde dentro por esos parásitos monstruosos, cayó sobre la Tierra, angustiado y enajenado. A medida que la fuerza vital del Celestial se desvanecía, su sangre y su carne putrefacta se fueron infiltrando en la materia del planeta. Esto cambió para siempre a la Tierra y la hizo única en el universo: ahora era un campo abonado para seres y eventos superhumanos. La esencia del Progenitor se unió a un caldo primordial que dio lugar a innumerables mitos y leyendas y, al final, a la era moderna de los Súper Héroes.

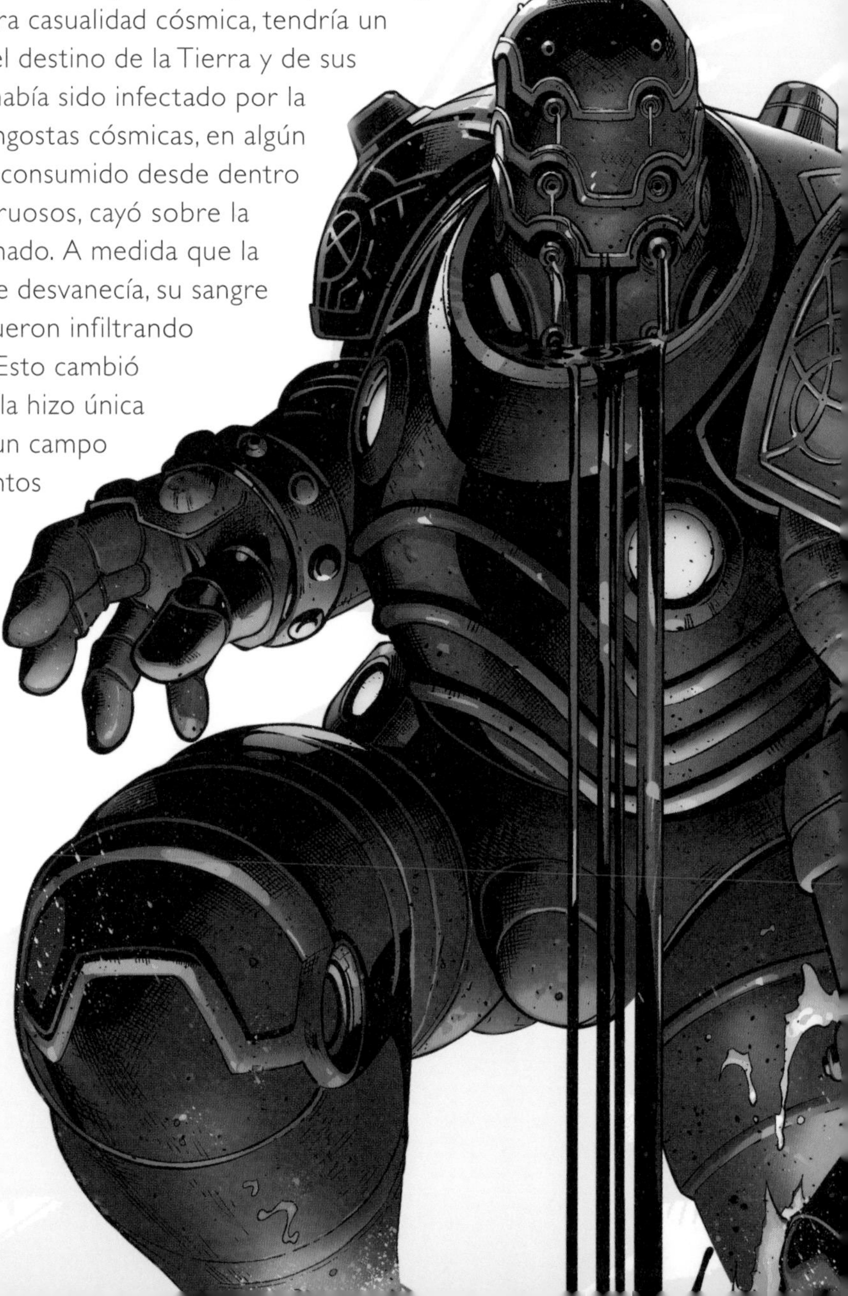

Últimos estertores
El Progenitor, un Celestial infectado por langostas cósmicas, cayó sobre la Tierra y exhaló su último suspiro. Su sangre y sus huesos infundieron a la rica biosfera del planeta el potencial de desarrollar superhumanos.
Avengers #5 (sep. 2018)

Semillas de vida y muerte

Los Dioses Antiguos, nacidos de la esencia del planeta, fueron los primeros seres vivos de la Tierra, seres primitivos cuyas pasiones y rivalidades prendieron los cielos.

Mientras el cuerpo putrefacto del Progenitor alteraba la composición de la Tierra, el cielo experimentaba una transformación similar. A medida que el planeta se iba enfriando y adoptaba su forma final, el cielo que lo rodeaba restallaba de energía y de potencial para la vida. La energía explotó, adquirió conciencia y se convirtió en el Demiurgo, la conciencia viva de la biosfera de la Tierra. En un estallido de creatividad, el Demiurgo roció la Tierra con chispas de su propia fuerza vital que energizaron el lodo primigenio y dieron lugar a las primeras formas de vida terrestres: los Dioses Antiguos. Se trataba de entidades etéreas, a la vez conceptos abstractos y seres corpóreos, y abundaban en número.

Algunos de los Dioses Antiguos eran benévolos y generosos; otros, egoístas y hostiles. Gea, la Madre Tierra, se centró en proteger la vida orgánica que empezaba a evolucionar en los océanos terrestres, mientras que el siniestro Chthon quería pervertir la naturaleza con magia negra. El dios serpiente Set aspiraba a dominar el mundo, al contrario que Oshtur, que promovía la armonía y la justicia universal. Con el tiempo, Set descubrió que podía aumentar su propio poder si absorbía la energía vital de sus rivales, y así fue como la muerte entró en el mundo. Set devoró a muchos de sus enemigos y, de este modo, se convirtió en el primer asesino de la Tierra.

Muchos Dioses Antiguos siguieron el atroz ejemplo de Set y se convirtieron en demonios ladrones de vidas que luchaban para aumentar su poder y lograr la supremacía. Gea fue de los pocos que se resistieron a esta violencia, a la que reconoció como el mal. Temía que los demonios enfrentados acabaran con la vida en la Tierra y meditó sobre cuál podría ser la mejor forma de salvar el mundo que tanto amaba. Su anhelo conjuró al Demiurgo y, juntos, concibieron un hijo que se convertiría en una nueva y potente fuerza para el bien.

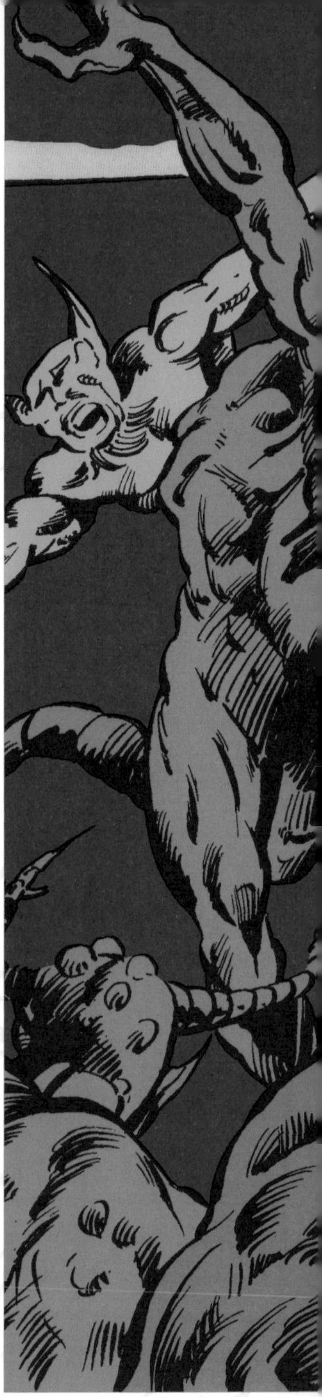

Poco después de yacer con el Demiurgo, Gea se retiró a las profundidades de la Tierra, que se estaban enfriando, para dar a luz. El dorado Atum, reluciente con el poder de mil soles, emergió de su madre y fue el primer dios de verdad de la Tierra, el primero de muchos que protegerían el planeta y sus formas de vida. Atum destruyó a los demonios, aunque a costa de un elevado precio personal: a medida que los derrotaba, iba absorbiendo las formas demoníacas de sus enemigos, y acabó convirtiéndose en el Demogorgo, el devorador de dioses.

«Mi propósito es destruir vuestras formas degeneradas.» El Demogorgo

Cuando hubo terminado su misión, el Demogorgo liberó las energías que había absorbido y sembró el cielo con material divino. Ahora que volvía a ser Atum, el protector de la Tierra, voló en dirección al sol y entró en un letargo que llegaría a prolongarse durante milenios.

Los actos de Atum transformaron la Tierra para siempre. Cuando la humanidad dio sus primeros pasos, su conciencia embrionaria conectó con la materia divina que Atum había dejado atrás y concibió múltiples panteones. Así nacieron los dioses asgardianos, los orishas y muchos otros, sustentados por la fe de la primera humanidad. La voluntad humana dio forma a los dioses terrestres surgidos de la energía de Atum.

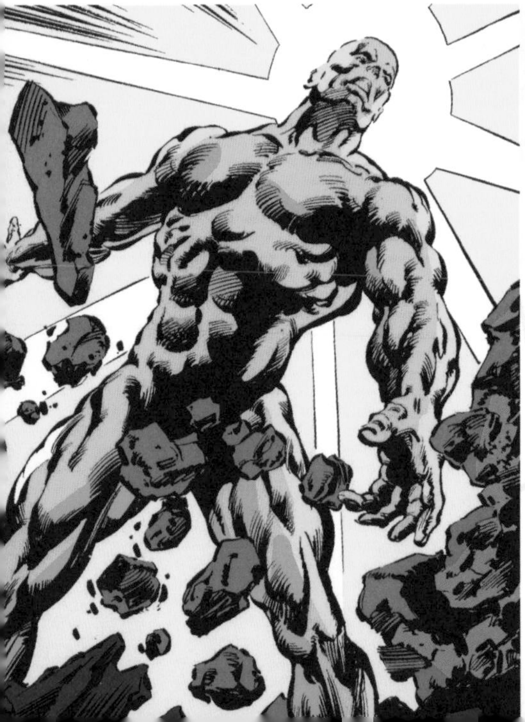

Chico de oro
Atum, fruto de la unión entre la Madre Tierra Gea y el Demiurgo, poseía la energía de mil soles. En tanto que el primer dios verdadero de la Tierra, su leyenda siguió brillando durante eones.
Thor Annual #10 (oct. 1982)

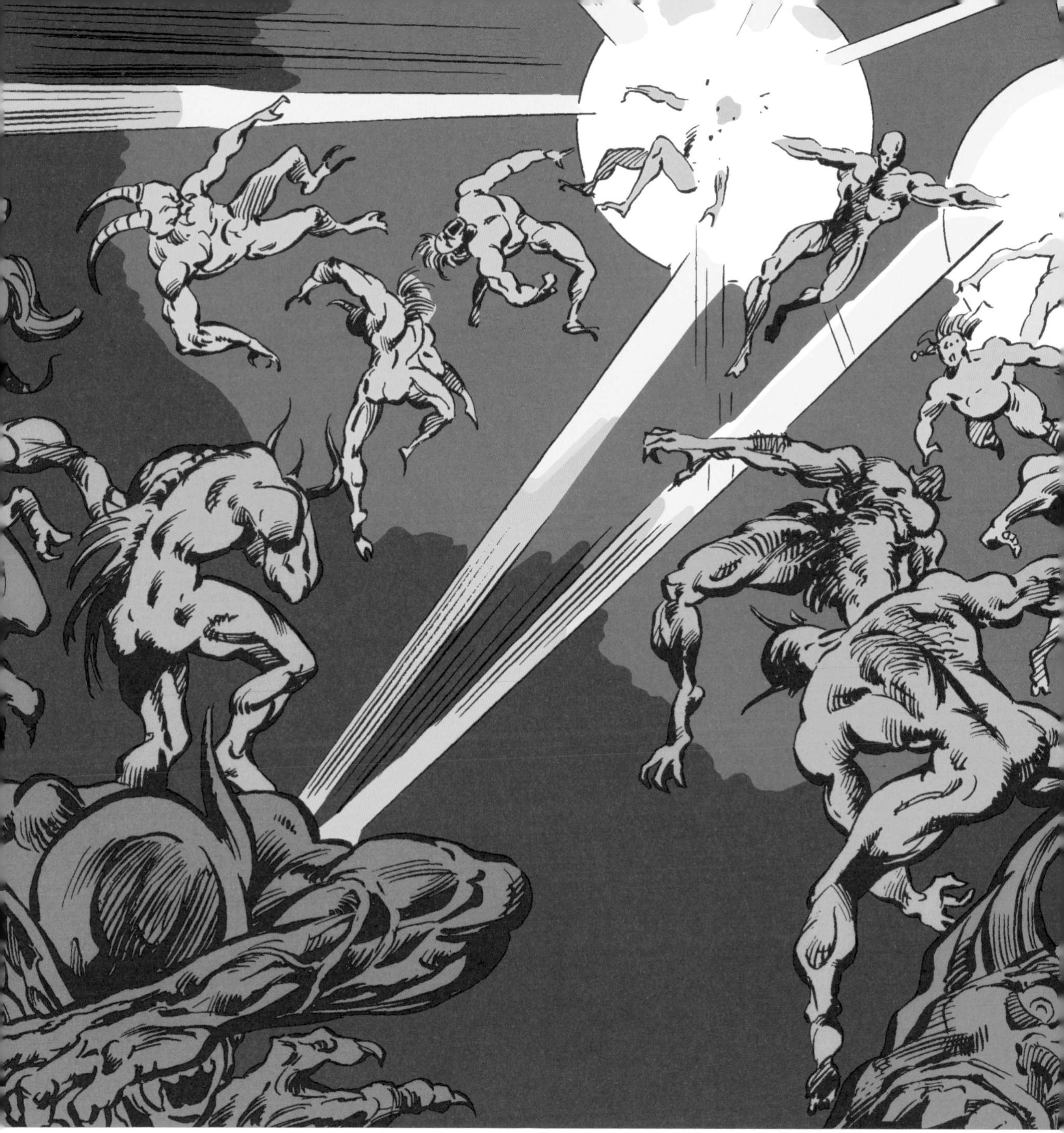

Devastación demoníaca

A medida que Atum acababa con la primera generación de demonios de la Tierra, absorbía sus poderes, y así se transformó en el Demogorgo.
Thor Annual #10 (oct. 1982)

Primeros campeones

En el pasado lejano, varios individuos heroicos se unieron para proteger a la humanidad incipiente. El eco de su llamada a las armas resonó a través de las eras.

Hace un millón de años, un segundo Celestial arribó a la Tierra. Zgreb había venido en busca del Progenitor, pero, igual que su camarada caído, fue infectado por la Horda, que había permanecido en letargo bajo la superficie del planeta hasta que el aterrizaje de Zgreb la alertó de su presencia. Los parásitos infectaron el cuerpo del Celestial, que enloqueció. Entonces Zgreb empezó a destrozar el planeta, en un vano intento de hallar a su compañero perdido. Los antepasados primitivos de la humanidad lo contemplaban incapaces de comprender y ajenos a que se enfrentaban a la extinción sin ni siquiera haber tenido la oportunidad de dejar su impronta en el universo. Pero hubo otros testigos que reconocieron la importancia de lo que sucedía y que no estaban dispuestos a morir sin luchar.

Un grupo de poderosos seres observaba la destrucción que el enajenado Zgreb dejaba a su paso. Reunido por Odín Borson, el recién nombrado rey del panteón de Asgard, el equipo era una variopinta colección de dioses, monstruos y trogloditas que habían sido bendecidos (o malditos, según se mire) con el poder de las estrellas. Se habían autodenominado Vengadores y ya habían salvado a la Tierra en más ocasiones de las que Odín podía contar.

> «Todos presentes... y reunidos.» El Pantera Negra prehistórico

Agamotto, hijo de Oshtur y el primer Hechicero Supremo de la Tierra, era la serena voz de la razón del grupo. El primer Pantera Negra aportó al equipo su instinto y sigilo animales, mientras que el enorme Starbrand era la encarnación de la fuerza pura. Puño de Hierro era un artista marcial originario del reino místico de K'un-Lun, y el Fénix fue el primer recipiente humano que contuvo el inimaginable poder de la Fuerza Fénix cósmica. Para terminar,

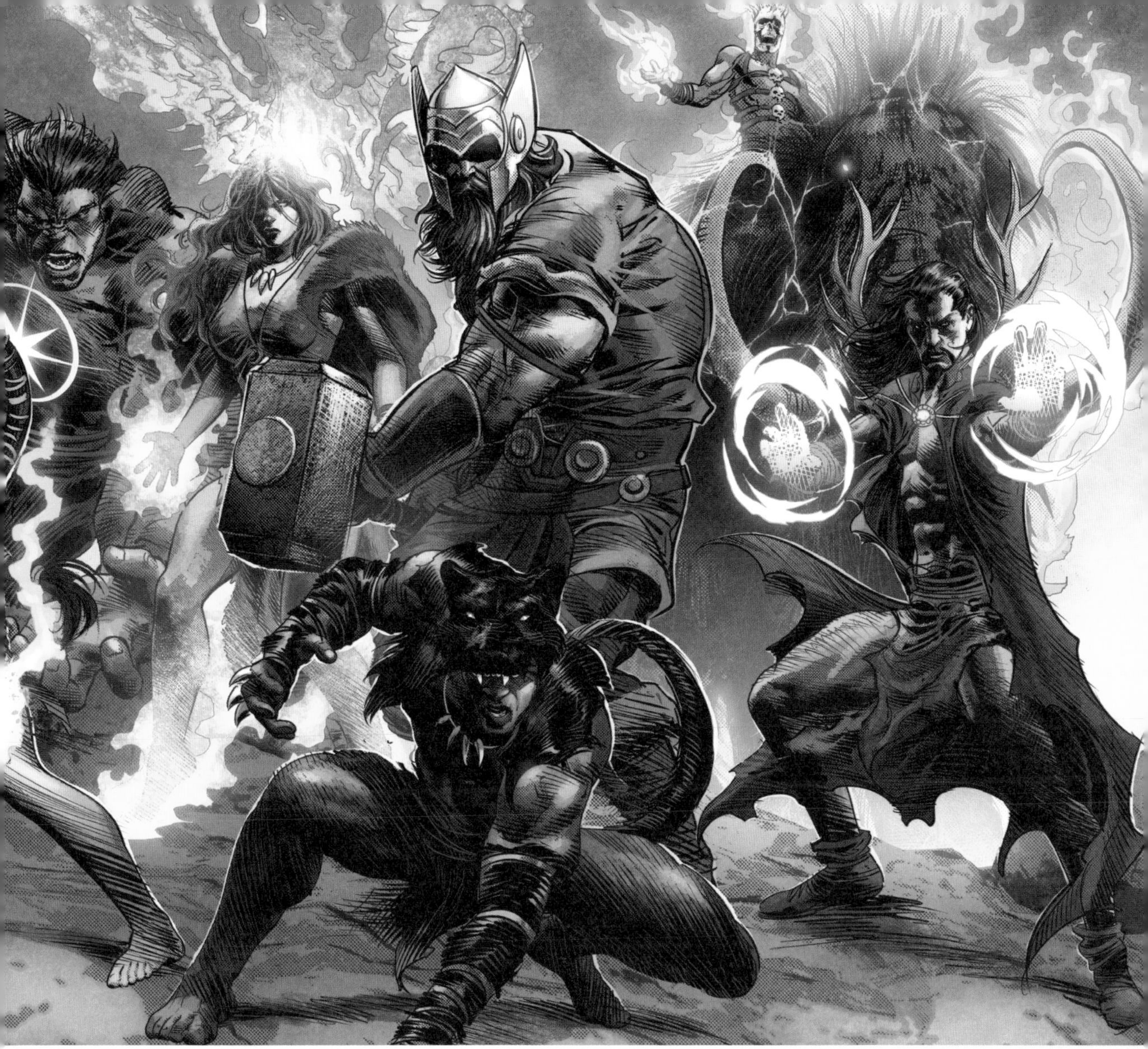

estaba el Motorista Fantasma, que había obtenido habilidades infernales pero había perdido su alma en un pacto con un demonio, y que ahora se lanzaba a la batalla a lomos de un flamígero mamut. En palabras de Odín, constituían «un grupo dispar», pero también la única esperanza de la Tierra. Odín sugirió que empalaran el cuerpo de Zgreb en la luna, como advertencia para todo el que quisiera amenazar a la humanidad en el futuro, y dirigió al equipo contra el Celestial enajenado. Zgreb se defendió, pero fue derribado por un golpe de Mjolnir,

Poder primigenio
Odín Borson reunió a los Vengadores prehistóricos –Puño de Hierro, Starbrand, Fénix, Pantera Negra, Motorista Fantasma y Agamotto– para proteger y defender el planeta Tierra en la antigüedad. *Marvel Legacy* #1 (nov. 2017)

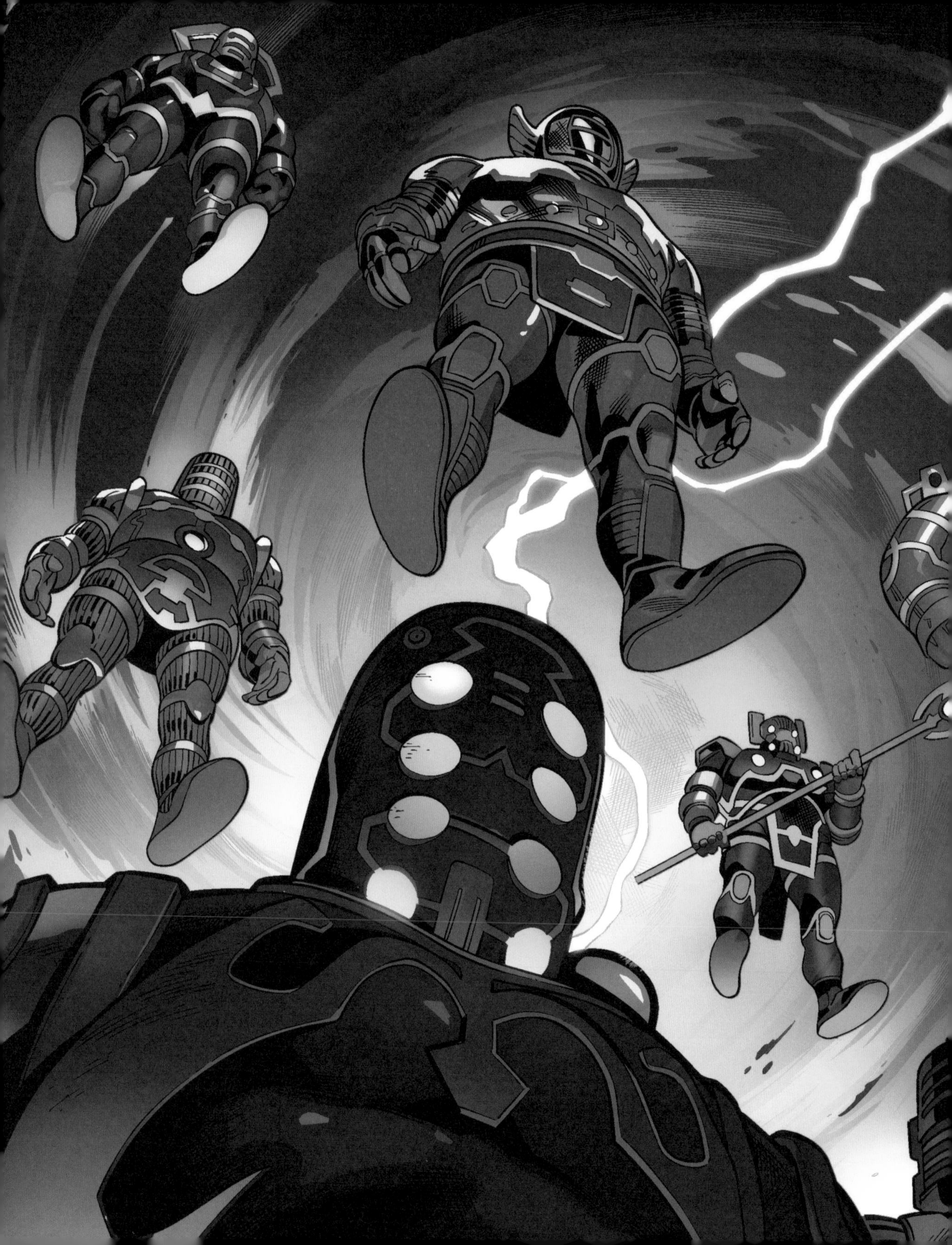

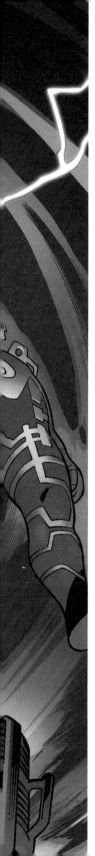

el recién forjado martillo místico de Odín y que, hasta ahora, había resultado inmanejable. Los Vengadores, ansiosos por celebrar la victoria, enterraron el cadáver del Celestial en las entrañas de la Tierra. Esperaban que fuera el último de su especie que vieran.

Pero su esperanza fue vana. Al poco llegó la Primera Hueste, diez Celestiales que descendieron del cielo para plantar sus colosales pies sobre la Tierra. Odín, que temía que los dioses espaciales quisieran vengar la muerte de Zgreb, volvió a convocar a los héroes más poderosos de la Tierra. La víspera de la batalla, el asgardiano alzó una copa para brindar con sus compañeros de armas: «¡Brindemos por el desenlace! ¡Y por una buena muerte para todos!», exclamó. Los Vengadores se enfrentaron a los colosales enemigos y lucharon con el fuego y la furia que les infundía la justicia de su causa.

Al final, todo fue en vano, y los Celestiales se deshicieron de los héroes como si no fueran más que insectos molestos. La Primera Hueste no había llegado para satisfacer una venganza personal, sino en aras de una misión más importante, y las maquinaciones de los dioses y diosecillos eran para ellos minucias sin importancia. Cuando Odín se arrodilló ante los Celestiales, comprendió lo insignificante que era su poder en comparación con el de los dioses espaciales.

«Lucharé hasta el último ocaso.» Odín

Con todo, el ejemplo de Odín y del resto de los campeones perduró durante eones. A pesar de tenerlo todo en contra, se habían unido para defender la Tierra y, aunque pasarían siglos antes de que se conocieran los detalles de su existencia, muchos otros equipos heroicos siguieron su estela. El legado de los Vengadores prehistóricos perduró y su mito se vio reflejado en la era moderna, cuando otros individuos con superpoderes dejaron a un lado sus diferencias para formar un nuevo equipo de Vengadores.

Visita celestial
La Primera Hueste de Celestiales llegó a la Tierra hace un millón de años. Su visita fue el origen de innumerables mitos y leyendas y transformó para siempre el destino del planeta.
Avengers #3 (ago. 2018)

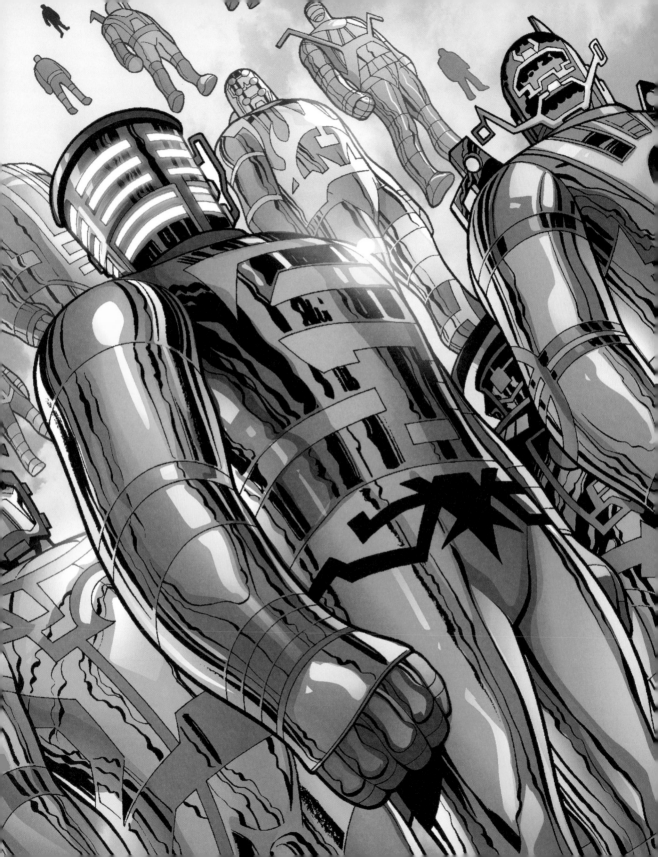

DIOSES ESPACIALES

Viajeros espaciales, los Celestiales visitaron la Tierra en la antigüedad; experimentaron con protohumanos y produjeron dos nuevas especies: los eternos, semejantes a dioses, y los monstruosos desviantes. Los eternos construían y los desviantes destruían. Los encuentros de la humanidad con estos seres tan poderosos dieron lugar a muchos mitos e historias legendarias. En la era moderna, los Celestiales volvieron con el fin de evaluar y juzgar el éxito de su experimento. Un eterno de tercera generación, Ikaris, reunió a los eternos, entre ellos la feroz Thena y el veloz Makkari, para defender a la humanidad.

La llegada de los Celestiales

Los Celestiales vinieron del espacio y marcaron el destino de la Tierra. Crearon dos especies derivadas de la humanidad, una a imagen de los dioses y otra a imagen de los demonios.

La Primera Hueste de Celestiales llegó poco después de la muerte de Zgreb. Se desconoce si los dioses espaciales sabían que uno de los suyos acababa de perecer en la Tierra o que el ADN cósmico del Progenitor había enriquecido la biosfera del planeta. Lo que sí se sabe es que la Tierra los atrajo por su potencial para la vida superhumana. Los Celestiales se habían impuesto la misión de acelerar la evolución y la Tierra les ofrecía una oportunidad única para experimentar, como habían hecho en innumerables mundos a lo largo de innumerables milenios.

La Primera Hueste desembarcó de una nave espacial tan grande que ocultó el sol y empezó a recorrer las fértiles llanuras africanas. Estaba compuesta por diez Celestiales gigantescos, cada uno con una función específica. Gammenon el Recolector, que debía recoger protohumanos con los que experimentar, se hizo con unos cuantos antropoides y se los llevó consigo a la nave nodriza, que los aguardaba. Allí, los especímenes fueron introducidos en «incubatubos» para que se mantuvieran sumisos, y entonces Ziran el Probador se puso manos a la obra. Ziran deseaba estudiar la adaptabilidad genética de los sujetos de estudio y alteró su ADN para crear a los deformes desviantes, una derivación evolutiva de la humanidad marcada por un genoma inestable. Una vez puestos

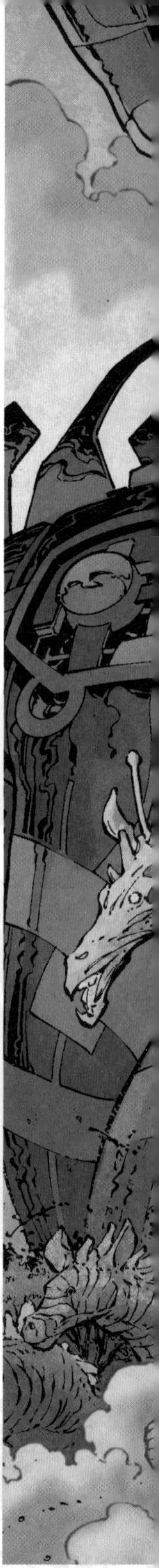

Aterrados
Los extraterrestres Celestiales aterrizaron en la antigua África y provocaron estampidas de animales salvajes en su imparable búsqueda de protohumanos con los que experimentar.
Eternals #1 (ago. 2006)

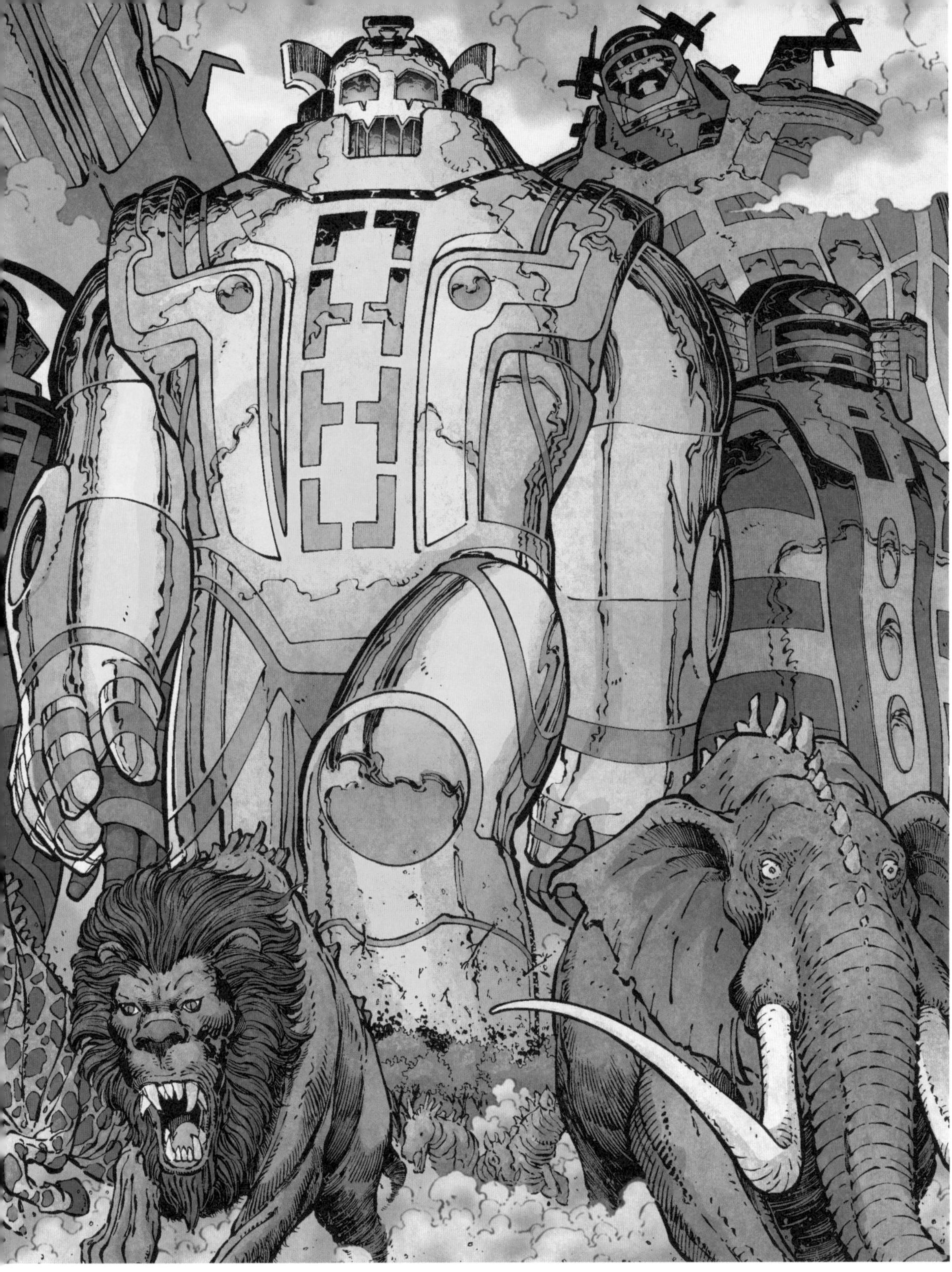

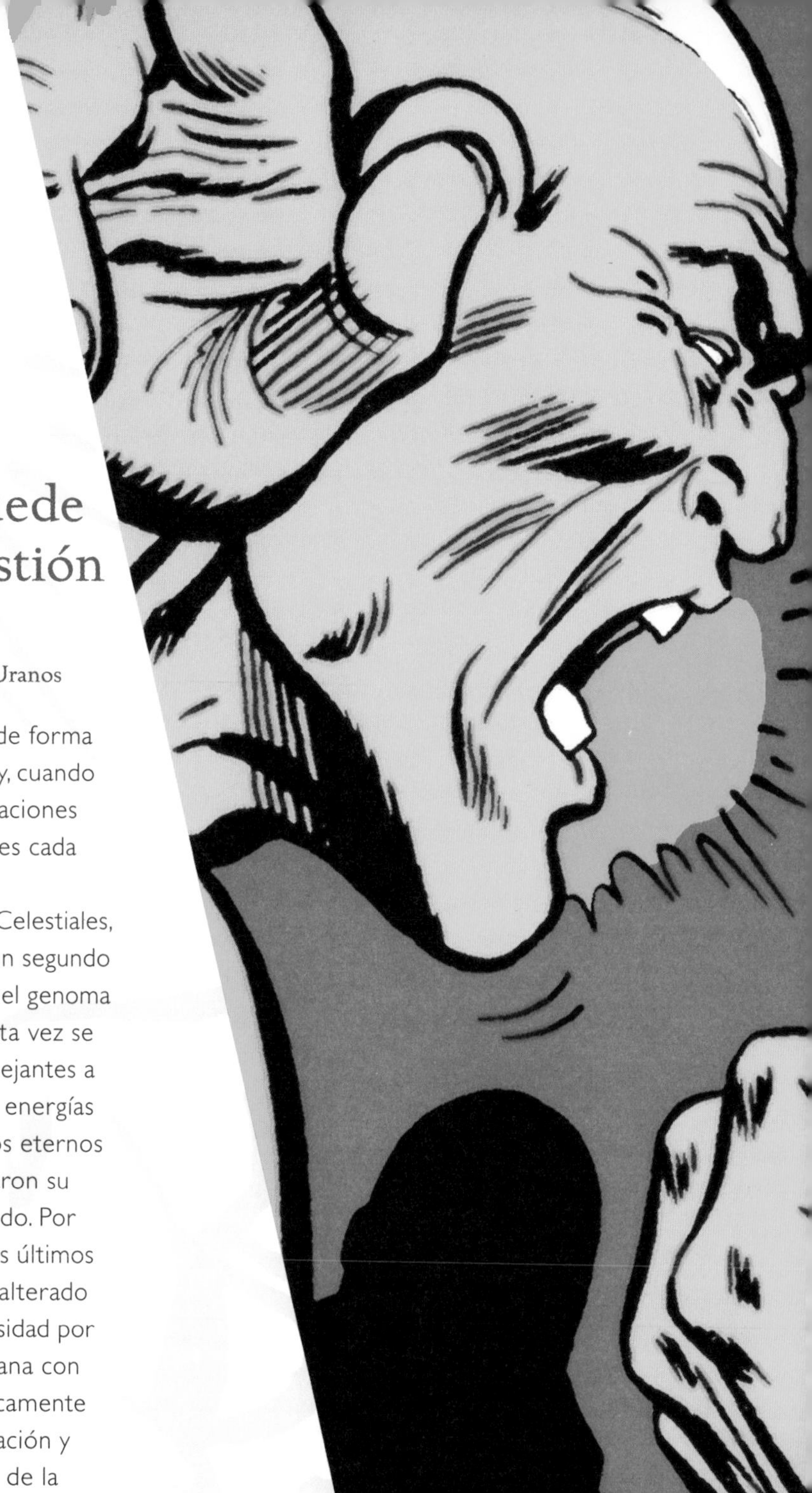

> «¡Solo la guerra puede decidir la gran cuestión que nos divide!»
>
> Uranos

en libertad, los desviantes buscaron de forma instintiva la protección del subsuelo y, cuando empezaron a reproducirse, las generaciones sucesivas produjeron monstruosidades cada vez mayores.

Mientras, en la nave nodriza de los Celestiales, Nezzar el Calculador llevaba a cabo un segundo experimento. De nuevo se reescribió el genoma de un grupo de antropoides, pero esta vez se transformaron en eternos, seres semejantes a dioses y capaces de conectar con las energías del cosmos. Utilizando esa energía, los eternos abandonaron la nave nodriza y fundaron su hogar en las cimas más altas del mundo. Por último, Oneg el Sondeador liberó a los últimos protohumanos cautivos sin haberlos alterado en lo más mínimo, porque tenía curiosidad por ver cómo competiría la especie humana con sus especies hermanas contando únicamente con su capacidad latente para la mutación y el desarrollo superhumanos. La visita de la Primera Hueste a la Tierra fue breve, pero sus consecuencias se hicieron sentir durante siglos.

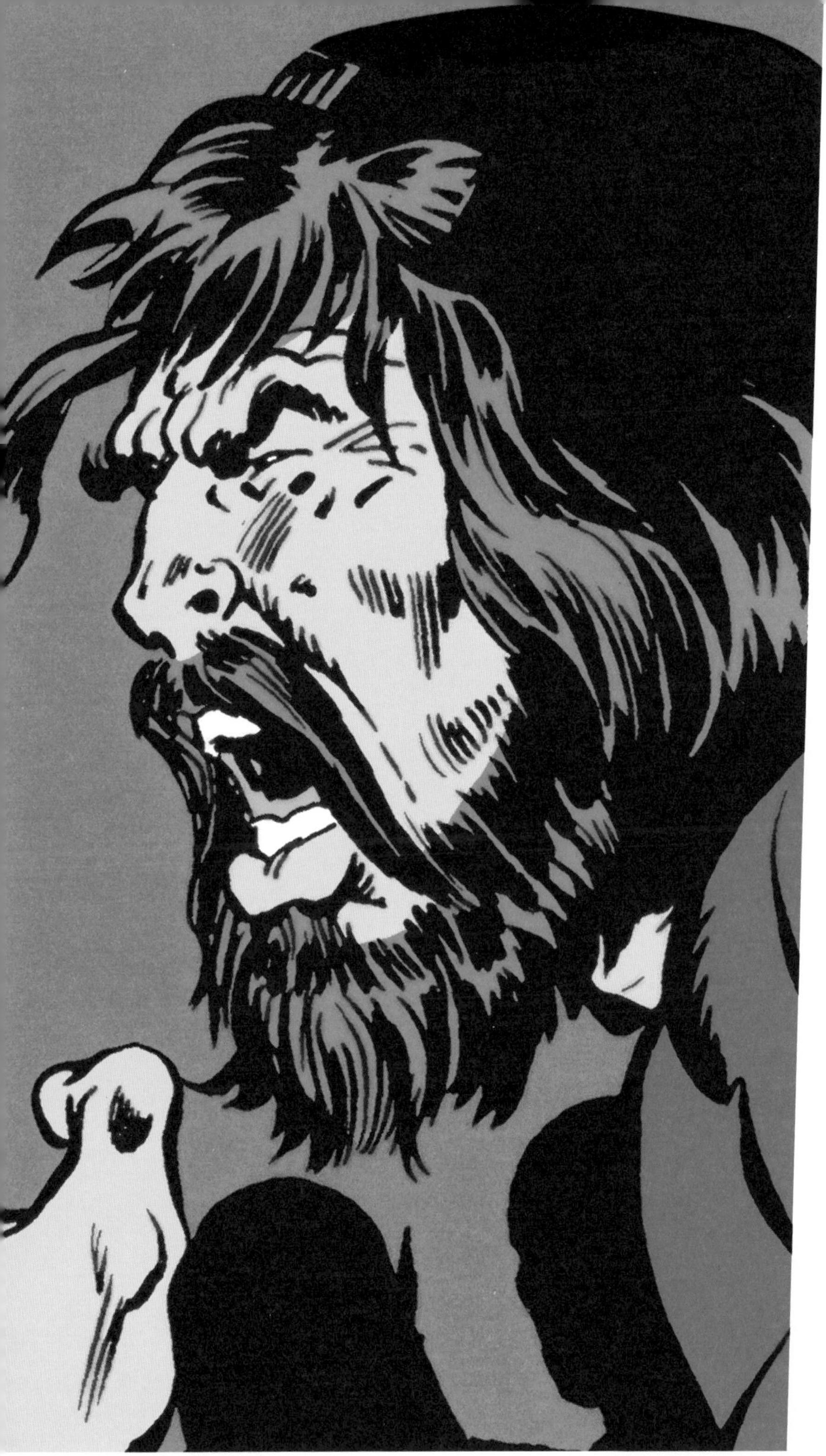

Un conflicto eterno
La discusión de los hermanos Kronos y Uranos acerca de la mejor manera de utilizar sus formidables poderes desembocó en una brutal guerra civil entre los eternos.
What If? #24 (dic. 1980)

Tras vagar por el mundo en busca de un hogar adecuado, los primeros eternos construyeron la ciudad de Titanos en el entorno protector de las montañas polares. Era una maravilla arquitectónica, repleta de altísimos edificios y de amplias avenidas. Kronos, el más importante de los eternos, esperaba que la tranquilidad de Titanos inspirara a su pueblo a dedicar el tiempo a la filosofía y la meditación. Sin embargo, había

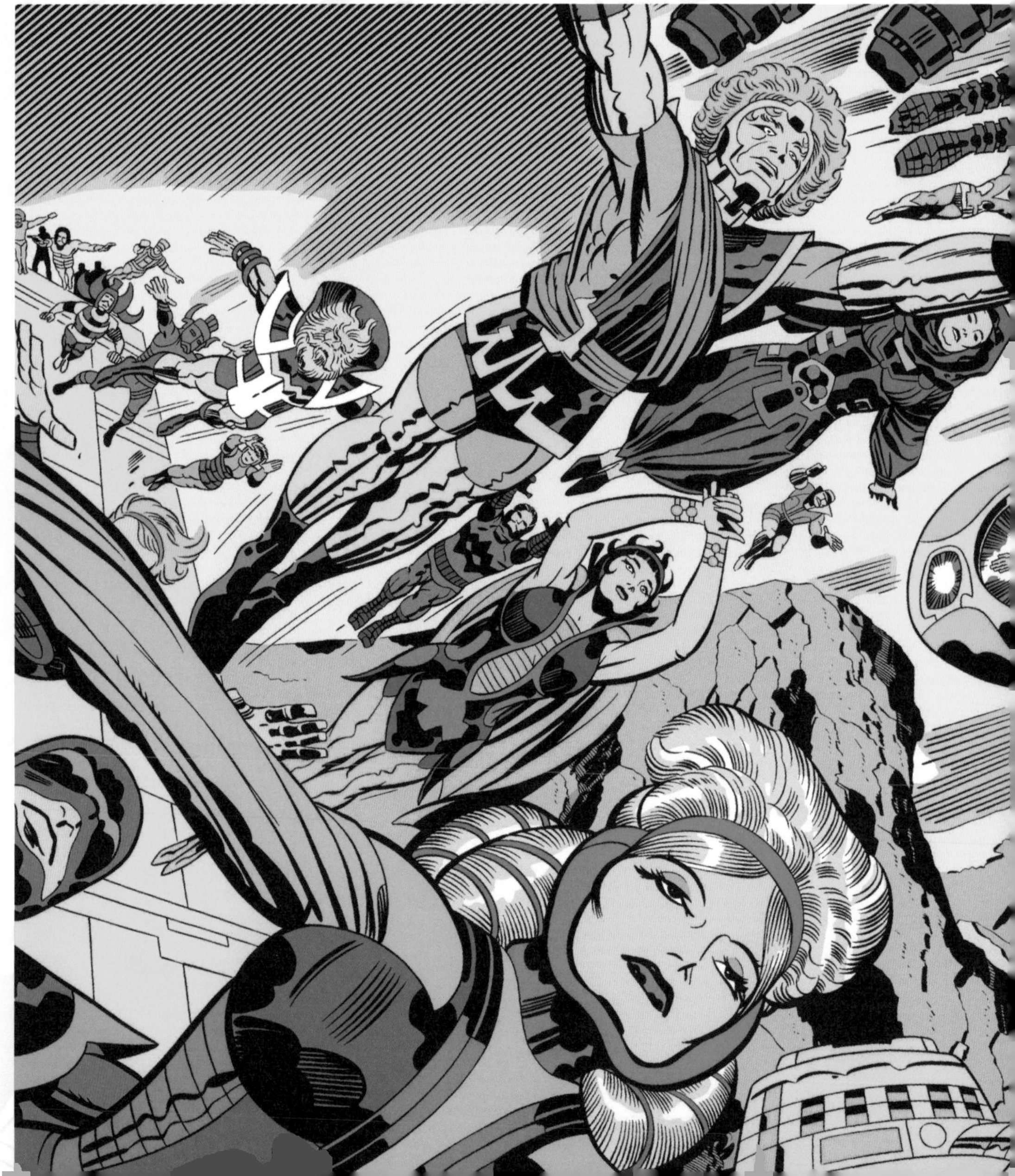

otros que opinaban que los eternos debían usar sus formidables dones (fuerza aumentada, y capacidades de vuelo y de transmutar la materia) para dominar el mundo y hacerlo suyo. Una de esas voces era la de Uranos, el hermano de Kronos. «Es nuestro deber conquistar […] avanzar sobre el débil mundo que nos rodea y someterlo», afirmaba. Kronos se enfrentó al beligerante grito de Uranos con una hostilidad comparable y, así, estalló la guerra civil

entre los eternos. La batalla fue tan intensa que hizo temblar los cimientos de la orgullosa Titanos y la redujo a escombros. Al final, Kronos y sus seguidores derrotaron a Uranos y los rebeldes. Después de una prolongada deliberación entre los vencedores, Uranos y los suyos fueron desterrados al espacio exterior y acabaron por asentarse en Titán, la luna de Saturno.

Ahora que, por fin, tenía libertad para reflexionar sobre los secretos de la vida, Kronos dedicó su tiempo al estudio científico. Por desgracia, un experimento sobre la radiación cósmica provocó una explosión de magnitud sin precedentes; Kronos fue vaporizado y su conciencia ascendió al espacio exterior, donde se unió al tejido del universo. En la Tierra, la explosión irradió con partículas cósmicas a los eternos, mejoró su ya superior composición genética y los hizo verdaderamente inmortales. Entre estos eternos se encontraban los hijos mayores de Kronos, Zuras y Alars.

Dioses del cielo

Los eternos se dirigieron instintivamente a las cimas más altas del globo. Primero se asentaron en las montañas polares y al final hallaron un hogar permanente en las regiones más resguardadas de la antigua Grecia.
Eternals #11 (mayo 1977)

Buscando respuestas a lo que les había sucedido, los hermanos investigaron en el laboratorio en ruinas de su padre. Allí, antes de desvanecerse por completo, la esencia incorpórea de Kronos explicó a sus herederos su insensato experimento. Con sus últimas palabras, Kronos advirtió a Zuras y Alars que tenían en sus manos el futuro de los eternos.

Los hermanos convocaron un consejo para tratar la cuestión. Como era costumbre, los eternos congregados iniciaron la reunión con un círculo de vuelo ritual. Pero, cuando ascendieron al cielo abierto, se vieron atraídos entre sí y se fusionaron en una entidad única semejante a un gigantesco cerebro palpitante. Era la Uni-Mente, un extraño efecto secundario de la explosión. Fusionado en la Uni-Mente, cada eterno era una pequeña parte de una conciencia mucho mayor, y todos se comunicaban entre

«De hoy en adelante, somos eternos.» Zuras

sí instantáneamente. Mientras compartían la forma de la Uni-Mente, los eternos acordaron que Zuras debía suceder a su padre como gobernante. Para evitar la disensión. Alars se trasladó a Titán, donde adoptó el nombre de Mentor y fundó una rama extraterrestre de los eternos que acabaría dando lugar a Thanos, un individuo abominable y déspota que poseía el gen latente de los desviantes.

Mientras gobernó a los eternos, Zuras ordenó la construcción de grandes ciudades por todo el globo. La capital, Olimpia, se alzó enseguida entre las regiones montañosas de la antigua Grecia, y luego le siguieron Polaria, en los Urales, y Oceania, en el océano Pacífico.

Una mente

Los eternos, irradiados con partículas cósmicas, fusionaron sus seres en una única entidad de sabiduría infinita: la extraordinaria Uni-Mente. *What If?* #25 (feb. 1981)

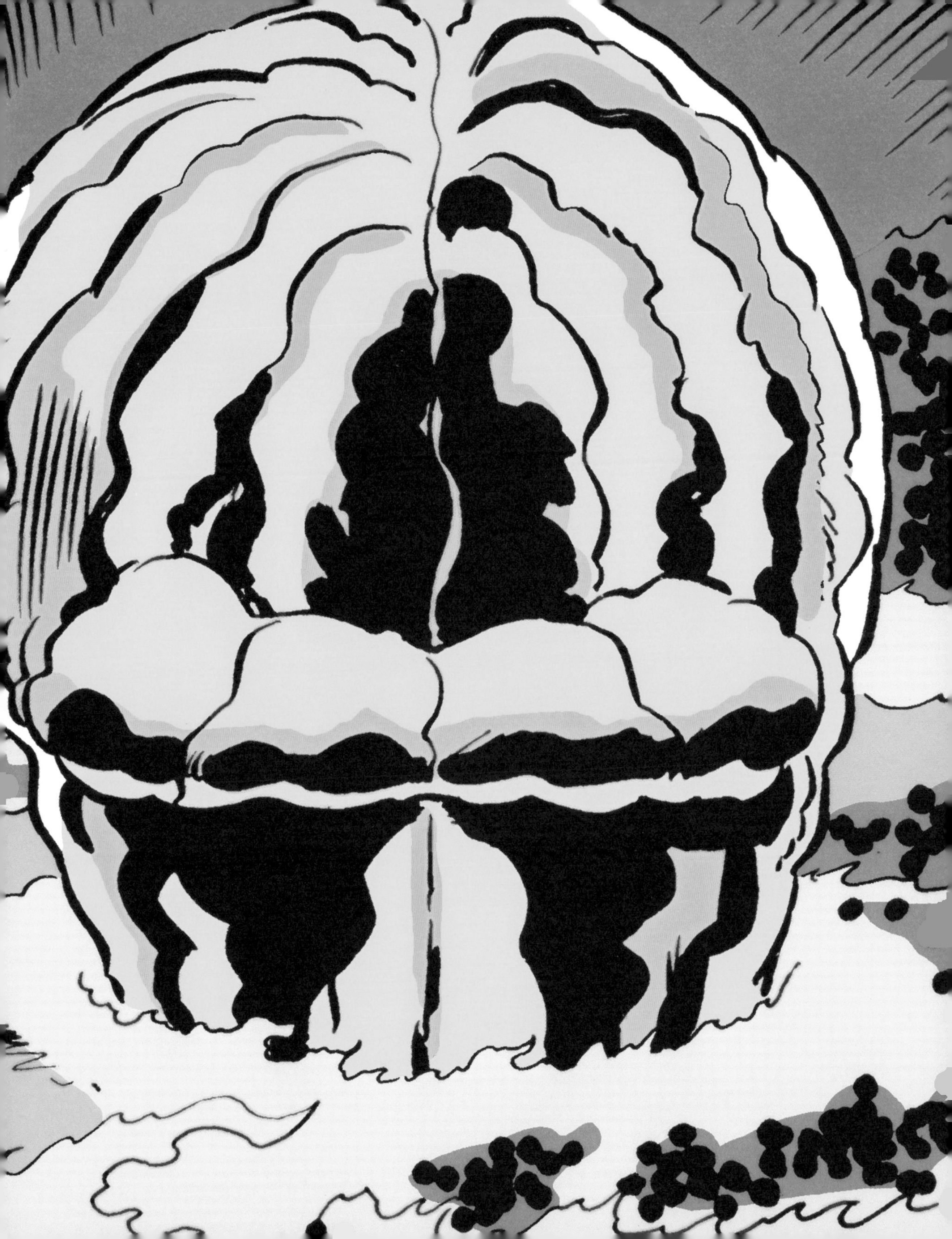

A medida que pasaban los siglos, una nueva generación de eternos tomó el relevo, entre ellos Thena, la decidida hija de Zuras, el veloz Makkari y la telépata y hedonista Sersi.

Mientras los eternos se dedicaban al estudio de la ciencia y el arte, los desviantes urdían planes para la dominación mundial. Pese a lo inestable de su genética, eran seres inteligentes y desarrollaron tecnología avanzada siglos antes que sus primos humanos, tecnología que usaron para construir y mantener vastas ciudades subterráneas. Cada vez eran más osados y fuertes y acabaron por salir de sus cuevas infernales y recorrer el mundo. Desde su capital en la isla de Lemuria, en el océano Pacífico, los desviantes gobernaban como reyes. Esclavizaron

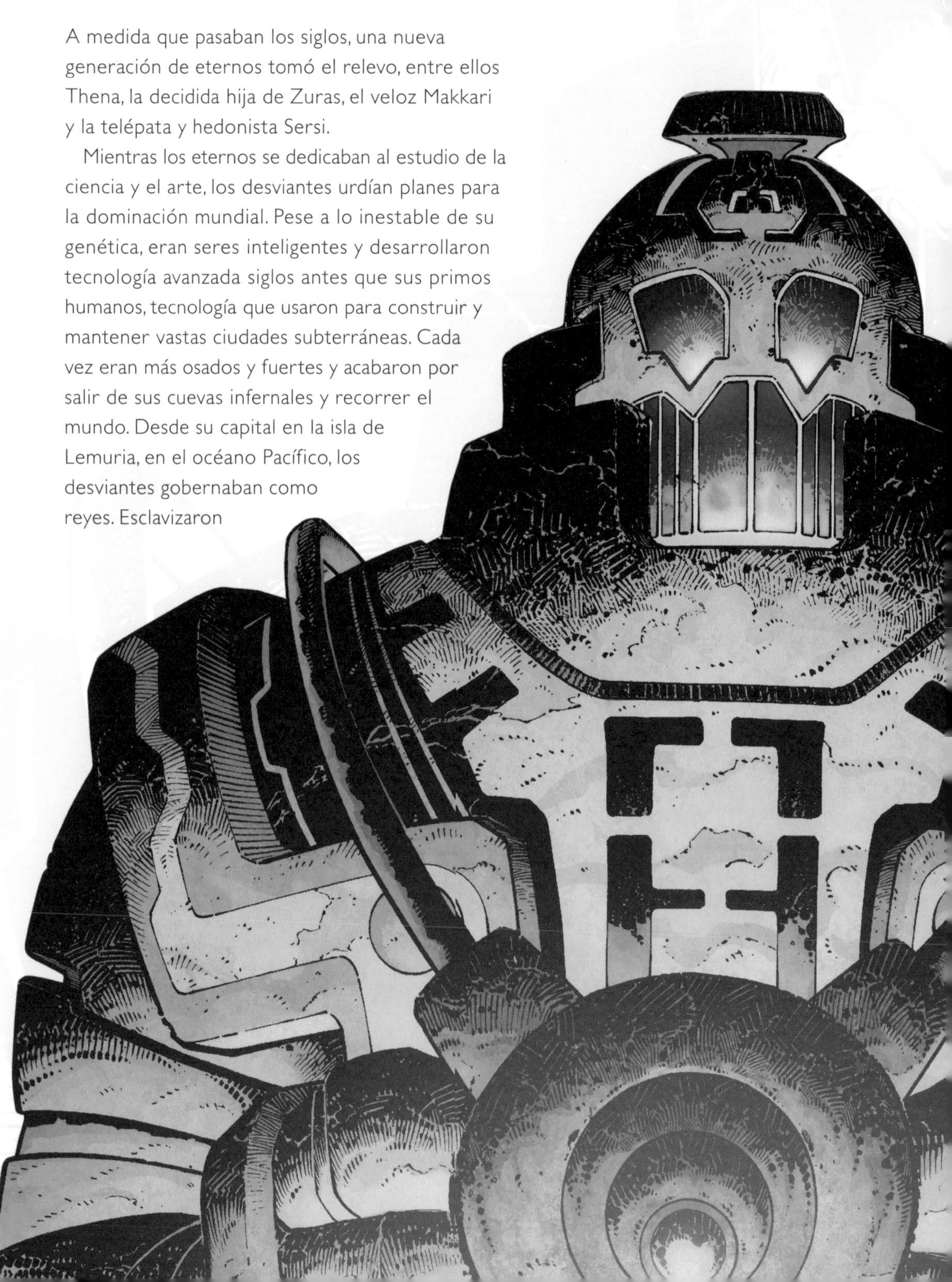

a gran parte de la primera humanidad y provocaron que el resto se enfrentara en incesantes guerras subsidiarias. Millones de humanos vivían esclavizados, y cada latigazo reforzaba un recuerdo racial que asociaba a los repulsivos y despiadados desviantes con el dolor y el sufrimiento. Eso inspiró múltiples parábolas acerca de un más allá infernal.

El Imperio desviante alcanzó su cénit en 18 000 a.C. La élite desviante estaba convencida de su inviolabilidad y de que estaba destinada a gobernar para siempre. Se equivocaba.

«Los desviantes sometieron a la humanidad al completo.» Ikaris

Cuando la Segunda Hueste de los Celestiales apareció en el cielo sobre Lemuria, los desviantes tomaron conciencia al fin de su insignificancia. Los dioses espaciales solo habían vuelto para evaluar el progreso de su experimento genético, pero los desviantes temieron lo peor. Horrorizados por la mera visión de la inmensa nave, atacaron a sus creadores con un bombardeo sostenido. Los Celestiales respondieron con una sola bomba tan potente que Lemuria fue arrasada por las llamas y una ola marina colosal. Algunos desviantes sobrevivieron a la destrucción y escaparon al subsuelo. Sus descendientes recordarían el hundimiento de Lemuria como el Gran Cataclismo.

Mientras los desviantes se refugiaban en el subsuelo, el nivel del mar ascendió tanto que continentes enteros quedaron sumergidos. Muchos humanos temieron que

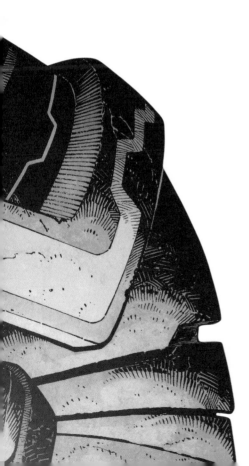

Encuentro cataclísmico
La mera visión de los Celestiales, que regresaban, desató el pánico entre los desviantes, que provocaron los eventos apocalípticos del Gran Cataclismo.
Eternals #1 (ago. 2006)

se tratara del fin del mundo. La intervención de un misterioso eterno consiguió que un arca de madera cargada de personas y animales llegara a tierra firme. Como una gran ave, el eterno voló frente a la embarcación para alejarla del diluvio y guiarla hacia un lugar seguro.

El Gran Cataclismo enseñó a Zuras una lección muy valiosa. Ahora comprendía que la perspectiva única y las capacidades mejoradas de los eternos implicaban que tenían la obligación de proteger el mundo y prepararlo para el inevitable regreso de los Celestiales. Con frecuencia, esto suponía que los eternos tenían que salir de sus ciudades ocultas para tratar con humanos ordinarios o frustrar los planes de los siempre ladinos desviantes.

«¿Acaso no podremos vivir nunca en paz?» Zuras

Estos encuentros sentaron las bases de los mitos y leyendas modernos. Sin otro marco de referencia, la humanidad primitiva tomó a los eternos por dioses y consideró sus habilidades aparentemente milagrosas como pruebas de su divinidad. Para mayor confusión, Olimpia se había construido cerca de un nexo extradimensional que conectaba la Tierra con los verdaderos dioses del Olimpo. Por lo tanto, los pueblos de las antiguas Grecia y Roma acostumbraban a confundir a los eternos con

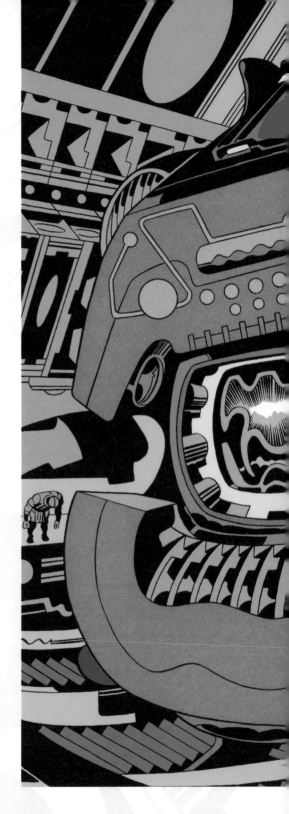

Destrucción masiva
El señor de la guerra Kro, un desviante, se hizo con un arsenal de armas de destrucción masiva, entre ellas una colosal bomba con forma de tanque.
Eternals #13 (jul. 1977)

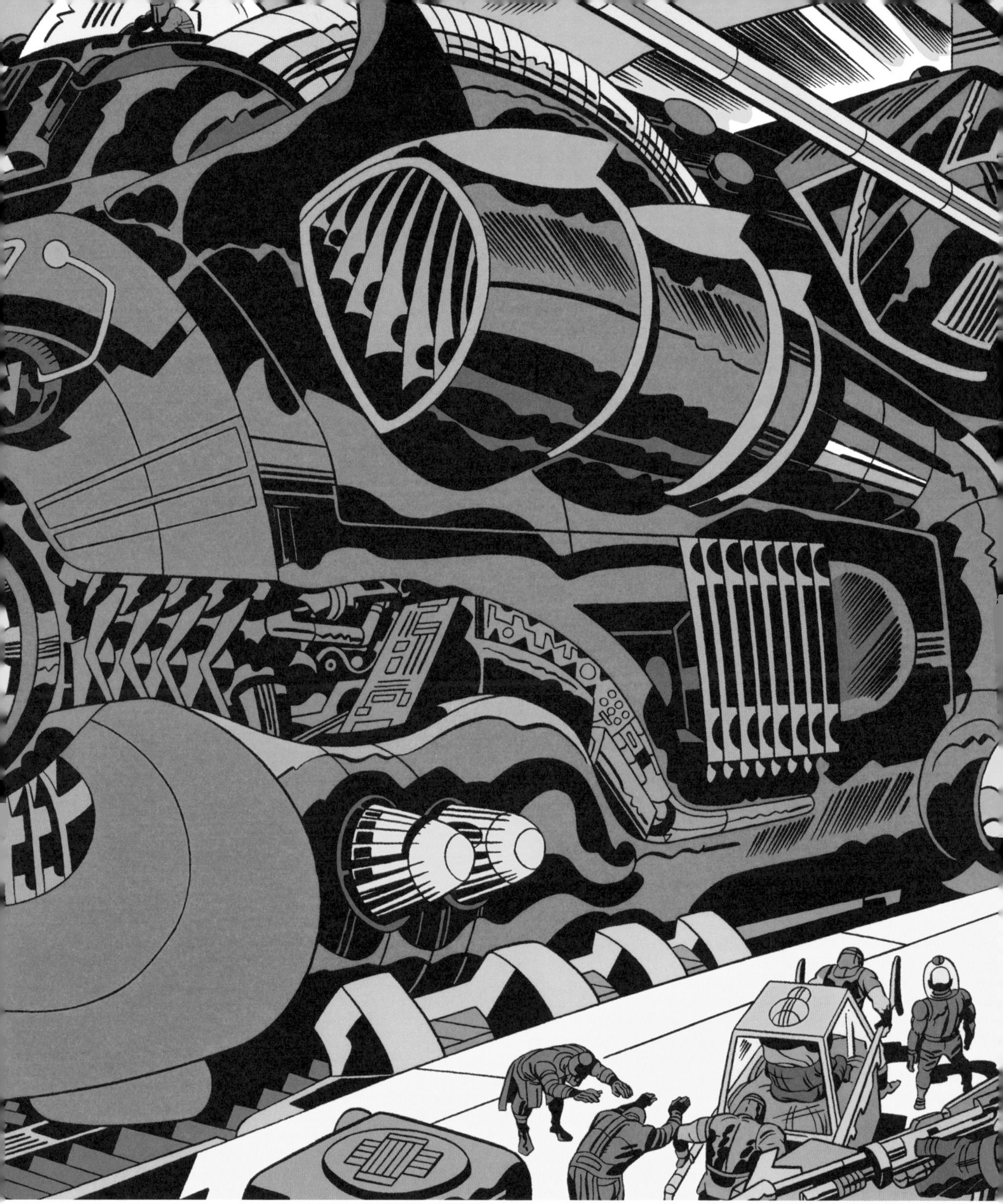

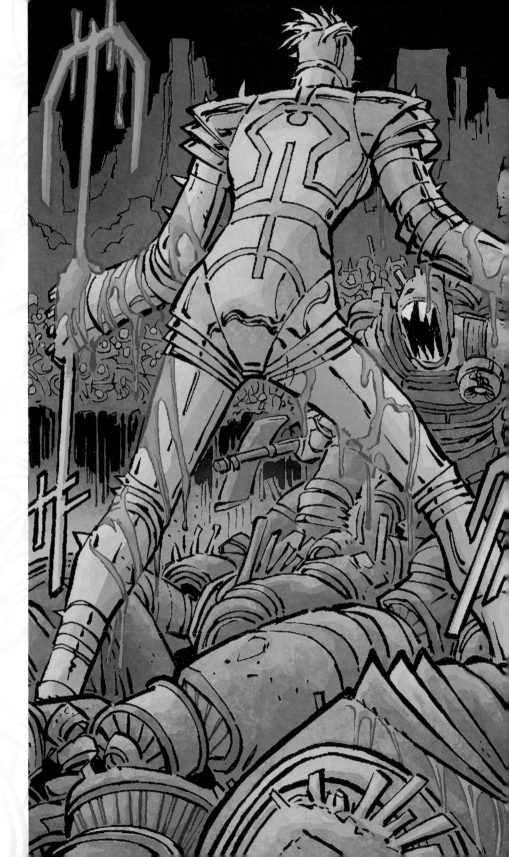

Guerrera
En varias misiones para salvar a la humanidad, Thena, la hija del gobernante eterno Zuras, se enfrentó a los desviantes con una ferocidad y una determinación fuera de lo común.
Eternals #4 (nov. 2006)

el panteón olímpico. Para su irritación, Zuras fue confundido con el propio Zeus en más de una ocasión.

El clan de Virako, en Polaria, era el más remoto de los eternos, tanto en términos geográficos como de inclinación personal. Estos preferían permanecer en los climas fríos que reflejaban su naturaleza distante, aunque también se aventuraban lejos cuando era necesario. De hecho, fue el hijo menor de Virako quien salvó el arca durante las inundaciones del Gran Cataclismo. Siglos después, el hijo de Virako salió de nuevo al mundo exterior cuando lo enviaron a la antigua Creta para que acabara con un desviante con cuernos que se ocultaba en un laberinto de túneles. Su aventura fue recordada durante siglos como la leyenda del Minotauro. Durante su estancia en Creta, el helado corazón del eterno se descongeló y se enamoró de una mujer humana. Se casaron y tuvieron un hijo, que carecía de poderes propios. Para compensarlo, su padre le confeccionó un par de alas mecánicas. El joven no cabía en sí de gozo, porque ahora podría surcar el cielo con su padre, aunque se le advirtió de que no usara las alas solo. Por desgracia, el chico no hizo caso y su primer vuelo en solitario lo llevó a la muerte. El eterno enterró a su hijo y adoptó su nombre: Ikaris. El ahora llamado Ikaris temía recuperar las frías costumbres de los eternos de Polaria y que, a lo largo de los años, el corazón se le endureciera y dejara de sentir el dolor de la pérdida. Llamándose Ikaris, honraría siempre la memoria de su primogénito y no lo olvidaría nunca.

El plan de Zuras tuvo éxito y, cuando la Tercera Hueste llegó hacia 1000 d.C., los eternos estaban preparados para colaborar con los Celestiales. El eterno de Polaria Ajak asumió la identidad del dios inca Tecumotzin e hizo que la población humana local se preparara para la llegada de los dioses espaciales. Mientras que los desviantes habían atacado a sus insondables creadores, los eternos adoptaron una estrategia mucho más cauta y conciliadora.

El Día del Juicio

Los Celestiales regresaron para emitir su veredicto final. ¿Permitirían a la humanidad avanzar al siguiente nivel evolutivo o la condenarían como un mero experimento genético fallido?

Cuando la Tercera Hueste de Celestiales abandonó la Tierra después de haber recabado información acerca del desarrollo de las tres especies inteligentes del planeta, dejó tras de sí indicios enigmáticos. El registro arqueológico de los incas y los aztecas contenía rudimentarias tallas con imágenes de los enormes dioses espaciales y, en la era moderna, los científicos especularon con que eso demostraba que una mano extraterrestre había guiado a la civilización humana. Daniel Damian, doctor en arqueología, era uno de los principales defensores de esa teoría y, durante décadas, buscó la llamada Ciudad Perdida de los Dioses Espaciales, que halló en los Andes peruanos. Acompañado de su hija, Margo, y del ayudante Ike Harris, siguió los pasos de los antiguos y sus hallazgos confirmaron que tenía razón. Entre las ruinas, hallaron imágenes que mostraban a los Celestiales a bordo de su nave espacial y tablillas de piedra inscritas con lo que parecían ser mapas de la Vía Láctea.

Aún habría más revelaciones. Harris sabía demasiado acerca de los dioses espaciales como para ser un mero estudiante de arqueología y al fin reveló su verdadera identidad. Era Ikaris, uno de los eternos polares, y había emprendido una misión para Zuras, el Primer Eterno. Él explicó a sus estupefactos colegas que compartían el mundo con dos especies hermanas: los eternos y los desviantes. Les explicó también la historia de las Huestes Celestiales y anunció que Zuras había detectado una nave espacial que se dirigía directamente hacia la Tierra. Era la Cuarta Hueste, dijo Ikaris, cuya misión consistía en activar una baliza de aterrizaje que guiara a los dioses espaciales y los ayudara a aterrizar con seguridad en su antiguo lugar de aterrizaje.

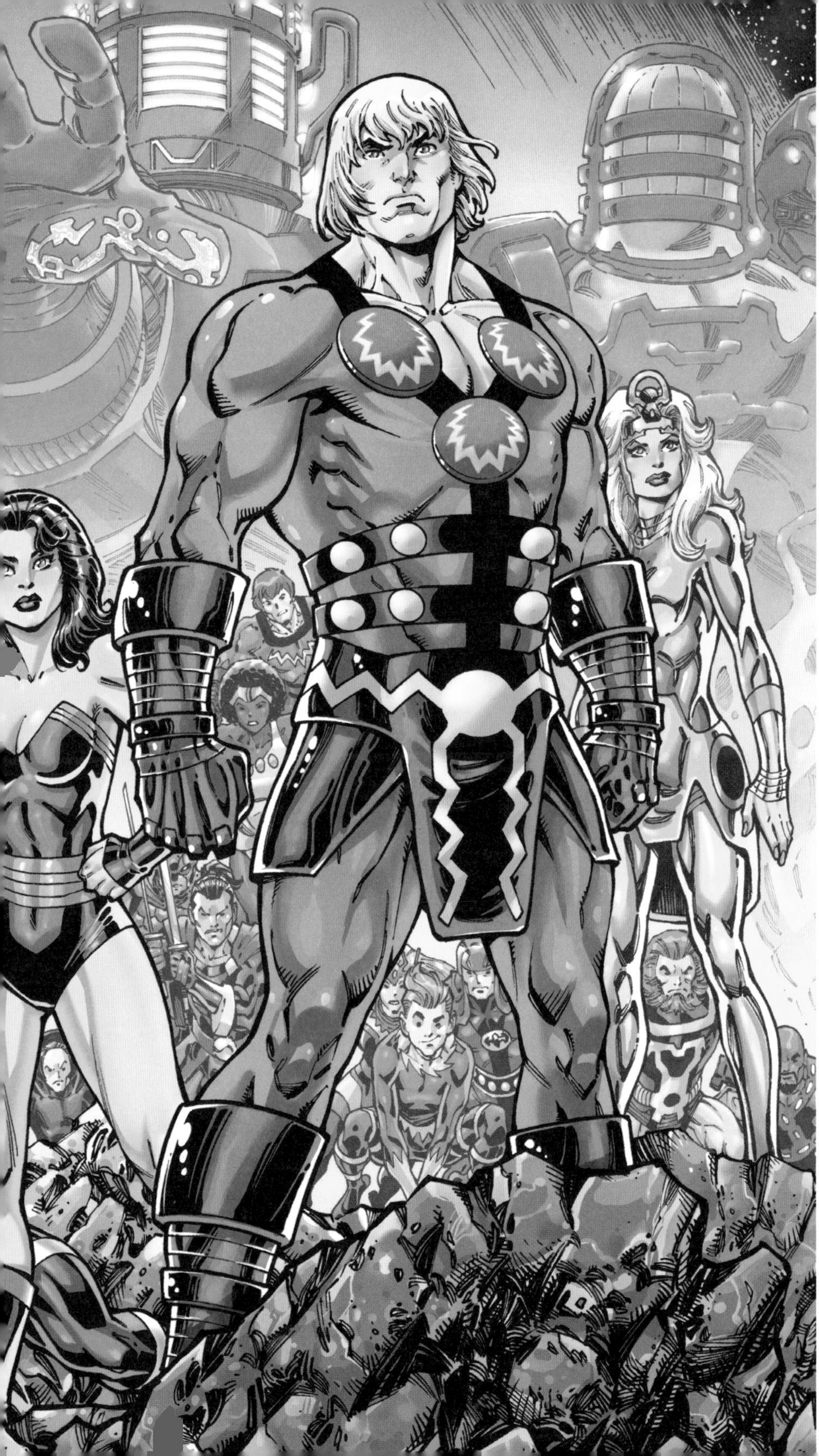

Fuerzas eternas
Ikaris, el eterno de Polaria, reveló junto a Ajak, Makkari, Sersi y Thena la existencia de su especie para preparar la turbulenta era que se avecinaba.
Eternals: Secrets from the Marvel Universe #1 (feb. 2020)

Tras activar la baliza, Ikaris entró en lo que llamó una «cripta de resurrección» para reunirse con un amigo a quien no veía desde hacía mucho tiempo. Ajak llevaba mil años en animación suspendida, desde la partida de la Tercera Hueste, y se despertó con todo el vigor de un hombre decidido a recuperar el tiempo perdido. Lo acompañaban muchos técnicos incas, que también pasaron a la acción, sirviendo como personal de tierra a los Celestiales en ruta. Damian y Margo observaron, maravillados, cómo un primer Celestial descendía de la nave espacial. La monumental figura se detuvo entre dos pilares gigantescos, en silencio y, al parecer, indiferente al bullicio que lo rodeaba.

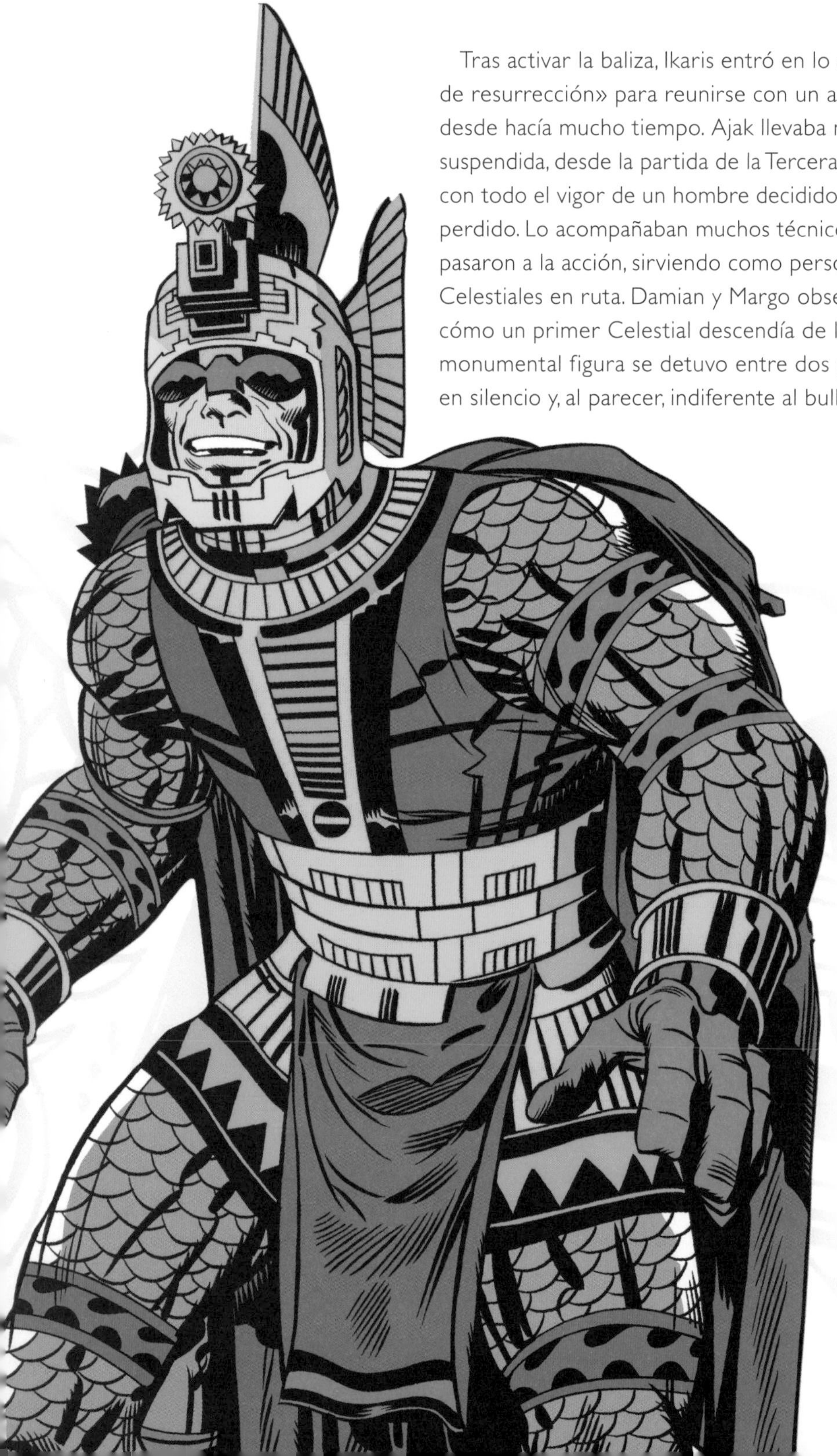

Preparado y a la espera
Tras haber permanecido siglos en animación suspendida, Ajak el eterno se despertó para recibir a los Celestiales y reanudar su trabajo como enlace principal de los dioses espaciales.
Eternals #2 (ago. 1976)

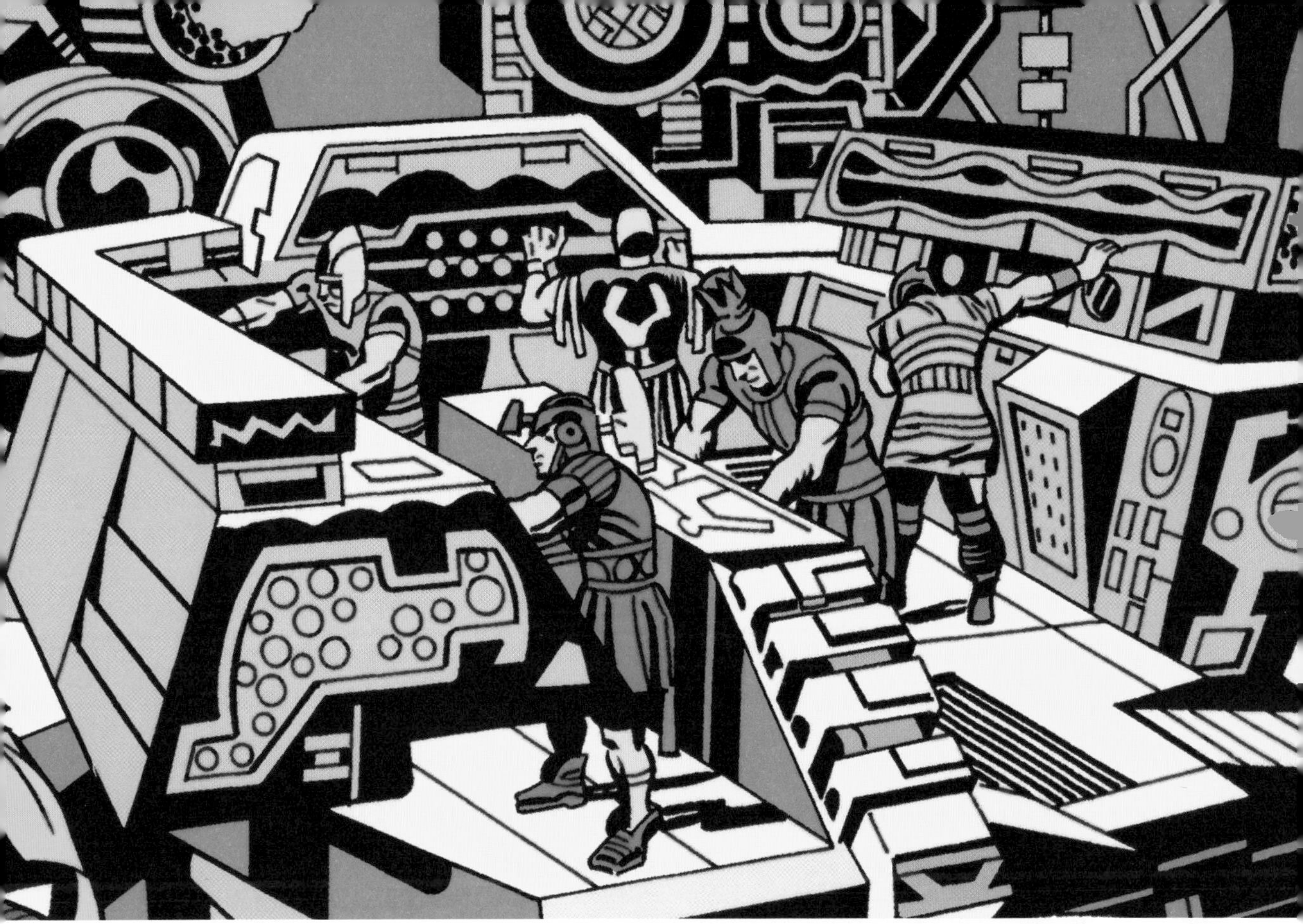

Ajak reconoció al Celestial como Arishem el Juez y, entonces, supo cuál era el objetivo de la Cuarta Hueste. Había llegado la hora del Juicio Final. Arishem evaluaría si la humanidad (y sus dos especies hermanas) merecían o no seguir existiendo. Pasaría los siguientes 50 años inmerso en una contemplación silenciosa y luego emitiría su veredicto, y los habitantes de la Tierra sabrían si vivirían o morirían.

Los eternos no eran los únicos que sabían del regreso de los Celestiales, pues los desviantes también habían detectado la llegada inminente de la Cuarta Hueste. Desde la era del Gran Cataclismo, los desviantes habían operado casi siempre en secreto y apenas emergían de su capital subterránea, conocida de forma coloquial como la Ciudad de los Sapos. Pero ahora el señor de la guerra Kro lideró una expedición contra la Ciudad Perdida de los Dioses Espaciales, en un intento de obligar a la Cuarta Hueste a marcharse. La breve escaramuza con Ikaris que siguió fue fútil. Kro había llegado demasiado tarde para sabotear la llegada de los dioses

Personal de tierra
Reanimado tras siglos de hibernación, un equipo técnico compuesto por antiguos incas llevó a cabo los preparativos para la llegada de los Celestiales y de su enorme nave espacial.
Eternals #2 (ago. 1976)

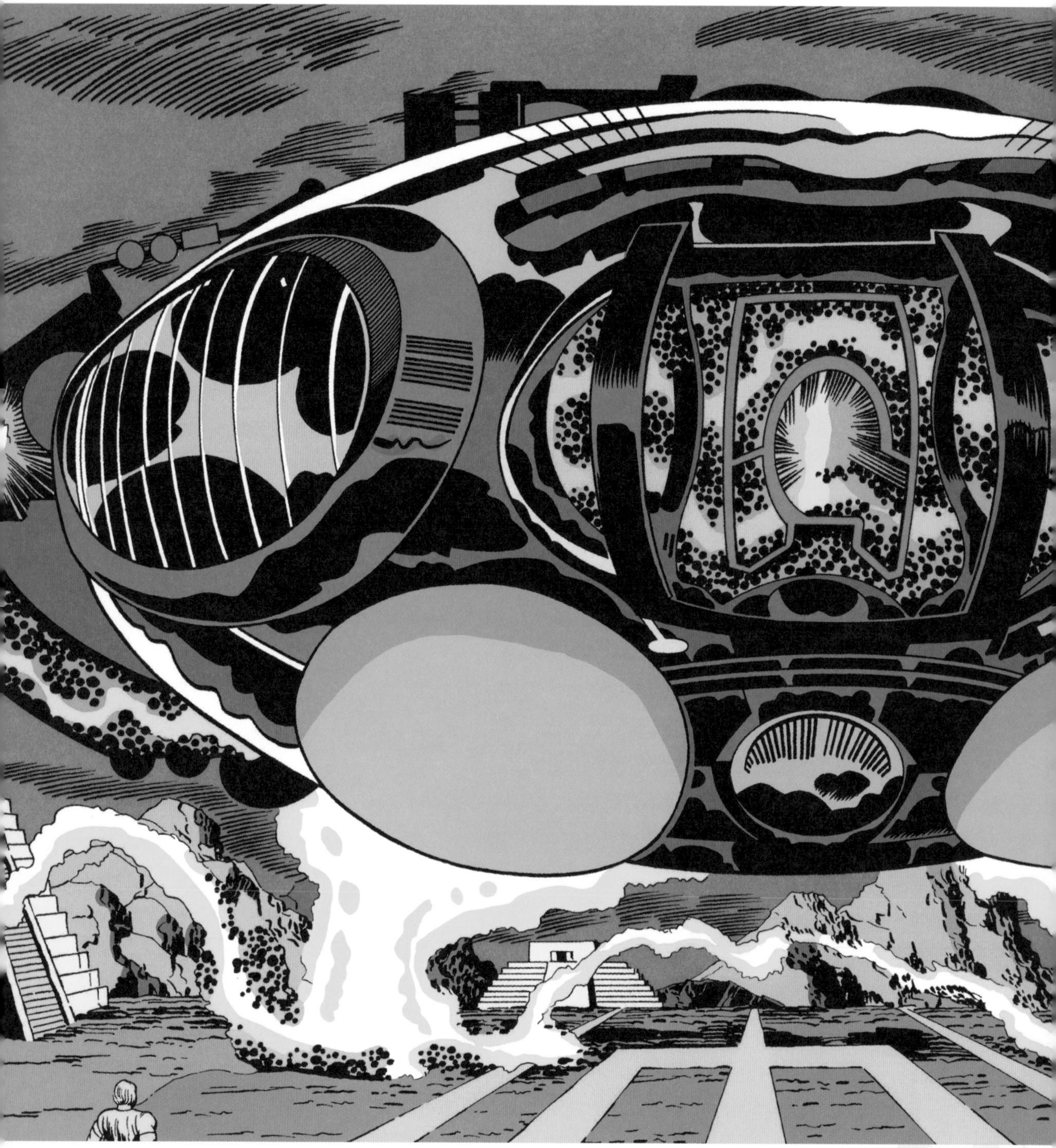

espaciales. Furioso e impotente, profirió improperios contra los Celestiales, que estaban en su nave espacial sobrevolando el terreno, por la brutalidad con que habían tratado a su pueblo en el pasado. Sus palabras supuraban amargura, pero también eran desafiantes. Juró que no se arrodillaría más ante sus enigmáticos creadores y les advirtió que los desviantes también poseían armas poderosas. Como si se mofaran de las

> ## «¡Y así comienza una nueva era de los dioses espaciales en la Tierra!»
> Ajak

palabras de Kro, los Celestiales dispararon una andanada de energía cósmica que expulsó a los desviantes de la Ciudad Perdida de los Dioses Espaciales. Kro se enfureció aún más ante la ignominia de la derrota y urdió un plan para vengarse: los desviantes no atacarían a los Celestiales directamente, sino que engañarían a otros para que lo hicieran en su nombre. Recordó que, en el pasado, la humanidad había confundido a su especie con demonios infernales, así que se disfrazó de demonio y atacó Nueva York con un pequeño ejército de desviantes provistos de armas avanzadas que despedían llamaradas asfixiantes.

Caídos del cielo

En medio de una tormenta de energía cósmica, una nave espacial celestial llegó a la Tierra. Tras mil años de ausencia, los dioses espaciales habían regresado. *Eternals* #2 (ago. 1976)

El objetivo era desencadenar el pánico y provocar una reacción exagerada por parte de las autoridades humanas. Kro esperaba que lo tomaran por un agente de los dioses espaciales y que se vengaran con un ataque nuclear contra la base que los Celestiales estaban construyendo en los Andes.

«Si crees que la guerra es justa, Kro, solo te diré: ¡A las armas!»

Ikaris

Mientras Kro ponía en marcha su plan, los acontecimientos en los Andes también llegaban a su cénit. Más Celestiales habían descendido de la nave nodriza y habían empezado a actualizar el complejo. Ajak observó que los dioses espaciales se preparaban para erigir un escudo en torno a la zona de aterrizaje y, como solo los Celestiales podrían cruzar la barrera, dijo a Ikaris que había llegado el momento de devolver a los humanos a la civilización. El doctor Damian se negó a marcharse: no dejaría escapar esta oportunidad. Ajak le advirtió que pasarían 50 años antes de que la barrera volviera a levantarse y que era probable que pasara sus últimos días encerrado en los Andes. El arqueólogo no se inmutó. Había dedicado su vida a investigar sobre los dioses espaciales y estaría encantado de dar su último aliento mientras estudiaba a sus sujetos de estudio en persona. Aunque a Margo le preocupaba dejar atrás a su padre, Ikaris se dio cuenta de que este no cambiaría de opinión;

Juez y jurado
Visto a muchos kilómetros de distancia, el Celestial Arishem permanecía en observación silenciosa, contemplando el destino de los desventurados habitantes de la Tierra.
Eternals #3 (sep. 1976)

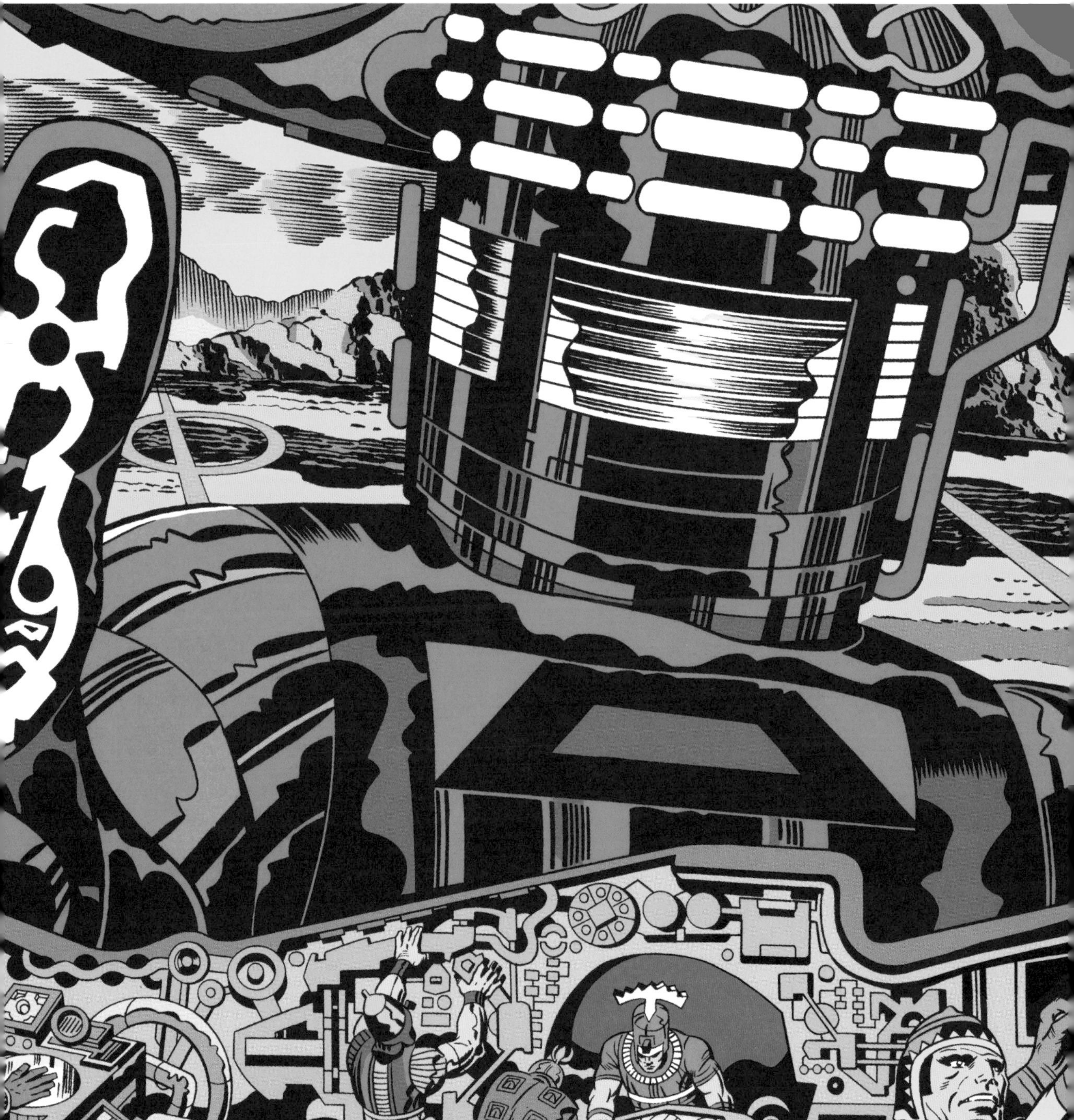

así que obligó a Margo a subir a bordo de la pequeña avioneta del equipo de expedición y la pareja abandonó el complejo en la montaña unos instantes antes de que la barrera se solidificara definitivamente.

Cuando Ikaris supo del ataque de Kro contra Nueva York, dejó a la afligida Margo a cargo de Sersi, una eterna que vivía en el ajetreado centro de Manhattan. Margo quedó perpleja ante la actitud despreocupada de Sersi y estupefacta cuando descubrió que el poeta griego Homero había registrado las aventuras de la eterna en la antigüedad. Cuando Ikaris voló desde el apartamento de Sersi para lanzarse a la batalla, los esbirros de Kro ya habían aplastado a la policía y estaban al borde de la victoria. Al ver a los monstruos entre ellos, los habitantes de Nueva York fueron presa del pánico y huyeron de los supuestos demonios tal y como sus antepasados supersticiosos habían hecho en el pasado.

«El demonio sigue siendo vuestro temor... ¡y mi arma!» Kro, señor de la guerra

Ikaris derrotó a numerosos desviantes, pero estaba en una inferioridad numérica imposible y fue abatido por una mina cerebral paralizante. Cuando supo que Ikaris había quedado fuera de combate, Sersi se unió a la lucha a regañadientes. Se libró de una banda de guerreros desviantes y luego se puso en contacto con su clan en la distante Olimpia. Zuras, alertado de la situación, envió a la zona de guerra a Thena, su hija guerrera, y al piloto Makkari. «¡Id, entonces, los dos! Descargad vuestra agresividad sobre los desviantes», ordenó.

Desafío desviante

La humillación de que los Celestiales lo consideraran insignificante enfureció a Kro, el señor de la guerra desviante, que juró que se vengaría de los inmensos dioses espaciales. *Eternals* #2 (ago. 1976)

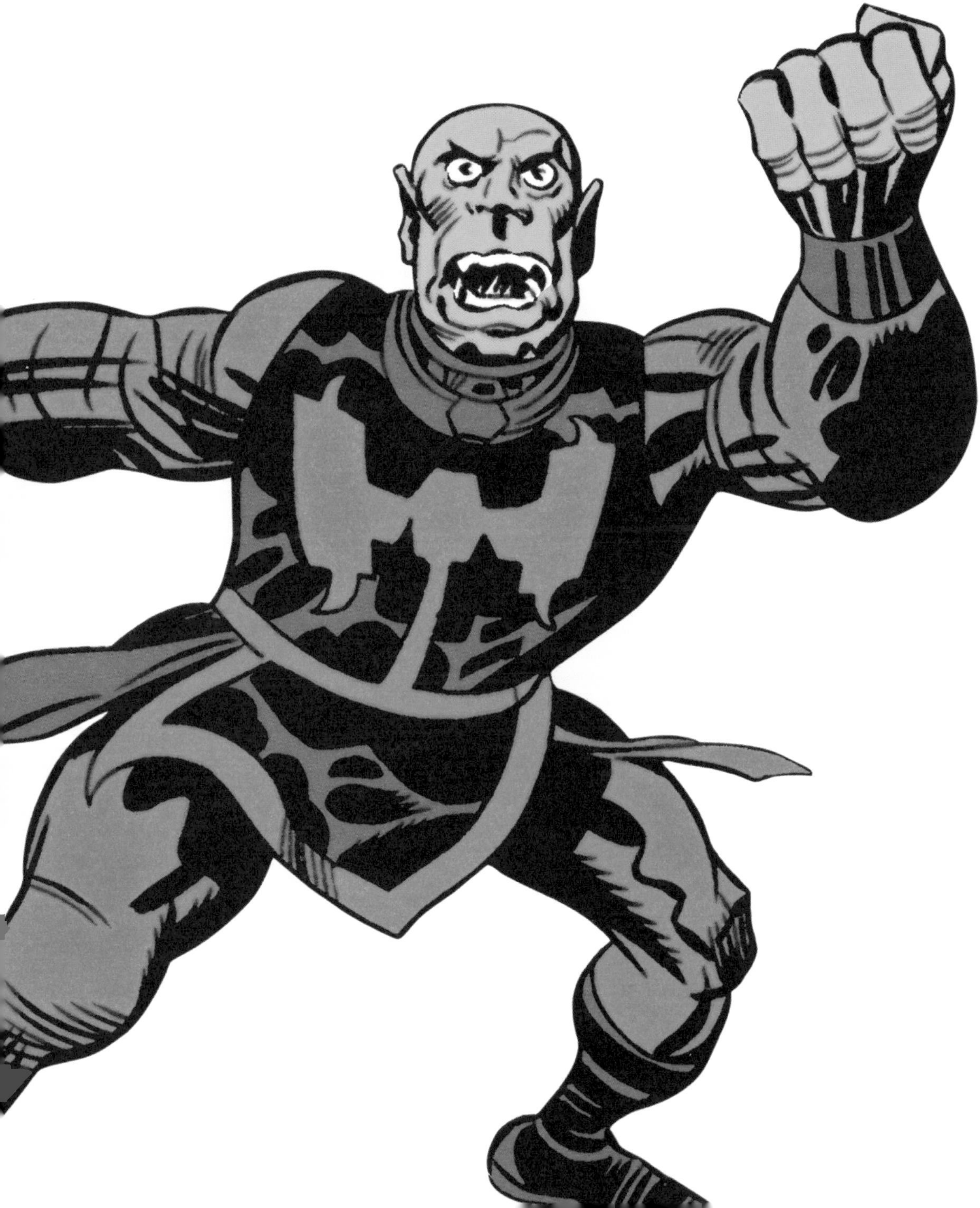

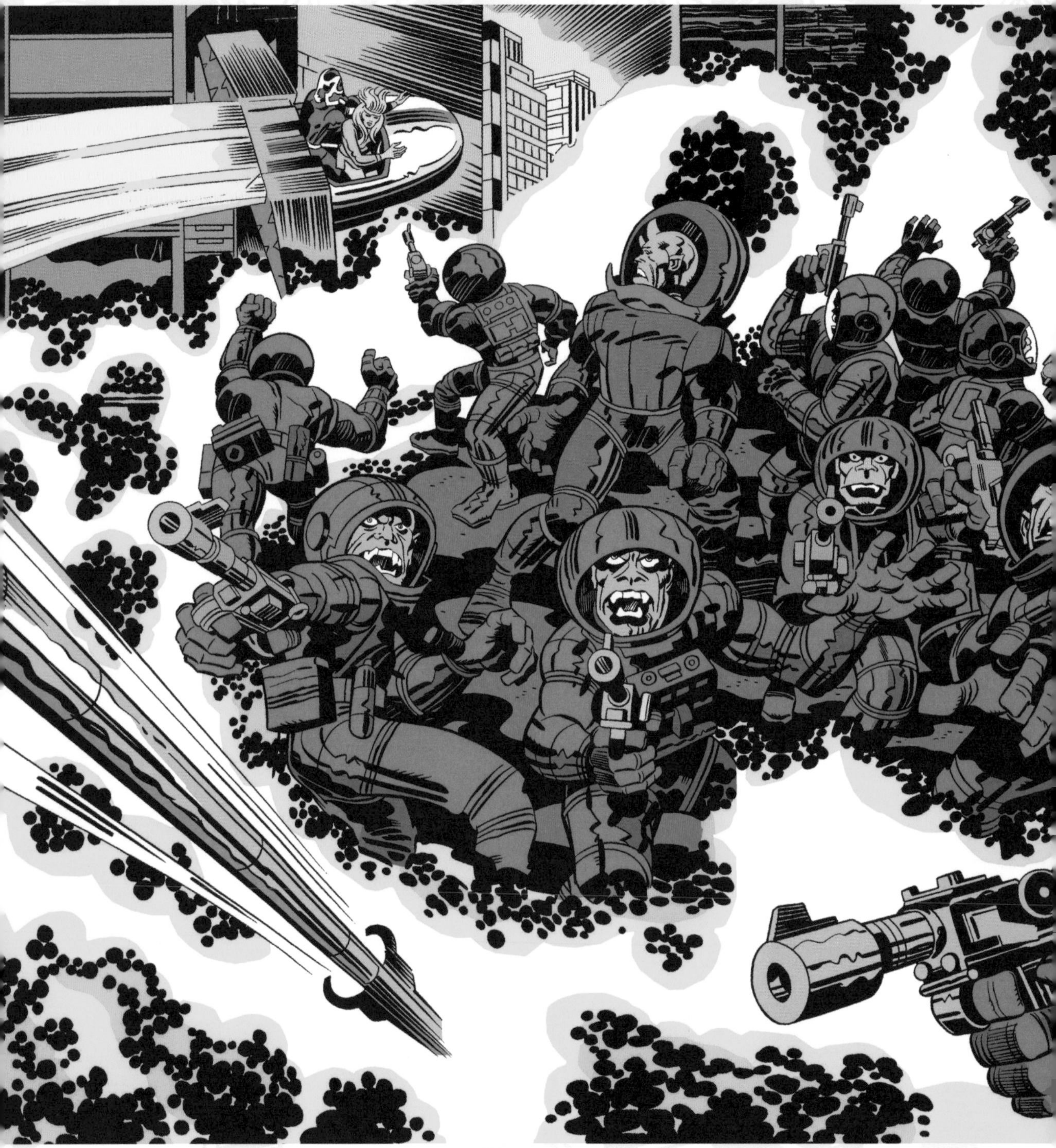

Thena y Makkari cumplieron la orden de Zuras con entusiasmo y atacaron al ejército desviante con aparente impunidad. A bordo de un carruaje a reacción y armados con arcos de alta tecnología y lanzas de energía, acabaron pronto con el enemigo. Kro tuvo que aceptar la derrota y se rindió. Había conocido a Thena en el pasado y aprovechó eso para congraciarse con los vencedores. Propuso una tregua y declaró que las tres especies deberían deponer las armas hasta decidir una respuesta consensuada ante los Celestiales. Pese a su desconfianza, Thena accedió a los términos de Kro. Ikaris fue resucitado y volvió con los eternos.

«¡Salvajes! ¡Lamentaréis haber atacado a los humanos!» Thena

Aunque la batalla por Nueva York había acabado, la batalla por la Tierra no había hecho más que empezar. Todo el mundo había presenciado lo ocurrido en Nueva York y, ahora, la humanidad sabía que compartía el planeta con otras dos especies. Semanas después del cese de las hostilidades (y aún bajo los términos de la tregua), Ikaris y sus compañeros eternos asistieron a una conferencia en una facultad de antropología en Nueva York. Respondieron a preguntas acerca de sus largas vidas y sus habilidades. Aunque algunos alumnos quedaron cautivados, otros se mostraron escépticos y afirmaron que lo sucedido no era más que una elaborada patraña. Kro, también presente, continuó burlándose de sus anfitriones humanos con historias de miedo sobre demonios y monstruos. La conferencia acabó en medio del caos y la confusión. Con todo, el incidente había dejado claro que el mundo había entrado en una nueva era. El modo como las distintas especies de la humanidad se trataran y reaccionaran ante la llegada de los Celestiales tendría implicaciones profundas para el futuro de la vida sobre la Tierra.

Infierno en la Tierra
Kro lideró a sus fuerzas en un ataque contra
Nueva York, donde el ejército diabólico halló un
auténtico rival en los eternos Thena y Makkari.
Eternals #6 (dic. 1976)

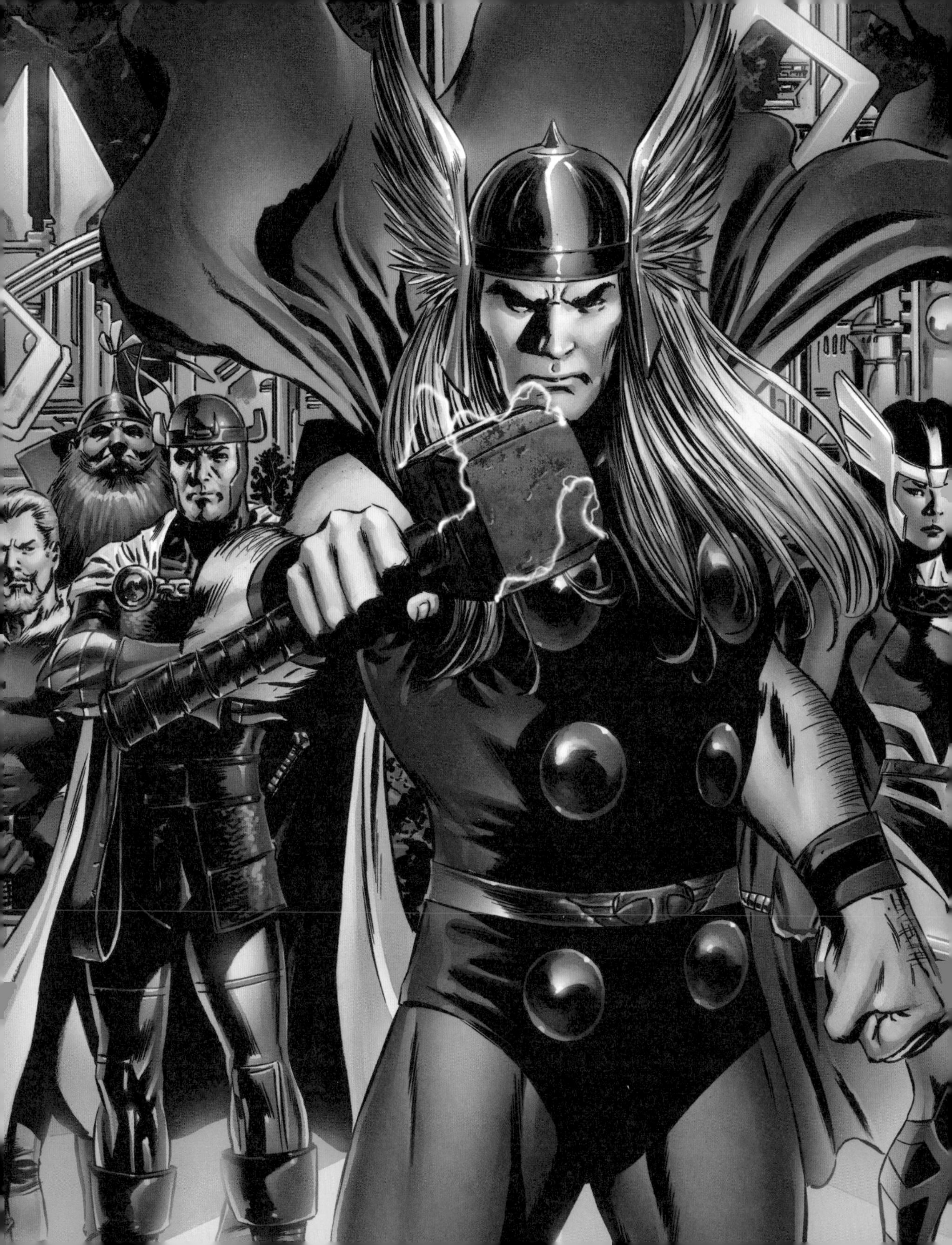

EL AUGE DE LOS PANTEONES

El pensamiento de los mortales dio forma y sustancia a los dioses de la Tierra. A medida que la humanidad daba sus primeros pasos, sus esperanzas y temores conjuraron diversos panteones divinos. La creencia en los dioses olímpicos configuró las civilizaciones antiguas de Grecia y Roma, mientras que Bast de los orishas inspiró al africano Bashenga a crear el culto de la Pantera Negra. Cuando el poder de los panteones disminuyó con el declive de la fe, Odín, el Padre de Todos de Asgard, envió a su hijo Thor a la Tierra para que siguiera luchando por la justicia en una nueva era de Súper Héroes.

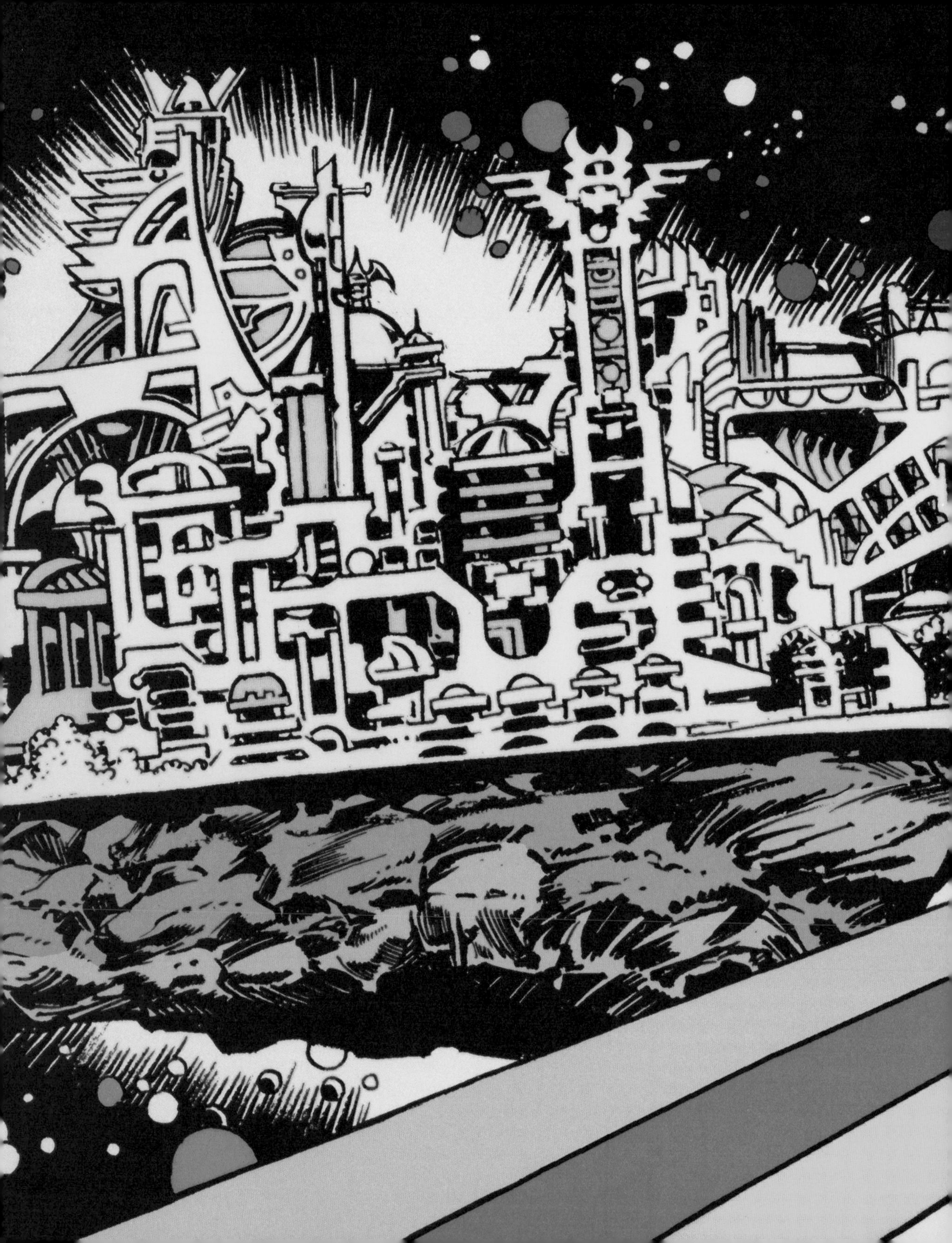

Los asgardianos: muerte y renacimiento

Los dioses de Asgard estaban atrapados en un ciclo aparentemente infinito de muerte y renacimiento. Odín, el Padre de Todos, estaba decidido a romper las cadenas de Ragnarok y forjar un nuevo destino para su pueblo.

Los Aesir formaron uno de los primeros panteones que surgieron después de que Atum purgara a los diabólicos Dioses Antiguos. Liderados por el indómito Bor, sus miembros eran una raza fuerte de hombres y mujeres que habitaban en clanes y que se hicieron con el control de las tierras más septentrionales del planeta, cubiertas de nieve y hielo. Por desgracia, su territorio se vio cada vez más afectado por adoradores de otras deidades, y los Aesir decidieron utilizar las ramas del árbol sagrado Yggdrasil para escapar a un reino en otra dimensión al que llamaron Asgard.

Odín sucedió a Bor como el Padre de Todos en Asgard y quedó consternado cuando supo que su pueblo estaba atrapado en un ciclo de 2000 años de muerte y resurrección. En el ocaso de cada era, los asgardianos eran aniquilados por los eventos catastróficos de Ragnarok, para luego renacer en formas ligeramente distintas. Estaban condenados a repetir el ciclo una y otra vez. El orgulloso Odín no podía tolerar que su pueblo estuviera sujeto por los grilletes del destino y puso en marcha un plan de siglos de duración con la esperanza de que los dioses de Asgard pudieran llegar a ser señores de su sino.

Al final del arcoíris
Los Aesir se asentaron en Asgard y exploraron los Diez Reinos gracias al Puente de Arcoíris, o Bifrost, conducto caleidoscópico a cualquier punto del universo.
Thor Annual #5 (sep. 1976)

Como parte de su estratagema, viajó al plano mortal para engendrar un hijo con Gea, la Madre Tierra, que yació con su pretendiente divino bajo la apariencia de la diosa Jord. Gea alumbró a Thor en las profundidades de la Tierra y con la asistencia de espíritus mágicos y ninfas. Por supuesto, y debido al inevitable Ragnarok, ya había habido tres versiones anteriores de Thor en el pasado, pero esta encarnación sería distinta. Debido a su linaje único, este dios era tan hijo de la Tierra como de Asgard, y su fuerza se veía aumentada gracias al vínculo directo con el reino mortal. Durante los años siguientes, Thor desarrolló una profunda simpatía por la Tierra (o Midgard, como la llamaban los asgardianos) y descubrió que su poder era mucho mayor debido a esa relación sin precedentes.

En Asgard, Thor fue puesto al cuidado de la esposa de Odín, Freya, que lo crio como si fuera su propio hijo. Como muchos otros asgardianos, Thor creció siendo tozudo e impulsivo, vivía al día y no le preocupaba lo que pudiera ocurrir mañana. Disfrutaba tanto de las peleas como de las juergas junto a otros guerreros, y se enorgullecía de ser adorado por los mortales, sobre todo por los robustos nórdicos de Escandinavia. Cuando Thor rescató a la joven diosa Sif de las garras de la diosa de la muerte, Hela, Odín recompensó el heroísmo de su hijo entregándole a Mjolnir, el martillo místico forjado con uru.

Padres e hijos
Odín, hijo del rey guerrero Bor, luchó junto a su padre; pero cuando se trató de su propio heredero, Odín quiso alejar a Thor del conflicto inútil.
Thor #7 (mayo 2008)

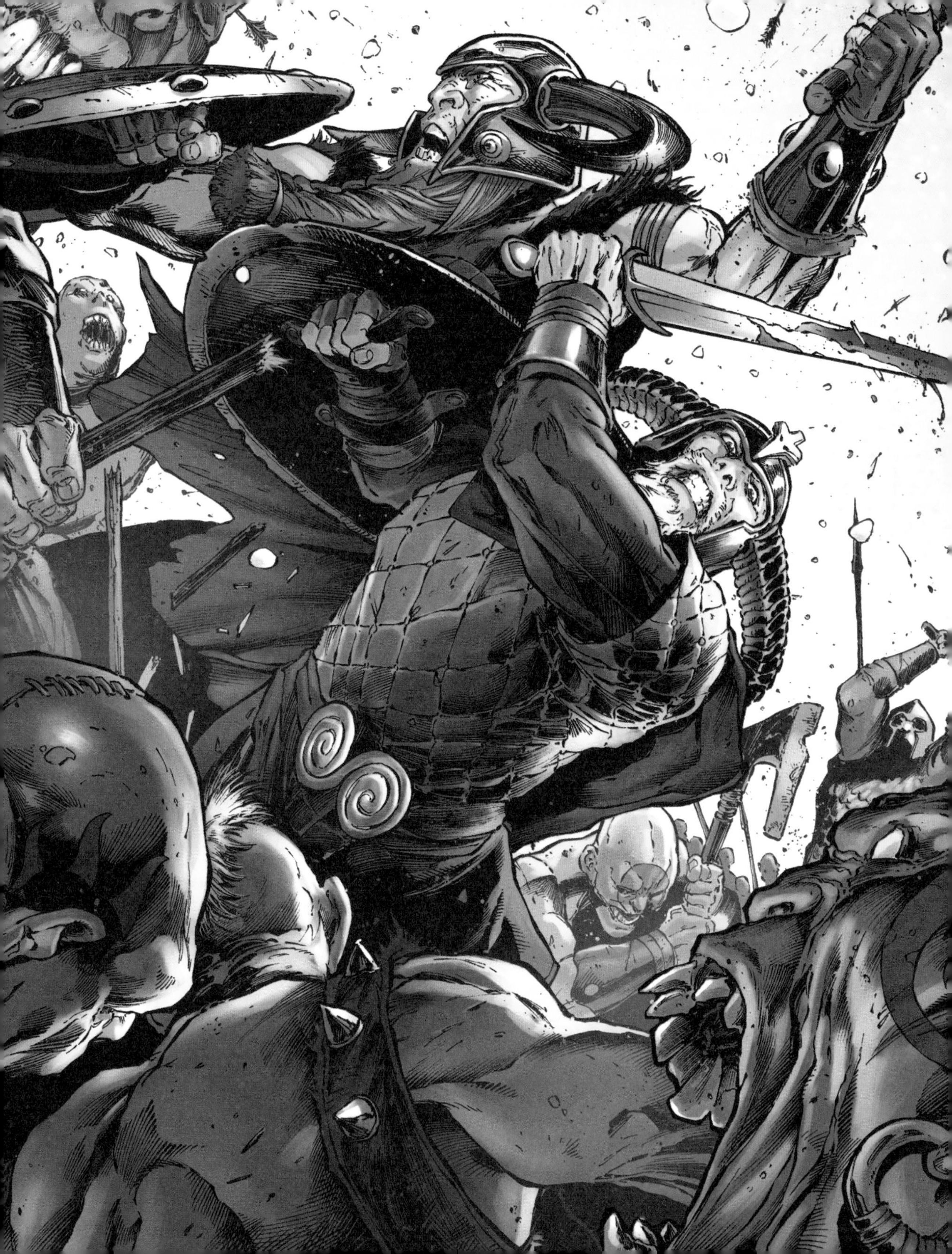

El propio Odín había blandido el martillo místico en el pasado lejano para defender a la Tierra de distintas amenazas, y esperaba que su hijo hiciera lo mismo. Sin embargo, el regalo de Mjolnir solo sirvió para que Thor se mostrara aún más arrogante. El joven dios siguió participando en peleas banales y batallas sin sentido. La paciencia de Odín se agotó al fin cuando un enfrentamiento con una banda de gigantes de las tormentas rompió una tregua que había sido muy difícil de forjar. Decidió que Thor no era digno de heredar el trono de Asgard y lo exilió a la Tierra.

«Quiero un heredero cuyo poder vaya más allá de Asgard.» Odín

Como parte de su castigo, el dios del trueno fue transformado en un mortal frágil y cojo. Perdió todo recuerdo de su vida anterior y creía que siempre había sido Don Blake, un médico estadounidense con un don para la cirugía y cuya pasión era ayudar a los demás. Tras años de servicio, Blake viajó de vacaciones a Noruega. Allí se vio envuelto en una invasión de kronanos, unos alienígenas semejantes a piedras. Perseguido por ellos, Blake perdió el bastón en el que se apoyaba para caminar y se refugió en una cueva, en cuyo oscuro interior descubrió lo que parecía un palo de madera retorcido.

Cuando el buen doctor golpeó sin querer una piedra con el palo, sucedió algo milagroso: lo que parecía un simple trozo de madera se convirtió en Mjolnir, y el cuerpo enclenque de Blake se transformó en el imponente físico de Thor, el dios del trueno. La inscripción que halló en Mjolnir ofreció al confuso Blake/Thor cierta explicación: «Quien empuñe este martillo, si es digno, poseerá el poder de Thor». Blake utilizó sus nuevos poderes divinos para derrotar a los kronanos en la que fue la primera de sus muchas aventuras como Súper Héroe.

Valores familiares
Odín quería preparar a Thor para su papel como rey, y Freya quería garantizar que su hijo supiera que en la vida había más cosas que el deber.
Thor #301 (nov. 1980)

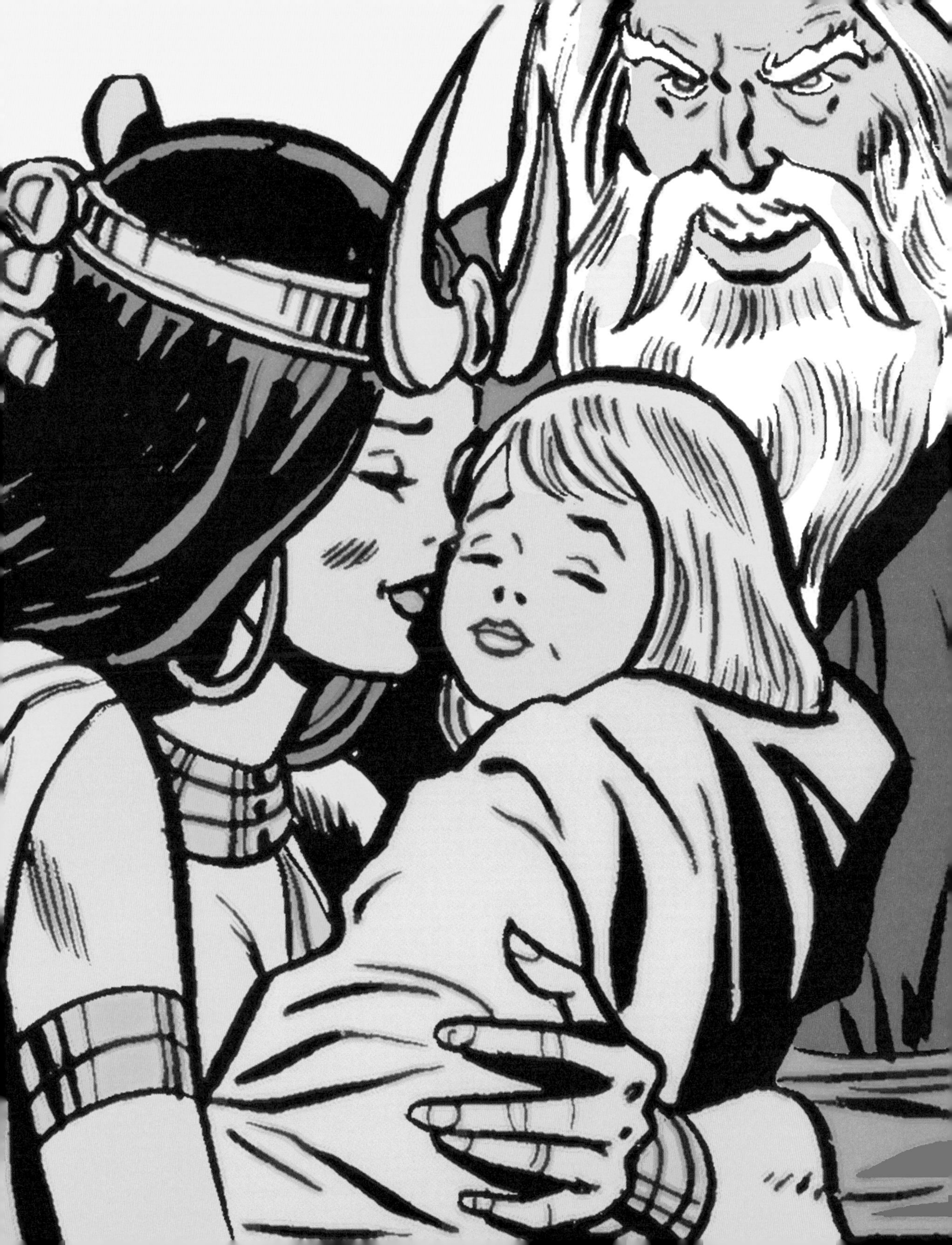

Por supuesto, Thor era mucho más que un justiciero con traje. Recuperó la memoria y repartió su tiempo entre Asgard y la Tierra, a la que solía regresar atraído por el amor que sentía por la colega de Don, la enfermera Jane Foster. Una vez reconciliado con Thor, Odín le confesó que lo había exiliado a la Tierra para darle una lección de humildad. Como Blake, Thor había tenido que anteponer las necesidades de los demás a las propias. En palabras de Odín: «Trataste a los enfermos y a los afligidos. Caminaste entre los débiles y les diste fuerza». Cuando encontró el martillo en la cueva, Blake recuperó su historia perdida, tal como Odín había previsto en su gran plan. El Padre de Todos había enseñado a Thor una importante lección, pero también había reforzado el vínculo de su hijo con la Tierra, en preparación para las dificultades que le aguardaban.

Cuando aún era joven, Thor compartió muchas aventuras (o quizás sería más acertado decir desventuras) con su hermano adoptivo, Loki. Este era hijo del gigante de hielo Laufey, y Odín lo había adoptado tras derrotar a su padre en combate. Loki, a quien algunos calificaban de poco más que un trofeo de guerra, no se parecía a ningún gigante de hielo. Era bajo, débil e inadaptado. Con el tiempo, los celos que sentía por la atención y la admiración que recibía Thor no hicieron más que crecer. Asumió con fruición el papel de dios de la mentira y usaba la magia como herramienta principal, a menudo para humillar a su hermano. Pero lo que al principio eran inofensivas bromas fueron ganando en gravedad con el tiempo. Cuando Thor inició sus hazañas como Súper Héroe en la Tierra, Loki se habituó a manipular a otros para que llevaran a cabo los planes que urdía.

El martillo del dios

El dios del trueno renació cuando se reencontró con el martillo místico Mjolnir y se embarcó en una nueva carrera como Súper Héroe terrestre. *Journey into Mystery* #83 (ago. 1962)

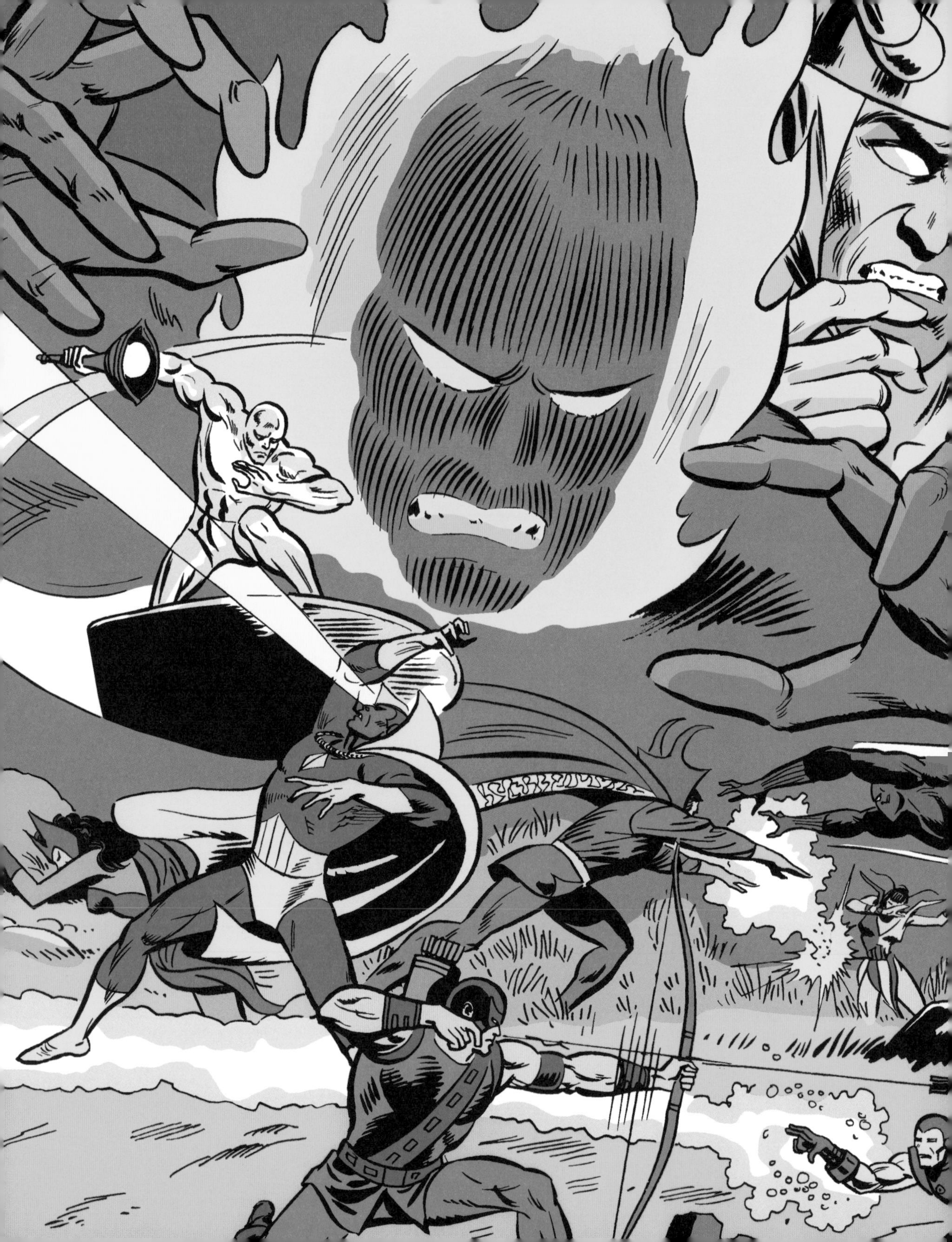

El dios de la mentira dio poderes al equipo de Cobra y Mr. Hyde, a Zarrko el Hombre del Mañana, al Hombre Absorbente y a toda una hueste de supervillanos y los lanzó contra su hermano, al que odiaba. Pero todo fue en vano, porque Thor siempre acababa venciendo. Para la eterna aflicción de Loki, el plan de utilizar a Hulk como peón contra su hermano acabó con la creación del mayor equipo de Súper Héroes del mundo, pues el monstruo producto de la radiación gamma acabó uniendo fuerzas con Thor, Iron Man. Avispa y el Hombre Hormiga como miembro fundador de los Vengadores.

Durante un enfrentamiento especialmente intenso con Thor, un relámpago cegó a Loki. Debilitado y confundido, Loki cayó de la cima de una montaña y, aparentemente, murió. Sin embargo, en realidad había sido arrancado del reino mortal por Dormammu, regente de la Dimensión Oscura. Un tiempo antes, Dormammu había intentado conquistar la Tierra pero había sido vencido por el Doctor Extraño, el mayor místico de la Tierra, que le había obligado a prometer que abandonaría todos sus planes de invasión. Ahora, Dormammu le propuso a Loki una alianza y le presentó un plan que le permitiría tomar la Tierra sin romper la palabra dada.

«¿Me ayudarás, príncipe del mal?» Dormammu

El regente de la Dimensión Oscura había oído que un antiguo artefacto místico, el Ojo Diabólico, se había roto en seis pedazos y que los fragmentos habían sido enterrados en distintos puntos del planeta. Si se volvían a juntar, el Ojo Diabólico sería lo bastante poderoso como para arrastrar a la Tierra a la Dimensión Oscura. Dormammu tendría así lo que anhelaba sin necesidad de faltar a su palabra. Estando Loki ciego y Dormammu atado por su promesa,

Sorpresa y confusión
Dormammu engañó a los heroicos Defensores para que cumplieran sus designios, pero los Vengadores lograron frustrar sus planes.
Avengers #117 (nov. 1973)

los dos villanos decidieron recurrir a las artimañas de eficacia probada del dios de la mentira y engañar a intermediarios incautos para que actuaran en su nombre.

Loki empleó la magia para enviar un mensaje telepático al Doctor Extraño haciéndose pasar por el heroico Caballero Negro, cuya alma estaba atrapada en el limbo. El Doctor Extraño llevaba ya un tiempo intentando hallar el modo de reunir la esencia del Caballero Negro con su cuerpo inerte, que la Encantadora de Asgard había transformado en piedra. El falso mensaje fue un destello de esperanza. Le sugería que el Ojo Diabólico era la clave para devolver la salud al Caballero Negro. Al poco, el Doctor Extraño y sus aliados del superequipo de los Defensores recorrían el mundo en busca de los fragmentos del artefacto.

«¡He sido un idiota!» Loki

Viendo la alegría maníaca que embargaba a Dormammu ante la mera idea de la victoria, Loki se puso cada vez más nervioso. Temía que, una vez recuperado el Ojo Diabólico, su malvado socio se volviera contra él. Tomando precauciones, el dios de la mentira se presentó ante los Vengadores y acusó falsamente a los Defensores de querer emplear el Ojo Diabólico con fines perversos. Pronto, los dos equipos de Súper Héroes luchaban entre sí para hacerse con el artefacto arcano. Aunque Dormammu se enfureció ante el giro de los acontecimientos, la guerra entre Defensores y Vengadores le ofreció una oportunidad única. Cuando todos los fragmentos se hubieron desenterrado, Dormammu envió a un acólito infernal para que recuperara el Ojo Diabólico reconstruido. Entonces, cumplió lo prometido y trasladó la Tierra a la Dimensión Oscura. Los Vengadores y los Defensores lucharon con valor para contener la locura que siguió, pero al final fue Loki quien salvó la situación, arrebatando el Ojo Diabólico a Dormammu, cuya feroz esencia quedó atrapada en el artefacto. El estallido místico le devolvió la vista a Loki, pero le arrebató la cordura.

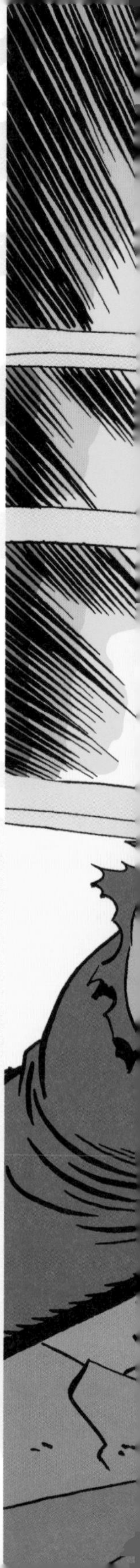

Prueba de fuerza
En la guerra entre Vengadores y Defensores, Hulk y Thor lucharon en bandos opuestos e intercambiaron golpes de potencia comparable.
Defenders #10 (nov. 1973)

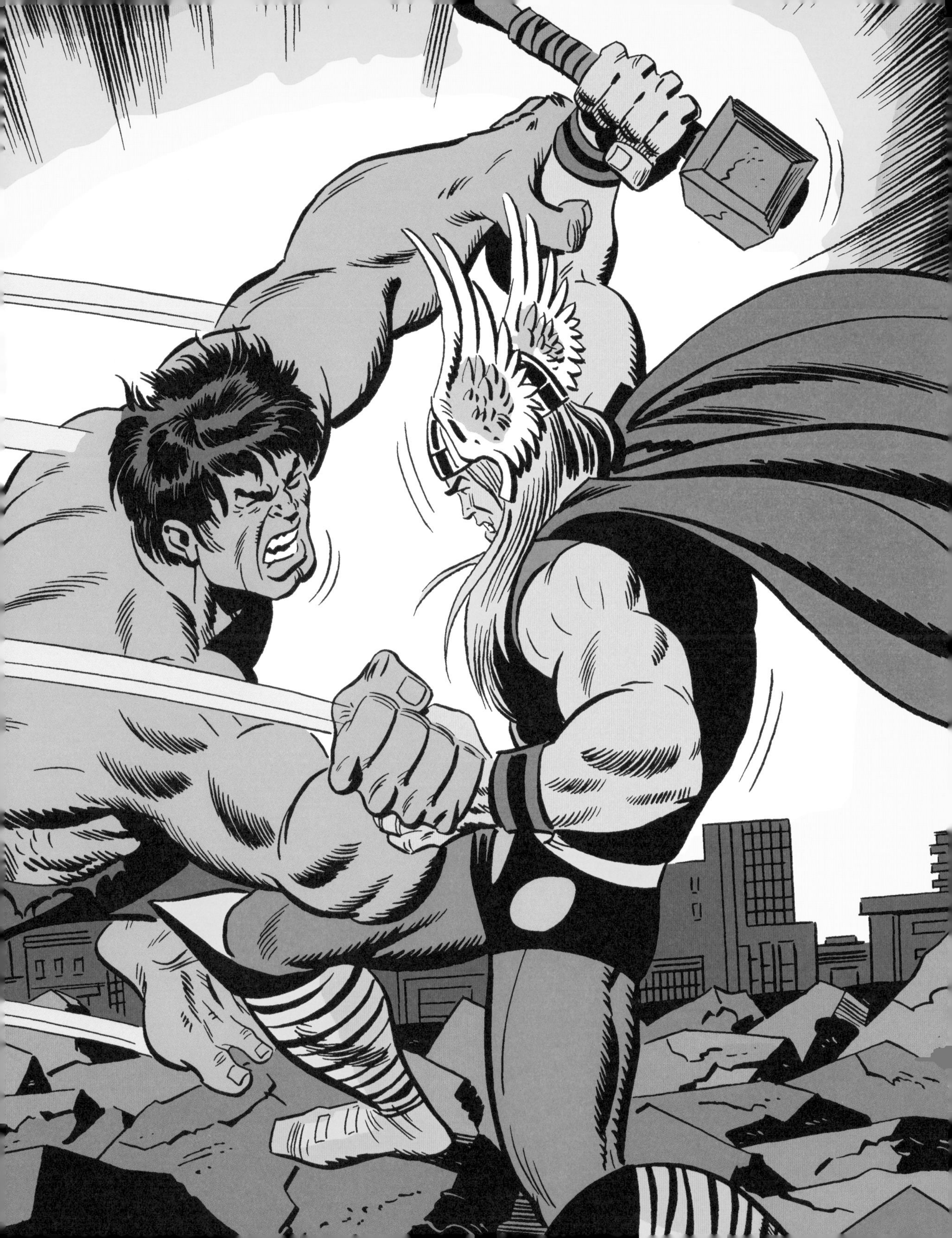

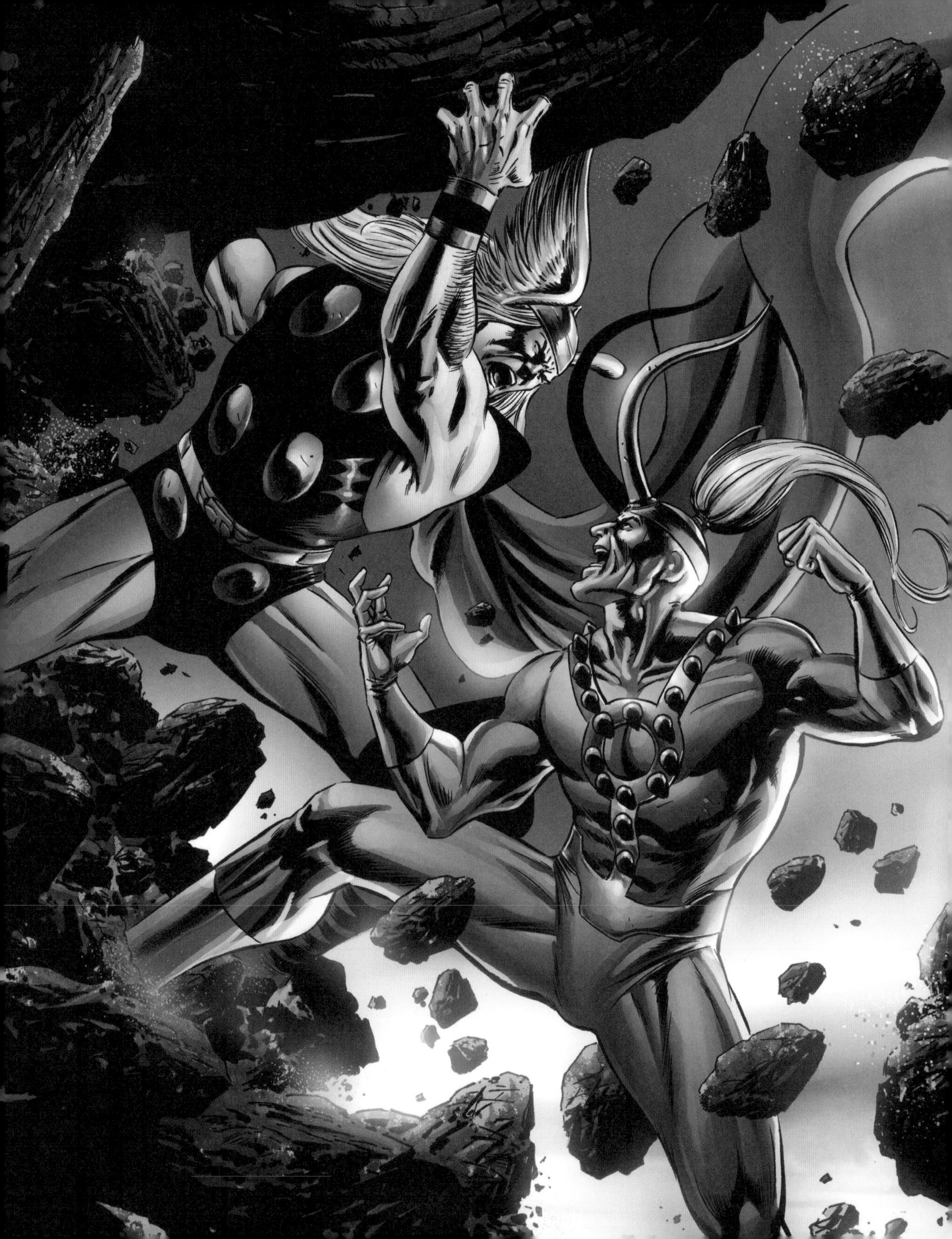

El dios de la mentira acabó recuperando el juicio y, con la rueda del destino de nuevo en marcha, reanudó su contienda con Thor. Finalmente, cuando Odín falleció y un reticente Thor se sentó en el trono de Asgard, llegó el día de Ragnarok. Aparentemente más hostil que nunca, Loki cumplió su función predestinada y liberó al salvaje lobo Fenris. Luego, aliado con el demonio infernal Surtur, usó el molde con el que se había forjado Mjolnir para forjar un juego de martillos místicos que entregó a sus aliados más recientes (entre ellos los trolls Ulik y Geirrodur), y lanzó a sus fuerzas contra Asgard.

Mjolnir se rompió en tres pedazos durante el primer enfrentamiento y, temiendo lo peor, Thor huyó a la Tierra para reunir a sus propios aliados. El dios del trueno regresó a la batalla acompañado del Capitán América y de Iron Man, pero ya era demasiado tarde. Loki y sus cómplices habían derribado las defensas de Asgard y ahora estaban saqueando la ciudad en ruinas. Los tres Vengadores hicieron todo lo que pudieron por los supervivientes y luego partieron en busca de Loki y de sus secuaces para hacer honor a su nombre. El Capitán América acabó con Fenris, mientras que Iron Man y Thor surcaron el cielo para enfrentarse directamente a Loki.

Tras intercambiar infinitos golpes con su hermano adoptivo, Loki reconoció que la derrota era inminente y decidió retirarse en lugar de ser capturado. Thor también aceptó lo inevitable. Los signos de Ragnarok eran omnipresentes y, como no quería ver a sus compatriotas aplastados por el destino, teletransportó a los Vengadores a la Tierra y reunió al resto de los asgardianos para librar una última batalla en Vanaheim.

Odio fraterno

Incapaces de escapar a un destino que ya estaba escrito, Thor y Loki se enfrentaron repetidamente durante los oscuros días de Ragnarok.
Thor #84 (nov. 2004)

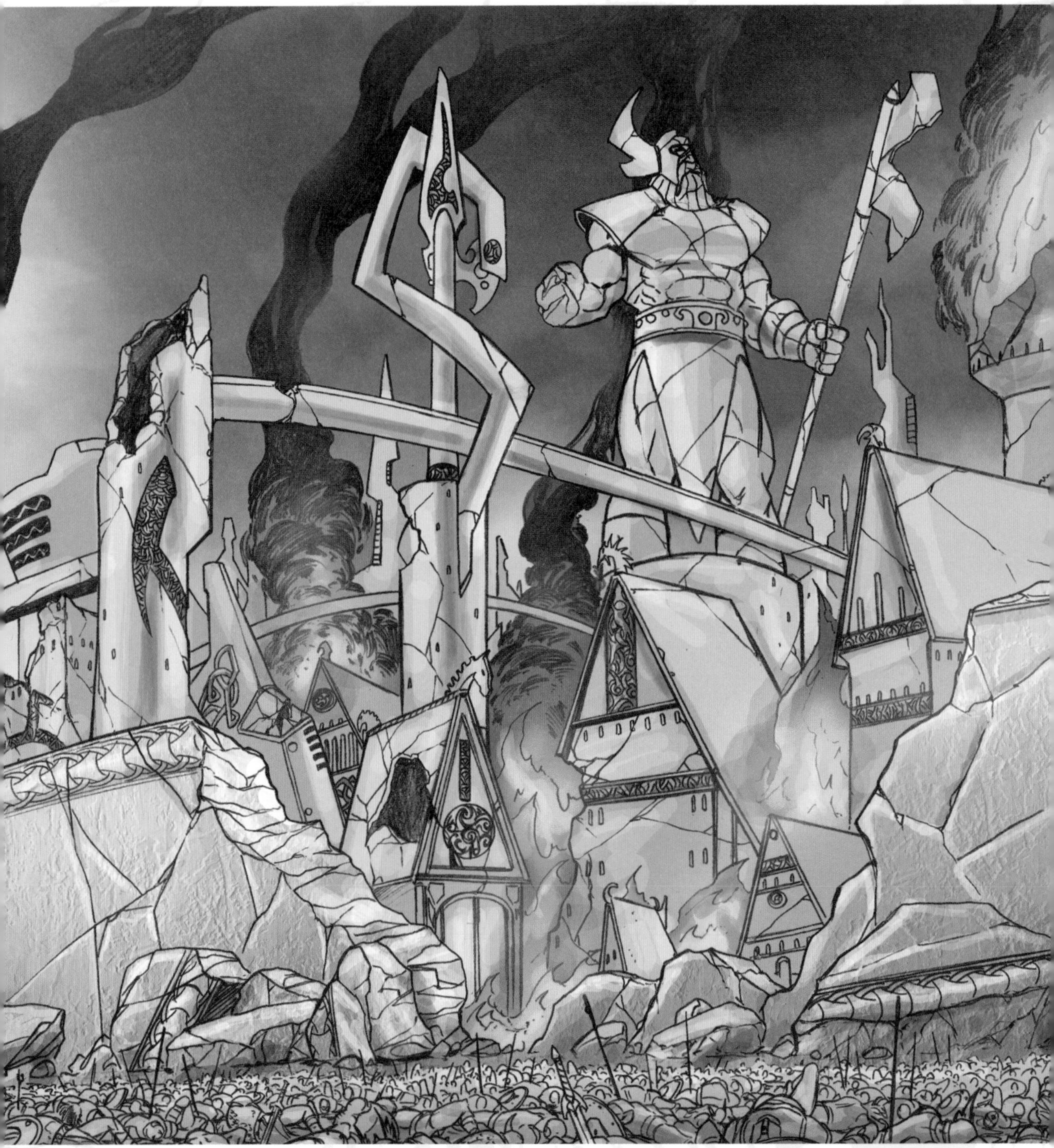

Agotado y cansado de batallar, el dios del trueno buscó sin descanso algún modo de detener Ragnarok. En su búsqueda, acudió al árbol de los mundos, Yggdrasil. Tal y como su padre había hecho siglos antes, Thor se arrancó un ojo y lo ofreció en sacrificio a cambio de conocimiento arcano. Sin embargo, el conocimiento no llegaba y Thor se tuvo que arrancar el otro ojo y ahorcarse en una rama de Yggdrasil para recibir las visiones que tanto anhelaba.

Thor murió y entró en una región de Hel. Allí conectó con la magia rúnica de su pueblo y por fin comprendió que Ragnarok era un ciclo y no un evento singular. Aún más, Thor descubrió algo que ni siquiera Odín había sabido. Ragnarok no era un producto aleatorio del destino, sino un acontecimiento deliberado, orquestado por un grupo de autoproclamados «dioses de los dioses», o «aquellos que se sientan arriba en la sombra». Cada Ragnarok producía una cantidad colosal de energía mística, que este grupo consumía para mantener su fuerza y su autoridad clandestina.

Thor regresó finalmente al reino de los vivos, decidido a liberar a los asgardianos de las garras de esos parásitos divinos que llevaban una eternidad alimentándose de sus tribulaciones. Su faceta humana le dio una visión únicamente mortal y comprendió que el único modo de que los asgardianos escaparan del ciclo era que se rindieran a su destino una última vez. Y así, como estaba profetizado, el panteón nórdico llegó a su final. Thor observó, impotente, cómo los asgardianos sucumbían ante el ataque de Surtur.

Asgard en llamas
Cuando Ragnarok llegó a su fin, Loki desplegó sus fuerzas contra el Reino Dorado y la capital de Asgard quedó en ruinas.
Thor #81 (ago. 2004)

La victoria de las fuerzas de Surtur completó Ragnarok. El ocaso de los dioses había concluido. Entonces, para impedir que el ciclo continuara, Thor destruyó el tapiz de los Tres Destinos. Los dioses asgardianos habían muerto, pero renacerían y, esta vez, serían libres. Este había sido el plan de Odín desde el principio. Había empujado y engatusado a su hijo durante siglos para que aceptara su faceta terrestre, de modo que el dios del trueno supiera qué significaba ser mortal y tuviera el valor y la imaginación necesarios para reconocer que, con frecuencia, los finales también son principios.

«Soy un dios con corazón de hombre.» Thor Odinson

Cumplida su misión, Thor decidió unirse a los asgardianos más allá del velo de la muerte, para «respirar profundamente el descanso de los dioses… durante un tiempo, al menos». Los asgardianos se acabaron reencarnando en la Tierra. Tras mucha introspección, Thor reunió a los suyos y ayudó a construir una nueva capital en el lugar más improbable: el cielo sobre la localidad de Broxton (Oklahoma, EE UU). Esta ubicación única vino acompañada de dificultades igualmente únicas. El poder de los asgardianos intimidaba a las autoridades locales, que temían que una amenaza peligrosamente impredecible se hubiera materializado de repente en el corazón de Estados Unidos.

Fuego y furia
Sif lideró a los guerreros que quedaban en Asgard en un intento de derrotar a Surtur y a sus ejércitos de Muspelheim.
Thor #85 (dic. 2004)

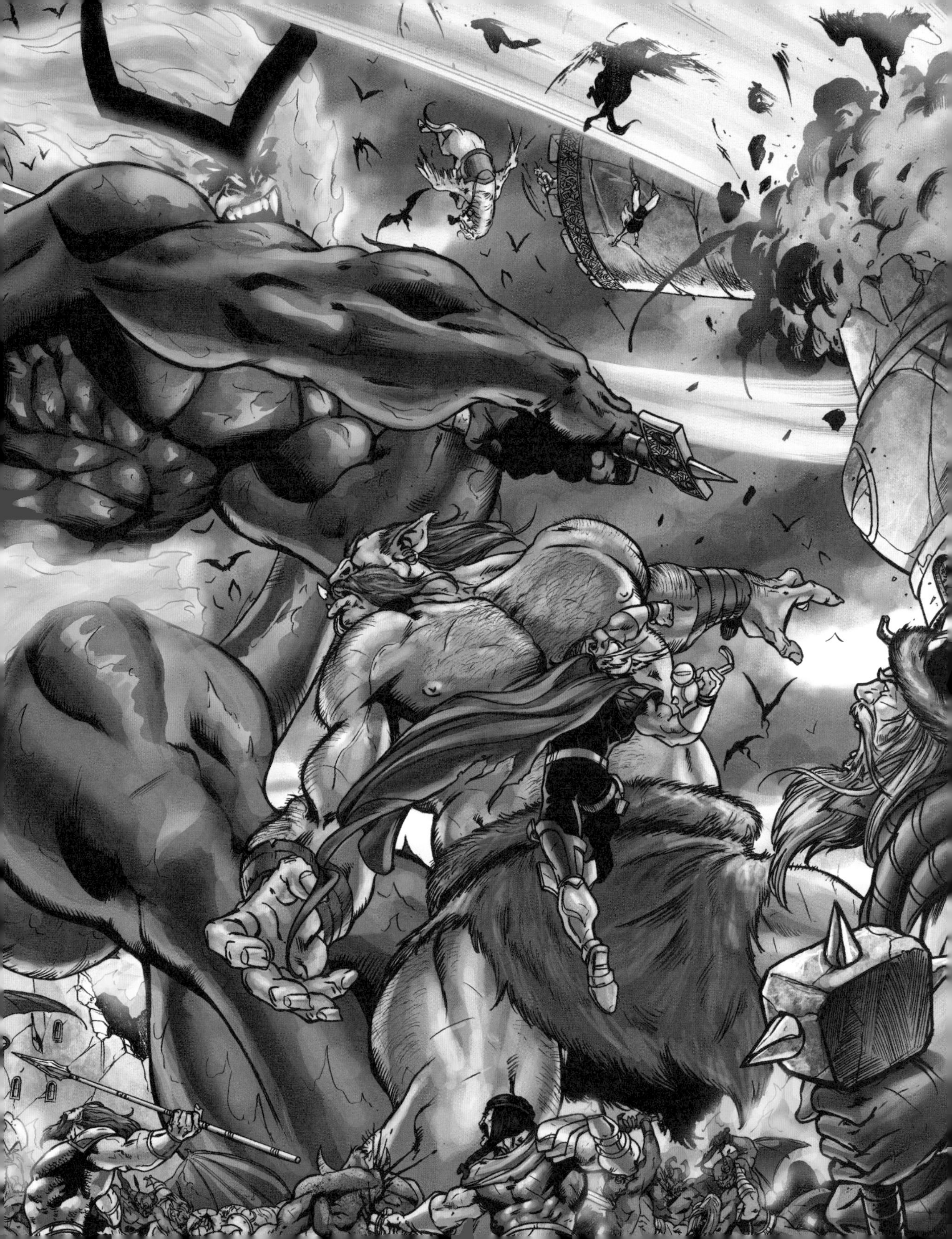

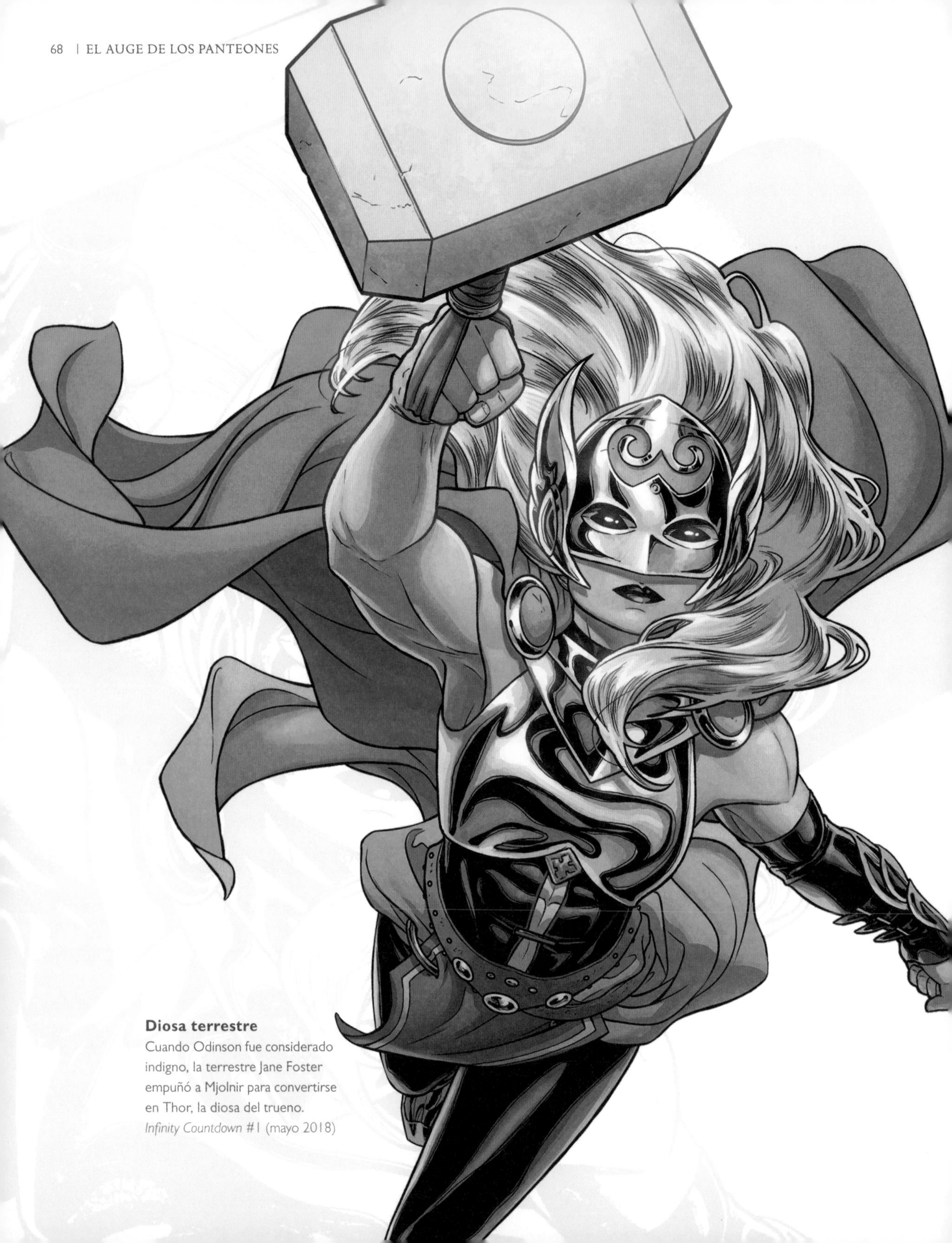

Diosa terrestre
Cuando Odinson fue considerado indigno, la terrestre Jane Foster empuñó a Mjolnir para convertirse en Thor, la diosa del trueno.
Infinity Countdown #1 (mayo 2018)

Aunque hallaron el modo de convivir (Asgard recibió el estatus de embajada extranjera con plena inmunidad diplomática para sus habitantes), las relaciones siempre fueron muy tensas. Finalmente, el maquiavélico Norman Osborn y su equipo de Vengadores Oscuros destruyeron la nueva ciudad. Bajo el liderazgo de Freya, la Madre de Todos, fue reconstruida y rebautizada como Asgardia, y alejada del planeta, se puso en órbita alrededor de Saturno.

Parecía que la incertidumbre del pasado había terminado para siempre. Sin embargo, Thor cada vez sentía más reparos en relación con su función en el universo y con el papel más amplio que tenía el resto de los asgardianos. Veía el panteón nórdico como vanidoso y arrogante, indigno de ser venerado. Lleno de dudas, acabó siendo indigno él también y se descubrió incapaz de empuñar a Mjolnir o de conjurar el poder de Thor. Ya no era el dios del trueno, ahora solo era Odinson, el hijo de Odín.

«Los mortales estarían mucho mejor sin nosotros.» Odinson (el Indigno)

Abandonado, Mjolnir atrajo telepáticamente a Jane Foster, que ahora era una doctora de éxito. Empuñó el martillo y se convirtió en Thor, la diosa del trueno. Era tan valiente como su predecesor, y esta nueva Thor se enfrentó a múltiples amenazas y fue un miembro estable de los Vengadores. Por desgracia, tuvo que pagar un precio personal muy elevado por sus poderes y su resolución. Foster tenía cáncer y seguía un tratamiento de quimioterapia, pero la transformación en Thor eliminaba el fármaco de su organismo. Cuando volvía a ser Jane perdía los beneficios que hubiera podido recibir del tratamiento, por lo que enfermó de gravedad a medida que el cáncer se extendía.

Cuando Malekith, el elfo oscuro, lanzó una guerra total, Jane se vio obligada a acudir en defensa de los Diez Reinos de Asgard, descuidando su salud. En respuesta, Odinson y el Doctor Extraño informaron a la nueva Thor de que una sola transformación más le causaría la muerte. A regañadientes, Jane Foster accedió a dejar el martillo y a centrar sus energías en vencer al cáncer. Pero cuando Malekith lanzó al letal Mangog contra Asgardia, Jane empuñó Mjolnir de nuevo y voló para ayudar a la ciudad. Ató a la monstruosa criatura al martillo utilizando una cadena irrompible y arrojó a Mangog y a Mjolnir al abrasador corazón del sol.

Mjolnir se fundió y Thor recuperó su identidad de Jane Foster, que sucumbió a la enfermedad. Sin embargo, la muerte no supuso el fin para Jane: Odinson canalizó el poder de la tempestad divina (la madre del trueno), una fuerza elemental liberada tras la destrucción de Mjolnir, para resucitarla.

Aunque Jane había detenido el violento ataque de Mangog, los controles de vuelo de Asgardia estaban dañados y la ciudad se abalanzó sobre el sol, por lo que la Madre de Todos, Freya, tuvo que evacuar a su pueblo a Midgard. Jane, que también regresó a la Tierra y cuyo cáncer había entrado en remisión, entregó a Odinson una pequeña esquirla de Mjolnir que había conseguido rescatar y lo instó a que recuperara la identidad de Thor, se considerara digno de ella o no. Y más valía que se diera prisa, porque la Guerra de los Reinos no iba bien. Malekith ya había aplastado a nueve de los Diez Reinos y tenía a Midgard en el punto de mira. Lo que Thor Odinson hiciera a continuación determinaría la vida o la muerte de los mortales que tanto admiraba. Los elfos oscuros de Malekith se movían en la oscuridad y usaban el Bifrost negro para pasar de un reino a otro sin ser vistos. Atacaron sin previo aviso, capturaron a Thor y lo encerraron en Jotunheim, el yermo donde habitaban los gigantes de hielo.

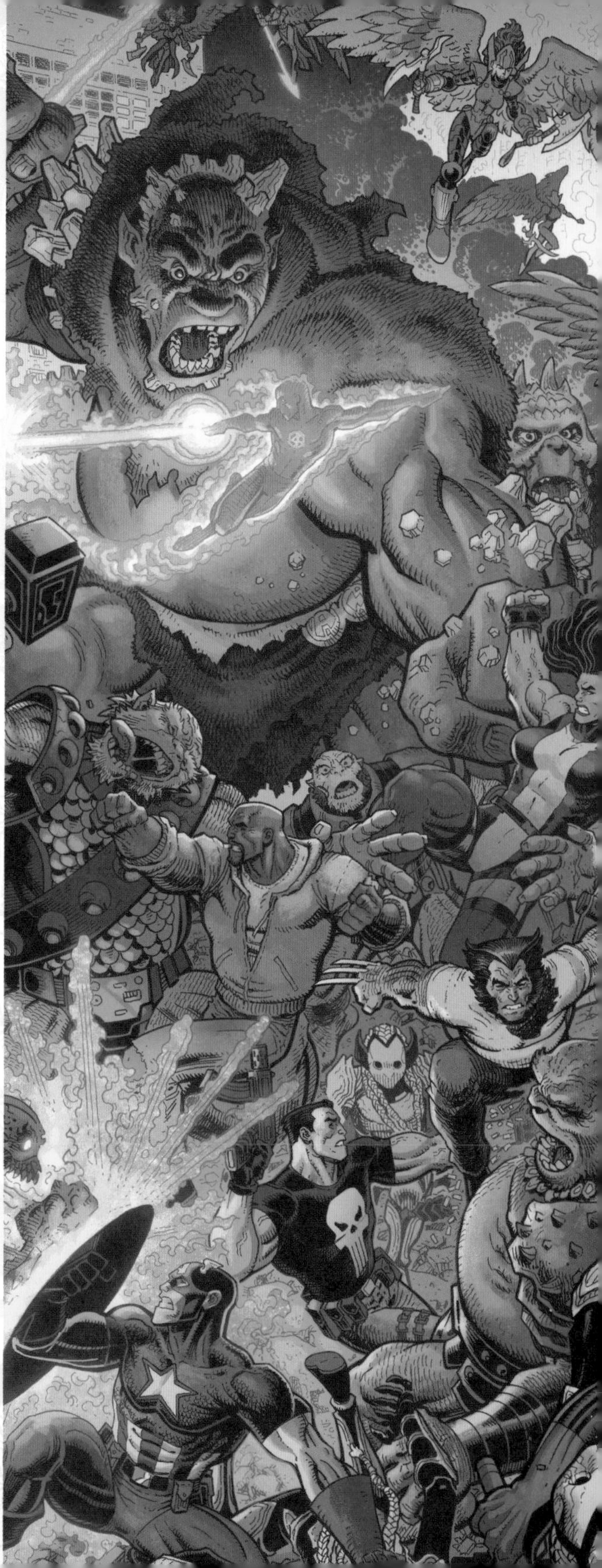

La guerra de los Diez Mundos
Cuando el elfo oscuro Malekith declaró la guerra a los Diez Reinos, Odinson formó una coalición de héroes y dioses para repeler a los invasores.
War of the Realms #1 (jun. 2019)

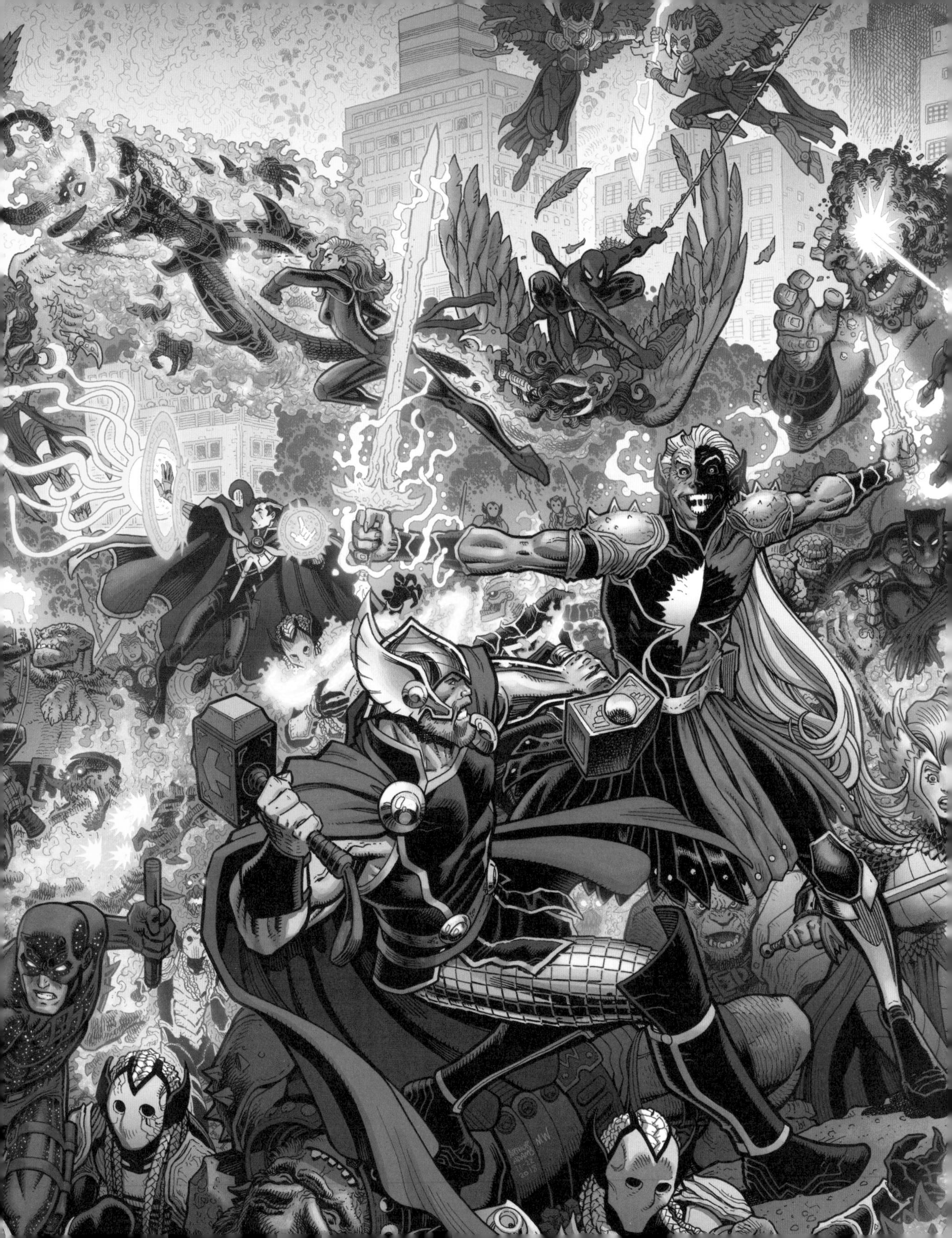

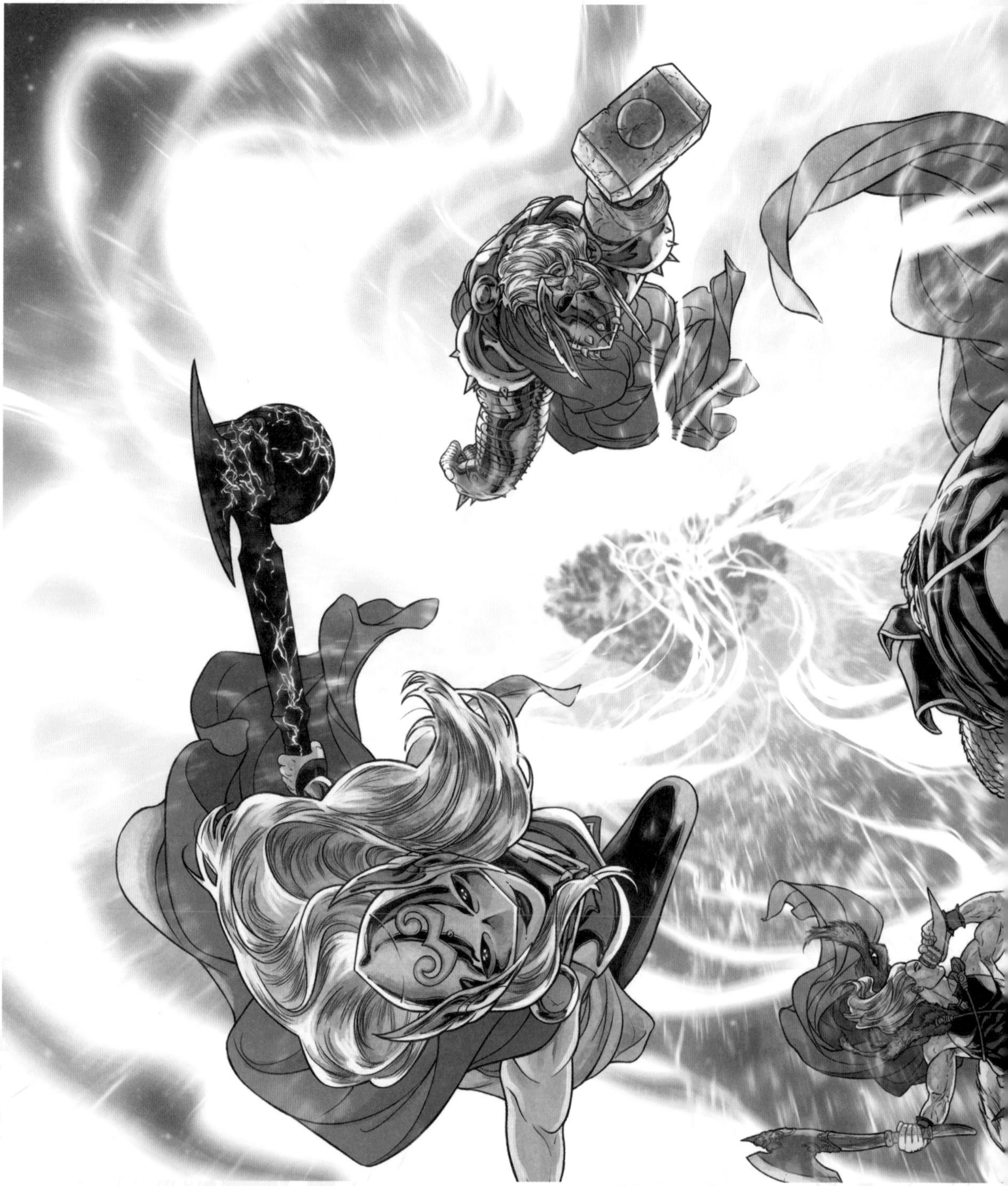

Con su hijo fuera de combate, Freya se preparó para una última gran batalla en las calles de Nueva York. Los asgardianos lucharon junto a los Súper Héroes de la Tierra y se enfrentaron al enemigo con la esperanza de contar con la fuerza suficiente para contener a las aparentemente infinitas oleadas de trolls, gigantes de hielo y elfos oscuros.

«Tenemos que salvar el mundo.» Capitán América

Habiendo conseguido movilizar a las defensas de Midgard, Freya estaba decidida a pasar también a la ofensiva, y envió a un equipo de campeones (Spiderman, Lobezno y Capitán América) al rescate de Thor. La misión fue un éxito y el dios liberado se dirigió a un consejo de guerra reunido rápidamente en Monte Vengadores, donde asumió el mando. «Solo uno de nosotros liderará el combate. ¡Y se llama Thor!», proclamó. Sin embargo, no fue un Thor solitario quien le ganó la partida a la oscuridad, sino cuatro Thors únicos: una tormenta de dioses del trueno.

Cuerpo de Thor
Odinson se unió a la diosa del trueno y a sus identidades pasadas y futuras para hacer frente al poder casi infinito de Malekith.
War of the Realms #6 (ago. 2019)

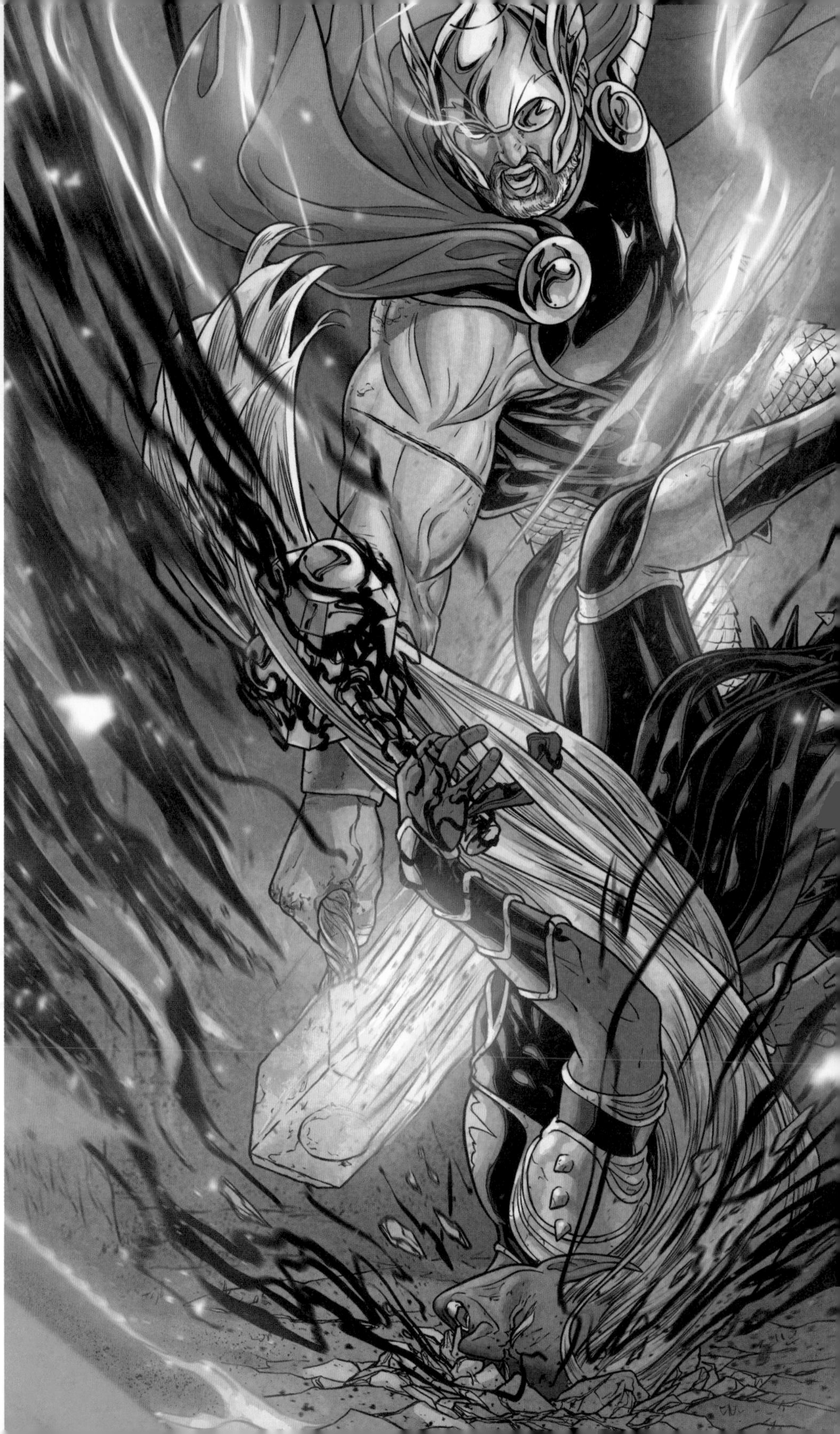

Odinson, que había asumido que se enfrentaba a una derrota casi inevitable, había recurrido de nuevo al árbol de los mundos. Descubrió que, tras la destrucción de Asgardia, una semilla de Yggdrasil había echado raíces en el sol, y Odinson desafió su calor para descubrir cómo vencer a Malekith. Esta vez, el sacrificio a cambio del conocimiento fue su ojo derecho y la última esquirla de Mjolnir.

«Saludemos al Padre de Todos, Thor.» Odín

El sacrificio valió la pena: Thor descubrió que Malekith sería incapaz de soportar el poder de varios dioses del trueno. Así que usó la tecnología de viajes en el tiempo de los 4 Fantásticos para reclutar a una versión de sí mismo del pasado y a otra de un futuro distante. Jane Foster también se unió a la lucha y empuñó el Mjolnir de una realidad alternativa para ser Thor por última vez. Y así fue como Malekith cayó ante la fuerza combinada de los cuatro dioses del trueno. Odinson asestó el golpe definitivo y reveló que no había renunciado impulsivamente al último vestigio de Mjolnir, sino que había utilizado la potencia del sol para volver a forjar un martillo completo, un arma prístina que ahora usaba con un efecto devastador. Tras la victoria, Thor fue proclamado salvador de los Diez Reinos y nombrado nuevo gobernante de Asgard.

Golpe devastador
Empuñando un recién forjado Mjolnir, Odinson puso fin de un solo mazazo al intento de Malekith de conquistar el mundo.
War of the Realms #6 (ago. 2019)

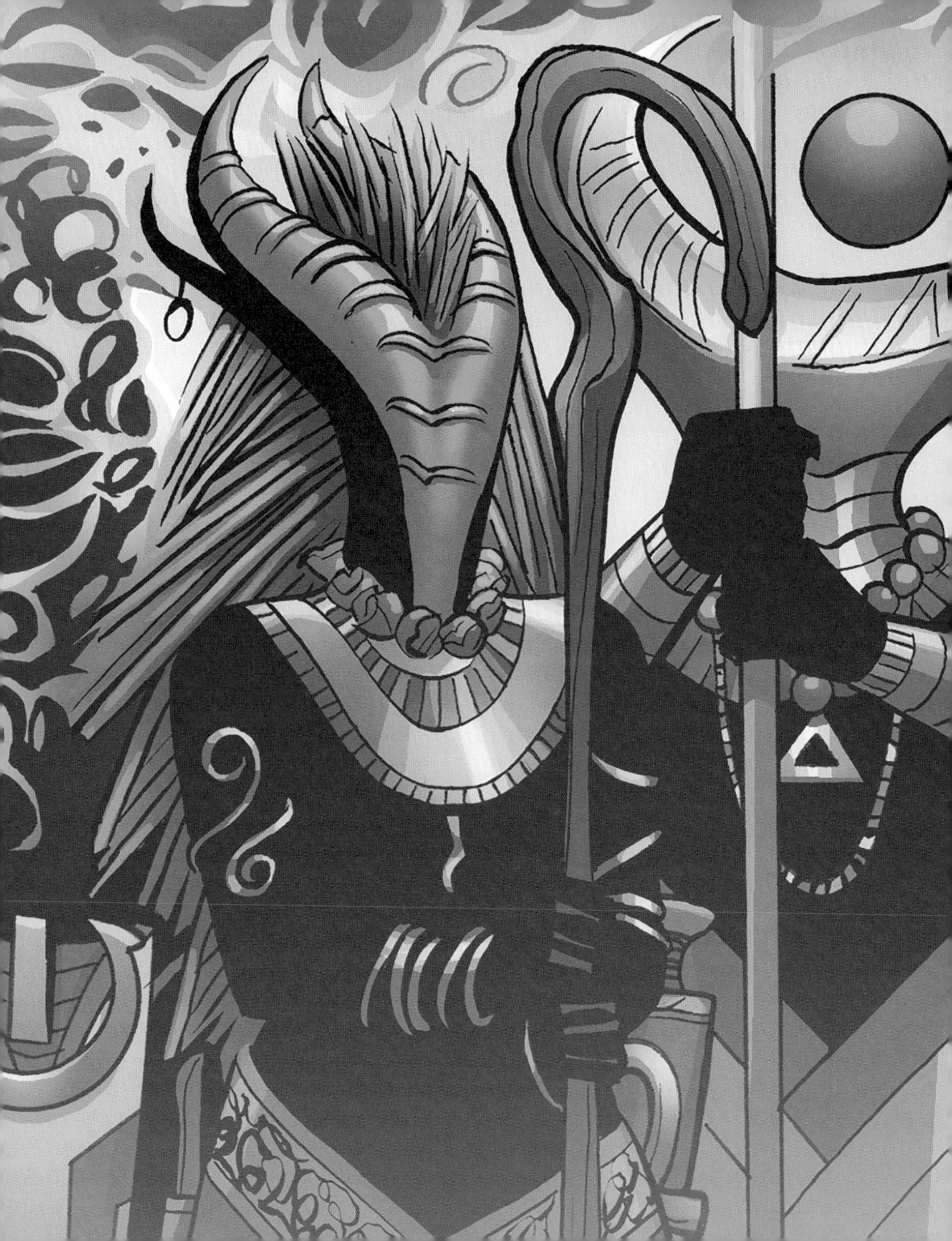

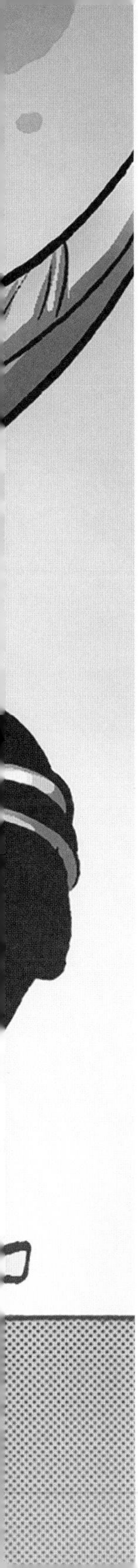

Los orishas: el pacto de Bast

En los albores de la humanidad, Bast, una diosa orisha, accedió a proteger al guerrero Bashenga a cambio de que la adorara. Juntos instauraron el culto de la Pantera Negra, un linaje de gobernantes heroicos que aún perdura hoy.

En una época antigua y ya perdida para la memoria humana, pueblos nómadas cruzaron África oriental y, durante sus exploraciones, entraron en contacto con los Originadores, hombres-bestia míticos y parientes lejanos de los Dioses Antiguos. Las tribus de Originadores más relevantes eran los simbi, hombres-serpiente semejantes al dios serpiente Set; los anansi, hombres-araña de aspecto feroz, y los vanianos, hombres-gorila.

Los primeros encuentros entre los Originadores y los seres humanos fueron amistosos, pero la competencia por los recursos naturales suscitó tensiones entre ambos grupos, y varias pequeñas disputas desencadenaron una guerra brutal. Parecía que los poderosos Originadores saldrían vencedores, pero heroicos guerreros humanos se alzaron para defender a sus congéneres. La fe de sus seguidores aumentó los poderes de estos hombres y mujeres, que se transformaron milagrosamente en un nuevo panteón de dioses-héroes, los orishas.

Dioses africanos
La fe de los primeros exploradores de África oriental dio forma y sustancia a los orishas, como Mujaji, dadora de vida, o Pthah el constructor.
Black Panther #13 (jun. 2017)

Los orishas se enfrentaron a los Originadores. El dios de la guerra, Kokou, iba al frente, seguido de Mujaji, la diosa que daba y quitaba la vida, que provocó una inundación que arrasó ejércitos enteros de Originadores. La más formidable de los orishas era la diosa pantera Bast, que atacó con una furia salvaje y cuya intervención fue clave a la hora de inclinar la balanza en favor de los humanos. Los orishas desterraron a los Originadores a una dimensión más allá del plano mortal y, durante los milenios que siguieron, guardaron las puertas de esa prisión mística. Con el tiempo, la guerra se convirtió en una leyenda y los humanos que adoraban a los orishas olvidaron que la tierra que habitaban había pertenecido a otros.

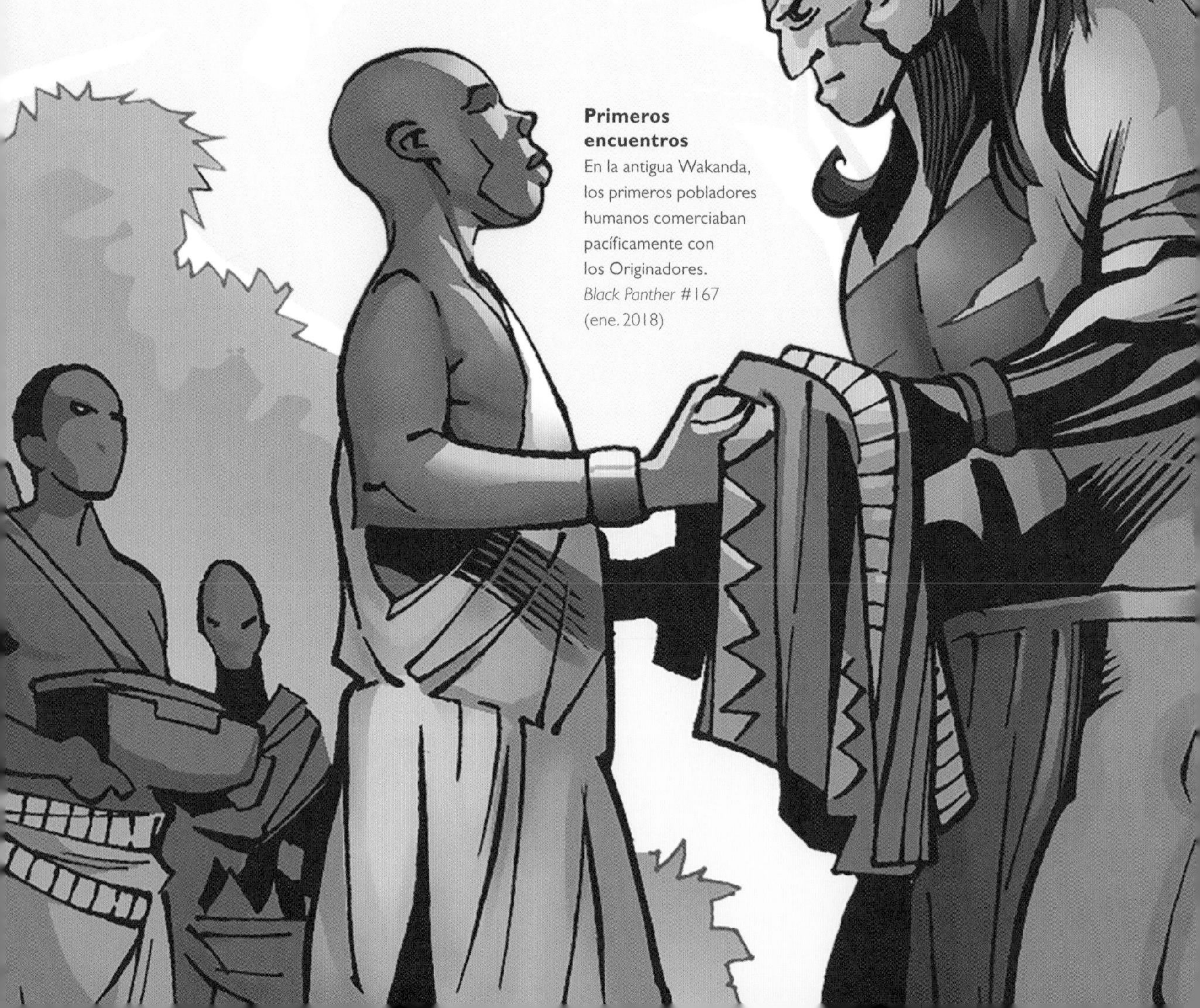

Primeros encuentros
En la antigua Wakanda, los primeros pobladores humanos comerciaban pacíficamente con los Originadores. *Black Panther* #167 (ene. 2018)

Por el tiempo de la derrota de los Originadores, un meteorito cayó en la Tierra y formó un montículo enorme. La roca caída era rica en el mineral vibránium y poseía propiedades extraordinarias. Absorbía la energía cinética y emitía una radiación que transformaba a todos los que se aproximaban demasiado a ella en espantosos «espíritus diabólicos». Al frente de su tribu, el visionario Bashenga derrotó a los monstruos y fundó un clan de guerreros dedicado a la protección del gran montículo de vibránium y de las personas inocentes que vivían a su sombra.

Bast, impresionada por el valor demostrado por Bashenga y en busca de devotos que custodiaran su legado, le propuso un pacto especial. Bashenga y su tribu recibirían protección divina a cambio de sus oraciones. Bashenga aceptó y, ataviado con la túnica de pantera sagrada en honor a Bast, se convirtió en el primero de un largo linaje de líderes cuya autoridad emanaba de la diosa pantera y de su poder. La creación del culto de la Pantera Negra dio lugar por fin a Wakanda, una nación aislada y ferozmente independiente que adoraba a Bast y honraba a todo el panteón de orishas.

Ofendidos
Una discusión ya olvidada desencadenó el conflicto entre los Originadores y los humanos que dio lugar a una guerra abierta.
Black Panther #167 (ene. 2018)

Wakanda supo aprovechar el poder del vibránium y desarrolló tecnología avanzada muchos años antes que otros países, lo que solía atraer el interés depredador de aspirantes a colonos. Tras Bashenga, gobernantes sucesivos vistieron la armadura ceremonial de Pantera Negra para repeler a los invasores o desenmascarar a los espías. Wakanda protegió sus secretos manteniendo un aislacionismo absoluto y respetando las tradiciones y las costumbres que la habían mantenido a salvo de la injerencia extranjera durante siglos.

De hecho, el pasado era una presencia tangible en el presente de Wakanda, porque todos los nuevos líderes se podían comunicar con sus predecesores gracias a la influencia de Bast. Una necrópolis construida cerca del lago Nyanza hacía de nexo con el plano ancestral y permitía que el Pantera Negra actual pudiera comunicarse con los Panteras Negras del pasado. Este fantasmagórico Consejo Real de Ancianos, compuesto por los espíritus de hombres y mujeres de gran sabiduría y experiencia, fue fundamental a la hora de dirigir a Wakanda en muchos momentos difíciles.

«Bashenga fue sabio y valiente.» Pantera Negra (T'Challa)

Recientemente, T'Challa ascendió al trono de Wakanda tras la muerte de su padre, T'Chaka, asesinado por Ulysses Klaw. El reinado de T'Challa fue tumultuoso desde el primer momento, y el joven monarca se hallaba dividido entre su vocación científica y la adoración que su país profesaba a los orishas. Además, las obligaciones de T'Challa como Pantera Negra y como miembro de los Vengadores lo llevaban a

El culto
Bashenga, protegido por la diosa Bast, instauró el culto de la Pantera Negra y fundó un linaje de líderes guerreros que mantuvo a salvo a Wakanda durante siglos.
Black Panther: Marvel Legacy Primer (2017)

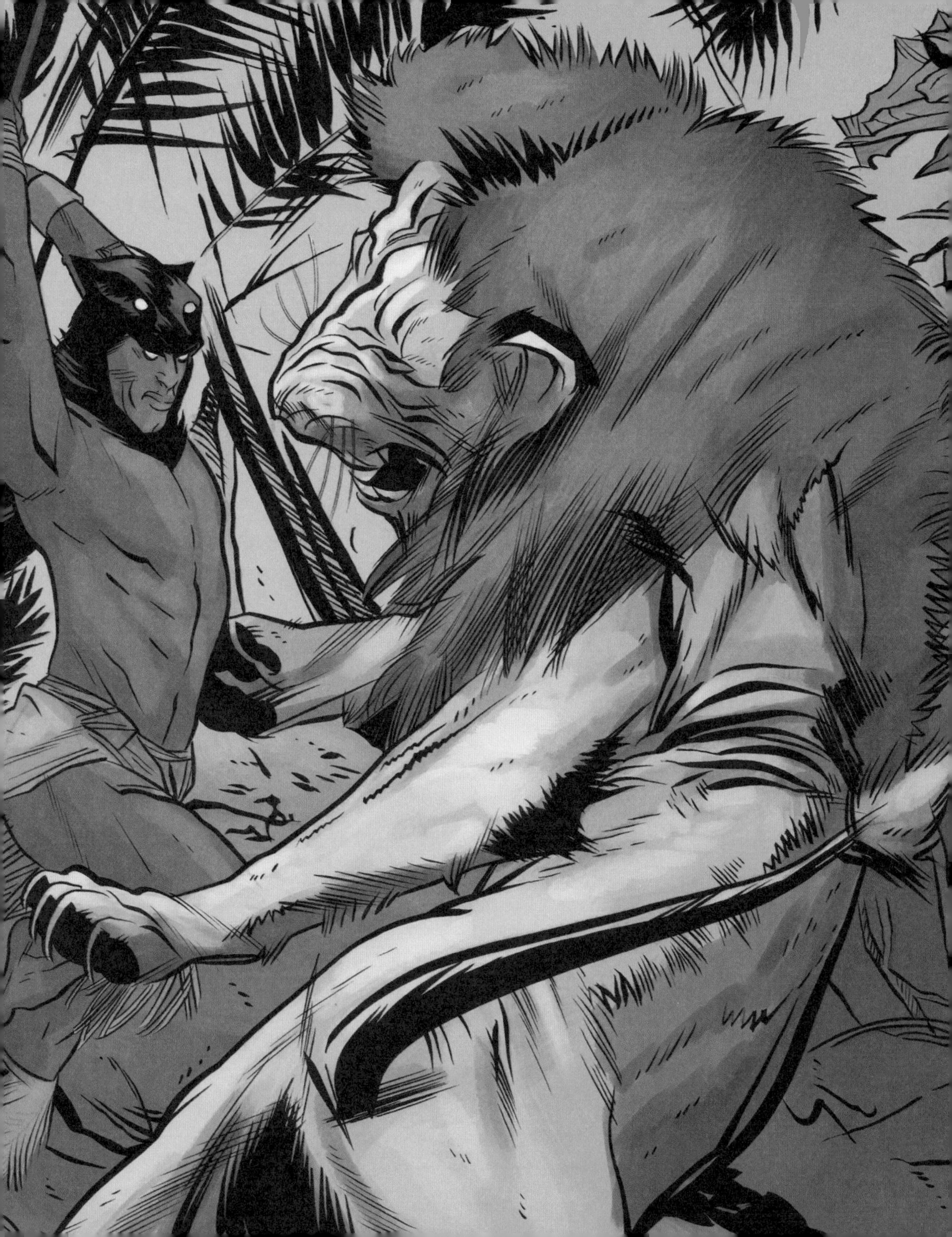

viajar al extranjero a menudo. En consecuencia, parte de Wakanda cuestionaba el compromiso de su monarca con la nación. ¿Se preocupaba T'Challa más por el mundo exterior que por su propio pueblo?

Al final, y después de haber sufrido una guerra con el reino de Atlantis y una invasión alienígena, el pueblo de Wakanda exigió un cambio. T'Challa impulsó reformas democráticas para evitar una revolución: inauguró un consejo constitucional y prometió convertir a Wakanda en una monarquía constitucional. Parecía que habían llegado a su fin las tribulaciones del país; sin embargo, muy pronto, un terremoto aún mayor hizo temblar los cimientos de la nación y llevó a cuestionar todo lo que los habitantes de Wakanda creían acerca de sí mismos.

«Desde tiempos inmemoriales, los dioses de Wakanda nos han protegido.» Pantera Negra (T'Challa)

Durante las penurias de Wakanda, los orishas habían brillado por su ausencia, y entre los devotos se rumoreaba que los dioses habían abandonado a su pueblo. Cosechas fallidas seguidas de lluvias torrenciales se interpretaron como la confirmación de que Wakanda ya no disfrutaba de la protección de sus guardianes divinos, ni siquiera de la de Bast, su diosa pantera. La ausencia de los orishas preocupó a T'Challa, que partió para averiguar qué había sucedido. Su investigación lo llevó a las profundidades de la jungla, donde halló una puerta mística por la que salían docenas de simbis enfurecidos. Aunque, al principio, el ataque de los salvajes hombres-serpiente desconcertó a T'Challa, este agradeció la oportunidad de desplegar toda su fuerza y derrotó rápidamente a sus enemigos.

Desde el barro en que yacía, uno de los derrotados hombres-serpiente lanzó una ominosa advertencia: «Los orishas han huido. La puerta no está vigilada.

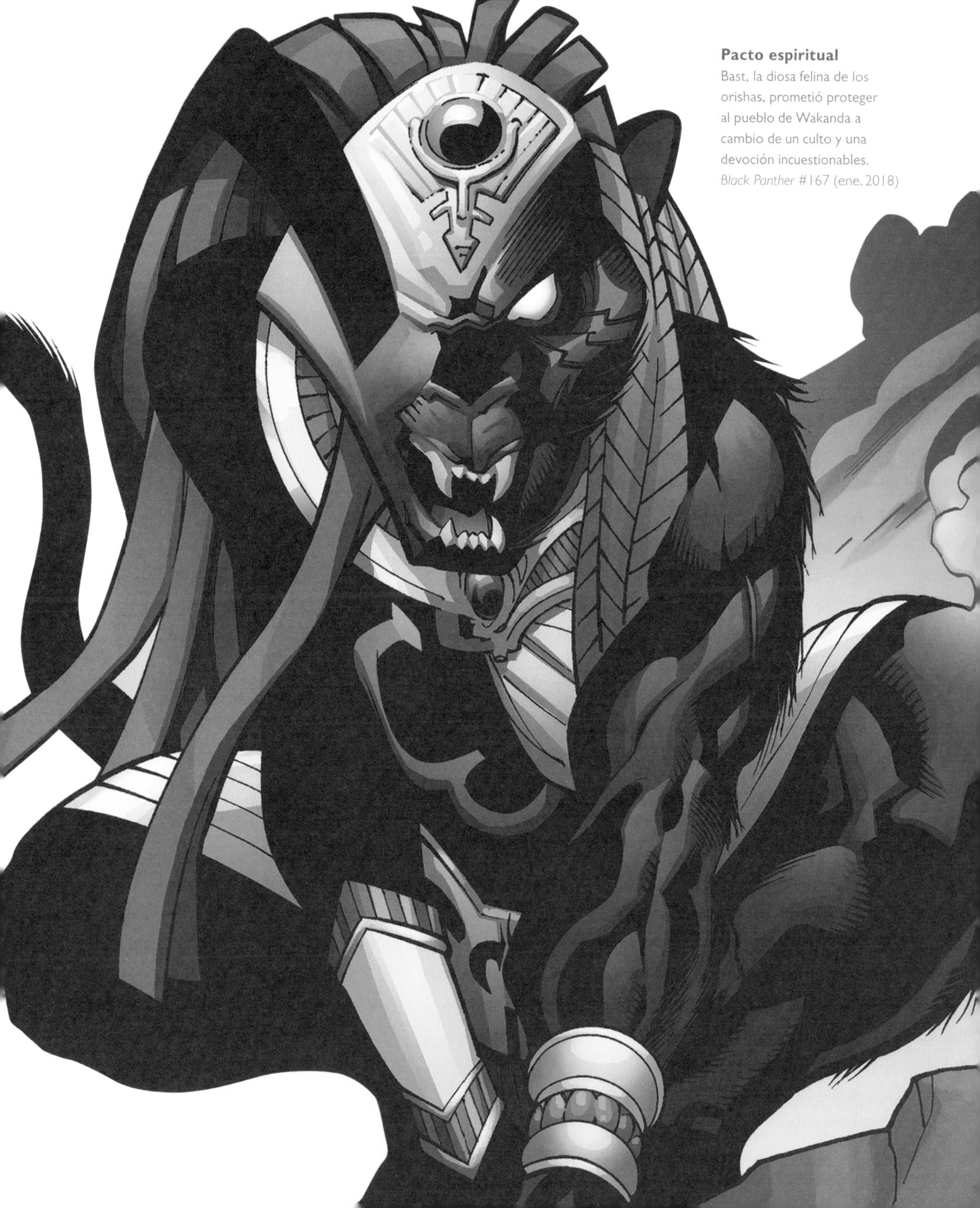

Pacto espiritual
Bast, la diosa felina de los orishas, prometió proteger al pueblo de Wakanda a cambio de un culto y una devoción incuestionables.
Black Panther #167 (ene. 2018)

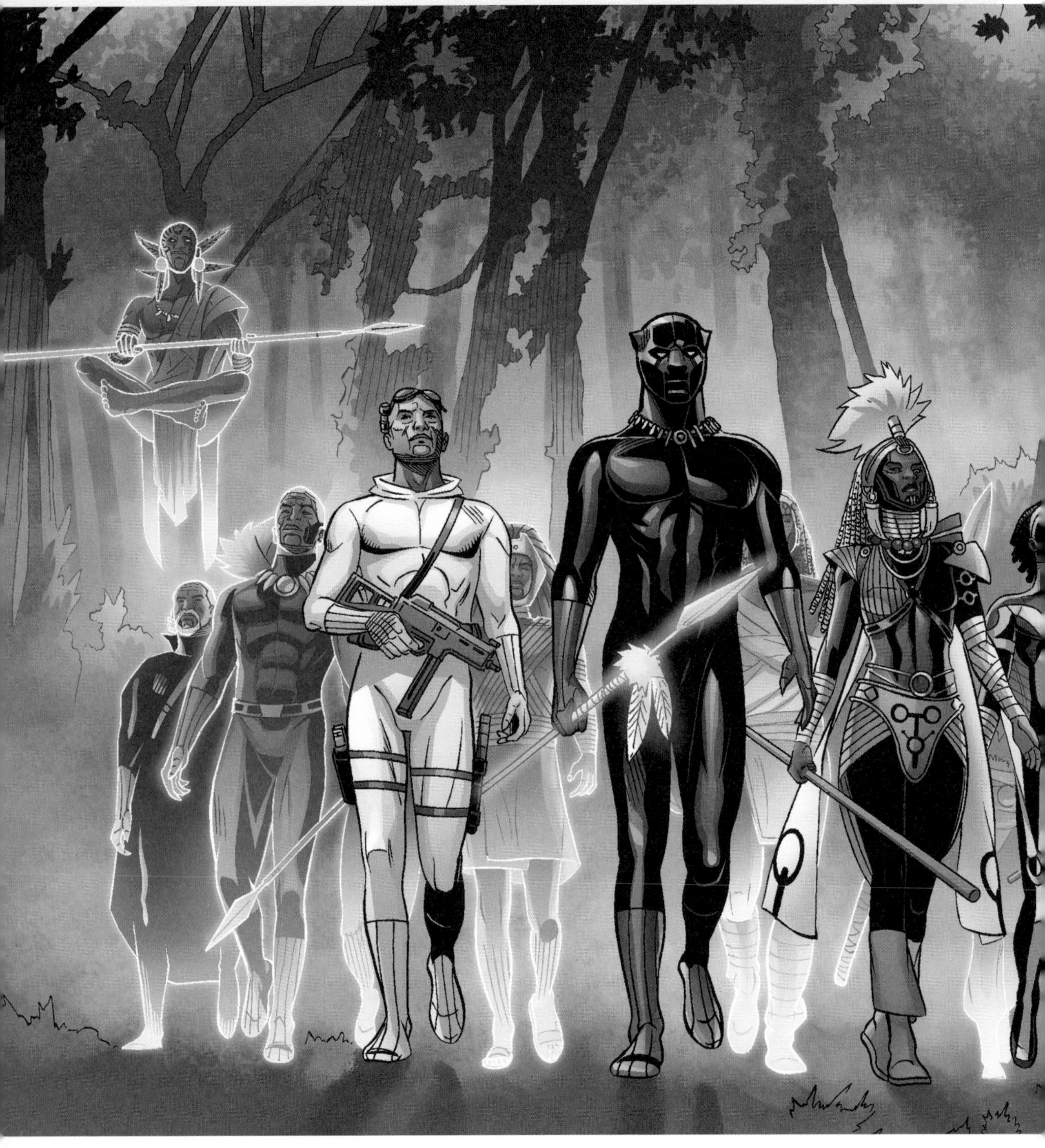

Los Originadores regresan». A pesar de la perplejidad que le causó esta declaración, la preocupación inmediata de T'Challa era que la puerta transdimensional seguía abierta, así que convocó a un grupo de hechiceros-chamanes para que cerraran el portal. Los chamanes oraron a los orishas como parte del hechizo para bloquear la puerta y aniquilar a los numerosos Originadores que seguían cruzándola. El hechizo funcionó y cerró la puerta. Sin embargo, además de a los hombres-serpiente también mató a los chamanes. Parecía que los orishas habían decidido no responder a la solicitud de protección divina.

T'Challa consultó a los espíritus del Consejo Real, que le confirmaron que, efectivamente, los orishas habían abandonado el plano mortal y, en consecuencia, Wakanda era muy vulnerable. Pronto se abrieron más portales en todo el país. Los orishas ya no mantenían encerrados a los enfurecidos Originadores, que regresaron al plano terrestre sedientos de venganza, decididos a recuperar el control de su tierra ancestral.

A fin de repeler a los invasores, T'Challa reclutó a su exmujer, Tormenta del equipo de Súper Héroes mutantes de la Patrulla-X, y al brujo Zawavari. Hacía mucho que el pueblo de Wakanda amaba a Tormenta, cuyo poder para controlar el clima resultó de un valor incalculable en la crisis. Dirigió los vientos a voluntad y secó los torrentes más impetuosos. Tormenta aprovechó su popularidad para instar al pueblo de Wakanda a seguir apoyando a su soberano y protector: T'Challa, Pantera Negra. Aunque los héroes lograron contener a los Originadores, fueron incapaces de obtener una victoria decisiva. Además, sus esfuerzos para inspirar al pueblo se vieron entorpecidos por algunos wakandianos que dieron la espalda a los orishas, rechazaron la palabra de Bast y abrazaron las violentas enseñanzas de un misterioso dios nuevo llamado Sefako.

Un ejército ancestral
Con Wakanda bajo ataque, Pantera Negra recurrió a los espíritus de sus antepasados y reunió a sus aliados, como el jefe espía Akili, su hermana Shuri y el mutante Distribuidor, para defender a su nación.
Black Panther #11 (abr. 2017)

T'Challa quería saber más acerca de sus enemigos místicos y viajó a Djalia, el plano astral de la memoria wakandiana, junto a su hermana Shuri. Los hermanos guerreros fueron recibidos por un espíritu que adoptó la forma de la reina madre Ramonda y que, cuando reconoció a T'Challa como un buscador de conocimiento, le reveló la verdad acerca de los Originadores y de su ya olvidada guerra con los orishas.

«Ofendieron a los Originadores y estalló la guerra.» Madre de la memoria wakandiana

La revelación de que sus antepasados habían sido cómplices en la eliminación de toda una raza de sus tierras escandalizó a T'Challa, pero el espíritu de la memoria le dijo que no era momento de hacer recriminaciones. El pasado era el pasado y lo más importante era el futuro. Por mucho que T'Challa comprendiera la ira de los Originadores, las criaturas constituían una grave amenaza para los habitantes actuales de Wakanda. Muchos wakandianos morirían si los Originadores seguían causando el caos en el reino.

T'Challa volvió al plano mortal con un propósito renovado. Reunió a sus aliados (Tormenta, Shuri, Zawavari y al villano reformado Thunderball) y corrió a enfrentarse al creciente ejército de Originadores. Los bandos se enfrentaron en el lecho seco del lago Nyanza. La influencia mística de los Originadores había tornado lo que había sido un fértil oasis en un desierto, como lo había sido en la antigüedad.

Aunque al principio parecía que los invasores tenían las de ganar, Tormenta desplegó la totalidad de sus poderes mutantes y provocó un diluvio de proporciones épicas.

El poder de Tormenta
Tormenta utilizó su capacidad para controlar el clima para calmar la meteorología descontrolada que había traído la invasión de Originadores.
Black Panther #16 (sep. 2017)

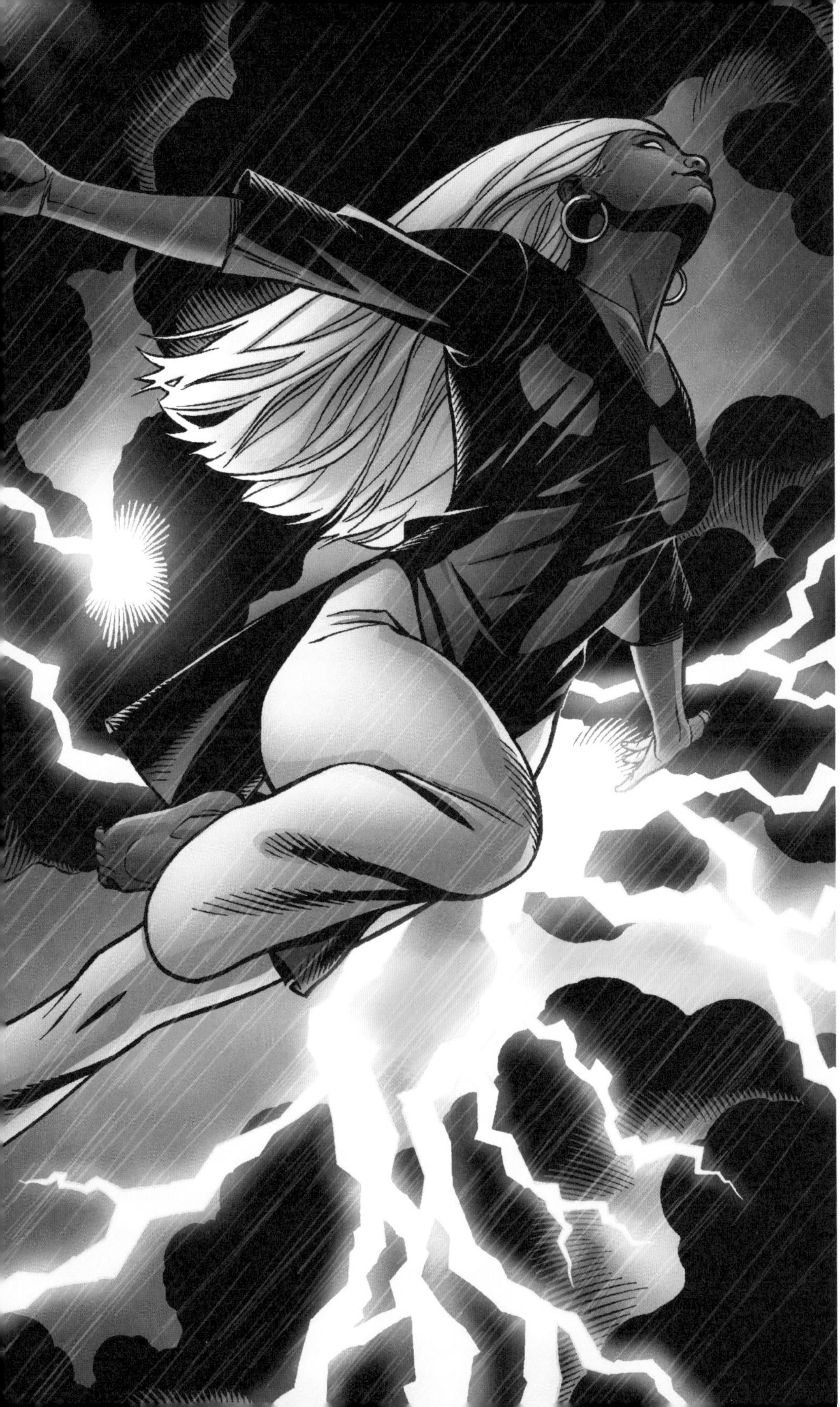

La lluvia y el granizo azotaron a los Originadores, que huyeron por un portal. La victoria parecía segura, pero cuando Tormenta y Shuri se acercaron al portal, todavía abierto, quedaron sorprendidas por la aparición de una figura. Tormenta reconoció al momento al Adversario, una caprichosa entidad diabólica a la que se había enfrentado en sus días con la Patrulla-X.

«¡Ha llegado la hora de mi reinado!»

Adversario

El Adversario, expulsado del mundo material tras una derrota anterior, había acabado en el mismo reino que los Originadores desterrados. Adoptó el nombre de Sefako y los ayudó a cruzar los portales no vigilados. Al liberar a los Originadores, el Adversario se liberó a sí mismo y ahora quería aprovechar la ausencia de los orishas para sembrar una discordia infinita. Atacó a los defensores de Wakanda y enterró a Tormenta bajo toneladas de escombros. Tormenta, que sufría de claustrofobia desde la infancia, entró en pánico y era incapaz de usar sus poderes para liberarse. T'Challa instó a su antiguo amor a que tuviera fe y creyera en sí misma, tal como él y el pueblo de Wakanda creían en ella. Al oír la orden que su rey emitió por radio, wakandianos de

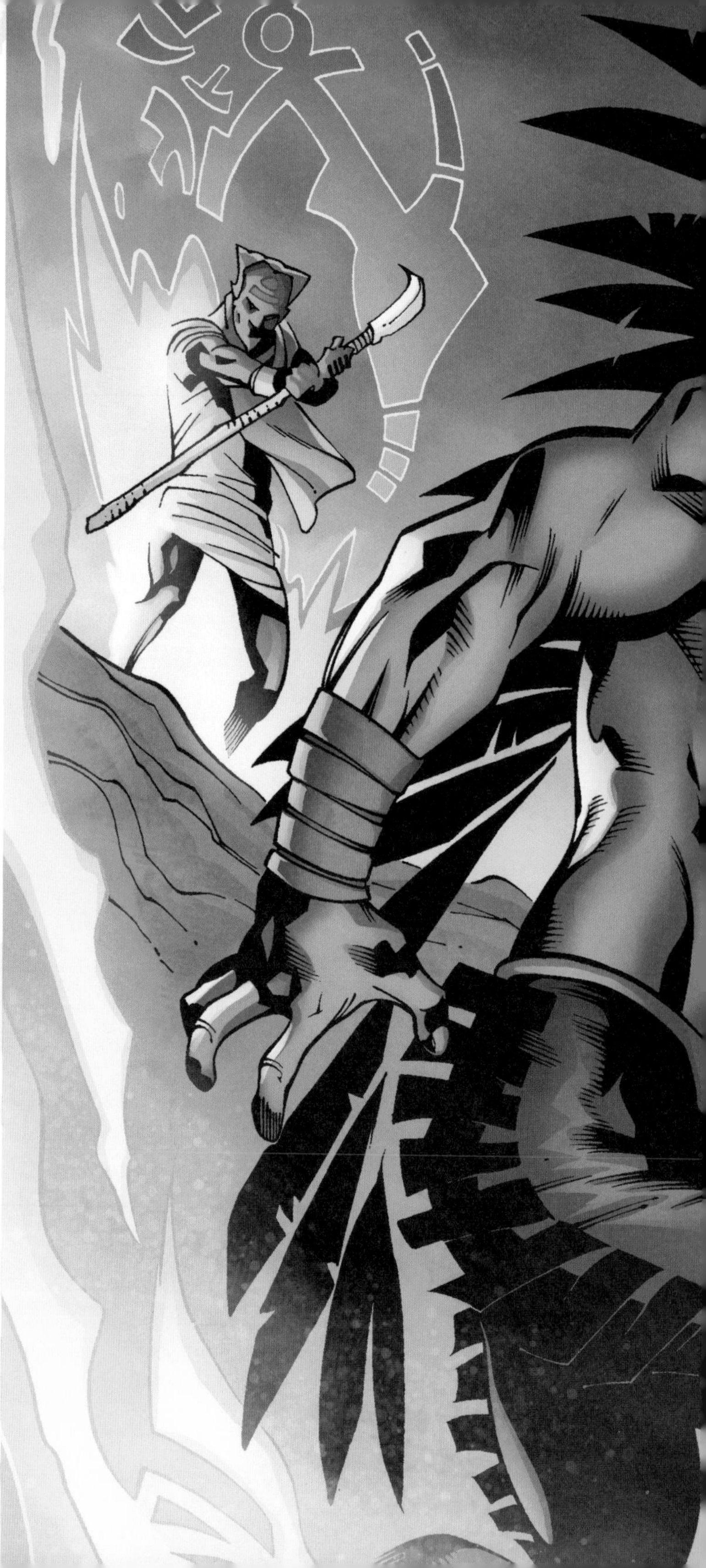

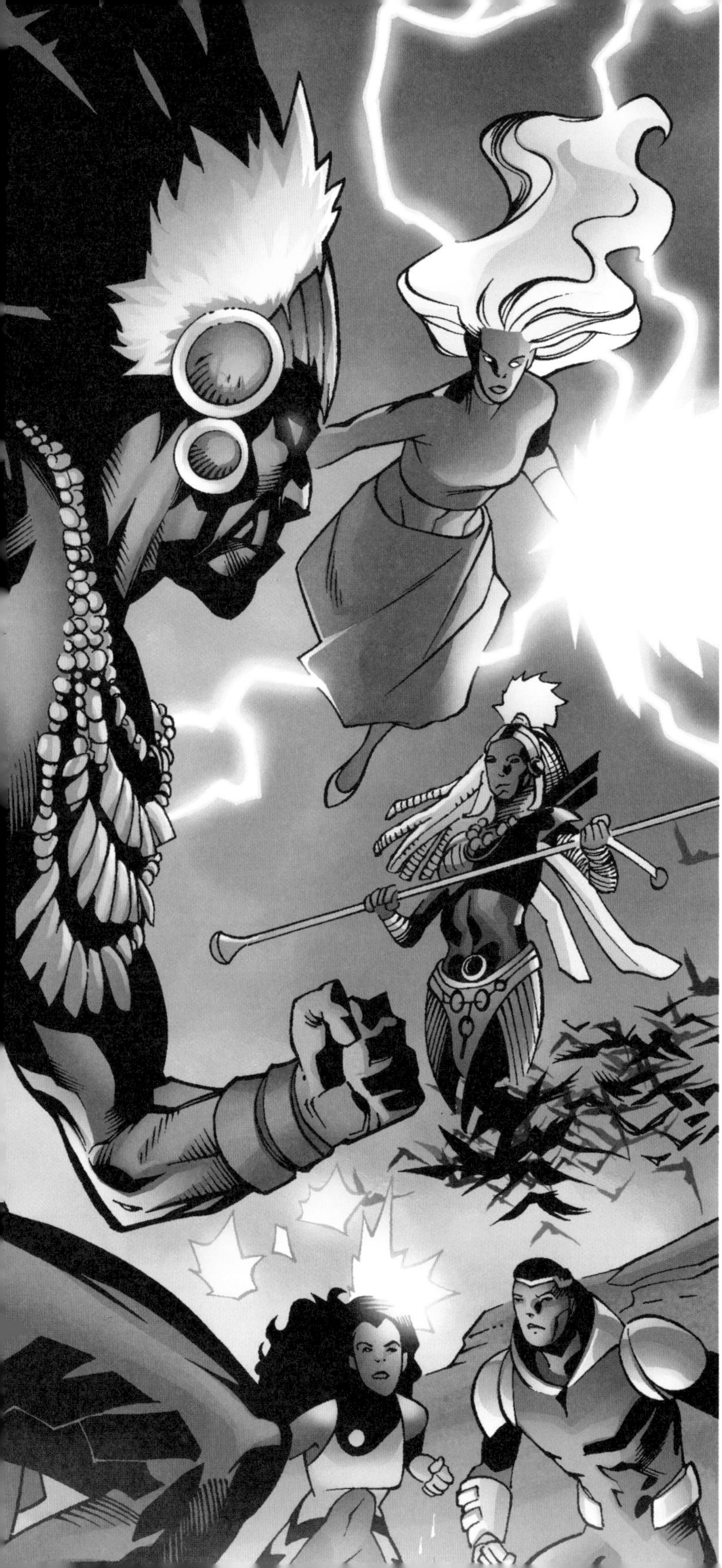

todas las esferas rezaron por su diosa de la tormenta. Este acto de culto colectivo fortaleció a Tormenta y aumentó sus poderes mutantes, lo que le permitió escapar de su prisión. Entonces, ascendió al cielo y desencadenó una terrorífica descarga de relámpagos contra el Adversario, al que empujó hacia el último portal abierto antes de sellarlo para siempre.

Aunque había desaparecido la amenaza del Adversario, los orishas seguían ausentes y no se sabía por qué habían abandonado a su pueblo. A pesar de celebrar la victoria, T'Challa sabía que su reino había entrado en una era peligrosamente impredecible; la certidumbre de antaño había resultado ser una ilusión y ya no podía seguir dependiendo de la benevolencia de los dioses.

Reacción adversa
Como defensores de Wakanda, Zawavari, Tormenta y Shuri estaban dispuestos a devolver al diabólico Adversario a su prisión ultradimensional.
Black Panther #172 (jun. 2018)

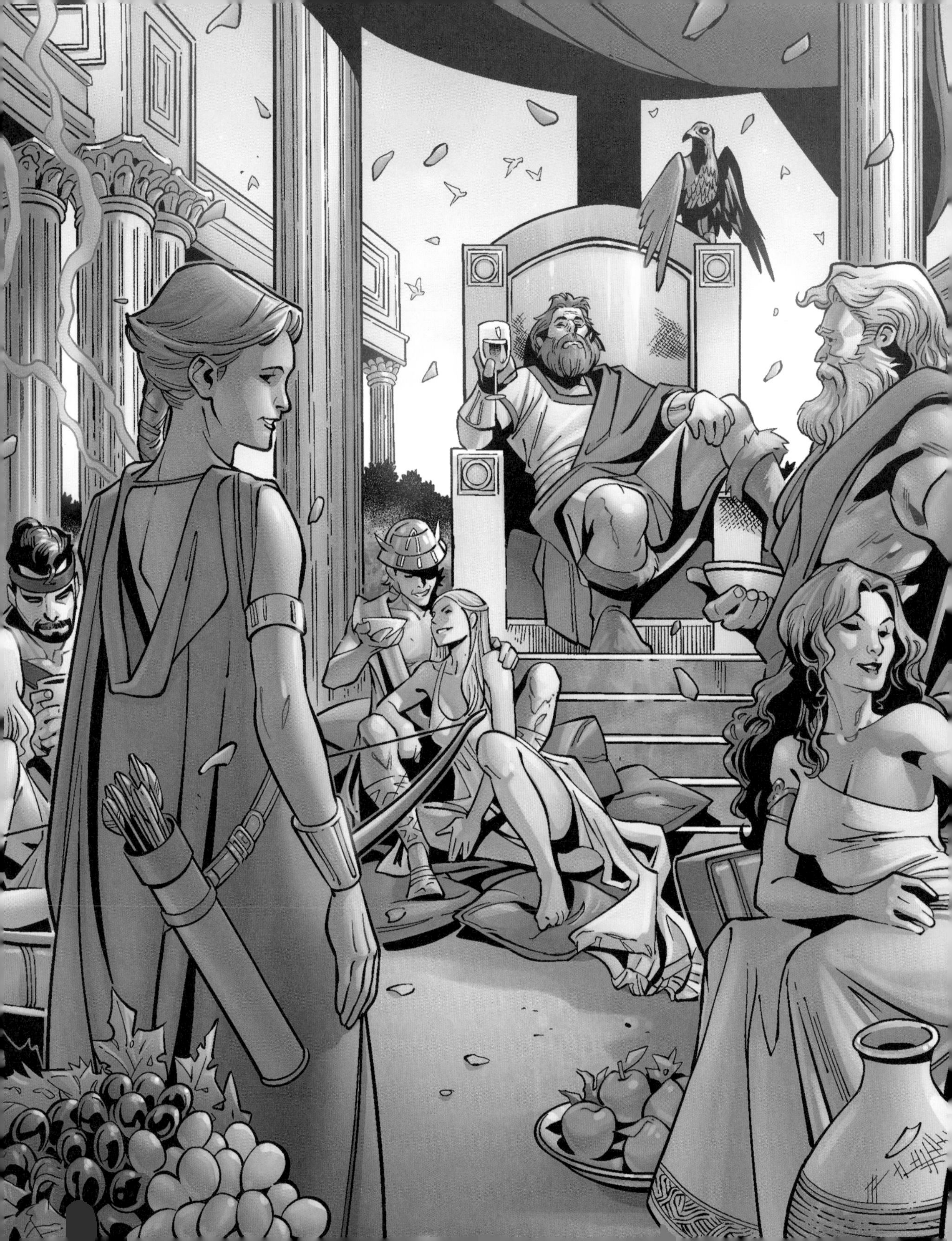

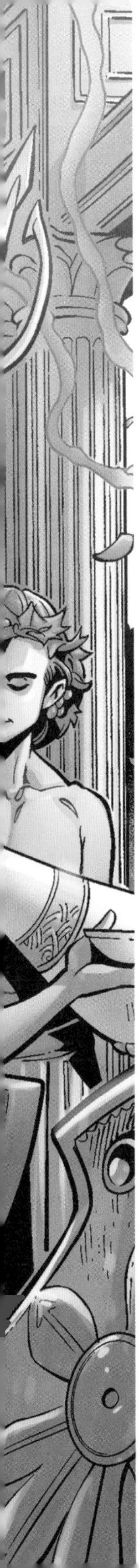

Los olímpicos: choque de panteones

Aunque el resto de los olímpicos había abandonado el reino mortal, el semidiós Hércules se sentía cada vez más atraído por la Tierra, donde con frecuencia entraba en conflicto con el dios del trueno asgardiano.

Venerados por los habitantes de la Grecia y la Roma antiguas, los dioses del Olimpo influyeron en los asuntos de la humanidad durante siglos. Residían en una dimensión «de bolsillo» adyacente a la Tierra y viajaban al reino mortal a través de múltiples puntos de conexión, sobre todo el que había en la cima del monte Olimpo, en Grecia. Una vez se hubo consolidado como el monarca incuestionable de los dioses olímpicos, Zeus convirtió a Hera en su reina; Plutón asumió el gobierno del inframundo; Neptuno obtuvo el mando sobre los mares, y Deméter, sobre la tierra. Esta organización les proporcionaba estabilidad y, arropados por la adoración de multitudes casi infinitas, los dioses del Olimpo prosperaron y se hicieron cada vez más fuertes. Pero, con el tiempo, su hegemonía fue cuestionada y llegó a su fin. La humanidad se desarrollaba al tiempo que aparecían nuevas religiones, y los enfrentamientos de los olímpicos con panteones rivales, sobre todo con los dioses asgardianos del norte de Europa y los heliopolitanos de Egipto, eran cada vez más frecuentes.

Corte divina
Los dioses del monte Olimpo disfrutaban de la generosidad de Zeus en lo que parecía una interminable sucesión de fiestas.
Avengers: No Road Home #1 (abr. 2019)

Para evitar conflictos innecesarios, los olímpicos obtuvieron la autorización de Zeus para retirarse progresivamente de los asuntos terrestres. A salvo y seguros en el Olimpo, observaban de lejos el progreso de la humanidad, a la que, ocasionalmente, empujaban en la dirección adecuada. Pero por lo general eran observadores pasivos que se limitaban a ver cómo el mundo giraba sobre su eje.

Hércules, hijo de Zeus y de la mortal Alcmena, veía la Tierra de un modo distinto al del resto de los dioses. Su mundo natal le resultaba fascinante. Aun después de ser aceptado en el panteón olímpico, Hércules siguió visitando la Tierra con frecuencia, como cuando se unió a la tripulación de argonautas de Jasón y cuando completó sus legendarios doce trabajos.

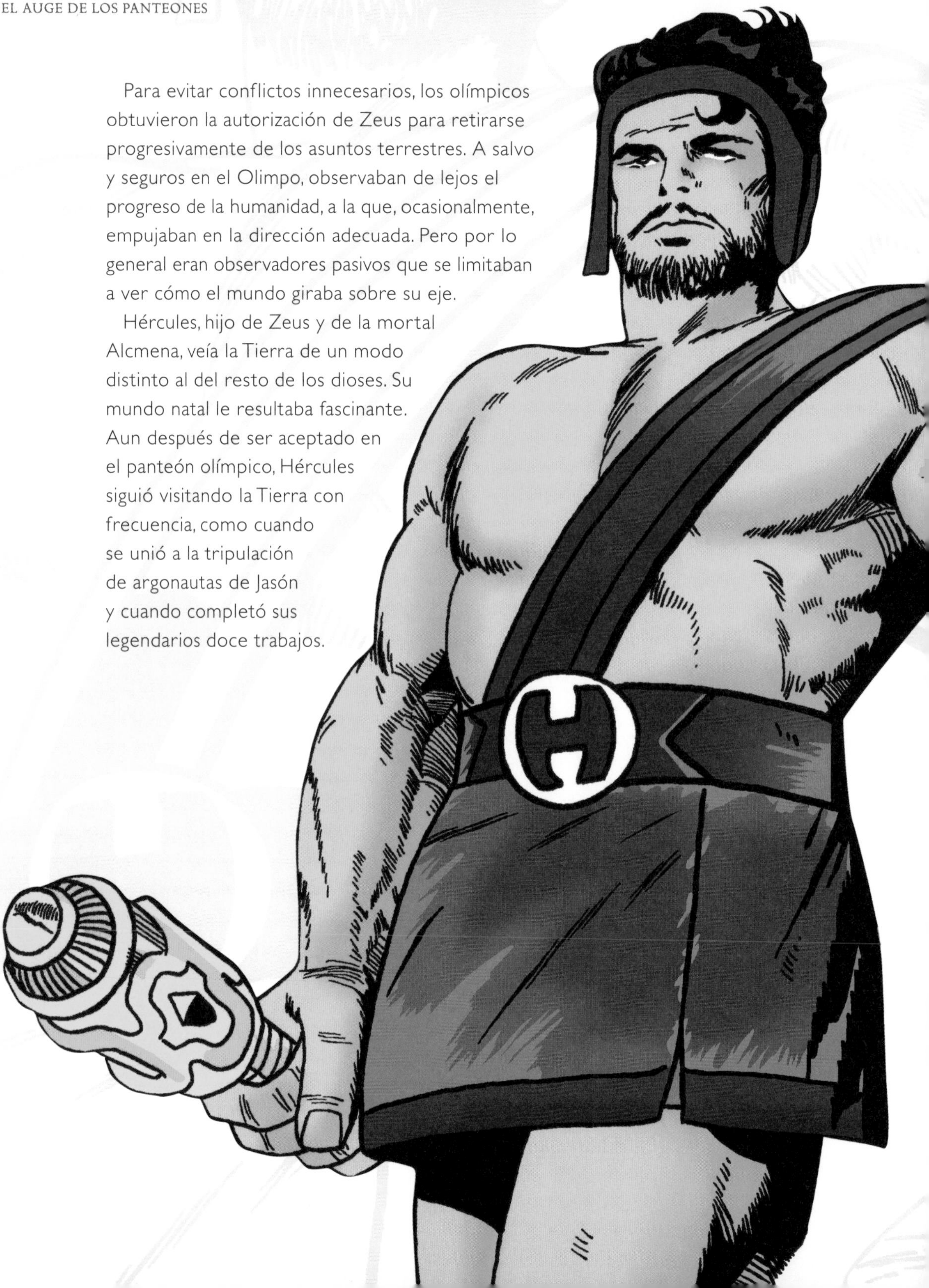

Hércules tenía una fuerza colosal y una seguridad en sí mismo que rozaba la arrogancia, y su personalidad provocaba malentendidos y enfrentamientos con individuos igualmente testarudos. A lo largo de los años, chocó varias veces con Thor, el dios del trueno asgardiano. Su primer encontronazo significativo ocurrió hace tanto tiempo que pasó a formar parte de las leyendas de los dioses del Olimpo y de Asgard.

Cuando aún era relativamente joven (mucho antes de su lección de humildad en la Tierra), Thor anhelaba correr aventuras sin fin y, cuando le llegó el rumor de que antaño había existido un portal que unía Asgard y el Olimpo, decidió viajar a Jotunheim en busca del portal legendario. Lo encontró enseguida y, como no podía ser de otro modo, llegó justo a tiempo para impedir que un grupo de gigantes de las tormentas cruzaran el portal e invadieran el Olimpo.

La batalla entre Thor y los gigantes provocó un desprendimiento de rocas y él salió despedido a través del portal. De repente, se halló en el Olimpo, rodeado de imágenes y sonidos desconocidos y que, al mismo tiempo, le recordaban al lejano Asgard. El dios del trueno empezó a buscar el camino de vuelta a casa y, al ir a cruzar un puente, se encontró con un desconocido que se negó a permitirle que lo cruzara hasta que él hubiera acabado de cruzarlo en sentido contrario. Era Hércules. Thor estaba también decidido a ser el primero en cruzar, y el intercambio de insultos se tornó en un intercambio de puñetazos. Rocas enormes surcaron el cielo y columnas de mármol se convirtieron en polvo, pero ninguno de los dos logró obtener una ventaja decisiva.

Aventurero recalcitrante
La naturaleza pastoril y el ritmo sereno del monte Olimpo aburrían soberanamente al semidiós Hércules. Durante su larga vida, buscó sus propias aventuras en la Tierra.
Thor #124 (ene. 1966)

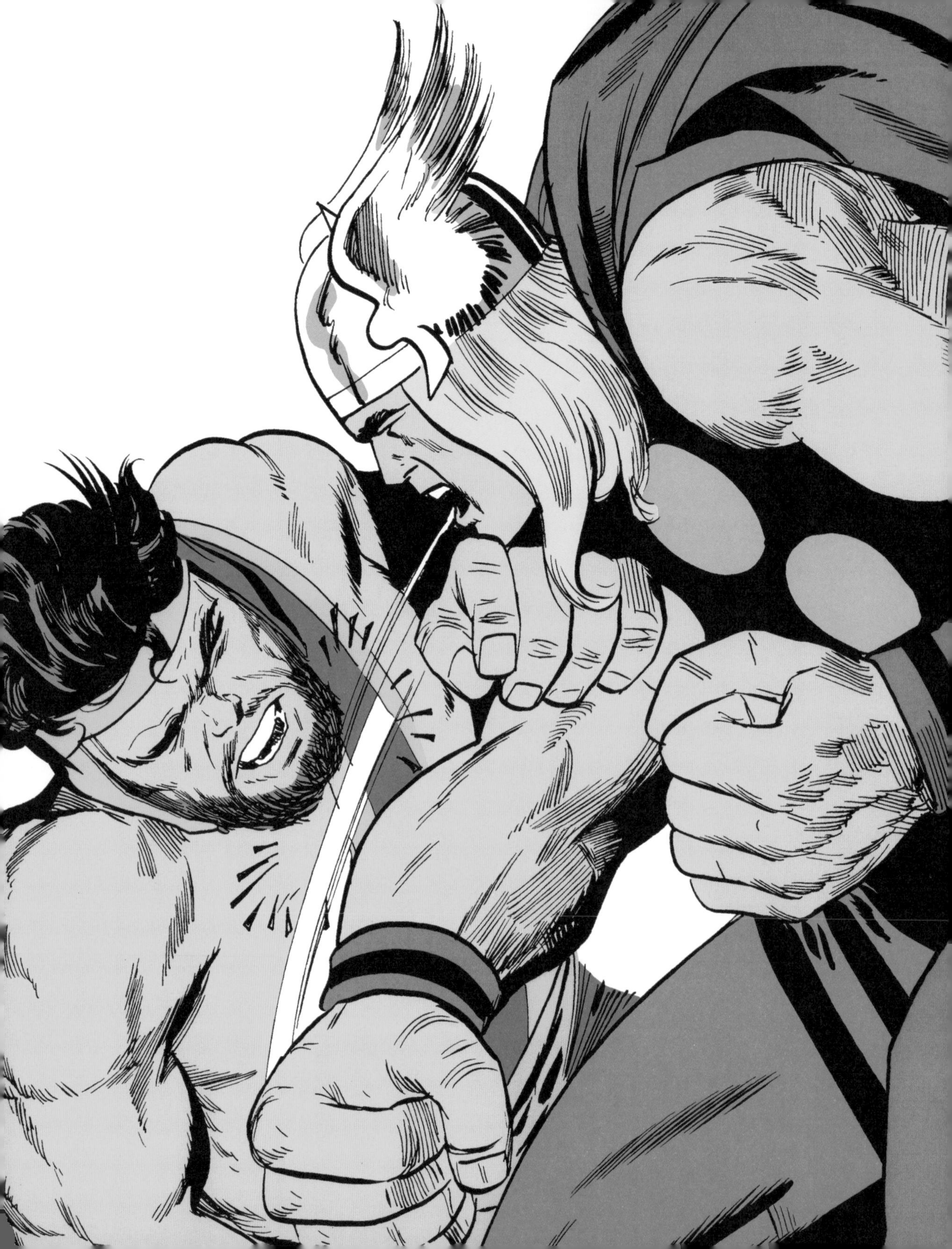

«¿Thor derrotado por Hércules? ¡Jamás!»

Thor Odinson

La pelea entre los guerreros llamó la atención de Zeus, que se interpuso entre ellos y les ordenó que dejaran de luchar. Cuando los ánimos se serenaron, Zeus teletransportó a Thor de vuelta a Jotunheim. Casi al instante, el viaje transdimensional se empezó a borrar de la memoria de Thor, como si no hubiera sido más que un sueño. Thor olvidó esa primera confrontación con Hércules, pero el altercado inauguró un patrón que se prolongaría en el futuro.

Cuando la devoción a los dioses nórdicos estaba en su apogeo, Thor respondió a las urgentes plegarias de guerreros vikingos y viajó a Midgard para ayudarlos en una guerra contra un misterioso nuevo enemigo. Halló a sus seguidores luchando contra un grupo de griegos antiguos que habían viajado a Escandinavia en busca de nuevas tierras que conquistar. La intervención de Thor inclinó la balanza de la batalla en favor de los vikingos; en respuesta, los griegos invocaron a sus propios dioses en petición de ayuda, y el poderoso Hércules acudió en su auxilio.

Thor y Hércules se enfrentaron, pero sus fuerzas estaban tan igualadas que no hubo un vencedor. Sin embargo, ambos estaban decididos a demostrar a sus seguidores que ellos (y, por extensión, todo su panteón) eran los más fuertes. Con esto en mente, Thor ofreció a Hércules una tregua temporal y no reanudar el combate hasta que hubieran tenido tiempo de reclutar a sus panteones respectivos al completo para que los dioses de Asgard y del Olimpo libraran una guerra definitiva. Tan seguro como siempre de su superioridad, Hércules aceptó los términos de Thor.

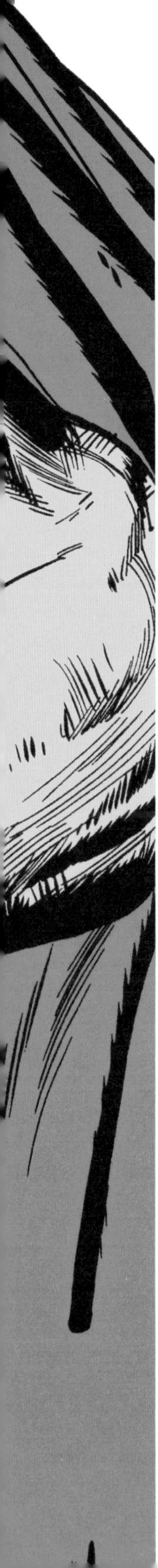

Héroes testarudos
Impulsivos y temerarios, Hércules y Thor parecían salidos del mismo molde divino. Sus primeros encuentros devinieron inevitablemente en peleas.
Thor #126 (mar. 1966)

En Asgard, Odín, el Padre de Todos, se enfureció al saber de la impulsiva conducta de su hijo y se negó a reunir las fuerzas del Reino Dorado para una guerra que creía equivocada y producto del orgullo y la arrogancia. Sus palabras hallaron un eco en el Olimpo, donde Zeus también descartó de plano la idea del conflicto. Entonces, fiel a su naturaleza tramposa, Loki usó un hechizo para asumir temporalmente la forma de Thor. Atacó al desprevenido Olimpo y desapareció en la oscuridad. Enfurecido por tamaña provocación e ignorante del engaño, Zeus declaró la guerra a Asgard.

«Entonces, ¿es la guerra lo que deseas, hijo mío?» Zeus

Un tiempo después, los ejércitos rivales se enfrentaron en un rocoso campo de batalla que flotaba en una región del espacio alejada del reino de los mortales. Thor lideró la carga de los asgardianos y Hércules dirigió a las fuerzas olímpicas. La batalla se prolongó durante dos días terrestres, sin que ninguno de los bandos se mostrara dispuesto a descansar ni a ceder el más mínimo terreno.

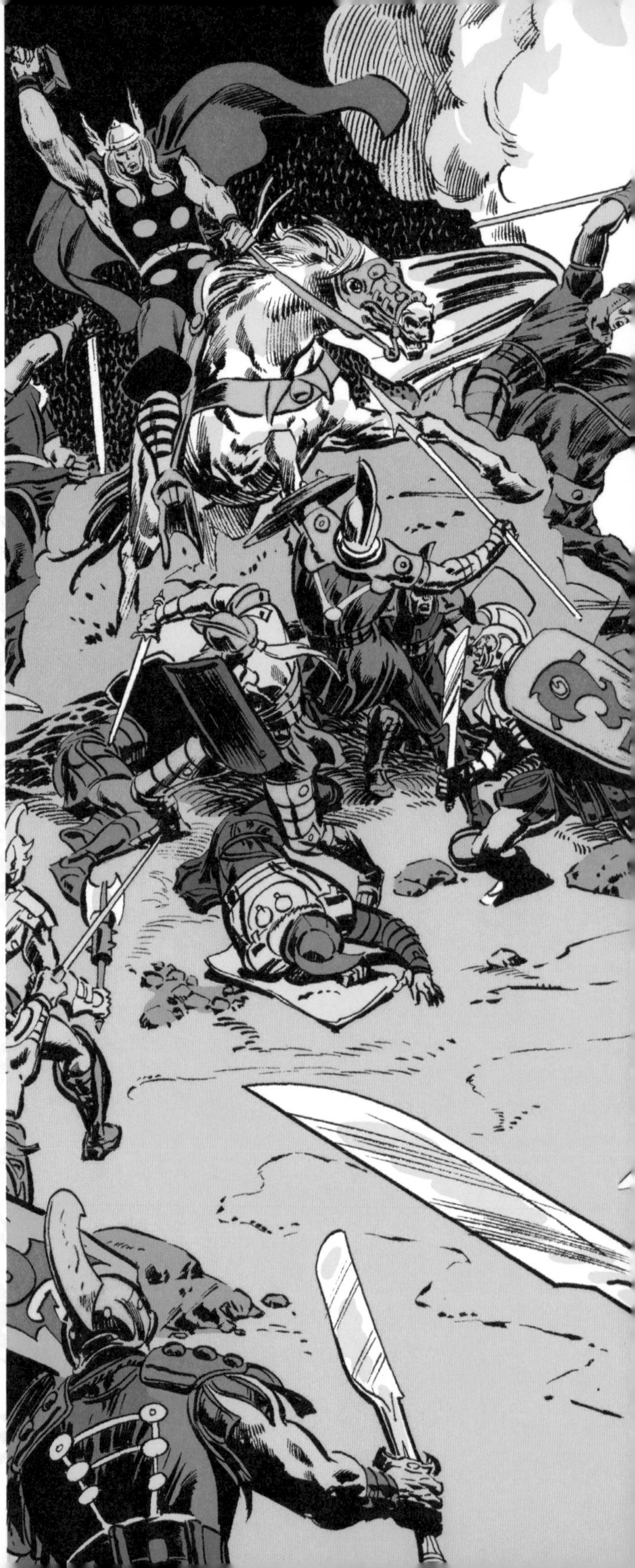

Dioses de la guerra
Con el siempre fiel Balder el Bravo a su lado, Thor lideró la carga contra los dioses olímpicos, decidido a demostrar que Asgard era más poderoso que el Olimpo.
Thor Annual #15 (sep. 1976)

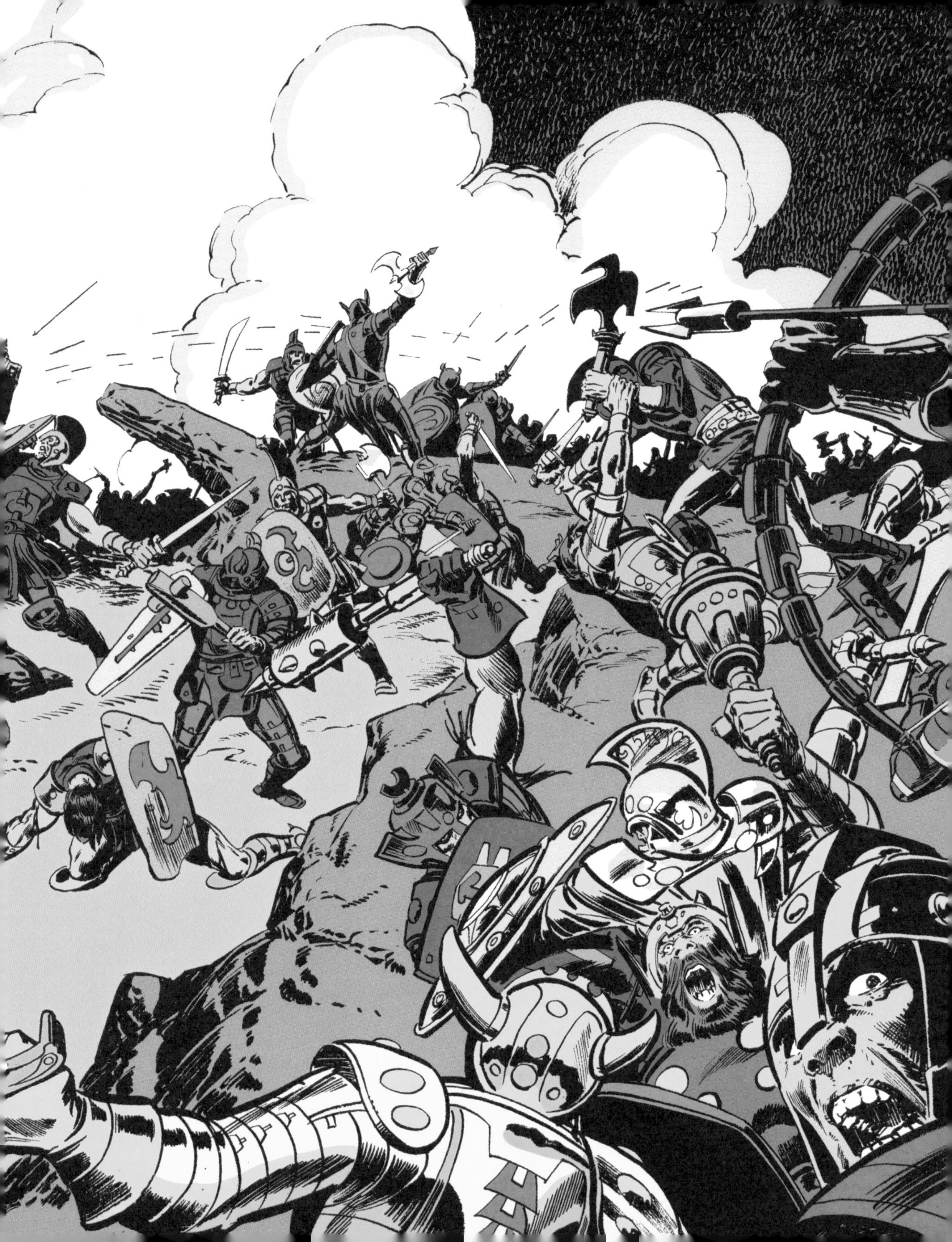

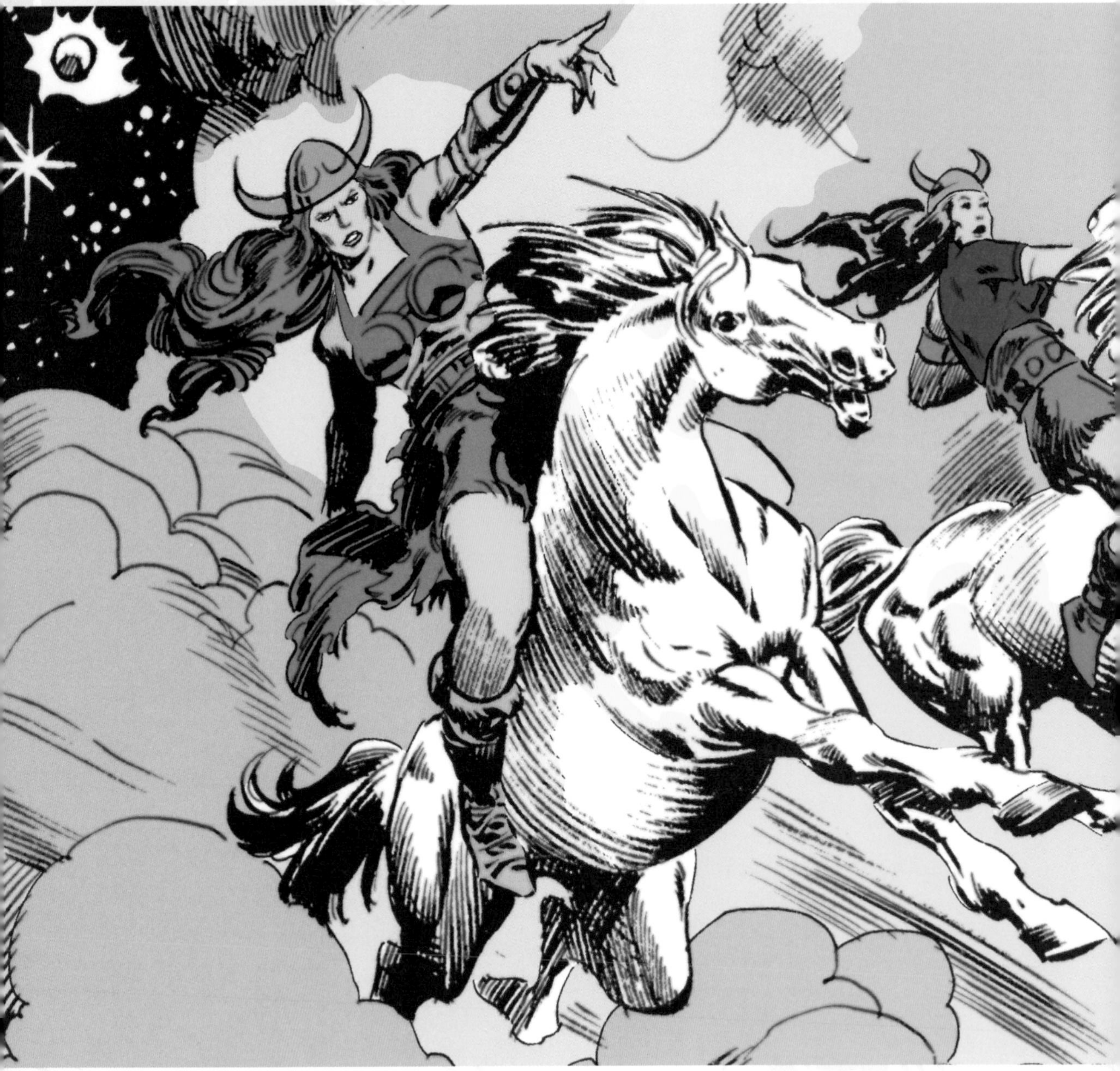

Selección de almas
Las valquirias, cabalgando sobre sus corceles en la batalla entre Asgard y el Olimpo, guiaban a los más valientes de entre los caídos al Valhalla, la tierra de los muertos más honorables.
Thor Annual #15 (sep. 1976)

Al final, mientras las valquirias guiaban a las almas de los muertos al distante Valhalla, el sombrío sonido del cuerno de batalla nórdico señaló la victoria de los asgardianos. Thor no cabía en sí de orgullo, convencido de que había ganado el derecho de que los asgardianos sustituyeran a los olímpicos como dioses de Grecia. Pero no era esa la intención de Odín, que prohibió a su hijo que viajara a Grecia para declarar las islas un protectorado de Asgard. Thor desoyó los designios de su padre y viajó a Grecia, donde esperaba recibir la veneración de sus nuevos súbditos. Muy al contrario, fue recibido con un desprecio mal disimulado. Además, cuanto más tiempo permanecía en Grecia más débil se sentía, como si la tierra le estuviera arrebatando su fuerza inmortal.

Thor regresó a Asgard y exigió respuestas a Odín, que le explicó que era imposible que un panteón terrestre sustituyera a otro sin más. La fe de los griegos sustentaba a los olímpicos y el poder de los olímpicos protegía a los griegos. Estaban intrínsecamente vinculados, del mismo modo que los asgardianos estaban unidos a los vikingos. En realidad, todo lo sucedido, incluida la aparente derrota de los dioses olímpicos, había sido orquestado por Odín y Zeus, que querían enseñar a sus díscolos hijos una muy necesaria lección de humildad acerca de la realidad (y los límites) del poder divino.

«Los dioses creen en la humanidad y la humanidad cree en los dioses.»

Odín

Pese a que la experiencia de la guerra bajó los humos tanto a Hércules como a Thor, aún tuvieron que pasar muchos siglos para que ambos valoraran la sabiduría de sus padres, y la insensata rivalidad entre los príncipes divinos se prolongó hasta la actualidad. El punto de inflexión llegó durante los primeros días de Thor como Súper Héroe terrestre. Zeus, como Odín antes que él, se cansó de las andanzas de su hijo y envió a Hércules a la Tierra con la esperanza

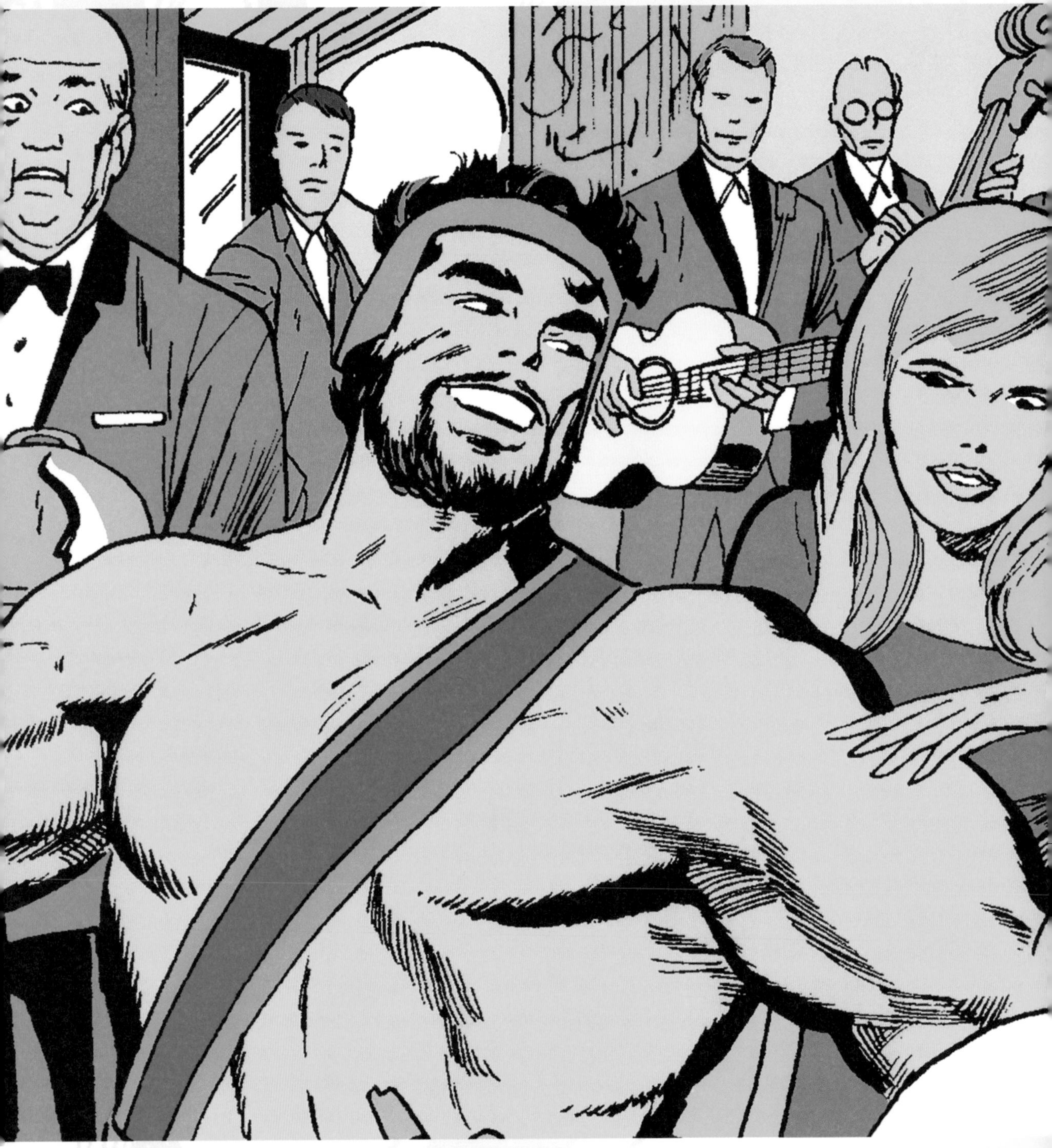

de que el semidiós encontrara una manera adecuada de canalizar su fuerza y su apasionada naturaleza. Por desgracia, el apetito de comida y bebida de Hércules era mayor que su deseo de resolver injusticias, así que dedicó la mayor parte del tiempo a comer y beber en los restaurantes más caros de Nueva York.

Mientras disfrutaba de lo mejor que la ciudad tenía que ofrecer, Hércules conoció a Jane Foster e intentó impresionarla con historias de su pasado legendario. La actitud seductora de Hércules puso celoso a Thor, y las palabras airadas dieron paso a una pelea. Sin embargo, esta vez la fuerza de los dioses no era comparable. Odín había arrebatado a su hijo la mitad de su fuerza como castigo por haberle revelado a Jane su identidad como Don Blake y, así debilitado, el dios del trueno cayó rápidamente ante Hércules.

Un cazatalentos de Hollywood presenció la lucha e, impresionado por Hércules, le ofreció un contrato en una película y le sugirió que en Hollywood le aguardaban la fama y la fortuna. Hércules no quería privar al mundo de la oportunidad de admirar su grandeza y accedió a acompañarlo. En los estudios Stardust, el semidiós entró en un decorado plató y se sorprendió al descubrir que la película iba a tratar de sus propias aventuras míticas.

Manjar de dioses
Durante su viaje a Nueva York, Hércules degustó los platos de los mejores restaurantes de la ciudad mientras deleitaba a los comensales con historias de su pasado legendario.
Thor #125 (feb. 1966)

Cautivado por un carismático productor, Hércules se apresuró a firmar un contrato. Sin embargo, en cuanto su firma estuvo sobre el papel, el plató se enfrió de repente. El productor se quitó las gafas de sol y reveló su verdadera identidad: era Plutón, el señor del inframundo, y Hércules no había accedido a actuar en una película, sino a sustituir a su tío divino como señor del infierno.

Hacía siglos que Plutón buscaba la manera de escapar de la carga que le suponía su puesto infernal y, gracias a la ingenuidad de Hércules, era libre al fin. Hércules protestó y denunció el engaño de Plutón, pero todo fue en vano, porque el contrato era vinculante según la ley olímpica. La única manera de escapar a su destino era que un campeón acudiera en su defensa. Un Hércules cada vez más desesperado pidió ayuda a sus primos olímpicos, pero todos lo rechazaron. Ni siquiera Ares, el dios de la guerra, se quería enfrentar al diabólico Plutón.

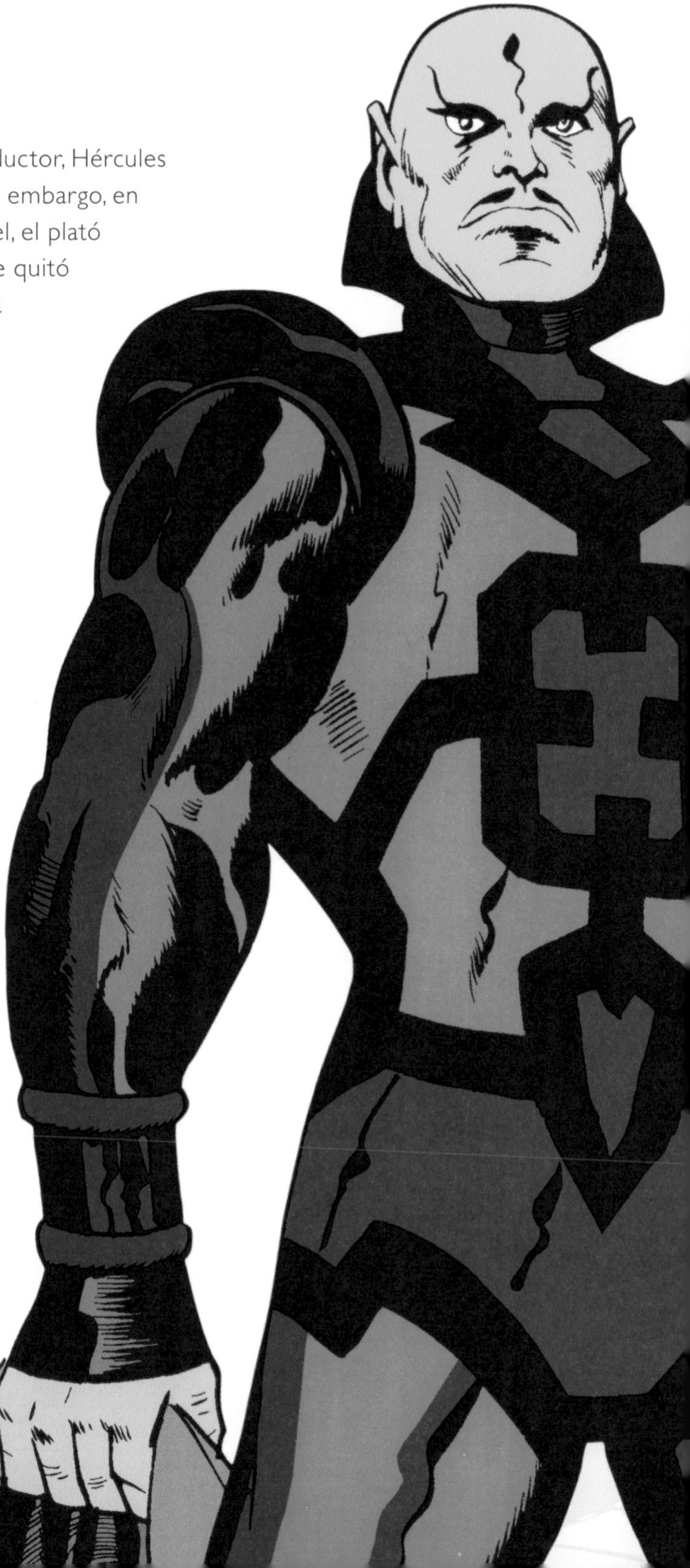

La salvación de Hércules llegó al cabo del lugar más insospechado. Thor se había recuperado de la derrota a manos del olímpico y se había reconciliado con su padre, que había devuelto toda su fuerza al dios del trueno. A continuación, Odín le reveló una antigua profecía asgardiana que afirmaba que Thor languidecería en el limbo hasta que los vientos del mundo lo llamaran para pelear en nombre de otro.

«¡Plutón! ¡Thor, el hijo de Odín, acepta tu desafío!» Thor Odinson

Así, tal como estaba predicho, Thor viajó al reino vacío y esperó pacientemente a ser convocado. En el momento preciso, los vientos le trajeron palabras de desafío. Sorprendentemente, era la voz de Hércules que seguía despotricando contra la artimaña de Plutón mientras era arrastrado al infierno. Impresionado por el gran valor de su antiguo rival, Thor voló a su lado. Se enfrentó a los ejércitos de Plutón y les infligió tal daño que el señor del inframundo temió que su reino quedara reducido a ruinas para siempre. Sin alternativa posible, Plutón rescindió a regañadientes el contrato de Hércules.

De vuelta en la Tierra, el olímpico y el asgardiano dejaron a un lado sus diferencias y Hércules sustituyó a Thor como miembro de los Vengadores. Aunque su relación seguía siendo competitiva (e incluso combativa de vez en cuando), ahora se alzaba sobre los cimientos de un merecido respeto mutuo.

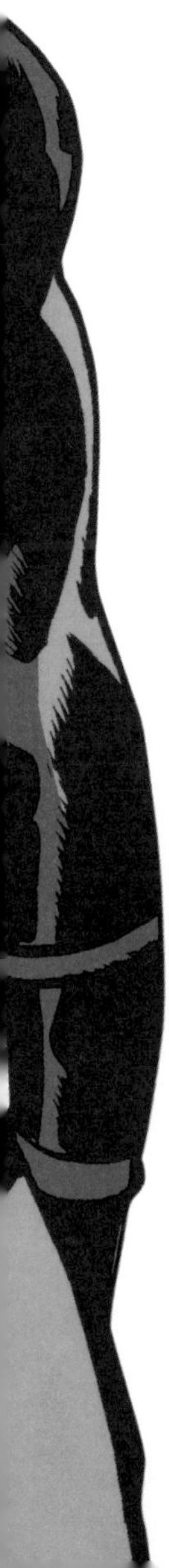

Plan de jubilación
Plutón, el dios olímpico del infierno, estaba cansado de sus responsabilidades infernales e intentó engañar a Hércules para que lo sustituyera como guardián del inframundo.
Thor #164 (mayo 1969)

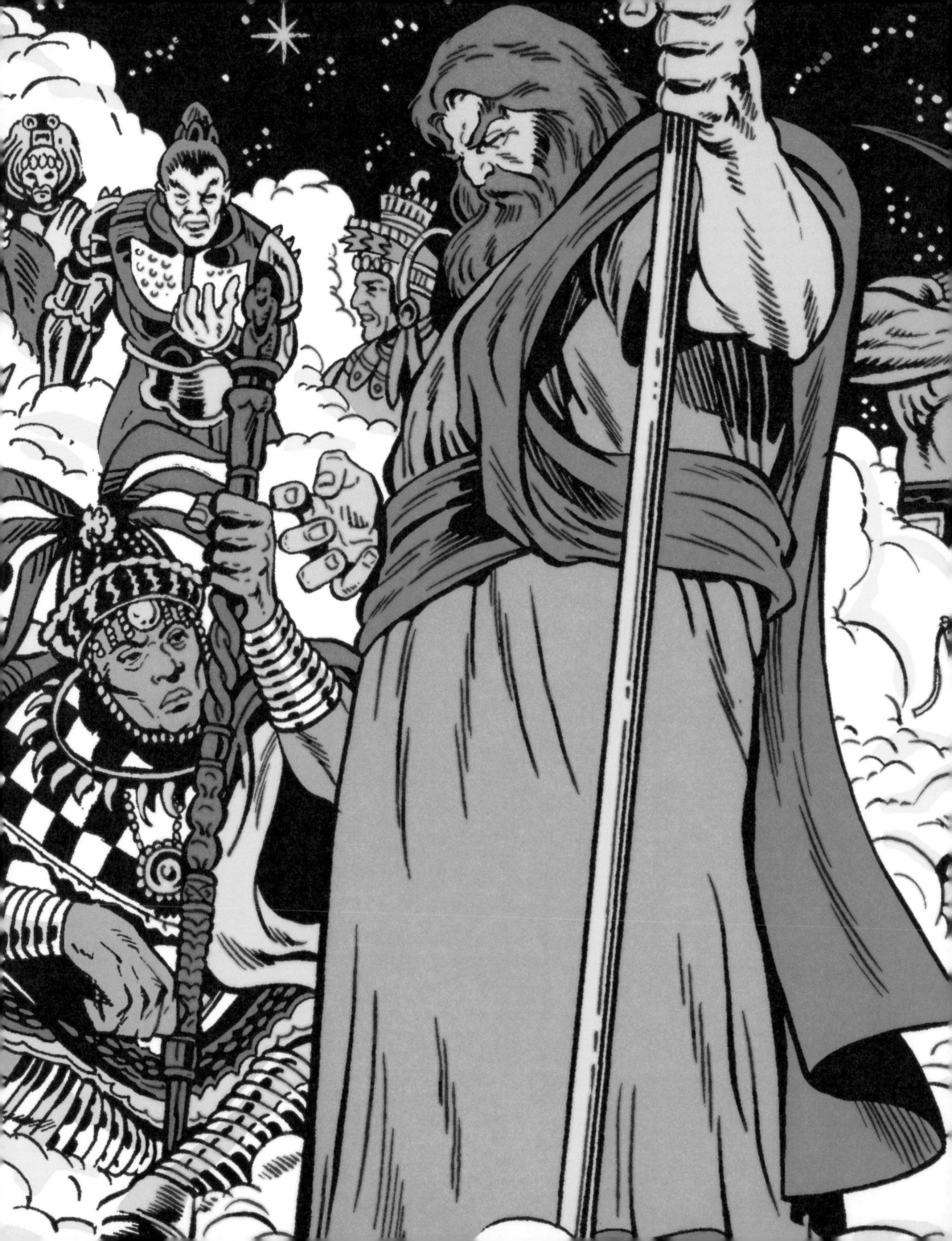

El Concilio de los Dioses

Odín, que temía el poder de los Celestiales, pidió a los panteones de la Tierra que dejaran a un lado sus diferencias. El Concilio de los Dioses se reunió para decidir la mejor manera de afrontar la amenaza de los enigmáticos dioses espaciales.

Hacia 1000 d.C., cuando la Tercera Hueste celestial llegó a la Tierra para seguir estudiando los resultados de sus manipulaciones genéticas, Odín, el Padre de Todos, rumiaba acerca del mejor modo de lidiar con los intrusos. Por su experiencia con la Primera Horda, sabía que a los Celestiales no les costaría repeler cualquier ataque directo. Lo que es más, temía que si actuaba con precipitación, los Celestiales decidieran abandonar su proyecto y borraran de la faz de la Tierra a la humanidad, cual experimento fallido. Y, por supuesto, sin una humanidad que los sustentara, los dioses de la Tierra no tardarían en perecer también.

Buscando la sabiduría de sus iguales, Odín reunió a los líderes de todos los panteones terrestres para tratar sobre el asunto. Fue la primera vez que se convocaba un consejo semejante, lo que demostraba la gravedad de la amenaza que suponían los Celestiales. Tras mucho debate, se acordó que Odín, Zeus y Vishnu se enfrentarían a los dioses espaciales y les exigirían que abandonaran la Tierra.

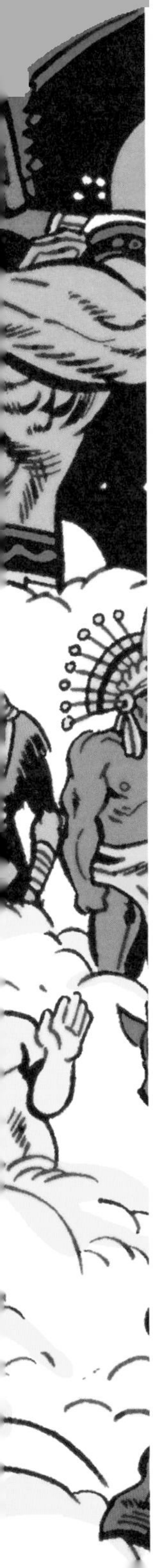

Consejo de sabios
El Zeus olímpico (centro) habla con el dios maya Itzamná en la primera reunión del Consejo de los Dioses, ante la atenta mirada del dios nativo americano enmascarado Tomazooma.
Thor #300 (oct. 1980)

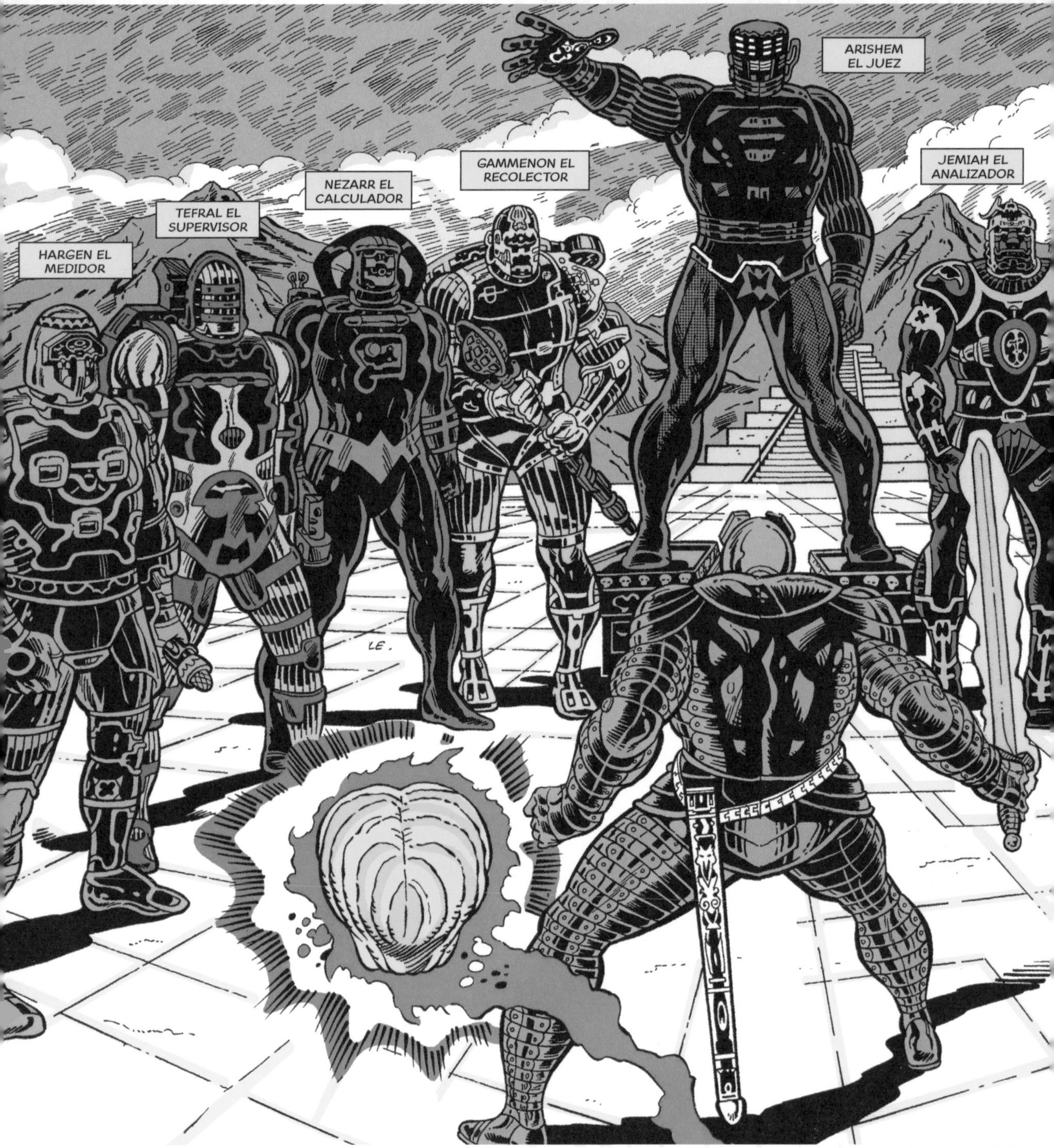

HARGEN EL MEDIDOR
TEFRAL EL SUPERVISOR
NEZARR EL CALCULADOR
GAMMENON EL RECOLECTOR
ARISHEM EL JUEZ
JEMIAH EL ANALIZADOR

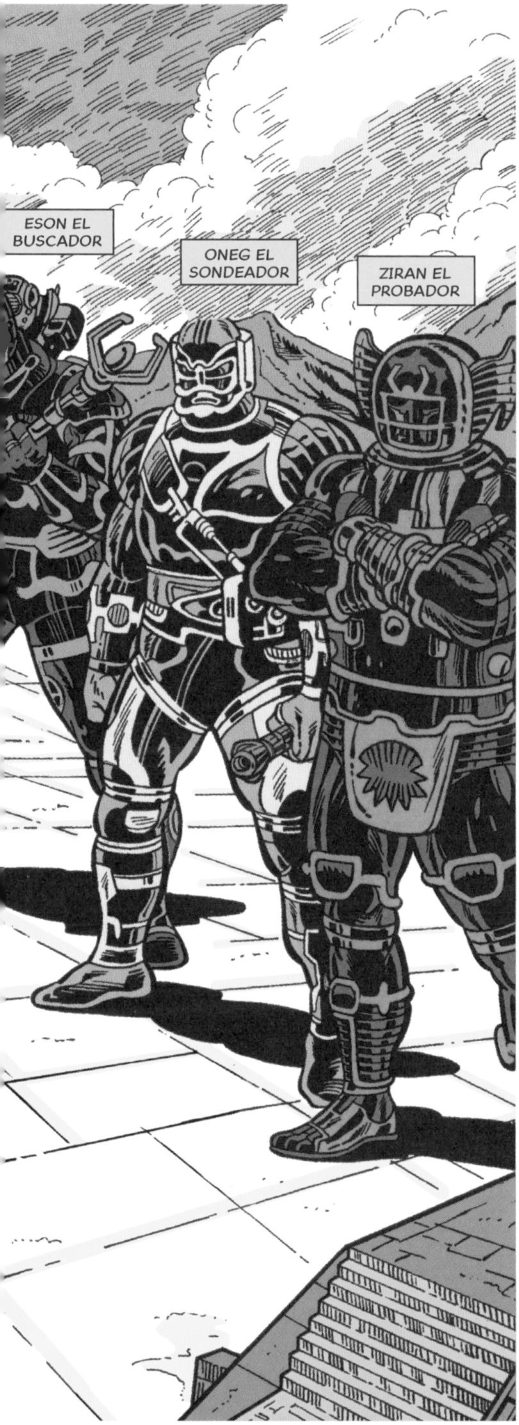
ESON EL BUSCADOR
ONEG EL SONDEADOR
ZIRAN EL PROBADOR

Montados en un carruaje y anunciados por una tormenta atronadora, los emisarios divinos viajaron hasta la base de la Tercera Hueste en los Andes. Aterrizaron ante el Celestial Arishem y pronunciaron su ultimátum: «Estamos unidos en nuestro rechazo a vuestros designios para nuestro mundo», anunció Odín con valentía. Antes de que nadie pronunciara palabra, el eterno Ajak intercedió e instó a los dioses a ser precavidos, pues su poder era insignificante en comparación con el de los Celestiales. Como si quisiera demostrarlo. Arishem proyectó una imagen en la mente de los tres dioses. La visión mostraba los senderos que conectaban la Tierra y los reinos inmortales en ruinas, y el mensaje no podía ser más claro. Los Celestiales tenían el poder de separar a los dioses de la humanidad y lo harían si los obligaban.

Los tres dioses reconocieron que no era el momento adecuado para un conflicto abierto, se inclinaron ante Arishem y prometieron no interferir en los planes de los Celestiales para la humanidad. Vishnu y Zeus tenían intención de cumplir con su palabra, no así Odín, que dedicó el siguiente milenio a urdir un plan para acabar con los dioses espaciales. Como armas de último recurso, creó al Destructor, una armadura prácticamente invulnerable, y forjó la Espada de Odín. Cuando llegó la Cuarta Horda y los Celestiales se preparaban para emitir su veredicto respecto a la humanidad, Odín puso en marcha su plan. Imbuyó al Destructor de su fuerza vital y la del resto de los asgardianos, de modo que el férreo autómata creció hasta alcanzar un tamaño colosal.

Plan de batalla
Odín concibió una estratagema para derrotar a los Celestiales; el plan lo llevó a asumir el control de la armadura conocida como el Destructor y a empuñar la Espada de Odín.
Thor #300 (oct. 1980)

El Destructor, armado con la Espada de Odín, se preparó para entrar en batalla contra los Celestiales. Se le unieron los eternos, que al fin habían comprendido que no podían seguir siendo meros observadores pasivos ante tales eventos. Bajo la forma de la Uni-Mente, habían decidido que lo mejor que podían hacer era defender a la humanidad de los Celestiales y, bajo esa misma forma, volaron para luchar junto al Destructor de Odín.

El valeroso acto de los eternos fue en vano. Un disparo combinado de los Celestiales Gammenon y Jemiah destrozó la Uni-Mente y los eternos quedaron inconscientes, esparcidos por el suelo. Con la fuerza

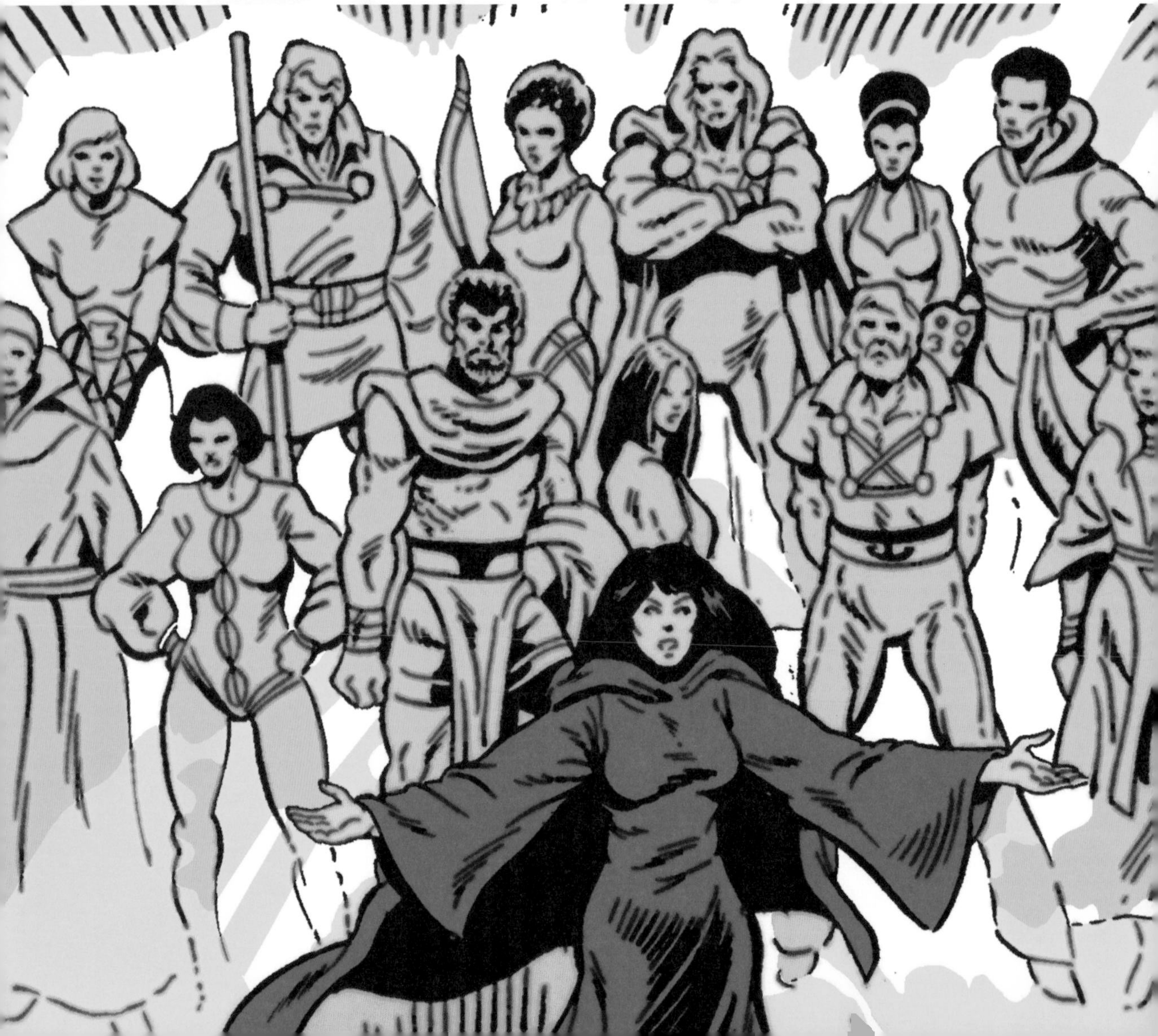

del espíritu guerrero de Odín, el Destructor se enfrentó directamente al enemigo y luchó hasta llegar al centro de las filas de los dioses espaciales. Sin embargo, y pese a la efectividad con que blandía la Espada de Odín, estaba en franca inferioridad numérica. Cuando los Celestiales consolidaron su fuego, la potencia del disparo unificado fundió al Destructor.

Thor presenció la aparente muerte de Odín y de los asgardianos, pues había corrido a los Andes cuando supo del plan de su padre. Enfurecido, lanzó a Mjolnir contra Arishem, que cayó al suelo. Cuando este se puso en pie, Thor le lanzó la Espada de Odín y se la clavó en el pecho. Pero ni siquiera eso bastó para detener a Arishem. El Celestial proyectó su propia energía vital en la espada y la redujo a un charco de metal líquido.

« Yo soy tu verdadera madre, Thor. » Madre Tierra Gea

Mientras Thor se preparaba para enfrentarse a su inevitable final, una nueva figura apareció mágicamente en el campo de batalla. La Madre Tierra Gea se presentó a Arishem y reclamó a Thor como hijo suyo. Explicó que, mientras Odín había urdido su plan para enfrentarse a los Celestiales por la fuerza, ella y el resto de las matriarcas de los panteones de la Tierra habían pasado los últimos mil años buscando en secreto una solución más pacífica. Habían cultivado a los individuos más dotados del mundo y ahora se los ofrecían a los Celestiales como la cumbre del desarrollo humano. Los llamados Jóvenes Dioses anhelaban explorar el cosmos, y Gea sugirió a los Celestiales que fueran sus mentores. Los Celestiales podrían estudiar a los Jóvenes Dioses mientras estos aprendían más acerca del universo y, así, los dioses espaciales ampliarían su conocimiento sobre la humanidad.

Jóvenes Dioses
La Madre Tierra Gea buscó el consenso en vez del conflicto, y ofreció a los dioses espaciales los mejores especímenes de la humanidad si accedían a marcharse.
Thor #300 (oct. 1980)

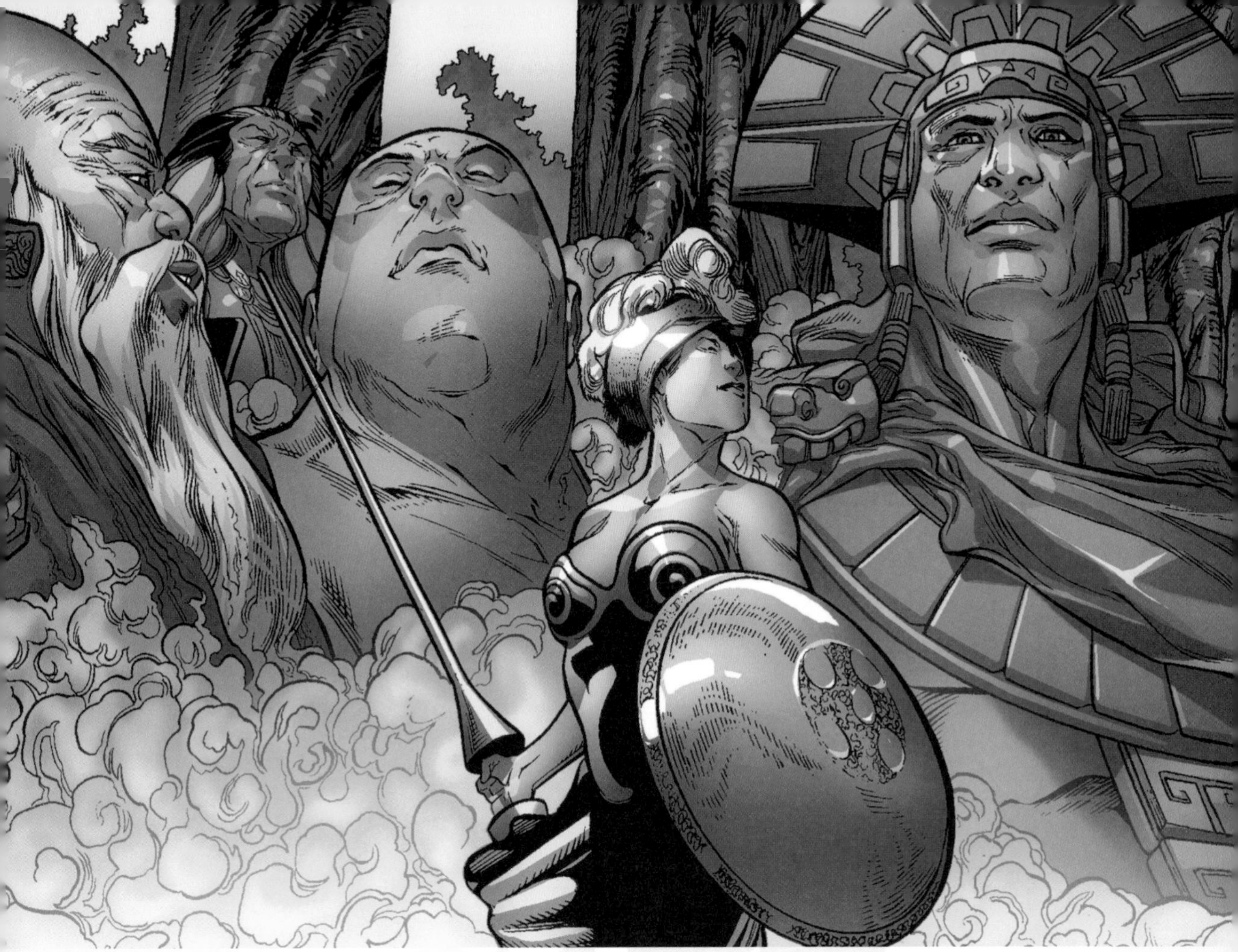

Arishem ponderó la oferta y acabó aceptando los términos de Gea. Emitió su veredicto final sobre los habitantes de la Tierra y falló a favor de que siguieran existiendo. Luego, los Celestiales y los Jóvenes Dioses partieron con escasa fanfarria. El último acto de los Celestiales en la Tierra fue usar su poder para nublar la memoria colectiva de los hombres y mujeres corrientes para que olvidaran la última visita de los dioses espaciales. Tras la marcha de los Celestiales, Thor recorrió uno a uno todos los panteones terrestres y los convenció para que donaran parte de su propia esencia divina para resucitar a Odín y a los asgardianos. De vuelta en Asgard, Thor y sus plenamente recuperados compañeros divinos celebraron su gran victoria. Mientras tanto, en la Tierra, eternos y desviantes, así como sus primos humanos, afrontaban un futuro libre de Celestiales y de sus injerencias.

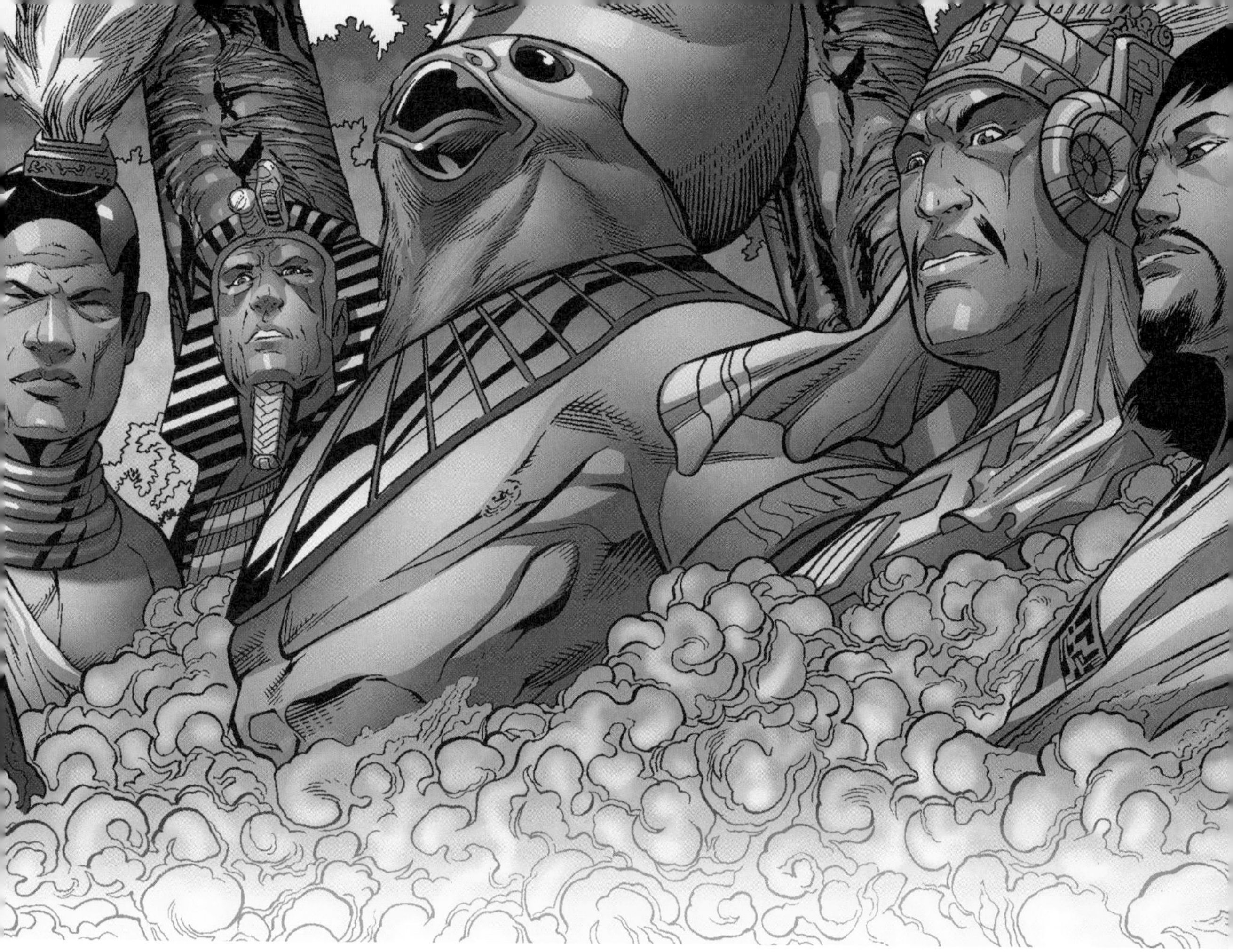

El Concilio de los Dioses siguió siendo el lugar donde los dioses se reunían para debatir las amenazas a su existencia y otras cuestiones relevantes. Cuando una coalición de dioses de la muerte resucitó al antiguo Demogorgo, el Concilio temió que consumiera los panteones divinos sin el menor reparo. Como respuesta, enviaron a un equipo compuesto por Thor, Horus y Quetzalcóatl para que capturaran al devorador de dioses. Una vez completada la misión, devolvieron al Demogorgo a su lugar de hibernación en el sol.

Más tarde. Atenea, la diosa griega de la sabiduría, convocó al Concilio para debatir la amenaza que planteaban los extraterrestres skrulls. Estos eran una raza de desviantes que los Celestiales habían creado en el pasado y que habían usado su capacidad para cambiar de forma para convertirse en la especie dominante en su planeta natal, Skrullos, y ampliar su territorio hasta el espacio exterior.

Llamada a las armas
La diosa olímpica Atenea transmitió un mensaje de peligro ante el Concilio de los Dioses al completo.
Incredible Hercules #116 (jun. 2008)

Ahora, su imperio estaba sumido en el caos y los skrulls se habían infiltrado en la Tierra y habían capturado y suplantado a muchas de las personalidades y los héroes del planeta. Los skrulls infiltrados operaron durante muchos años, y cuando la flota skrull principal llegó a la órbita terrestre, abandonaron sus disfraces para preparar una invasión a gran escala. Atenea temía que una victoria de los skrulls significara una victoria de los dioses de Skrullos y que los panteones terrestres fueran sustituidos por inmortales extraterrestres. Así que propuso lanzar un ataque preventivo e instó al Concilio de los Dioses

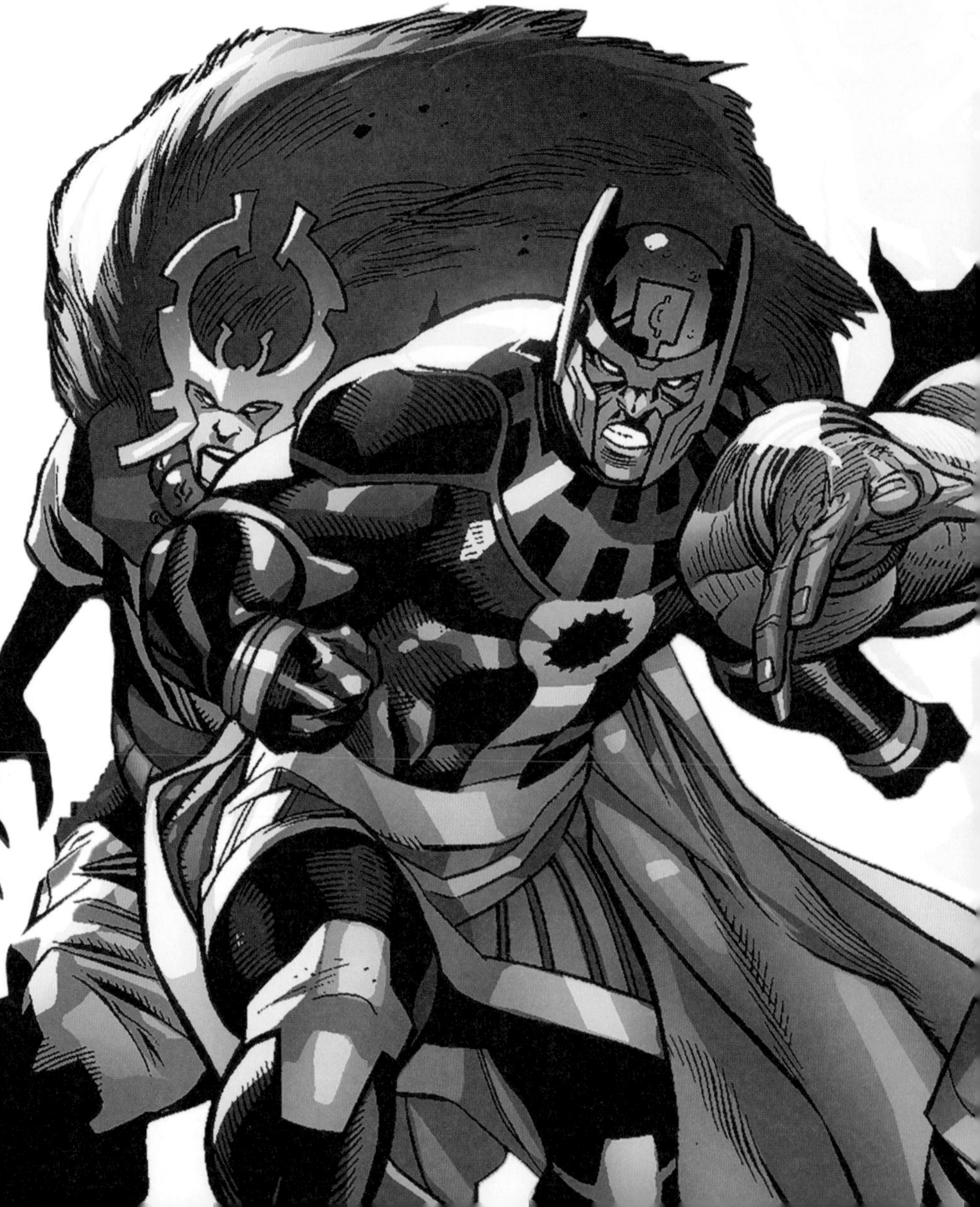

El Escuadrón de Dioses
El señor del caos Amatsu-Mikaboshi, el eterno Ajak, el Demogorgo y el genio adolescente Amadeus Cho eran miembros del equipo de Hércules en el viaje a través del Tiempo del Sueño.
Incredible Hercules #120 (oct. 2008)

a que enviara a un grupo de dioses y semidioses para eliminar a las deidades skrulls Sl'gur't y Kly'bn. El Concilio aceptó el plan y, teniendo en cuenta que Thor y los asgardianos eran más vulnerables a la infiltración skrull por su reciente resurrección, se eligió a Hércules para liderar el Escuadrón de Dioses en esta misión clandestina.

El Concilio eligió al eterno Ajak, al reanimado Demogorgo, a la diosa del norte Ave Nevada y al señor del caos Amatsu-Mikaboshi para que acompañaran al olímpico. Amadeus Cho, el chico humano que había demostrado ser un fiel aliado de Hércules, también estaba en el equipo.

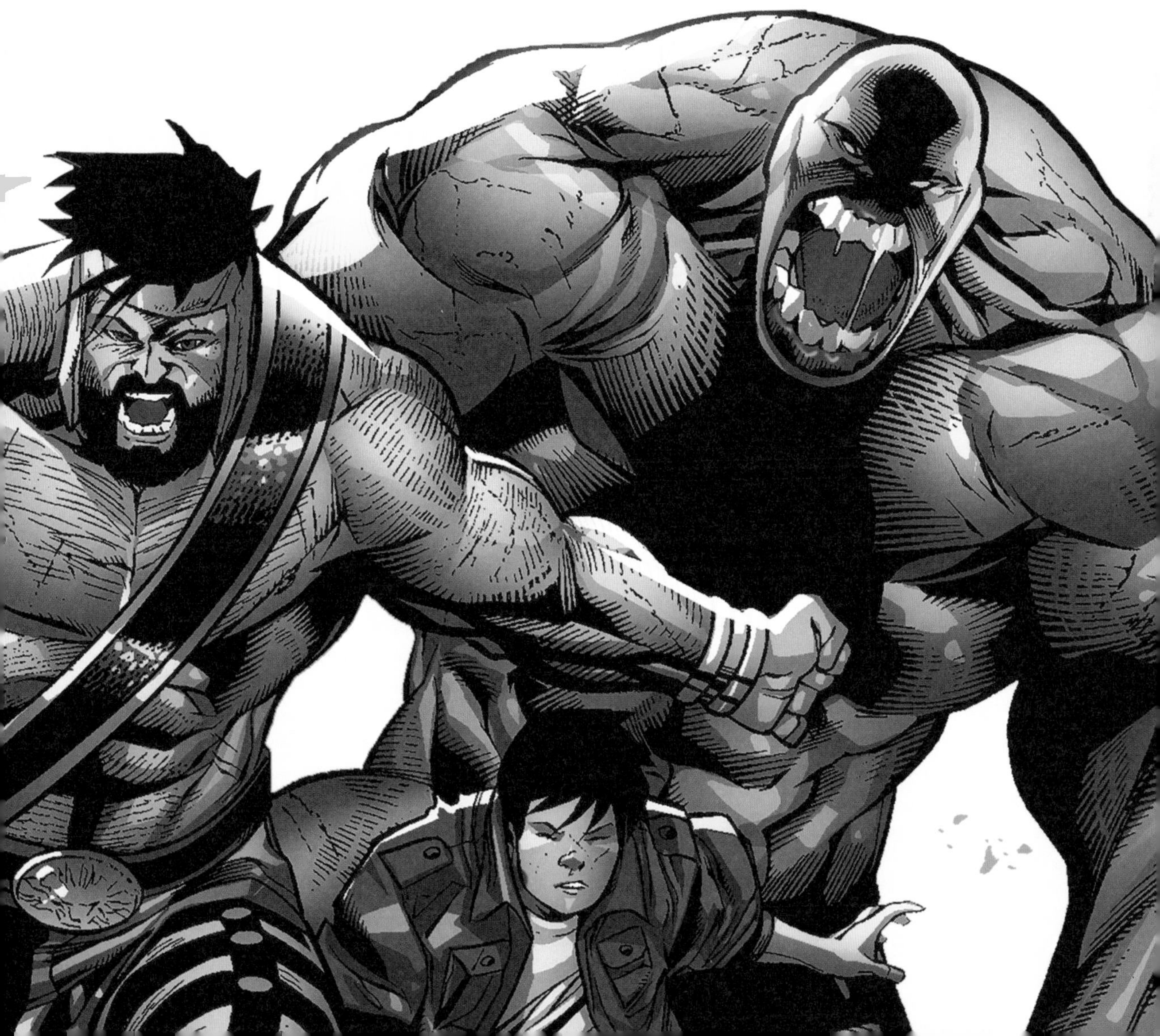

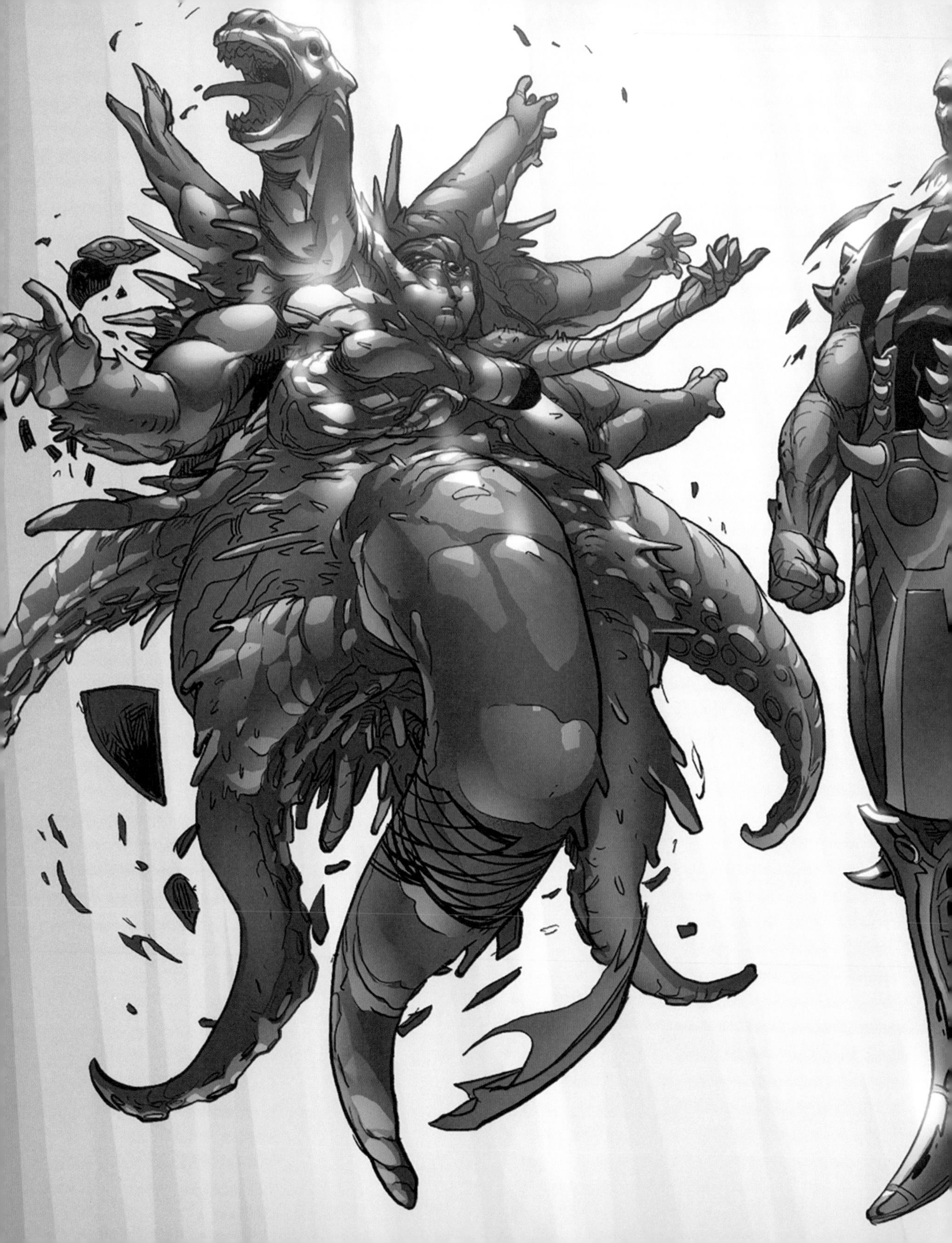

El dominio de los skrulls se hallaba en algún lugar del Tiempo del Sueño, por lo que el Escuadrón de Dioses usó un galeón místico para navegar por el reino etéreo, guiado por un mapa que habían robado a Pesadilla, el señor de los sueños.

«¡Estoy listo para jugar a ser dios!» Hércules

Durante el viaje, las antiguas rivalidades hicieron estallar conflictos ente los dioses. Además, en el barco había un espía, un skrull en forma de Kirby, la cría de coyote de Cho. Cuando el equipo llegó a su destino, los dioses skrulls lo estaban esperando. Fingiendo buenas intenciones, Kly'bn se presentó y reveló que, en la antigüedad, había sido el último eterno en Skrullos, después de que Sl'gur't y sus seguidores desviantes los hubieran matado. Cuando Sl'gur't había llegado para matarlo, Kly'bn había rechazado su odio y profesó su amor por ella y por todos los seres vivos. Sl'gur't quedó tan encantada que se casaron, y el poder de la devoción que sentían el uno por el otro los hizo ascender a los cielos y los convirtió en los primeros dioses skrulls.

Todo lo que él y Sl'gur't querían hacer ahora, prosiguió Kly'bn, era llevar su amor a otros mundos. Hércules no le creyó y señaló que la supuesta benevolencia de los dioses skrulls llevaría a la esclavitud de la raza humana y a la extinción de los panteones terrestres.

Pareja celestial
La deforme Sl'gur't y el apuesto Kly'bn ascendieron al cielo skrull tras declararse su amor mutuo.
Incredible Hercules #120 (oct. 2008)

Entonces estalló una batalla en la que, pese a su fuerza olímpica, Hércules se vio superado por la amplia variedad de poderes eternos de Kly'bn. No logró dar la vuelta a la situación hasta que tomó ejemplo de Amadeus Cho, un ser humano ordinario que se enfrentaba a situaciones extraordinarias. Con la ayuda de una distracción de Ave Nevada, pudo asestar un golpe fatal a Kly'bn. Mientras, en otro lugar del Tiempo del Sueño skrull, Amatsu-Mikaboshi dio rienda suelta a sus instintos caóticos y destrozó a Sl'gur't.

La muerte de sus dioses dejó a la fuerza invasora skrull en una situación peligrosa. Aterrados y debilitados, los extraterrestres no pudieron hacer frente a los Súper Héroes de la Tierra y pronto se vieron obligados a regresar al espacio exterior. Hércules y el Escuadrón de Dioses regresaron a casa. No tuvieron un recibimiento de héroes, pues la misión había permanecido en secreto y solo los dioses conocían la lucha a vida o muerte que se había librado en el Tiempo del Sueño. Como siempre, el Concilio de los Dioses estaba muy por encima de cuestiones tan mundanas, muy lejos de las preocupaciones cotidianas de los simples mortales.

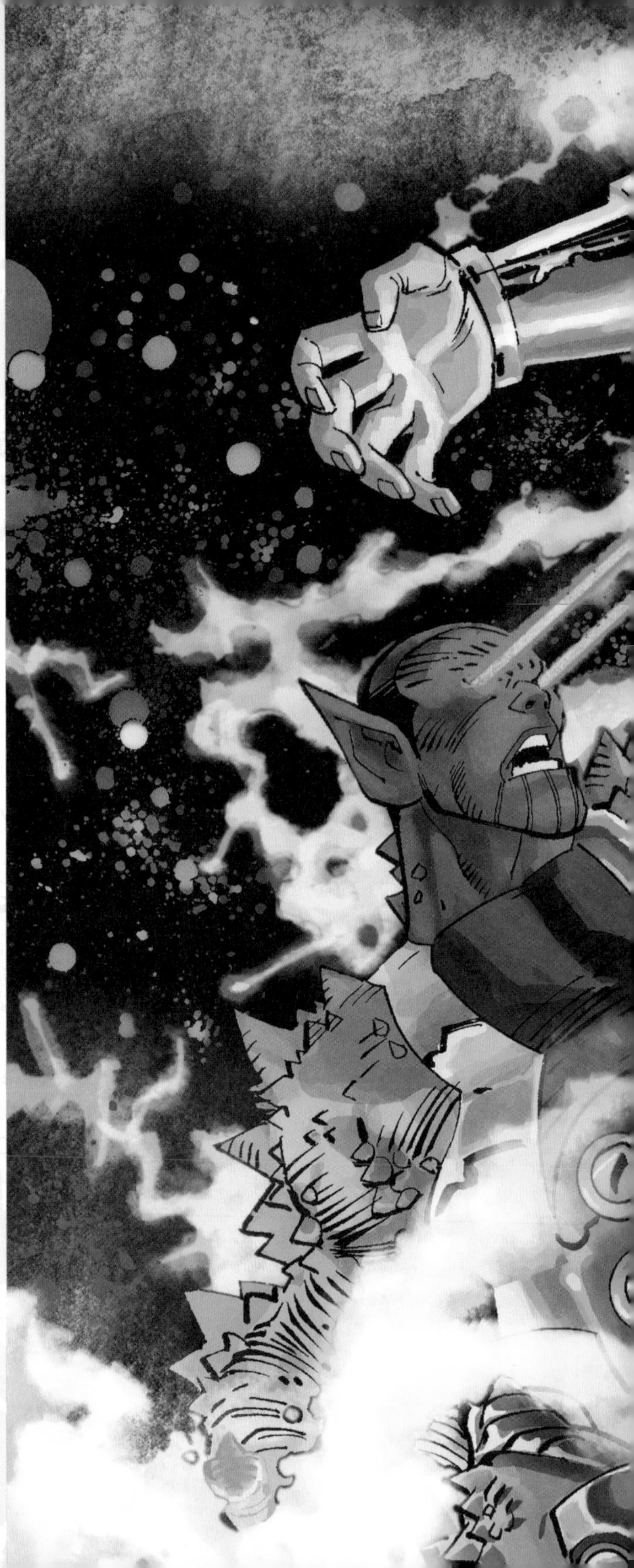

Intervención divina
Hércules se enfrentó al dios skrull Kly'bn en un combate cuerpo a cuerpo en un intento de poner fin a la amenaza que su rival suponía para los panteones terrestres.
Incredible Hercules #120 (oct. 2008)

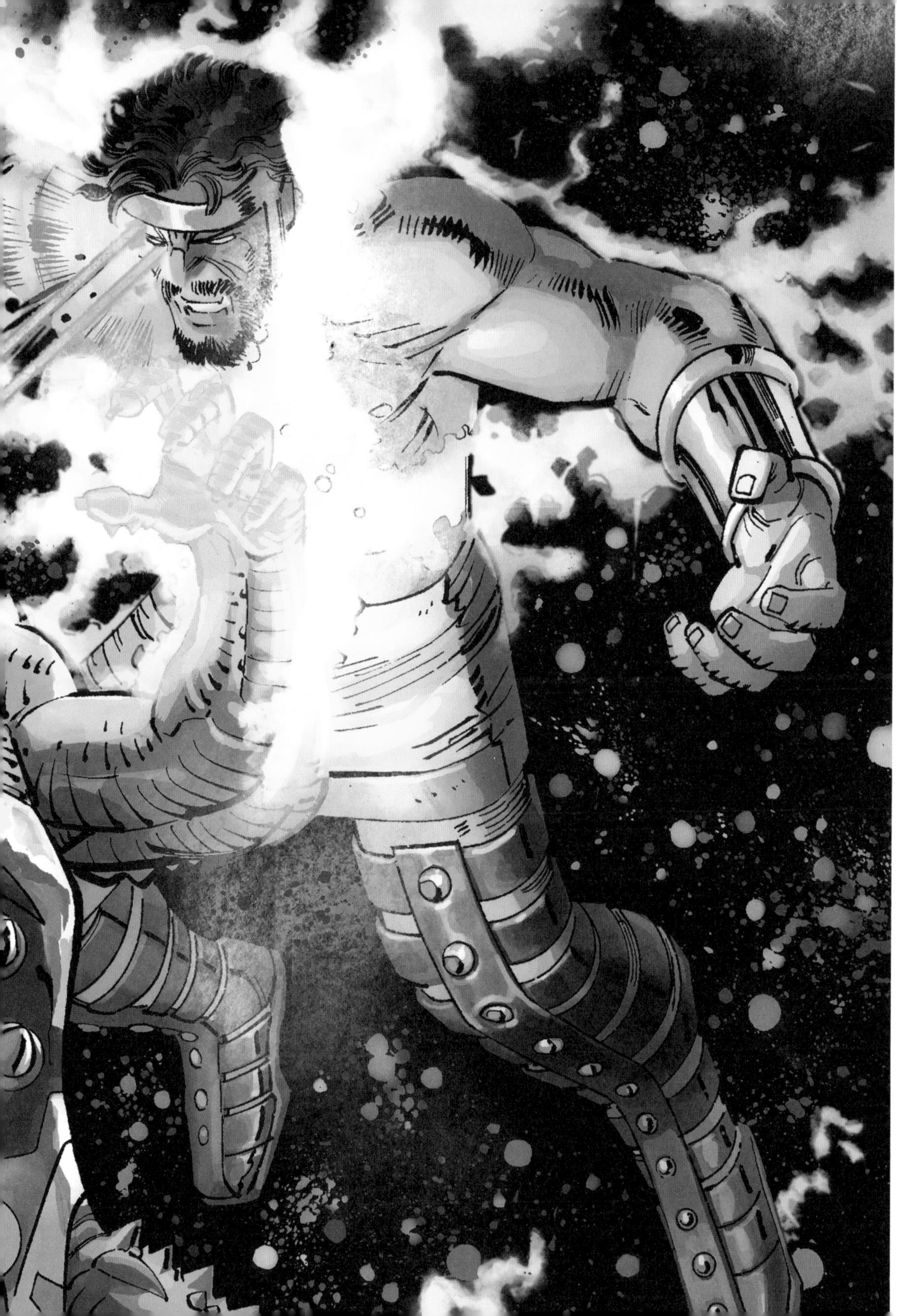

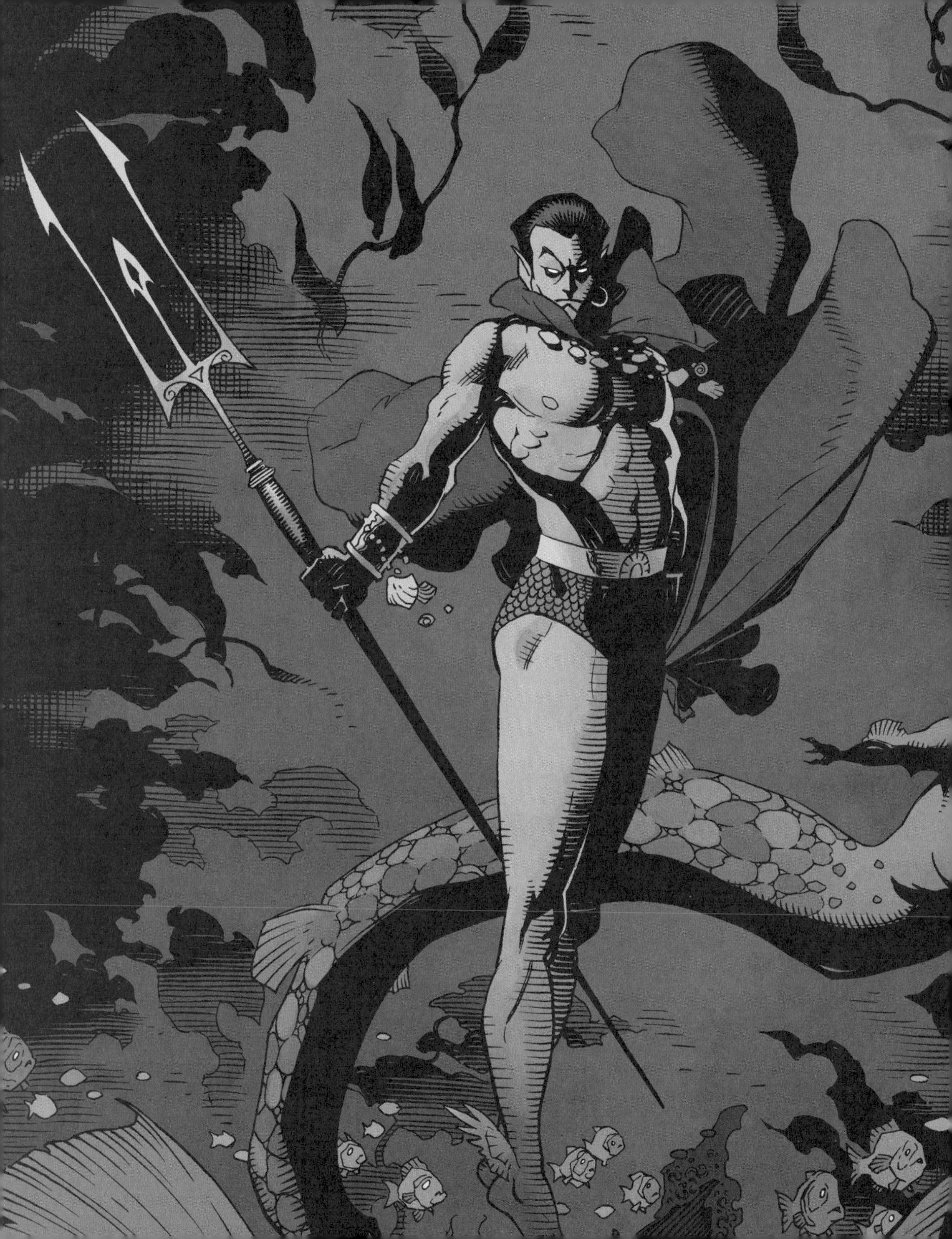

HÉROES LEGENDARIOS

Cuando los dioses dejaron de intervenir directamente en los asuntos de la Tierra, distintos héroes mortales vinieron a llenar ese vacío. Algunos, como la Hermandad del Escudo, empleaban la ciencia en su interminable batalla contra las fuerzas de la oscuridad. Otros, como el Caballero Negro y el Capitán Britania, recibieron poderes del mago ultradimensional Merlín y defendieron los valores encarnados por el fabuloso Camelot. La remota Atlantis produjo un individuo único en la figura de Namor, el Hombre Submarino, uno de los primeros héroes mutantes de la Tierra.

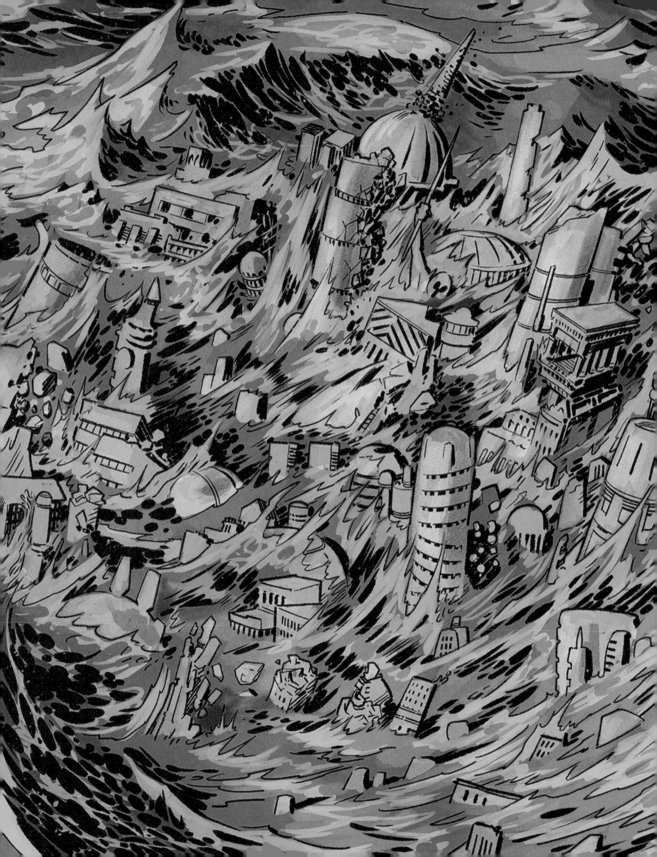

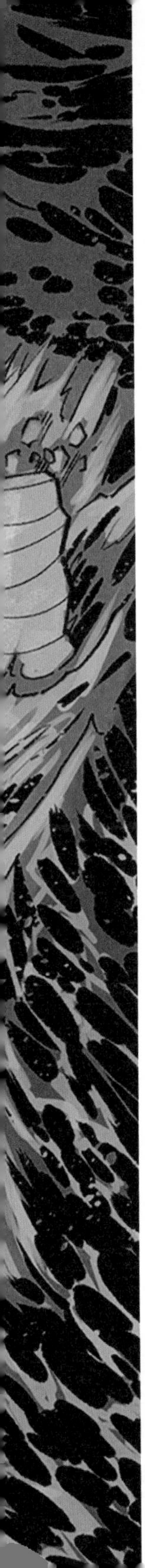

Cataclismo y conflicto

Las luchas internas azotaron a Atlantis durante siglos, y aunque el Hombre Submarino logró unificar el reino sumergido, este continuó bajo el ataque de figuras del pasado.

El Gran Cataclismo de 18 000 a.C., además de arrasar el Imperio desviante, sumergió en el fondo del océano el continente de Atlantis, que, junto con su capital homónima, había albergado a una de las escasas civilizaciones humanas que habían escapado del azote de los desviantes y se había convertido en una vasta reserva de conocimiento científico y cultural. Cuando Atlantis quedó sumergida bajo el mar, siglos de saber y experiencia se perdieron con ella. Sin embargo, y a pesar de que la ciudad se hundió en menos de una semana, un puñado de atlantes logró sobrevivir al cataclismo.

Los supervivientes se volvieron anfibios, los primeros de una nueva rama de la humanidad que más tarde se clasificaría como *Homo mermanus*. Se desconoce si los atlantes desarrollaron branquias y una fisonomía mejorada como resultado de una mutación natural, de una ciencia arcana o de la magia, pero la rápida adaptación les permitió prosperar bajo las olas. Atlantis quedó en ruinas tras la terrible catástrofe, y los supervivientes la abandonaron y se convirtieron así en un pueblo nómada que recorría los grandes océanos del mundo. Los escasos avistamientos de *Homo mermanus* a lo largo de los siglos inspiraron múltiples leyendas acerca de estos seres acuáticos.

Bajo las aguas
El Gran Cataclismo desencadenado por la Segunda Hueste celestial en 18 000 a. C. sumergió en el océano a Atlantis, la cumbre de la civilización humana.
History of the Marvel Universe #1 (sep. 2019)

Descendientes de los habitantes originales repoblaron Atlantis miles de años después de que se hundiera y, con el tiempo, la ciudad resucitada se convirtió en el centro de una compleja red de cantones y principados submarinos. Como había sucedido en la superficie, la guerra moldeó la historia de la Atlantis sumergida a medida que señores de la guerra rivales luchaban por imponerse. Las luchas internas alcanzaron su clímax a inicios del siglo xx, cuando bárbaros acuáticos obligaron al emperador Thakorr a abandonar la Atlantis original y fundar una nueva capital en las heladas aguas bajo la Antártida.

Cuando el *Oracle*, un barco de investigación comandado por el capitán Leonard McKenzie, quedó atrapado en el hielo, los tripulantes soltaron cargas de profundidad para liberar la nave. Por desgracia, las explosiones causaron graves daños a la nueva ciudad de Atlantis, que se hallaba justo debajo del barco. El enfurecido Thakorr ordenó a su hija que enviara a un equipo de guerreros a investigar el origen de las letales explosiones, pero como la princesa Fen no quería poner en peligro a sus subordinados, ingirió una poción que le permitía respirar en la superficie durante cinco horas seguidas. Durante su estancia en el *Oracle*, e intentando entender mejor a los habitantes de la superficie, Fen se enamoró del capitán McKenzie. La pareja se casó, pero su felicidad fue pasajera. Thakorr temía por la seguridad de su hija y ordenó a un grupo de guerreros atlantes que la sacaran del barco a la fuerza. Lamentablemente, la tripulación del *Oracle* murió en una confrontación que pronto se volvió violenta.

Unos meses después, mientras aún lloraba la pérdida de su marido, Fen dio a luz a un niño de tez clara al que llamó Namor, el Hijo Vengador. Namor fue el primer híbrido humano-atlante del mundo y podía respirar tanto en la superficie como bajo el agua. También era mutante y podía volar con la potencia de un misil.

Entre dos mundos
Tras un romance con un habitante de la superficie, la princesa atlante Fen alumbró a un niño mutante, Namor.
History of the Marvel Universe #2 (oct. 2019)

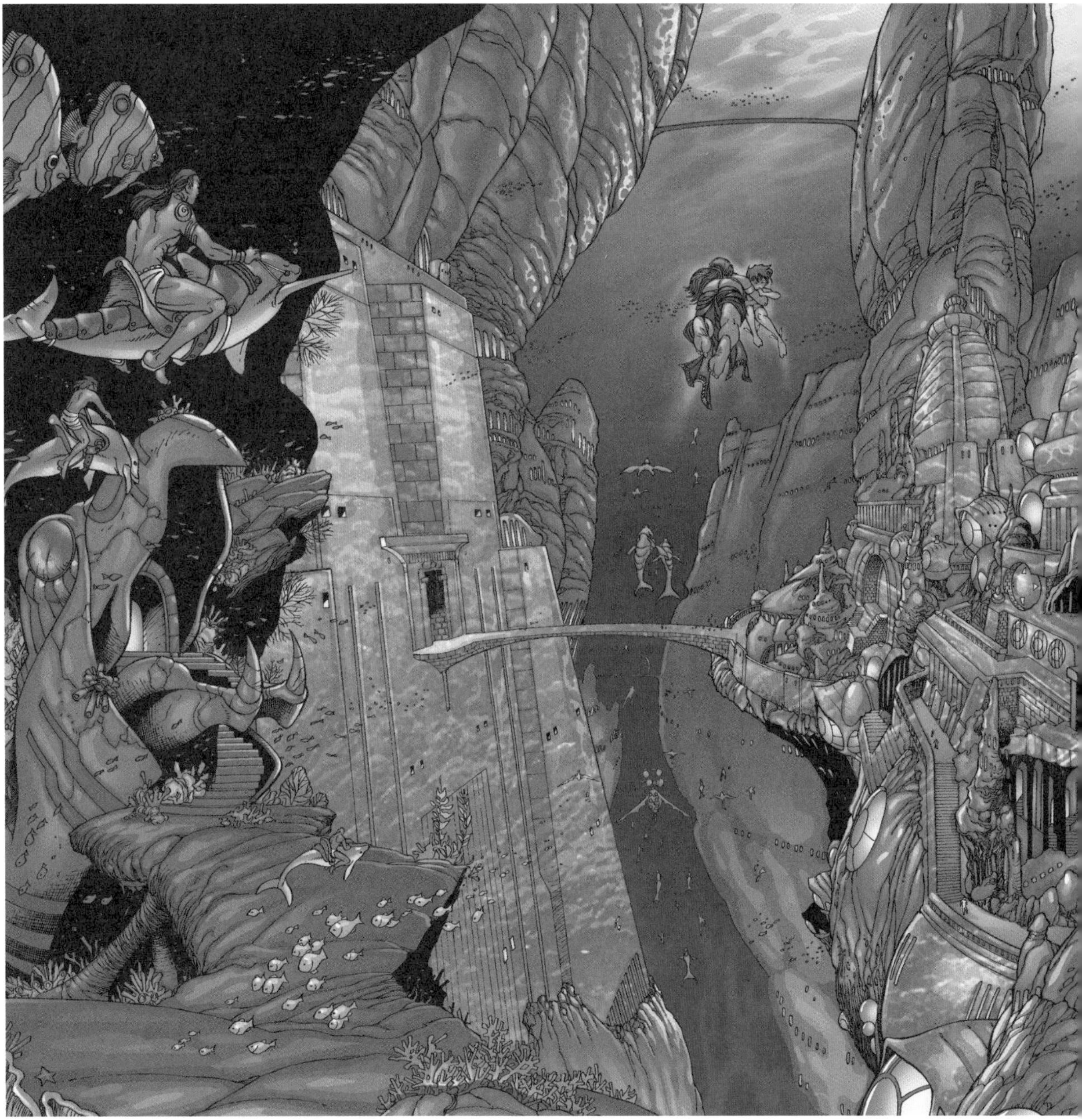

Un marginado con sangre real
Namor creció a salvo de los celos de los atlantes de pura sangre gracias a su estatus real y a su madre sobreprotectora.
Namor #1 (jun. 2003)

Criado bajo la influencia del emperador Thakorr, Namor desarrolló un profundo odio hacia el mundo de la superficie. Siendo ya un joven, atacó la ciudad de Nueva York e interrumpió las rutas de navegación en represalia por lo que entendía como el desprecio de la humanidad por la salud de los océanos del mundo. Namor, a quien la prensa apodó como «Hombre Submarino», fue considerado una amenaza para Estados Unidos. Sin embargo, eso cambió durante la II Guerra Mundial, cuando se unió a los aliados y luchó junto al Capitán América y la Antorcha Humana original. Su periodo como miembro de los Invasores, junto a quienes luchó contra la tiranía, le ganó al fin cierta aceptación en el mundo de la superficie.

«Se han escrito y susurrado muchas leyendas sobre mí...» Namor, el Hombre Submarino

Quizás de modo inevitable, al triunfo de Namor siguió su debacle. En la posguerra inmediata, el villano psiónico Destino le borró la memoria y Namor vagó durante décadas. Cuando la recuperó gracias a la intervención de Johnny Storm, la segunda Antorcha Humana, Namor volvió a Atlantis, donde se encontró con una ciudad en ruinas, destruida por los insensatos ensayos nucleares de la humanidad, y con que su pueblo se había dispersado por todo el lecho oceánico.

Namor, que volvía a desconfiar del mundo de la superficie, reanudó su campaña contra los intereses de la humanidad. No obstante, cuando logró reunir a sus súbditos perdidos, concentró sus esfuerzos en reconstruir Atlantis y en consolidarse como su soberano. Con todo, su linaje humano impedía que fuera aceptado por todos, y algunos lo consideraban un intruso, por lo que la relación del nuevo rey con su propio pueblo era a veces tan tensa como la que mantenía con el mundo de la superficie. La situación explotó cuando pareció que Namor había abandonado a su pueblo y había huido de Atlantis justo cuando criaturas del pasado mítico de Atlantis atacaban el reino.

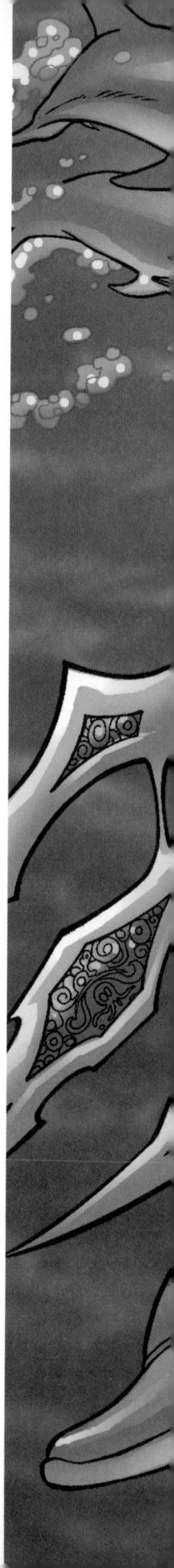

Desde las profundidades
El príncipe Namor fue un joven obstinado e impulsivo que con frecuencia daba la espalda a Atlantis para atacar al mundo de la superficie.
Namor #1 (jun. 2003)

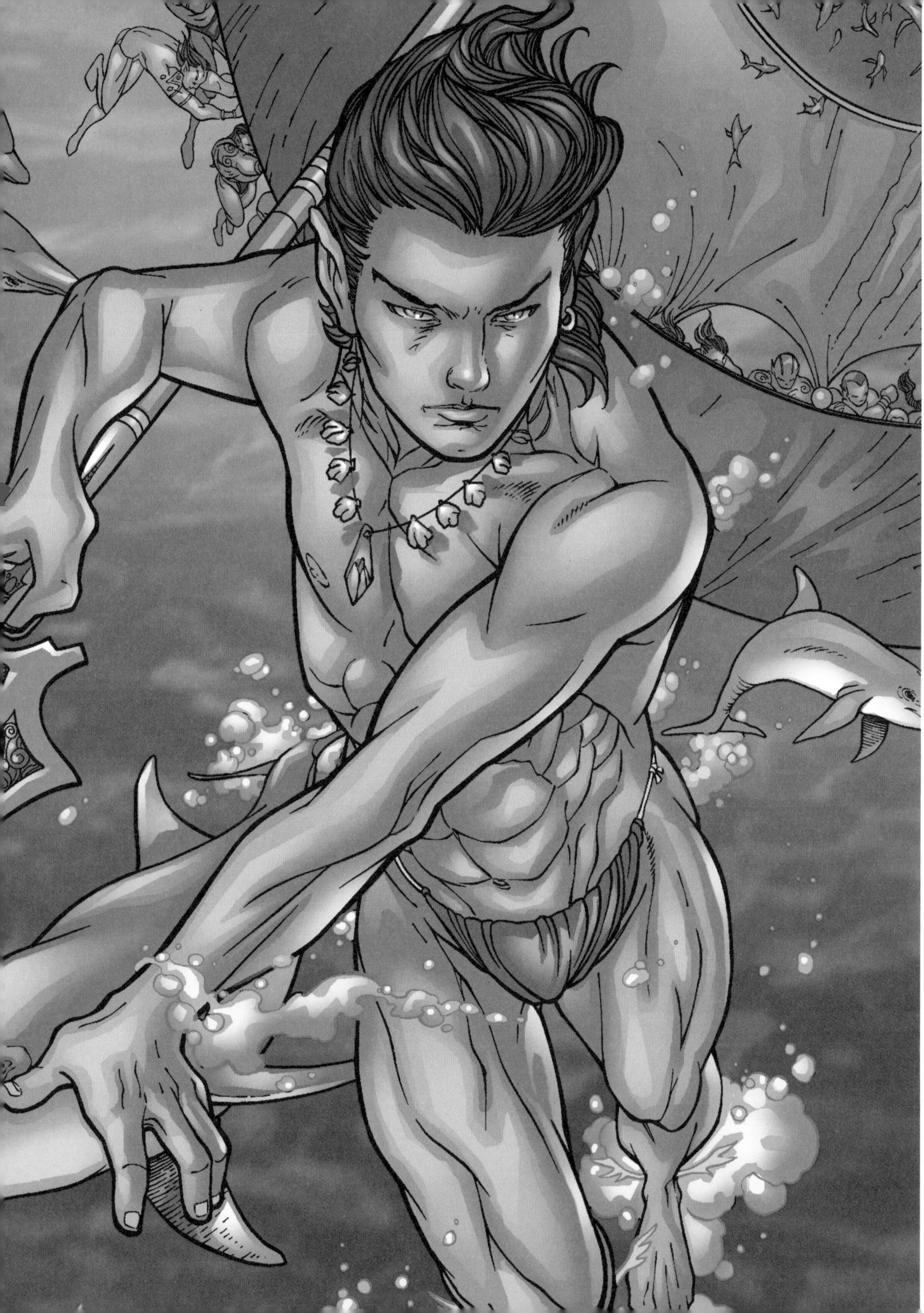

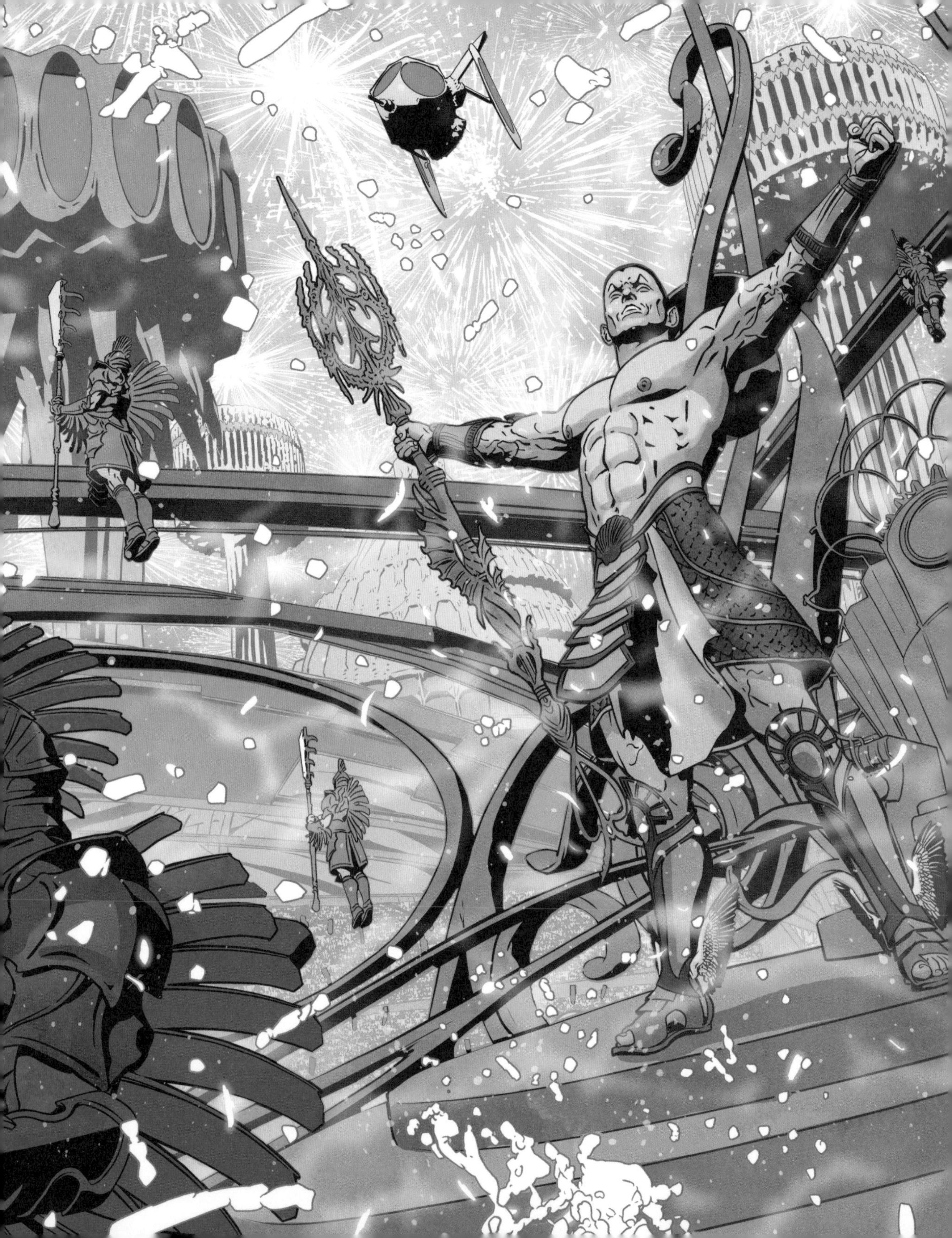

Pecado, la malvada hija del perverso Cráneo Rojo, se valió de brujería arcana para liberar a Serpiente, dios asgardiano del miedo, que llevaba mucho tiempo aletargado bajo el océano Atlántico. Como resultado, una terrible oleada de terror recorrió el mundo y cundió el pánico. Además, Serpiente entregó unos martillos de poder inmenso a siete individuos, elegidos específicamente por su capacidad para sembrar el miedo y la discordia. Uno de los receptores fue la némesis de Namor, el bárbaro Attuma, que usó el poder del martillo para adoptar la imagen de un personaje atlante legendario, Nerkkod, el Rompedor de Océanos. Se alió con Los Que No Mueren, unos demoníacos parientes lejanos de los Dioses Antiguos originales, conquistó Atlantis y sometió a sus ciudadanos.

«Tu miedo envenena el agua.» Attuma (como Nerkkod)

Namor, que se enfrentaba a una oposición abrumadora y al miedo irracional que había desatado el dios Serpiente, huyó de la ciudad. Las palabras de Attuma resonaban en sus oídos mientras huía: «Nunca olvides que seguiste respirando mientras tu ciudad se derrumbaba y tu pueblo sufría». Pero el miedo no fue el único motivo de la huida de Namor. Sabía que necesitaría aliados poderosos para vencer, así que reunió un nuevo equipo de Defensores, con el Doctor Extraño, la mutante Loa, el viajero espacial Estela Plateada y Lyra, la salvaje Hulka.

Un monarca poderoso
En la era moderna, Namor asumió sus responsabilidades como monarca submarino y prometió ser un gobernante ecuánime y proteger a sus súbditos acuáticos.
Nick Fury #4 (sep. 2017)

Los Que No Mueren poseyeron a innumerables animales marinos, a los que dieron formas grotescas, y atacaron a los héroes. Aunque Namor y el resto de los Defensores se enfrentaron con todas sus fuerzas a los deformes leviatanes, tuvieron que contenerse cuando se toparon con un nuevo enemigo. Algunos de Los Que No Mueren habían poseído a atlantes cautivos y azuzaban a Namor mientras avanzaban de forma implacable, con las armas en alto, gritando: «Rey nuestro... ¿cómo has permitido que nos capturaran?».

Sin embargo, cuando Namor oyó esas palabras, en lugar de desesperarse se sintió más resuelto que nunca y su miedo desapareció. El rey de Atlantis aceptó por fin sus responsabilidades como líder y se mantuvo firme. Usó la mínima fuerza posible para contener a los soldados que avanzaban y dejó inconscientes a muchos de ellos. Esto dio al Doctor Extraño tiempo suficiente para preparar un hechizo con el que pudo transportar a Los Que No Mueren de vuelta a su reino en otra dimensión. Al perder a sus aliados. Attuma tuvo que abandonar Atlantis con los pocos secuaces que le quedaban. Los Defensores lo persiguieron y, mientras el resto de los héroes perseguían a los esbirros de Attuma, Namor asestó un devastador y definitivo golpe al villano. Desprovisto de su martillo y herido de gravedad. Attuma huyó del campo de batalla.

Tras la victoria, Namor se encargó de garantizar la seguridad de su pueblo. Mientras otros se enfrentaban directamente a Serpiente –que fue derrotado al cabo por Thor con la Espada de Odín–, el rey de Atlantis se dedicó a reconstruir su reino y recuperar la confianza de su pueblo.

Rompiendo las olas
Transformado en Nerkkod, el Rompedor de Océanos, el bárbaro Attuma hizo salir al Hombre Submarino de su reino bajo el mar. *Fear Itself: The Deep* #3 (oct. 2011)

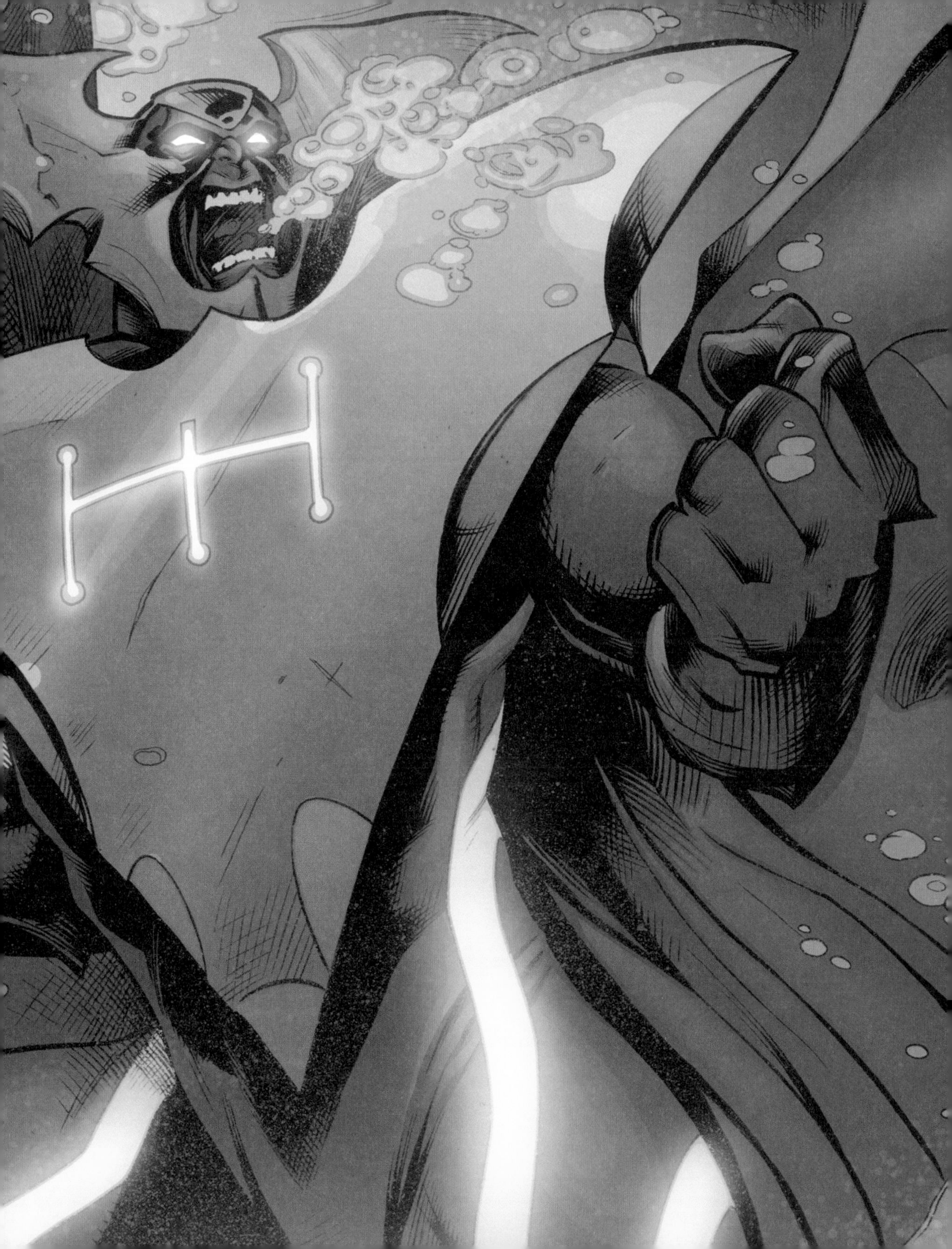

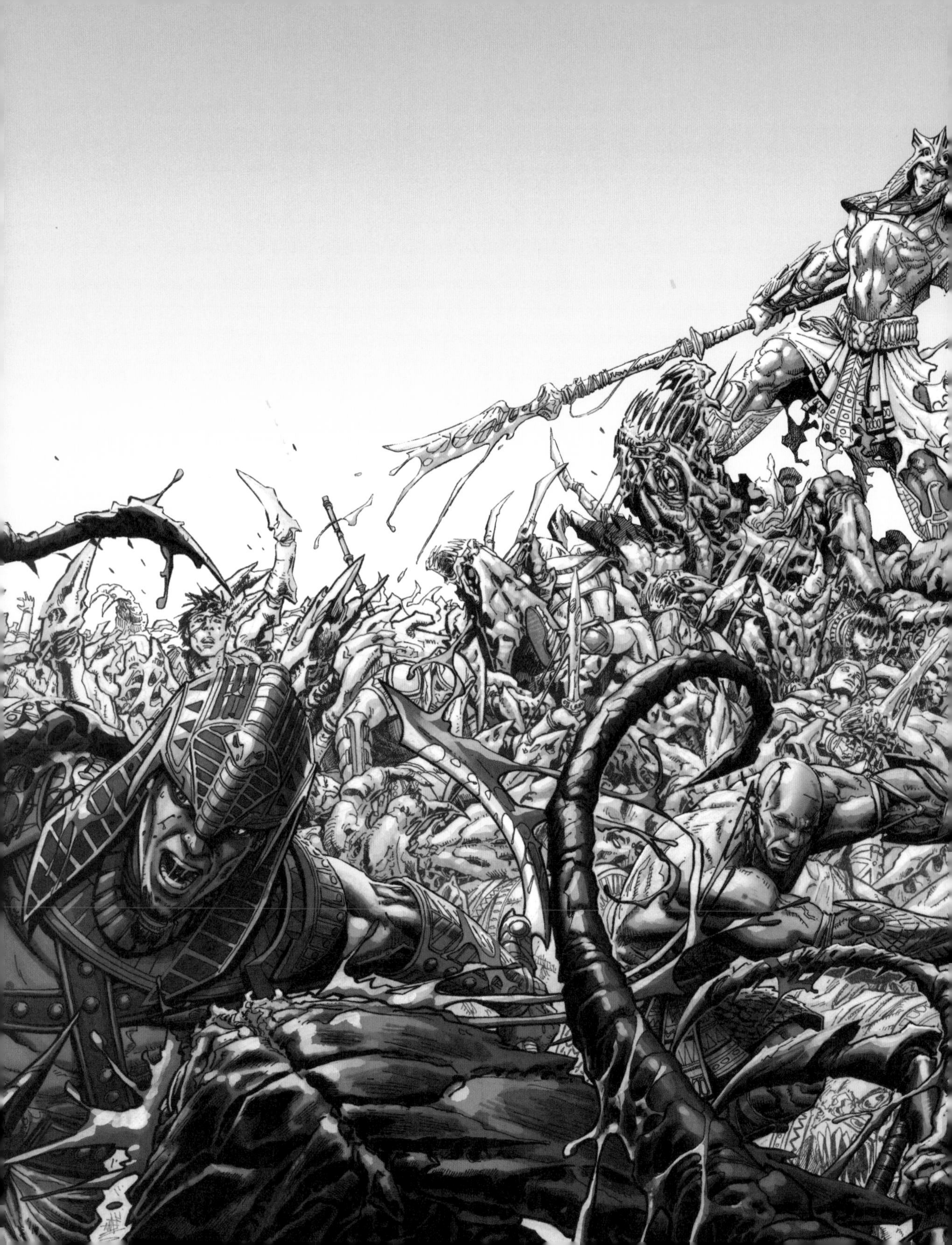

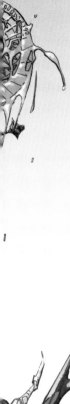

Espada y escudo

El mundo ha contado con infinitos guardianes a
lo largo de su historia. Ocultos entre las sombras,
estos abnegados individuos han guiado sutilmente
a la civilización humana y han dejado tras de sí
leyendas que siguen inspirando hoy día.

Cuando unos parásitos alienígenas conocidos como el Nido
amenazaron con invadir el antiguo Egipto y el mundo, el
guerrero Imhotep se negó a arrodillarse ante los invasores.
Alzó un poderoso ejército que consiguió repelerlos y, tras
haber matado personalmente a la reina del Nido en 2620 a.C.,
formó la Hermandad del Escudo, una organización cuyo fin
era proteger a la humanidad de las amenazas de extinción.

La Hermandad del Escudo era mucho más que un clan de
guerreros y contaba con filósofos y eruditos entre sus filas.
El grupo operaba en secreto e intentaba guiar a la humanidad
hacia un futuro ilustrado y libre de la ignorancia y el miedo. A
lo largo de los siglos, algunos de los pensadores más relevantes
de la historia formaron parte de la Hermandad del Escudo. En
torno a 200 a.C., el inventor griego Arquímedes usó su colosal
intelecto para transformar el Coloso de Rodas en un gigante
exoesqueleto que usó en la batalla contra un Centinela kree,
al que consiguió derrotar. Unos tres siglos después, el estadista
y polímata chino Zhang Heng asumió sus responsabilidades
como uno de los principales miembros de la organización
clandestina y entabló una profunda conversación filosófica
con una Celestial visitante. La gigantesca diosa espacial estaba

El portador del escudo
En la antigüedad, el guerrero egipcio
Imhotep alzó un ejército para hacer
frente al Nido alienígena y luego
fundó la Hermandad del Escudo.
S.H.I.E.L.D. #1 (jun. 2010)

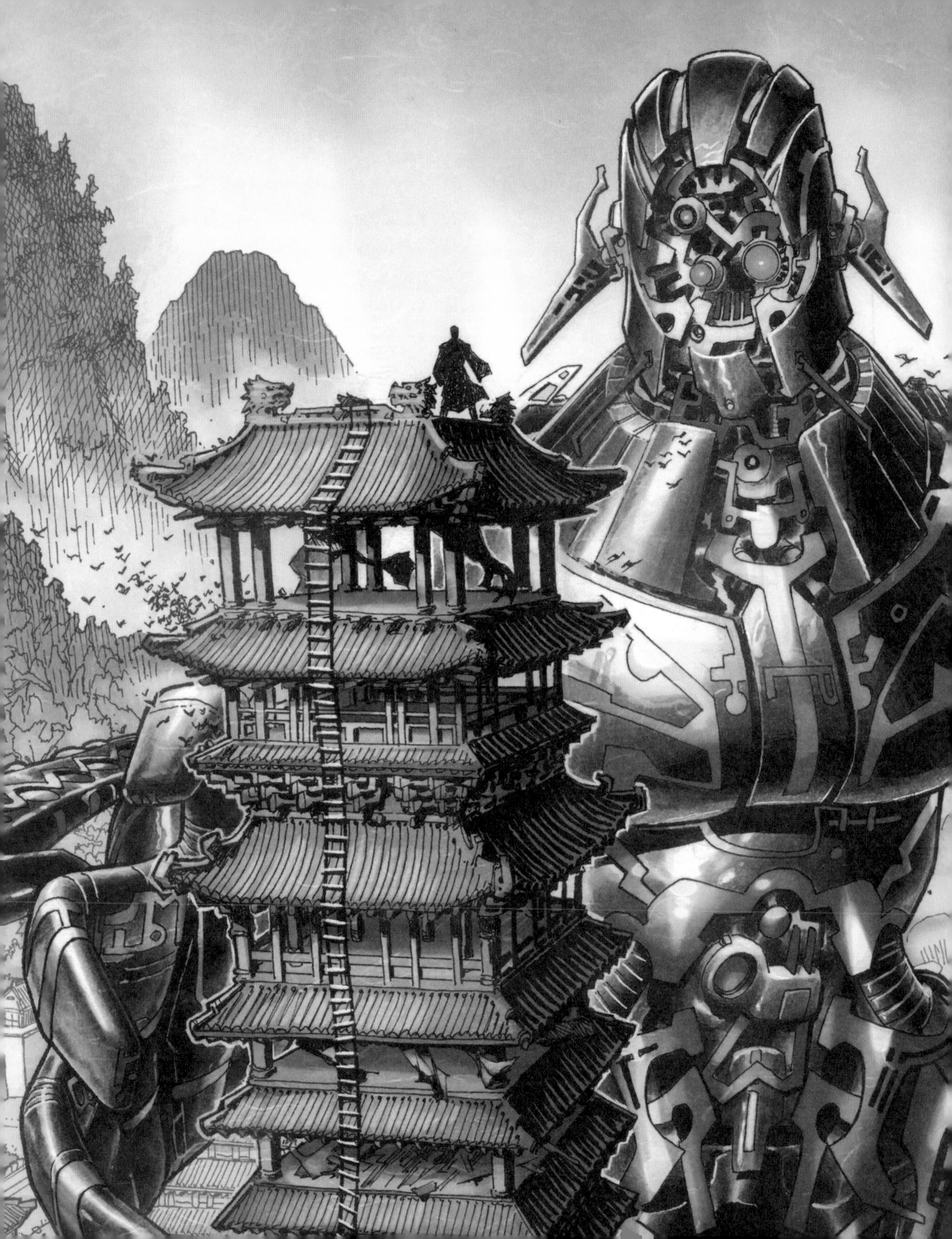

en un estado de gestación avanzado y era muy probable que las fuerzas cósmicas desencadenadas por el parto destrozaran el mundo. Zhang Heng defendió el derecho de la humanidad a existir y convenció a la Celestial para que diera a luz de forma segura en el interior del sol de la Tierra.

En torno a 750 d.C., el célebre científico persa Geber asumió el liderazgo de la Hermandad del Escudo y quiso construir una máquina que albergara todas las esperanzas, sueños y aspiraciones de la humanidad. Sin embargo, el experimento salió mal y el invento absorbió la energía vital de miles de eruditos. Las filas de la Hermandad se redujeron al mínimo y, con una ingente cantidad de conocimiento aparentemente perdida para siempre, el mundo entró en una oscura era de ignorancia.

Unos 750 años después, el Renacimiento trajo esperanzas renovadas, e individuos como el visionario Leonardo da Vinci o el astrónomo Galileo pusieron su vida al servicio de la Hermandad del Escudo. Durante su etapa como líder de la misma, Leonardo da Vinci estuvo especialmente preocupado por el feto celestial que crecía en el sol desde la era de Zhang Heng. Inventó un traje de vuelo mecánico con el que volar al espacio exterior para investigar a fondo el asunto, pero desapareció durante el vuelo inaugural.

Un siglo después de la desaparición de Leonardo, la Hermandad reclutó a Isaac Newton, que ascendió rápidamente entre sus filas y se convirtió en el líder del Alto Consejo. Durante su búsqueda de conocimiento arcano, se topó con la fórmula secreta del Elixir de la Vida, que usó para alargar indefinidamente su esperanza de vida. La inmortalidad otorgó a Newton claridad de pensamiento y abundantes oportunidades de reflexionar acerca de problemas en apariencia irresolubles. Finalmente desarrolló la Matemática Silenciosa, una fórmula única que predecía acontecimientos futuros. Con ella y con las profecías de Nostradamus, Newton adivinó que el mundo acabaría en el año 2060. Llamó a esta revelación Verdad Silenciosa.

De cerca
En el año 114 d.C., Zhang Heng construyó una altísima torre para conversar cara a cara con una Celestial visitante.
S.H.I.E.L.D. #1 (jun. 2010)

Armado con este conocimiento del futuro, Newton se dispuso a reestructurar la Hermandad del Escudo. El grupo abandonó su orientación hacia el exterior y se volvió cada vez más aislado, secreto y aferrado a la tradición. Aunque aún defendía a la humanidad de amenazas externas, lo hacía solo para prepararla para su fin inevitable. Según Newton, el propósito principal de la Hermandad era acompañar al mundo hacia su futuro predestinado. Por supuesto, esta filosofía chocaba frontalmente con los principios fundadores de la Hermandad (que todos los hombres y mujeres eran dueños de su propio destino), y se empezaron a alzar voces opuestas a la lúgubre ideología de Newton.

« Construyo grandes cosas.» Leonardo da Vinci

Los rebeldes hallaron un líder inesperado en Leonardo da Vinci, que reapareció milagrosamente en 1956. Además de su traje de vuelo, el inventor había creado un puente temporal que había usado para atravesar los siglos y llegar a esa encrucijada clave para el futuro de la Hermandad. Leonardo y Newton firmaron una inestable tregua temporal, durante la cual ambos líderes intentaron persuadir a sus camaradas de la justicia de sus respectivas causas. Durante este periodo de pausa, Leonardo liberó al Celestial Star Child del interior del sol e intentó usar el lenguaje universal de las matemáticas para comunicarse con el aparentemente insondable dios espacial.

En busca del sol
Leonardo da Vinci, el hombre del Renacimiento por antonomasia, diseñó una máquina voladora para investigar el interior del sol.
S.H.I.E.L.D. #1 (jun. 2010)

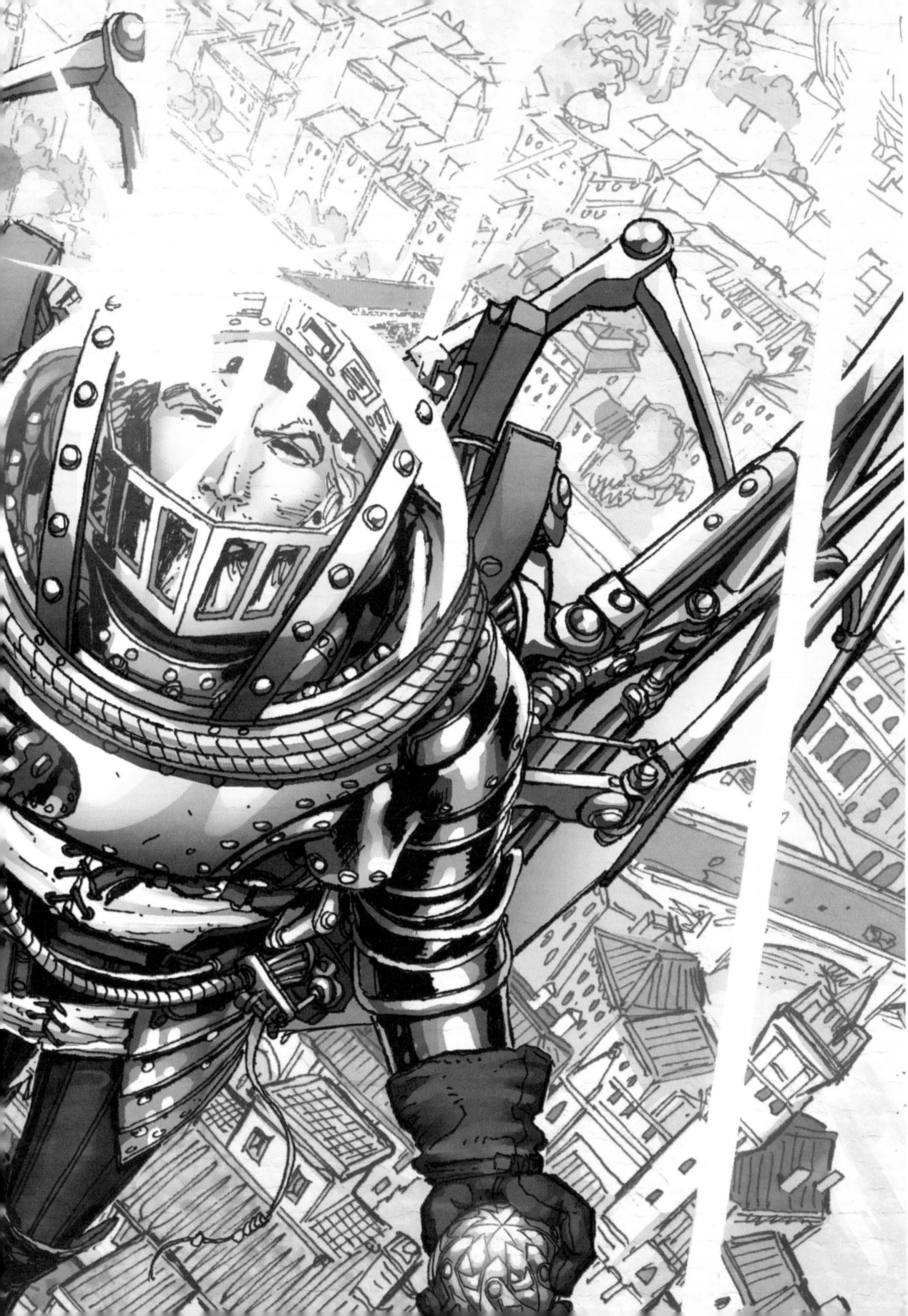

Al final, y quizás de forma inevitable, estalló una guerra entre las dos facciones de la Hermandad y grupos armados combatieron en las calles de Roma. Durante el caos que siguió, Star Child vio las ecuaciones de la Matemática Silenciosa de Newton y enloqueció. La ahora colosal criatura destruyó, enajenada, la ciudad hasta que dos reclutas recientes de la Hermandad (Howard Stark y Nathaniel Richards) la detuvieron con un cañón avanzado que ellos mismos habían diseñado.

Mientras tanto, con sus fuerzas dispersadas, Newton buscó refugio en lo que suponía el fin de los tiempos. Viajó a 2060 y descubrió que el futuro distaba mucho de estar prefijado y que había múltiples

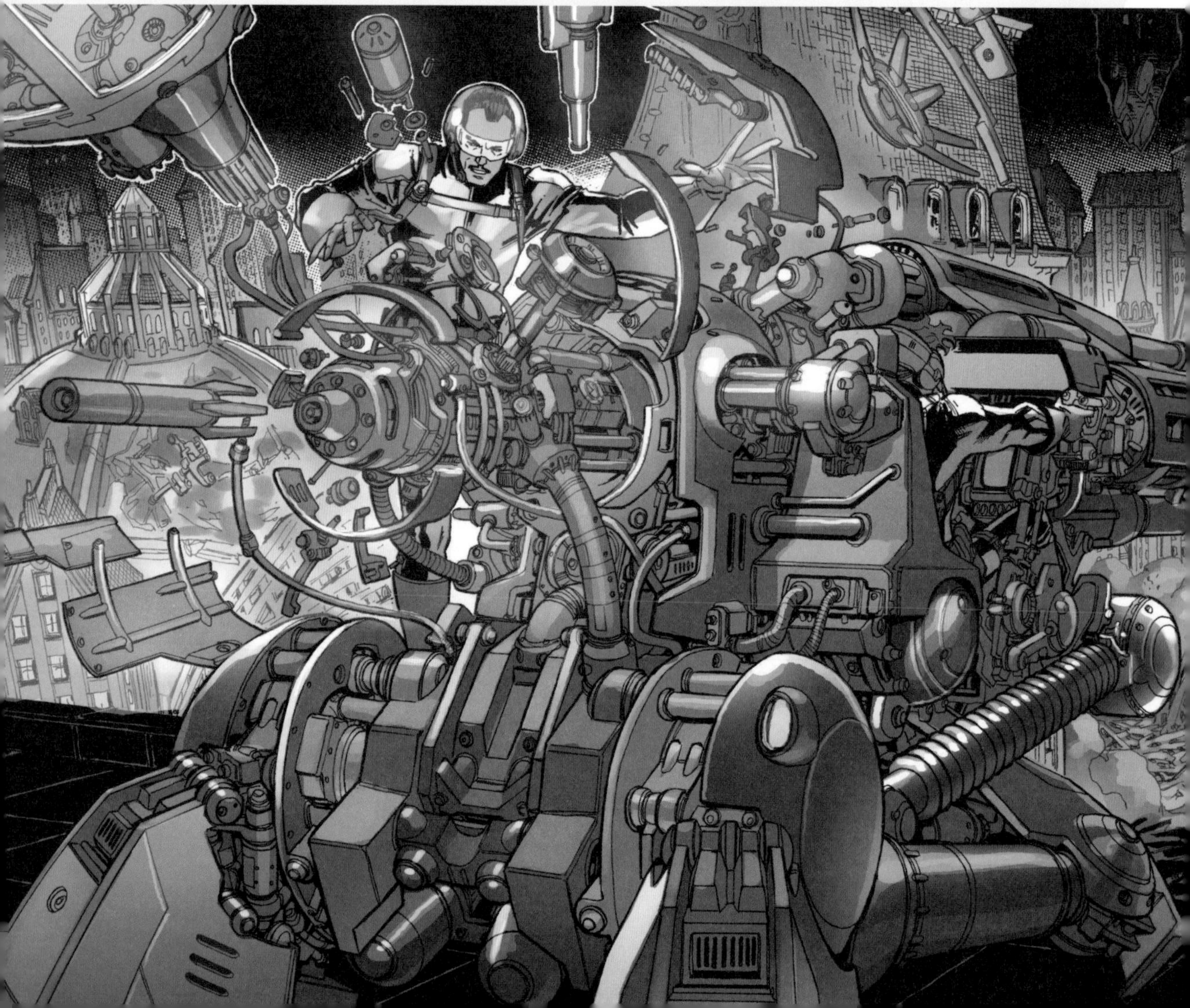

devenires posibles. En un universo cuántico había una miríada de cronologías alternativas, cada una tan válida como las demás. Acompañado de Stark, Richards y otros aliados, Leonardo siguió a Newton hasta el futuro y lo encerró en un reino posapocalíptico que se asemejaba mucho al austero mundo predicho por la Verdad Silenciosa.

De vuelta en el siglo XX, Howard Stark documentó todo lo sucedido para dejarle un registro permanente a su hijo, Tony (que se convertiría en el aventurero blindado Iron Man). Animó a su hijo a creer en un futuro de posibilidades infinitas y le señaló que imaginar un futuro mejor era el primer paso para lograr un futuro mejor.

Servicio de guardería
Howard Stark y Nathaniel Richards idearon un cañón con la potencia suficiente para calmar al enajenado Celestial Star Child.
S.H.I.E.L.D. #3 (dic. 2010)

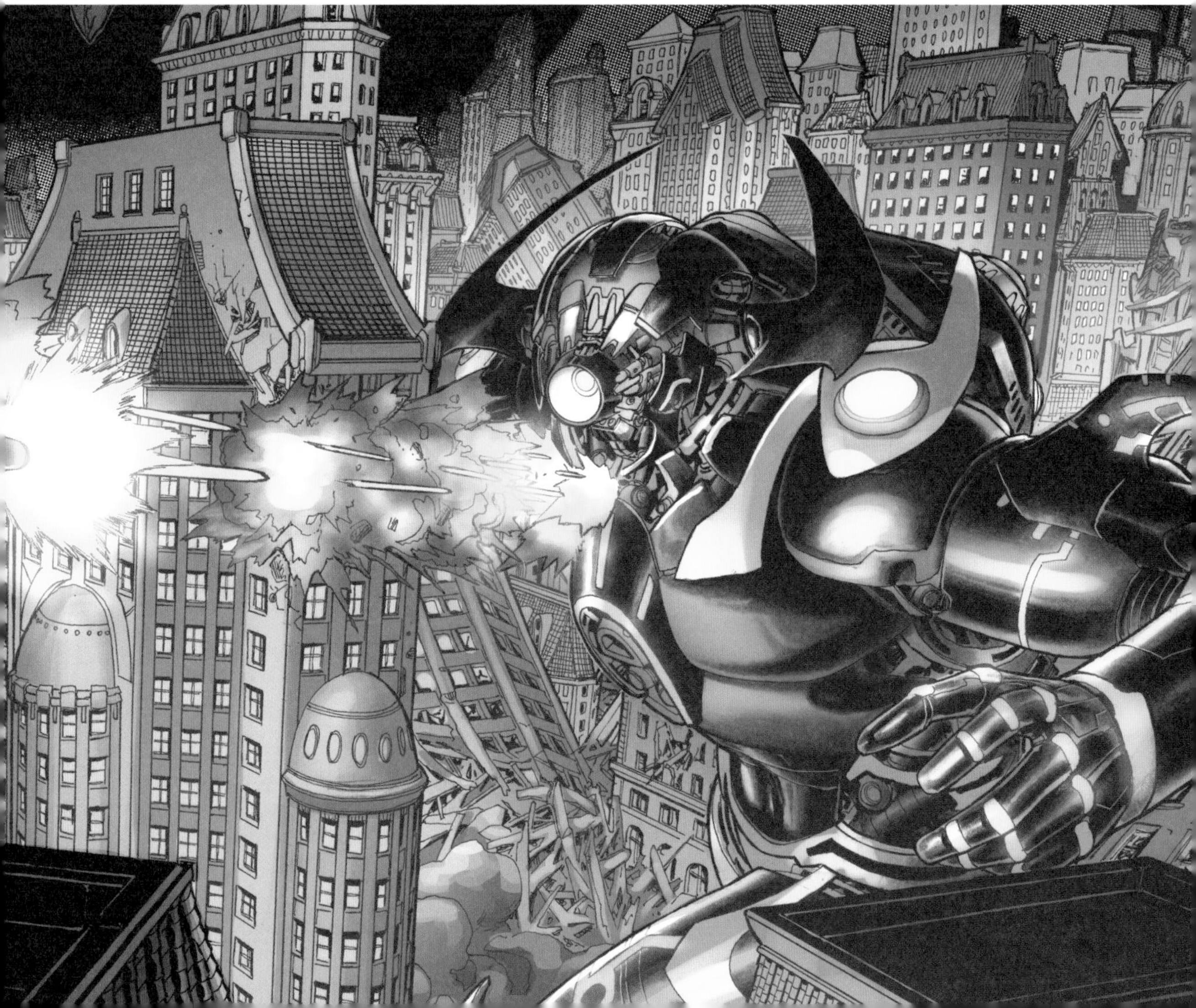

«Todo comienza con una idea.» Howard Stark

Fiel a esta doctrina, Howard renovó la Hermandad del Escudo con el fin de adaptarla a la era moderna y ayudó a formar una agencia extragubernamental con el fin de defender a la civilización humana de las amenazas a su existencia. Varios milenios después de que Imhotep alzara un escudo por primera vez, el sueño del guerrero egipcio seguía vivo, encarnado en una nueva organización de superespionaje que originalmente se llamó División Ejecutiva del Cuartel Supremo de Espionaje Internacional o SHIELD, por sus siglas en inglés.

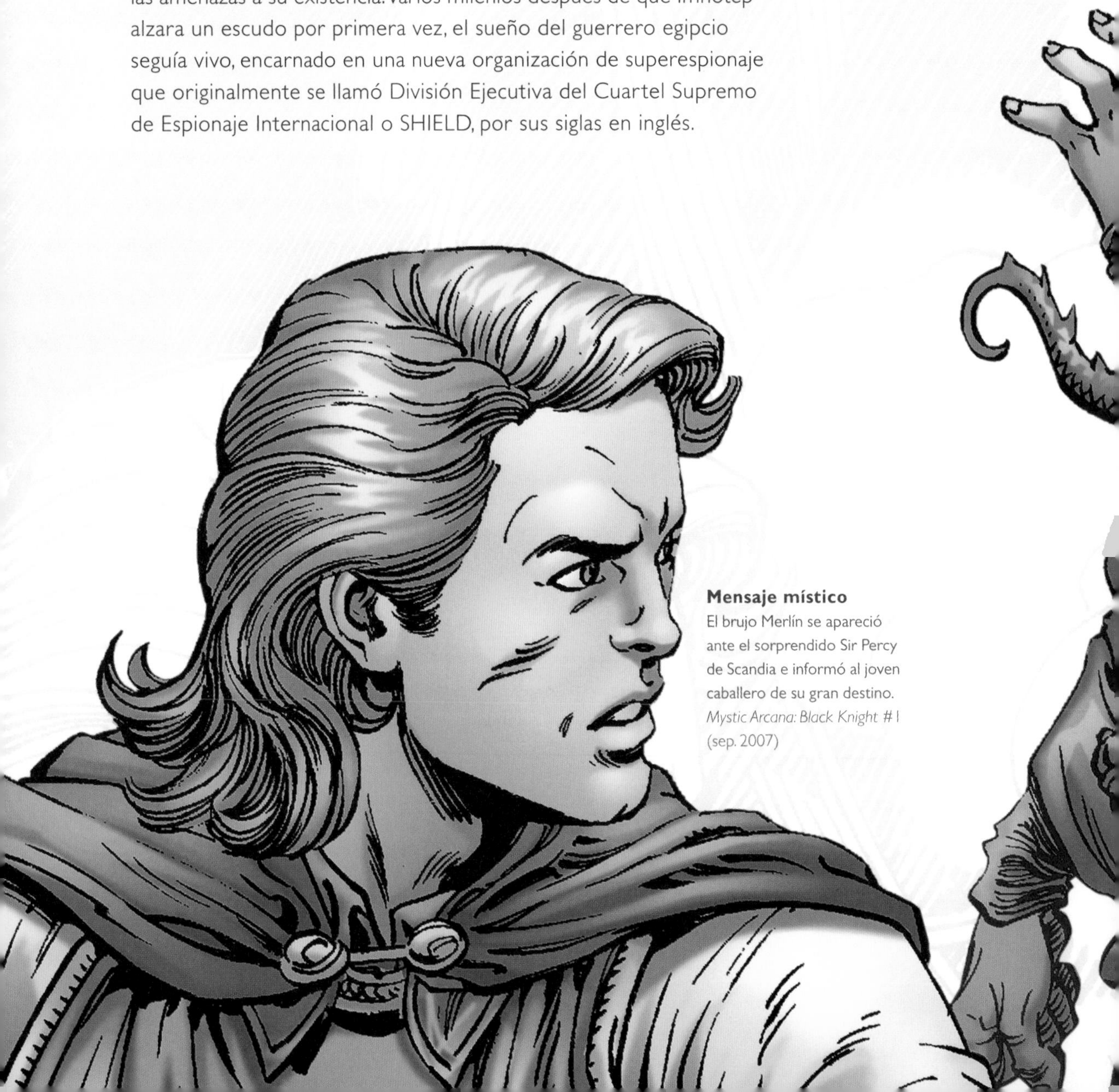

Mensaje místico
El brujo Merlín se apareció ante el sorprendido Sir Percy de Scandia e informó al joven caballero de su gran destino.
Mystic Arcana: Black Knight #1 (sep. 2007)

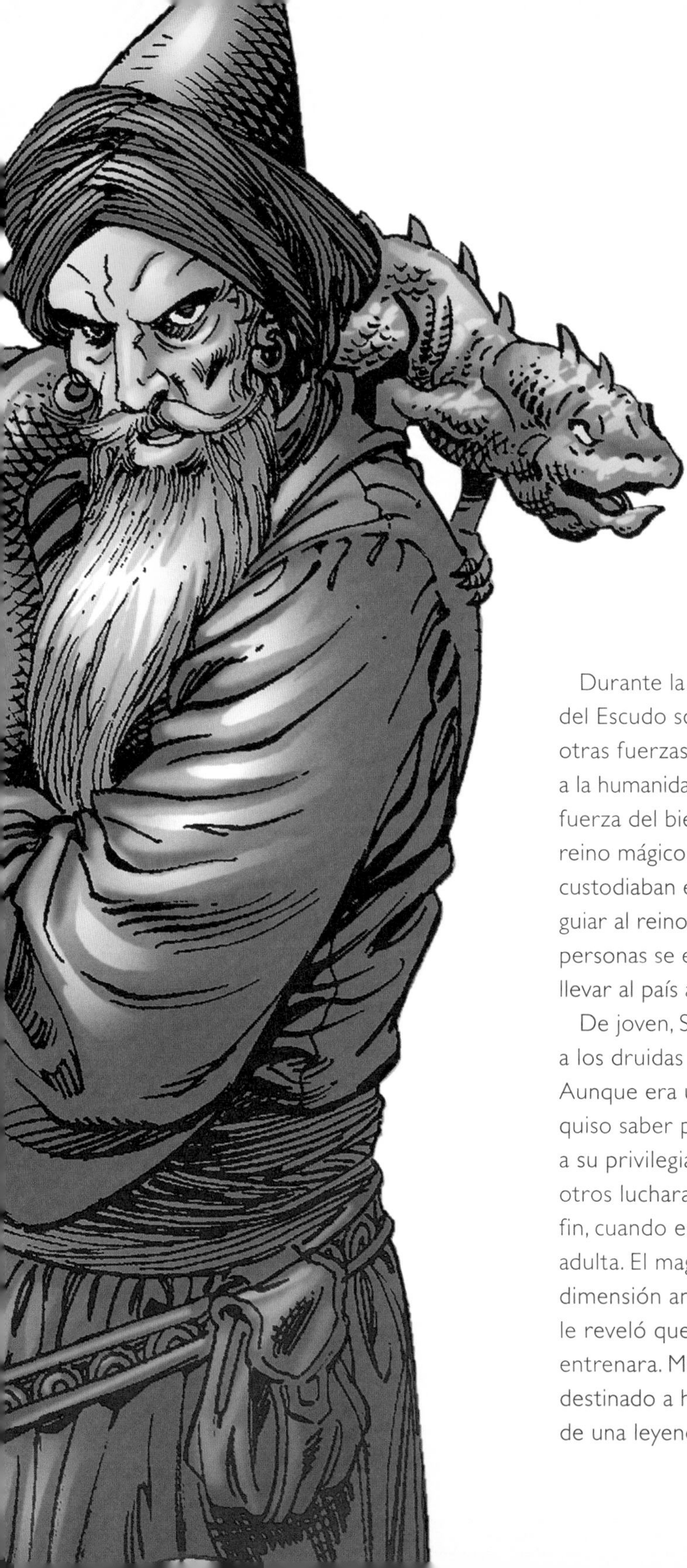

Durante la edad oscura y mientras la Hermandad del Escudo sobrevivía a duras penas, intervinieron otras fuerzas cuyo propósito era también proteger a la humanidad. Los druidas, por ejemplo, fueron una fuerza del bien en la antigua Britania. Vinculados al reino mágico de Avalón, protegían la naturaleza y custodiaban el futuro. Trabajaban en secreto para guiar al reino isleño y garantizaban que ciertas personas se encontraran en puestos clave para llevar al país a una era más ilustrada y próspera.

De joven, Sir Percy de Scandia fue entregado a los druidas y entrenado en el arte de la guerra. Aunque era un aprendiz aplicado, Percy siempre quiso saber por qué aprendía a combatir, si gracias a su privilegiada posición se podía permitir que otros lucharan por él. Obtuvo la respuesta, al fin, cuando estaba a punto de entrar en la edad adulta. El mago Merlín se materializó desde otra dimensión ante el recién nombrado caballero y le reveló que él mismo había dispuesto que se entrenara. Merlín afirmó que Sir Percy estaba destinado a hacer grandes cosas y sería el origen de una leyenda que perduraría durante siglos.

El siguiente paso para cumplir con su destino heroico llevó a Percy al fabuloso Camelot, donde, siguiendo las estrictas instrucciones de Merlín, fingía ser un petimetre cada vez que asistía a la corte del rey Arturo. Aunque al principio quedó desconcertado por las órdenes de su mentor, Percy entendió mejor el plan cuando Merlín le entregó una armadura negra cuyo yelmo le ocultaba el rostro.

Como Percy, el príncipe de Scandia se podía hacer el tonto mientras prestaba atención a las intrigas y confabulaciones palaciegas. Como Caballero Negro, podía empuñar la espada y alzar el escudo para defender la corte del rey Arturo. Y, gracias a la estratagema de Merlín, nadie sospechó nunca que ambos eran la misma persona.

Cuando las adivinaciones de Merlín revelaron que Camelot estaba abocado a la destrucción en un futuro indeterminado, el mago armó al Caballero Negro con la Espada de Ébano, una espada mágica forjada con el metal de un meteorito. Merlín esperaba que la espada, que podía perturbar la energía mágica, ayudara al Caballero Negro a demorar el inevitable fin del reinado de Arturo. Armado con su nueva espada, el Caballero Negro repelió múltiples amenazas y frustró las frecuentes maquinaciones de Morgana Le Fay, bruja y hermanastra de Arturo.

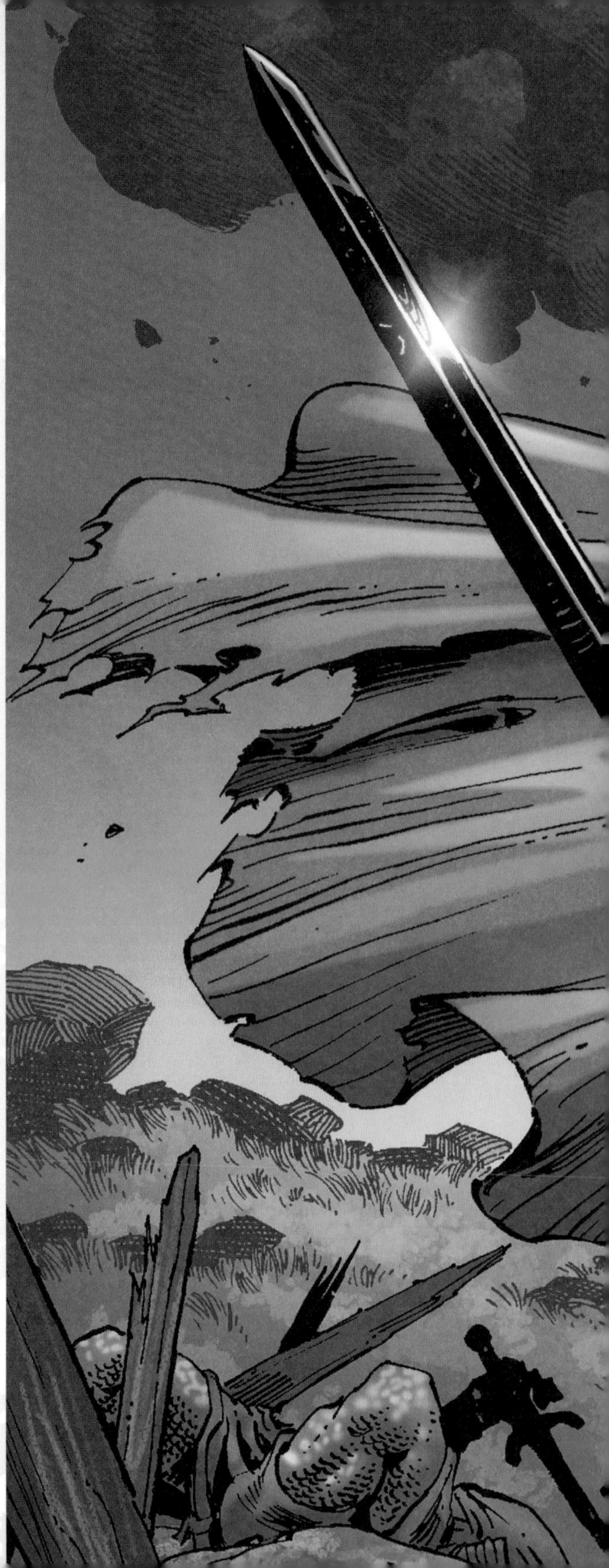

Espada y brujería
El Caballero Negro, armado con la mágica Espada de Ébano, libró una batalla incansable para defender a Camelot de las fuerzas del mal.
Mystic Arcana: Black Knight #1 (sep. 2007)

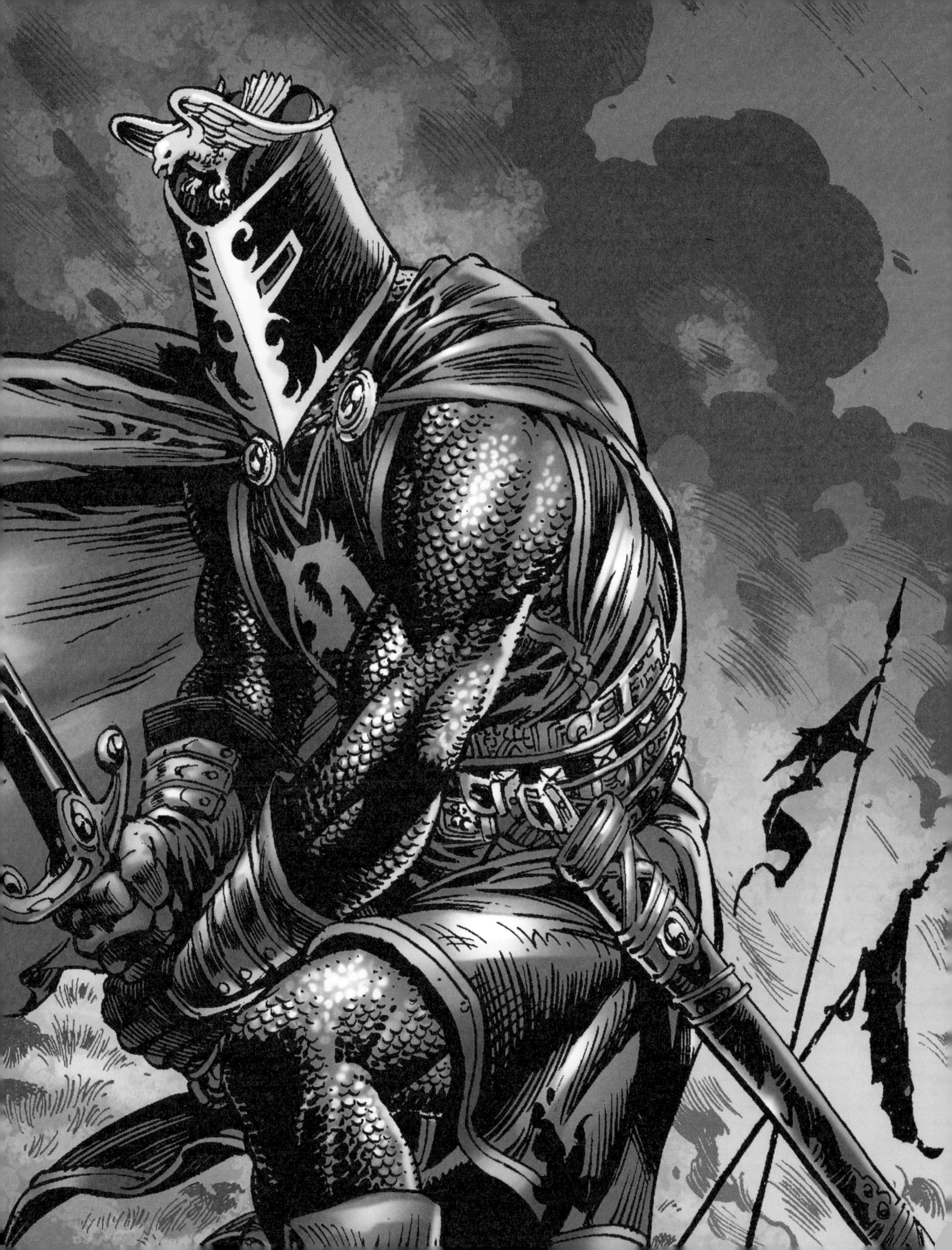

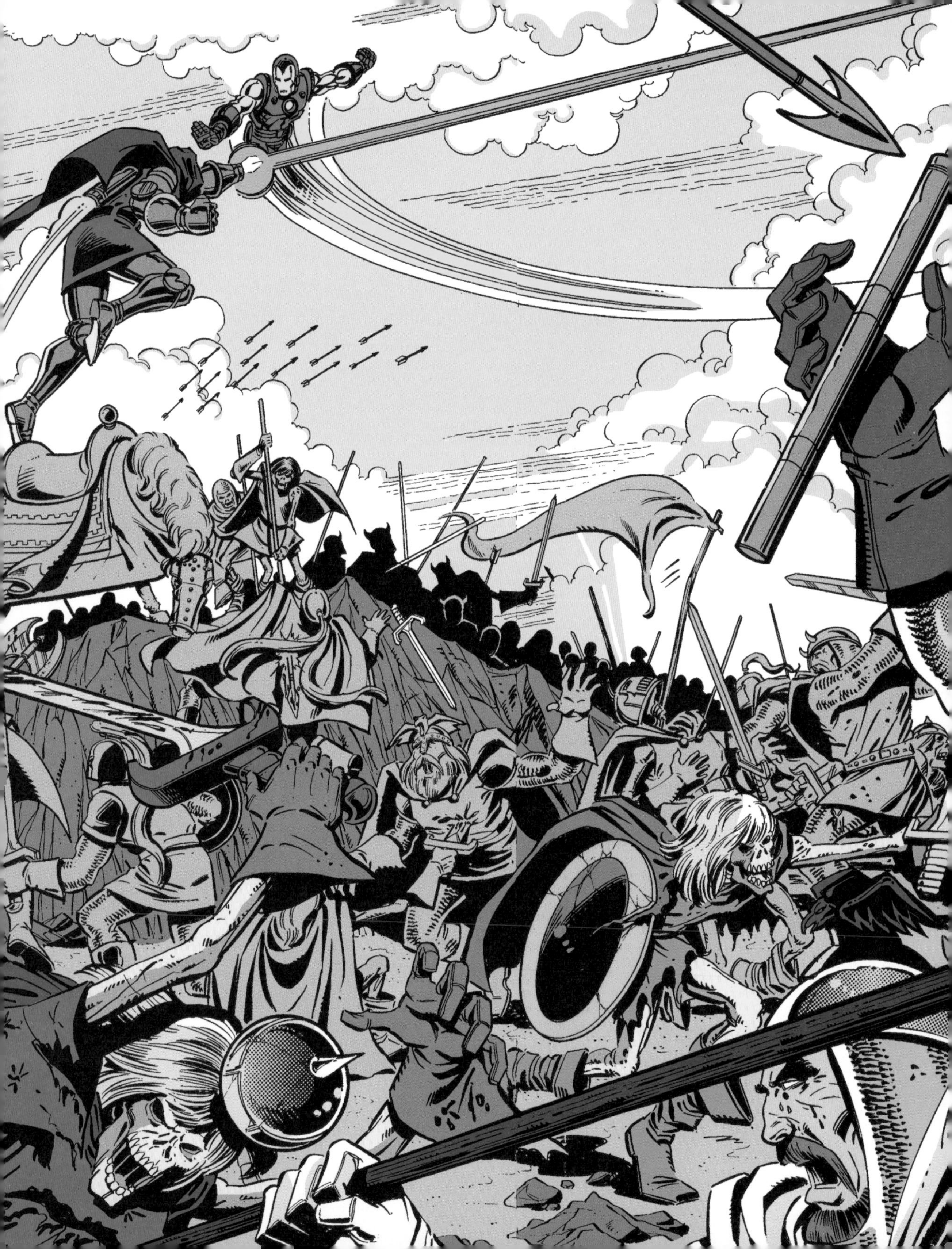

Sin embargo, el Caballero Negro no era ubicuo, y Morgana Le Fay aprovechó una ocasión en que sus responsabilidades heroicas lo alejaron brevemente del reino para atacar. Aunque los hechizos de Merlín mantenían a Morgana encerrada en un torreón de piedra, la bruja conservaba sus recursos mágicos. Conjuró toda su fuerza mágica e hizo caer a Merlín en un letargo profundo durante el cual alzó un ejército de muertos para que marchara contra Camelot.

Aunque el rey Arturo reunió a sus caballeros, la situación parecía insalvable. Por suerte, en ausencia del Caballero Negro, otro caballero acudió al rescate del reino: un Iron Man desplazado en el tiempo apareció y contribuyó a evitar la catástrofe. Había estado luchando contra el Dr. Muerte en el siglo XX y, durante el enfrentamiento, la pareja había activado sin querer la plataforma de viajes en el tiempo del villano. En Camelot, Iron Man se alió instintivamente con el rey Arturo, mientras que el Dr. Muerte unió sus fuerzas a las de Morgana, con la esperanza de que compartiera con él su conocimiento sobrenatural a cambio de su colaboración. Al final, la hechicería de Morgana no pudo superar a la ciencia de Iron Man. El héroe usó la tecnología avanzada de sus repulsores para avanzar entre el ejército de no-vivos y domar al dragón de la hechicera. Una vez ganada la batalla y restaurado el orden en el reino de Arturo, Iron Man acordó una tregua temporal con el Dr. Muerte, y combinaron sus conocimientos científicos y los circuitos de sus respectivas armaduras para construir una máquina del tiempo con la que volver al mundo actual.

Guerra medieval
Atrapados en la era medieval, el villano Dr. Muerte lideró el ejército de no-vivos de Morgana Le Fay, mientras que el heroico Iron Man comandó a los caballeros del rey Arturo.
Iron Man #150 (sep. 1981)

Camelot llegó a su fin un tiempo después, cuando el rey Arturo fue asesinado por Mordred, su sobrino, y los esbirros del traidor prendieron fuego al castillo. Tras ver arder Camelot, y ante lo acaecido en aquella trágica jornada, el propio Caballero Negro murió también, apuñalado por la espalda por Mordred.

Mientras Sir Percy exhalaba el último suspiro, Merlín llegó para facilitarle la transición y decirle que su servicio no había sido en vano. Le reveló que, dentro de unos siglos, uno de sus descendientes, el científico Dane Whitman, reanudaría la lucha por la justicia como el nuevo Caballero Negro.

«En llamas... ¡Camelot está en llamas!»

Caballero Negro (Sir Percy)

Miles de años después de la caída de Camelot, Merlín volvió a otorgar a una persona extraordinaria el poder necesario para alzarse como el principal defensor de la antigua Britania ante las fuerzas de la oscuridad y la ignorancia. Asumió la forma de una aparición fantasmagórica y, acompañado de Roma, su hija etérea, se materializó ante el estupefacto investigador Brian Braddock. El joven científico había quedado herido de muerte durante un ataque terrorista contra unas remotas instalaciones nucleares y, aunque había aprovechado la confusión para escapar al terreno salvaje de Darkmoor, ahora estaba perdido y agonizante. Merlín le ofreció una última oportunidad de vivir. Solo debía elegir entre el Amuleto de la Verdad y la Espada del Poder. Si acertaba en su elección, se salvaría; si erraba, moriría. En pleno delirio y rechazando todo pensamiento de guerra sin sentido, Braddock agarró el amuleto y se transformó de forma inmediata en el Capitán Britania.

Leyenda viva
Brian Braddock se transformó en el Capitán Britania: un héroe moderno que encarnaba los valores caballerescos del rey Arturo.
Captain Britain: Legacy of a Legend (oct. 2016)

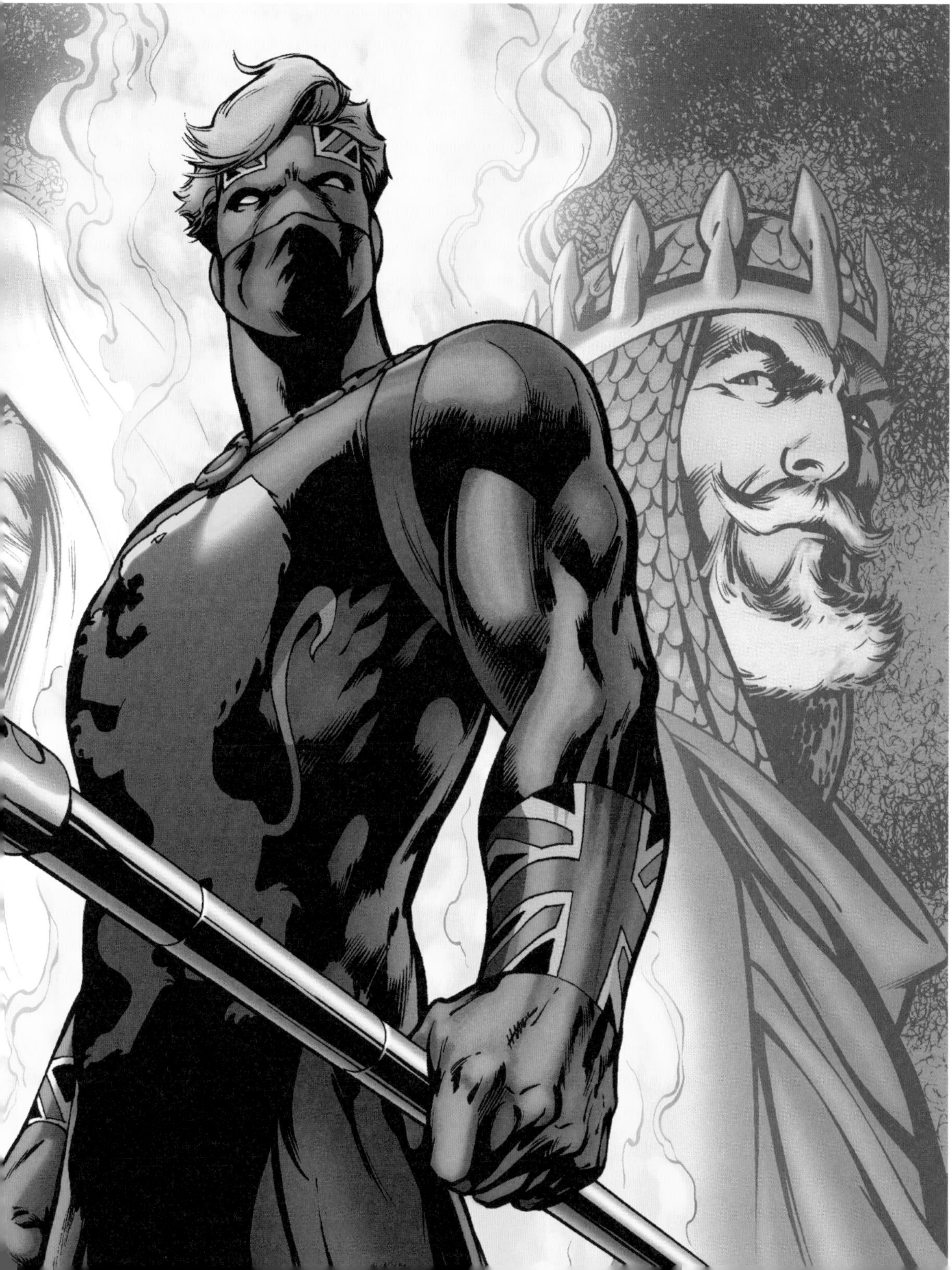

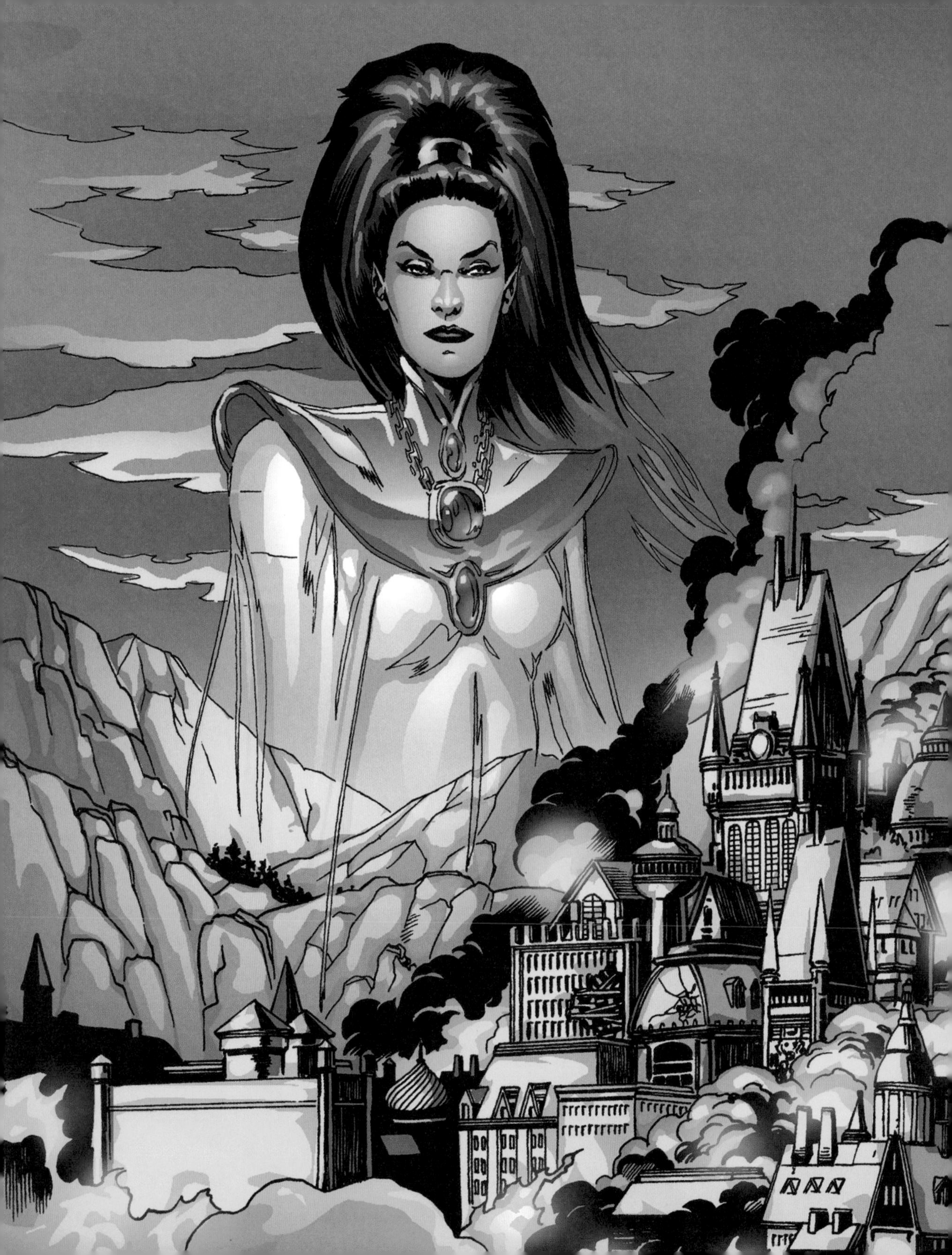

«Elige, Brian Braddock: el amuleto o la espada.» Merlín

El héroe neófito, restallando de poder mágico y con una pica defensiva como arma principal, expulsó a los terroristas de la central nuclear, iniciando así una brillante carrera como el primer Súper Héroe británico. Con el tiempo, el Capitán Britania aprendió más acerca de sus benefactores mágicos y sus orígenes. Merlín y Roma eran guardianes cósmicos, custodios inmortales de Otromundo, un reino extradimensional que incluía a la isla de Avalón y que se mantenía gracias a las esperanzas y los sueños de los británicos. Lo que es más, Otromundo era un nexo vital donde era imposible distinguir entre la ciencia y la brujería, por lo que en ocasiones el reino parecía sacado de un cuento de hadas, con elfos, espíritus y otras criaturas míticas, y en otras se asemejaba a un mundo estéril y tecnológico.

Merlín o Merlyn, nombre que prefería en algunas ocasiones, era tan volátil como su reino. En su papel de guardián del Omniverso, fundó el Cuerpo de Capitanes Britania para garantizar que hubiera distintos Capitanes Britania en las distintas Tierras del Multiverso. Aunque, supuestamente, el Cuerpo se había creado como una fuerza para el bien y encarnaba valores universales, Merlín lo desplegaba con frecuencia para sus propios fines. Estaba convencido de que sabía qué era lo mejor para el cosmos y no admitía la menor disensión. Esta actitud provocaba discusiones frecuentes con Brian Braddock acerca de la naturaleza del libre albedrío y la conveniencia de la autonomía personal. Por el contrario, Roma era mucho más benévola, y mientras su padre tramaba sus complejos planes, ella gobernaba Otromundo con ecuanimidad.

Aunque la idea de que Roma se pudiera volver en contra de los intereses de Otromundo resultaba inconcebible, así sucedió durante una de las frecuentes ausencias de su padre. Aparentemente enajenada, asesinó a varios miembros del Cuerpo de Capitanes Britania y lanzó una oleada de despiadados guerreros cíborg contra Otromundo.

Locura transitoria
Roma, la hija de Merlín, que era una gobernante benévola y justa, se volvió de pronto contra el pueblo de Otromundo, sembrando la guerra y quemando ciudades.
Excalibur #1 (feb. 2001)

Al tiempo que arrasaba el reino, el ejército de Roma esparcía un virus tecno-orgánico que transformaba a los habitantes en cíborgs y los majestuosos castillos y torres en fábricas mecanizadas que expulsaban sustancias contaminantes. Brian Braddock sobrevivió al intento de asesinato de los esbirros de Roma y lideró la lucha contra la tirana. Junto a su gemela, Betsy, que tenía poderes psiónicos, y un pequeño grupo de supervivientes del Cuerpo, viajó de la Tierra a Otromundo. Allí, recuperó la Espada del Poder, que resultó ser la legendaria arma del rey Arturo, Excalibur.

Braddock, que seguía rechazando el conflicto innecesario, blandió Excalibur para curar, no para matar. Usó las propiedades mágicas de la espada y su propia fuerza de voluntad para eliminar el virus tecno-orgánico y devolver a los habitantes de Otromundo su forma natural. También pudo ver a través del holograma que envolvía a Roma y descubrió que el verdadero villano era un antiguo enemigo, la entidad informática conocida como Mente Maestra. El Capitán Britania liberó a Roma y se enfrentó directamente a la malvada IA. Mente Maestra se impuso con facilidad; pero mientras se regocijaba de la inminente victoria, el villano empuñó Excalibur y la energía mágica de la espada fundió sus circuitos y apagó sus sistemas para siempre. En esta ocasión, la magia fue más potente que la ciencia.

Una vez hubo restaurado plenamente el orden en Otromundo, Brian Braddock regresó a la Tierra y reanudó su actividad como aventurero con traje. Sin embargo, la paz no duró mucho tiempo, y Otromundo se volvió a sumir en una guerra civil. Morgana Le Fay reclutó a Brian Braddock para que interviniera en el conflicto interno y lo nombró su campeón a la fuerza. Como respuesta, Brian entregó el Amuleto de la Verdad a su hermana y Betsy Braddock se convirtió así en la Capitana Britania, una heroína con un pedigrí verdaderamente legendario.

Negocios de familia
La heroína mutante Betsy
Braddock heredó el Amuleto
de la Verdad y se convirtió en
la última **Capitana Britania**.
Excalibur #1 (dic. 2019)

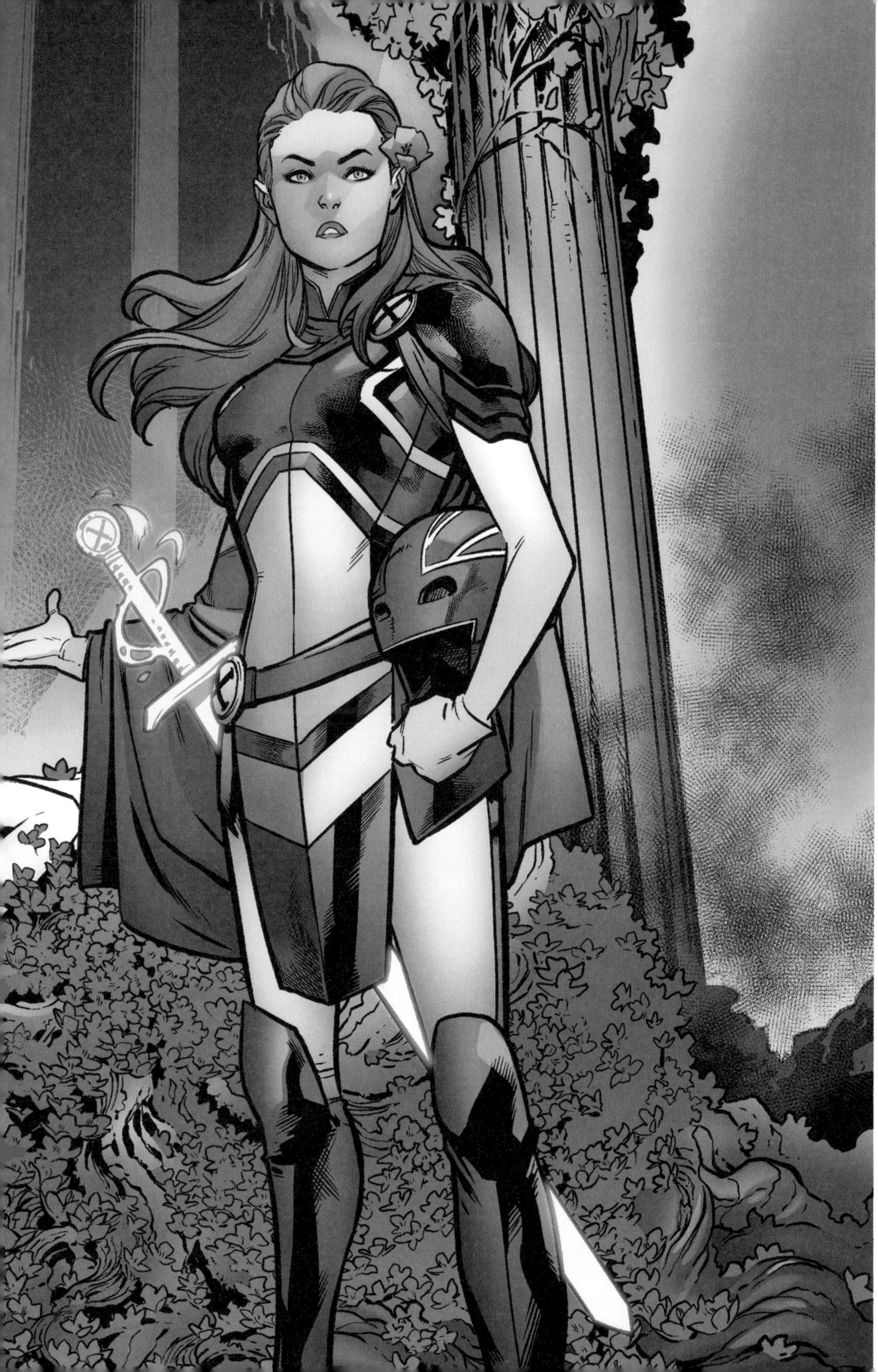

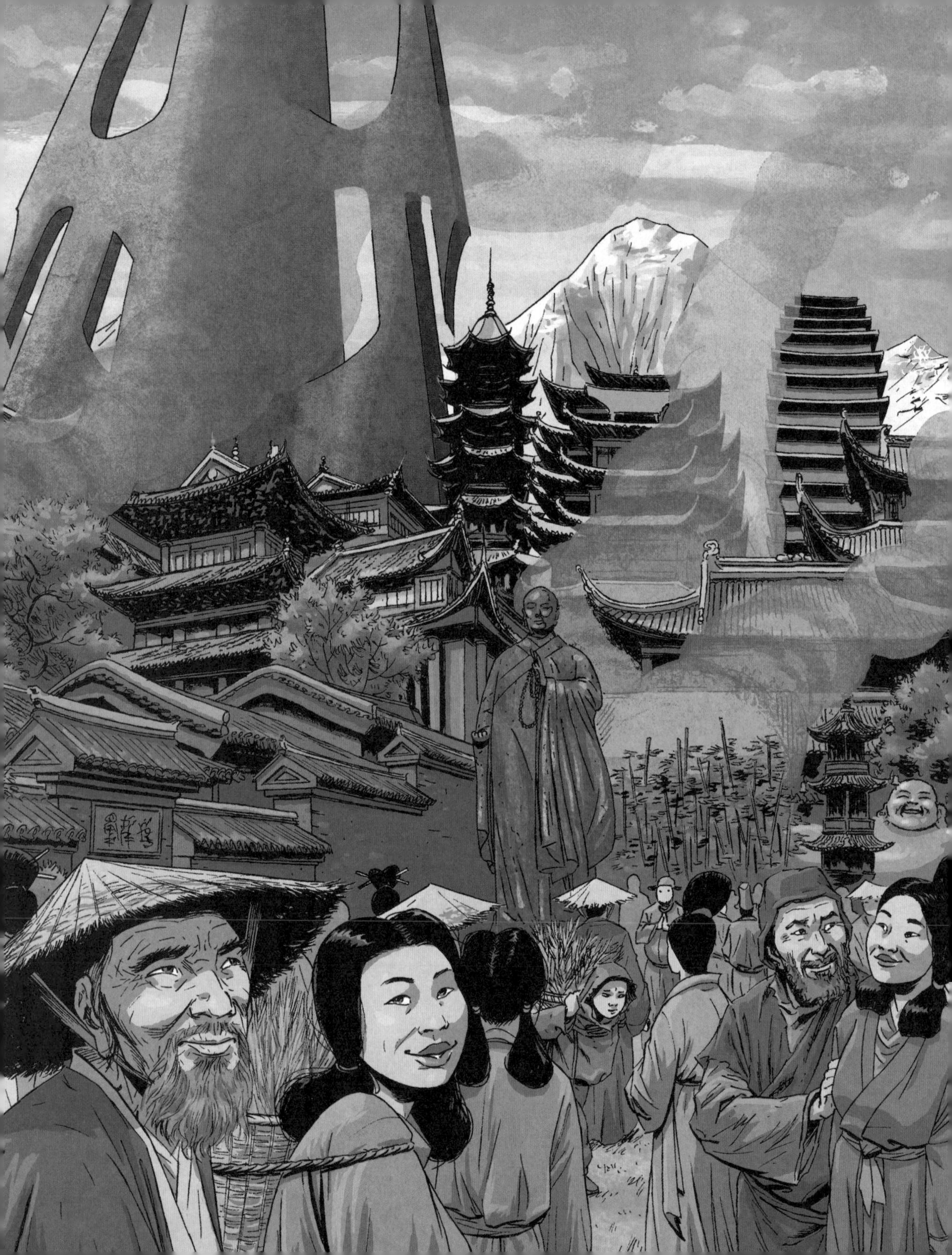

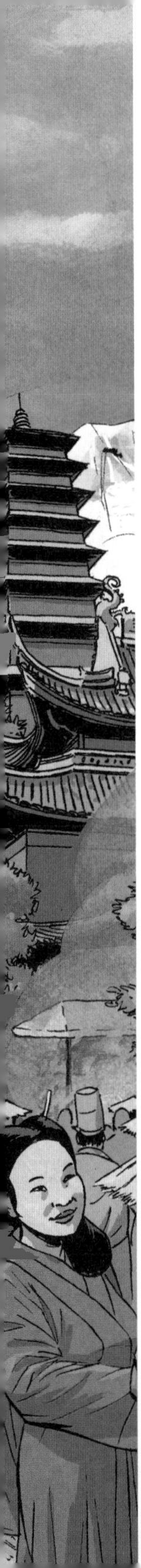

Los Inmortales Puños de Hierro

La mítica K'un-Lun parecía desconectada del plano terrenal. Sin embargo, y pese al supuesto aislamiento de la ciudad, muchos de sus hijos e hijas ejercieron una influencia directa sobre el mundo.

Ubicada en una dimensión de bolsillo adyacente al reino mortal, K'un-Lun era una de las Siete Ciudades Celestiales y el hogar de una raza de robustos inmortales. Aparecía en la Tierra una vez cada diez años, periodo durante el cual se abría en el Himalaya un portal místico que daba acceso a la ciudad. Desde tiempos prehistóricos, K'un-Lun había elegido al mejor artista marcial de la época como el Inmortal Puño de Hierro, protector y defensor de la ciudad.

Para alcanzar este rango tan anhelado, los candidatos tenían que vencer en combate al dragón mágico Shou-Lao el Inmortal. Cuando el luchador victorioso absorbía la energía vital del dragón, obtenía la habilidad de canalizar la fuerza del dragón y asestar golpes de una fuerza inimaginable. Se solía decir que las manos de un Puño de Hierro eran realmente como objetos de hierro. Un Puño de Hierro servía durante décadas y defendía a K'un-Lun de ataques e interferencias externas. También se esperaba de él que luchara en el Torneo de las Ciudades Celestiales, competición ceremonial que se celebraba cada 88 años, cuando las estrellas se alineaban y los siete reinos divinos se fundían en uno.

Retiro en la montaña
La ciudad mística de K'un-Lun aparecía en el Himalaya cada diez años y era el hogar de una raza de inmortales divinos.
The Immortal Iron Fist #24 (mayo 2009)

Aunque hubo mujeres que ejercieron de Puño de Hierro, esto no solía suceder, y aún era menos habitual que un plebeyo se hiciera con tal honor. Las élites gobernantes de K'un-Lun eran reticentes a ceder su privilegio y querían garantizar que solo quienes ellas considerasen convenientes accedieran al poder del Puño de Hierro. Todo eso cambió en 1545 d.C., cuando Wu Ao-Shi, una joven criada en un orfanato, venció a Shou-Lao y obtuvo el título. No obstante, ostentó el título poco tiempo, porque estaba dividida entre sus obligaciones hacia K'un-Lun y la lealtad hacia su amante, un joven pescador que había cuidado de ella hasta que absorbió el poder de Shou-Lao. El pescador, un hombre humilde que tenía dificultades para asumir la nueva vida de luchadora de Wu Ao-Shi, empaquetó sus pertenencias y huyó de K'un-Lun para labrarse en la Tierra una nueva vida. Wu Ao-Shi aprovechó que el portal seguía abierto y lo siguió, decidida a demostrarle que él le importaba más que el título de Puño de Hierro.

«¡Vengo a por lo que solo yo puedo poseer!» Puño de Hierro Wu Ao-Shi

Por desgracia, cuando emergió a la Tierra, Wu Ao-Shi no halló ni rastro del pescador. En un terreno desconocido y sin otro medio de vida, se convirtió en mercenaria y vendió al mejor postor sus habilidades como luchadora. Su nueva carrera profesional la llevó a la bahía de Pinghai, en una misión para liberar a una aldea de pescadores del yugo de unos piratas; fracasó en su primer intento de derrocar al Rey Pirata y la obligaron a desfilar por las calles de la aldea para burlarse de ella. El pescador, que el destino había querido que fuera testigo de la humillación de su amada, envenenó a los guardas de Wu Ao-Shi y la liberó para que llevara a cabo su sangrienta venganza. Wu Ao-Shi usó su chi para infundir fuego místico en sus flechas y redujo la flota pirata a cenizas. Por fin reunidos, la Inmortal Puño de Hierro y su humilde pescador pasaron el resto de sus días juntos felizmente casados. Ella se hizo famosa en el mundo entero como la Reina Pirata de la bahía de Pinghai.

Siglos después de que Wu Ao-Shi escapara de K'un-Lun para labrarse su destino, otro Puño de Hierro siguió sus pasos. Orson Randall nació poco después de que el avión experimental de sus padres se estrellara en K'un-Lun durante la manifestación de la ciudad en los últimos años del siglo XIX. El niño fue adoptado como miembro de la ciudad, se entrenó en las artes marciales y acabó sirviendo como Puño de Hierro.

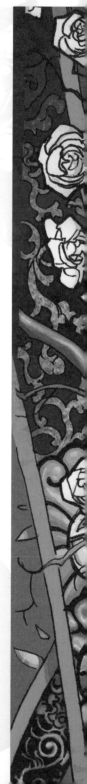

Mujeres al poder
Wu Ao-Shi superó unos orígenes humildes y logró reclamar para sí el poder del Puño de Hierro.
The Immortal Iron Fist #7 (ago. 2007)

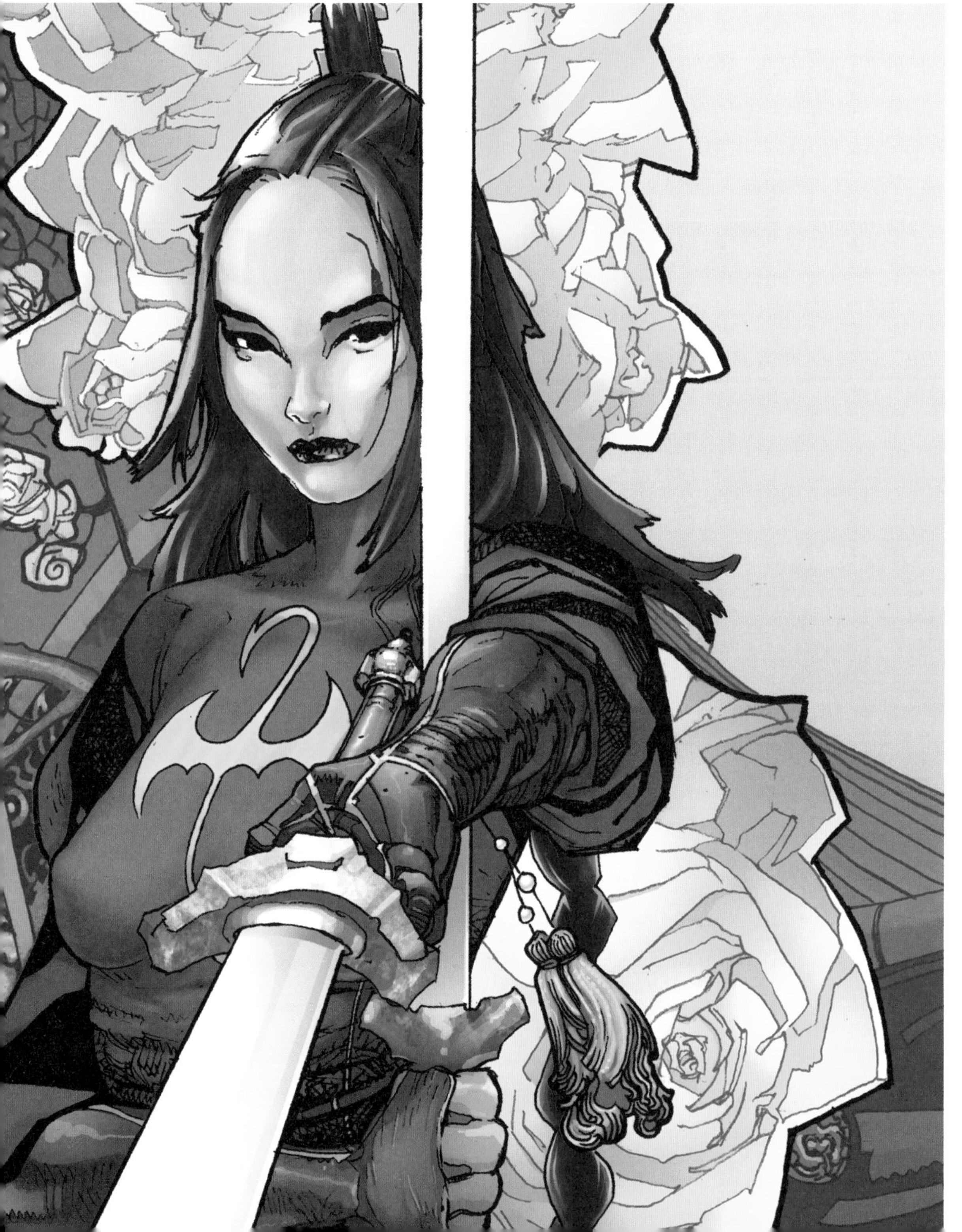

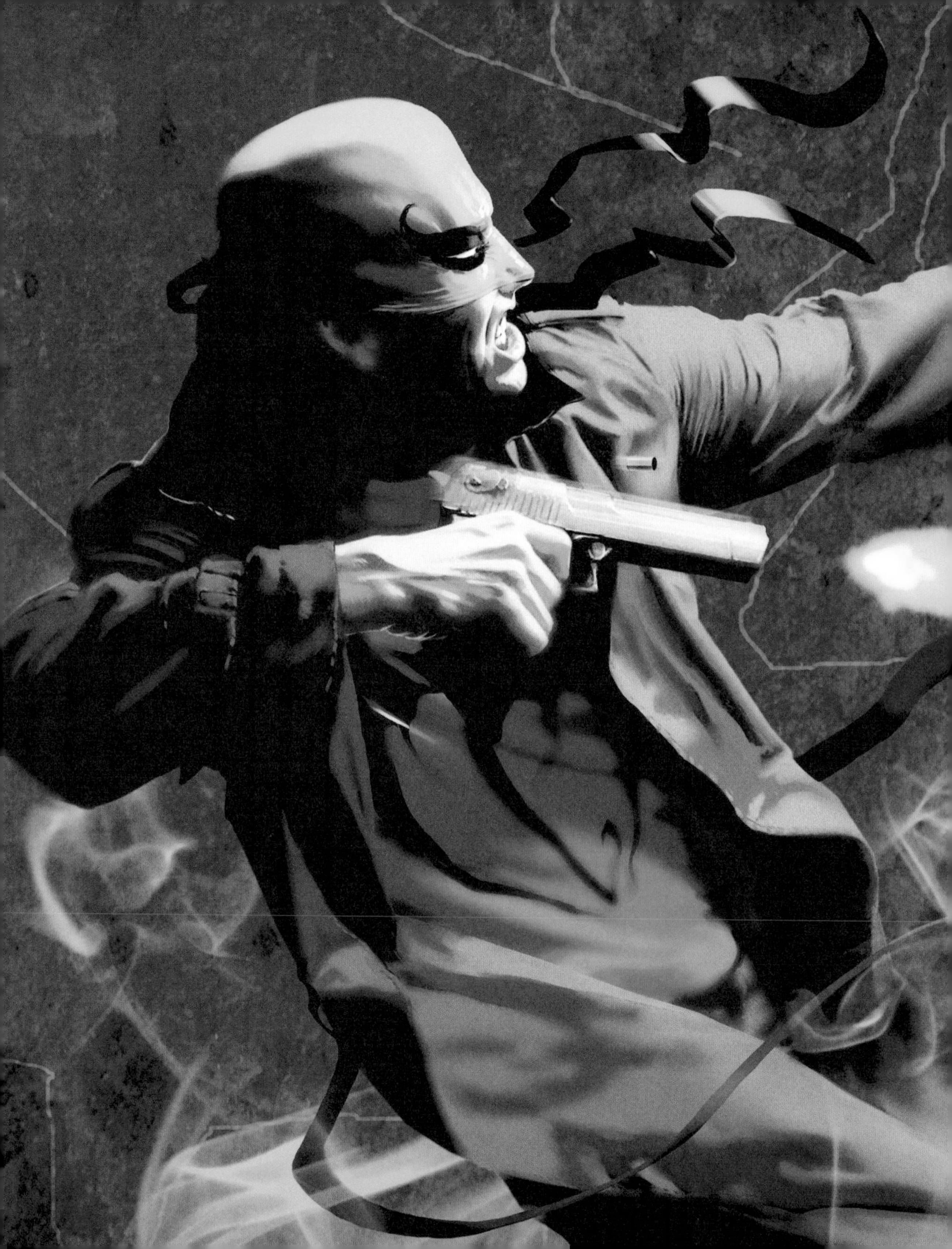

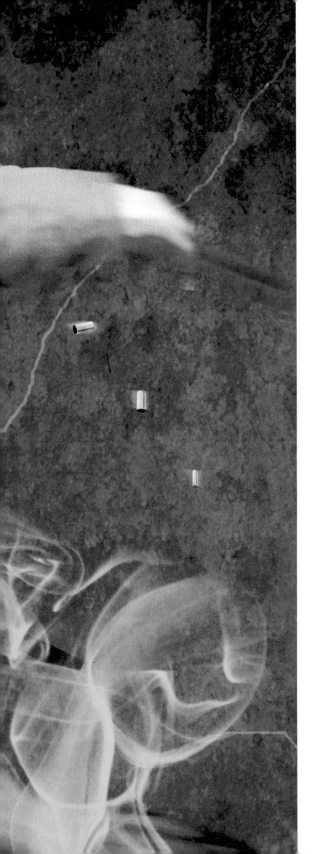

Cuando estalló la I Guerra Mundial, Orson dejó su hogar místico para luchar por los aliados junto a otros aventureros, como Union Jack y el Águila Fantasma, hasta que la guerra terminó y Orson fue llamado de vuelta a K'un-Lun. Sin embargo, la masacre de la que había sido testigo en Europa lo había cambiado, y la mera idea de la violencia le daba náuseas. Se negó a participar en el Torneo de las Ciudades Celestiales y, en un intento de escapar a su deber, provocó la muerte de uno de sus rivales en la competición. Perseguido por las fuerzas de los reinos celestiales, Orson regresó a la Tierra, convertido en un Puño de Hierro eternamente atormentado por su pasado.

«Gente muy poderosa me quiere muerto.»

Puño de Hierro Orson Randall

Mientras vagaba sin rumbo fijo, adoptó a un huérfano a quien llamó Wendell Rand. Ahora tenía un nuevo propósito, y enseñó al joven Wendell todo lo que sabía acerca de las artes marciales. Juntos vivieron muchas aventuras como miembros de un equipo que luchaba contra el crimen y que se hacía llamar Confederados de lo Curioso. Wendell estaba fascinado por las exóticas historias que su tutor le explicaba acerca de K'un-Lun y anhelaba visitar la ciudad. Orson le advirtió en contra del viaje y le recordó que los gobernantes del reino místico aún lo consideraban un proscrito.

Luchador contra el crimen

A inicios del siglo XX, el Puño de Hierro Orson Randall escapó de K'un-Lun para combatir el crimen y las amenazas mágicas en el mundo mortal. *The Immortal Iron Fist: Orson Randall and the Green Mist of Death* #1 (abr. 2008)

Tras una discusión especialmente intensa, Wendell abandonó a Orson. Dedujo el momento de la próxima aparición de K'un-Lun en la Tierra, viajó al Himalaya y entró en la ciudad. Allí mantuvo su relación con Orson en secreto y anunció su intención de convertirse en el próximo Puño de Hierro. Se entrenó junto a otros aspirantes e impresionó a sus tutores con su gran habilidad en combate. Sin embargo, cuando llegó el momento de enfrentarse a Shou-Lao el Inmortal, se asustó y huyó de la ciudad humillado.

Años después, Wendell intentó volver a K'un-Lun junto a su esposa, Heather, y su hijo de nueve años, Danny. El viaje fue catastrófico y Wendell y Heather murieron mientras buscaban en vano la ciudad entre las montañas nevadas. No obstante, Danny sobrevivió y fue acogido por los habitantes de K'un-Lun. Siguió los pasos de Wendell y se entrenó con ferocidad para enfrentarse a Shou-Lao. A diferencia de su padre, luchó y venció, absorbió el chi del dragón y se convirtió así en el último extranjero en servir como el Inmortal Puño de Hierro de K'un-Lun.

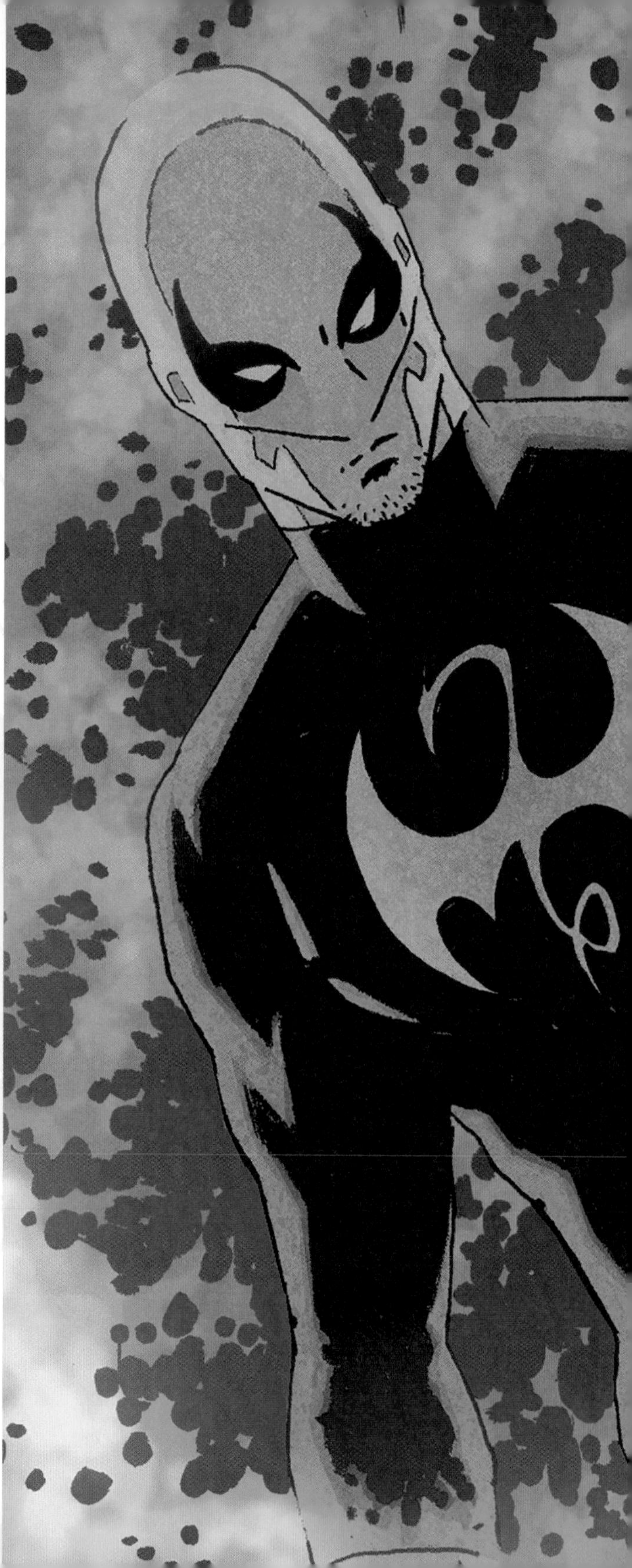

Arma viviente
En la era moderna, Danny Rand heredó el manto de Puño de Hierro, canalizó el poder de un dragón inmortal y se convirtió en uno de los artistas marciales más grandes del mundo.
The Immortal Iron Fist #6 (jul. 2007)

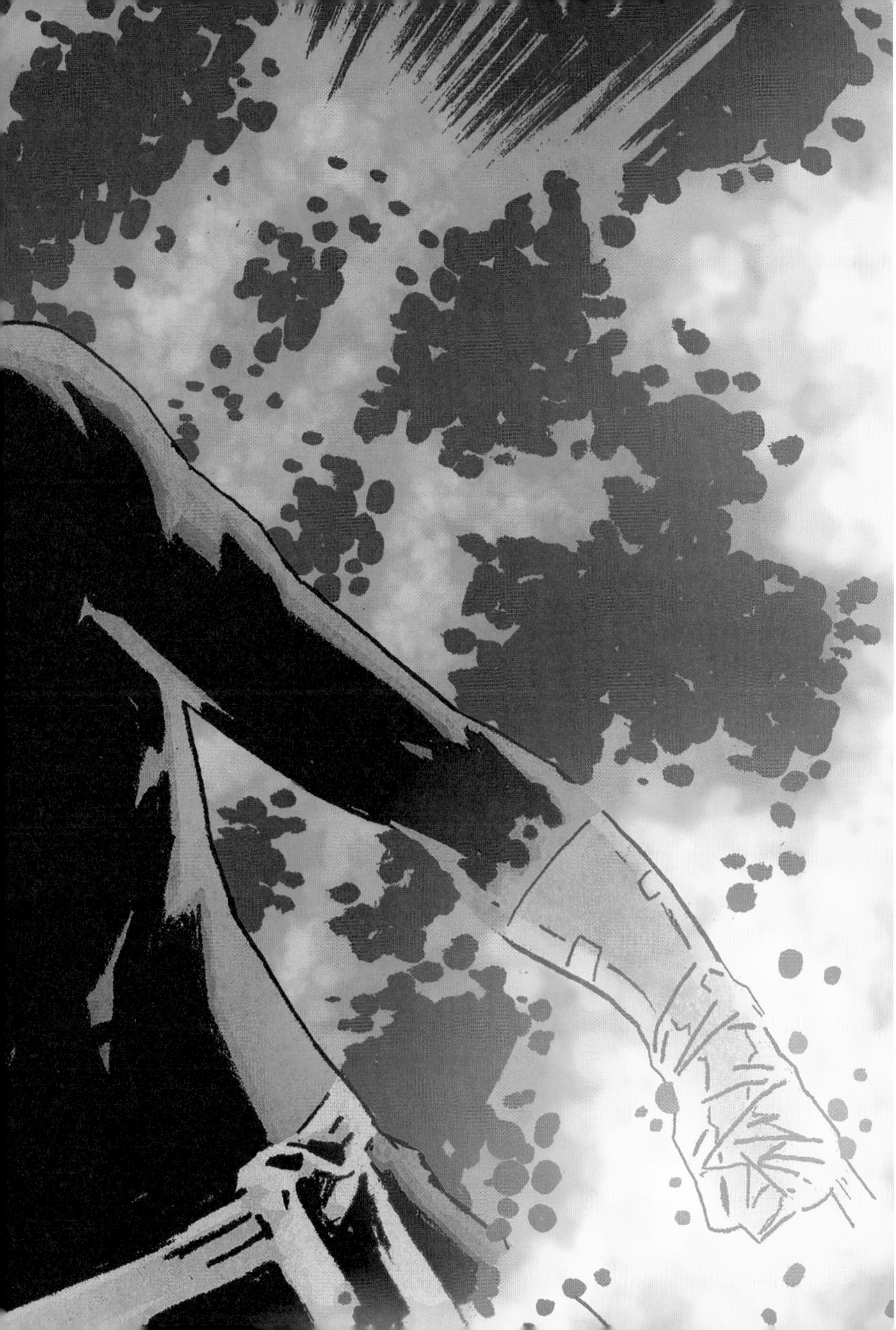

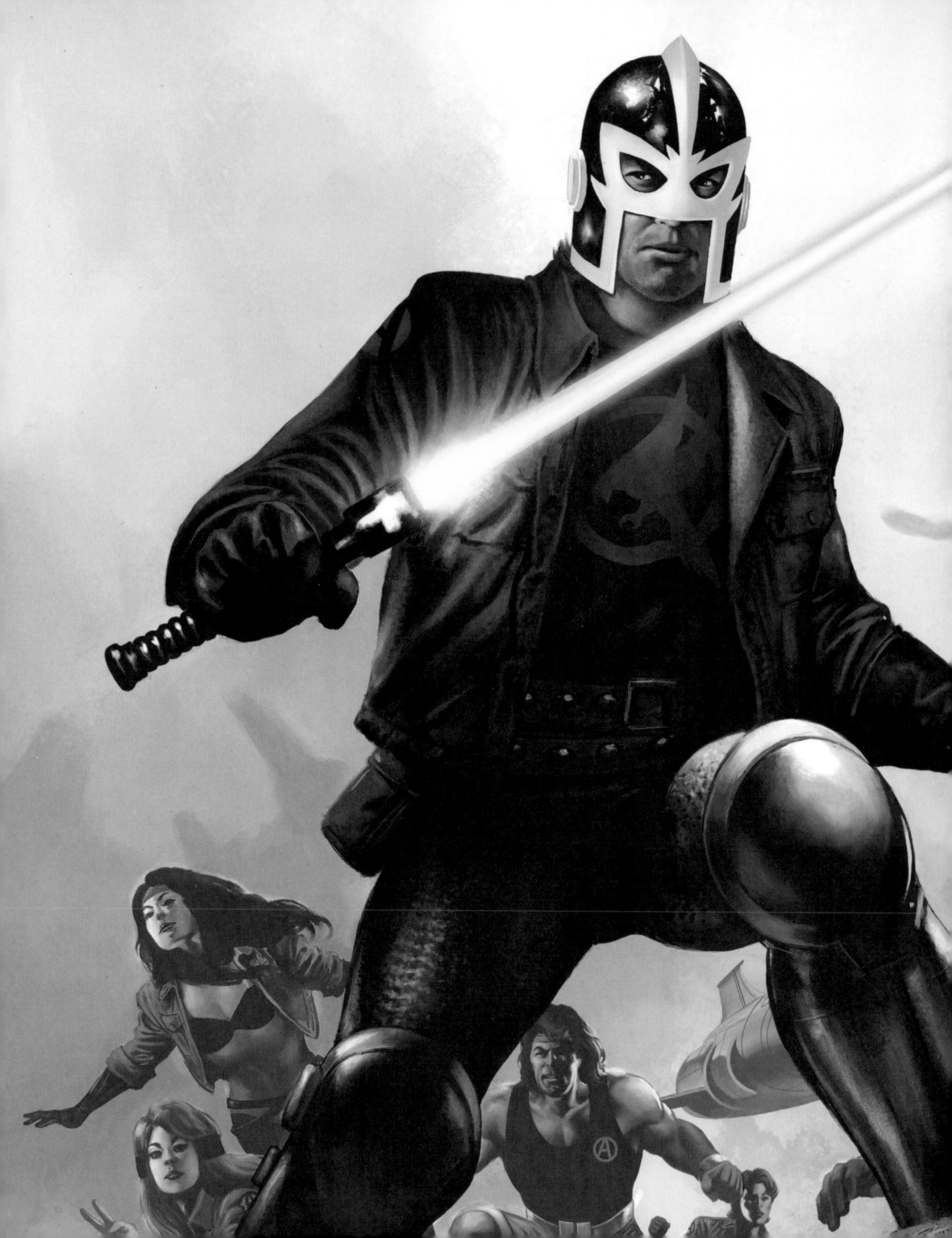

HÉROES ETERNOS

A través de los siglos, el pasado mítico ha alcanzado e influido en la era moderna de los Súper Héroes. Los Vengadores reclutaron a inmortales como la eterna Sersi, que luchó junto a semidioses como Thor o Hércules, y Dane Whitman, la encarnación más reciente del legendario Caballero Negro, heredó la espada mágica de su antepasado y luchó para defender los valores de la tradición heráldica. Por su parte, el Doctor Extraño siguió los pasos de Agamotto y se convirtió en el más reciente –y quizás el más grande– Hechicero Supremo.

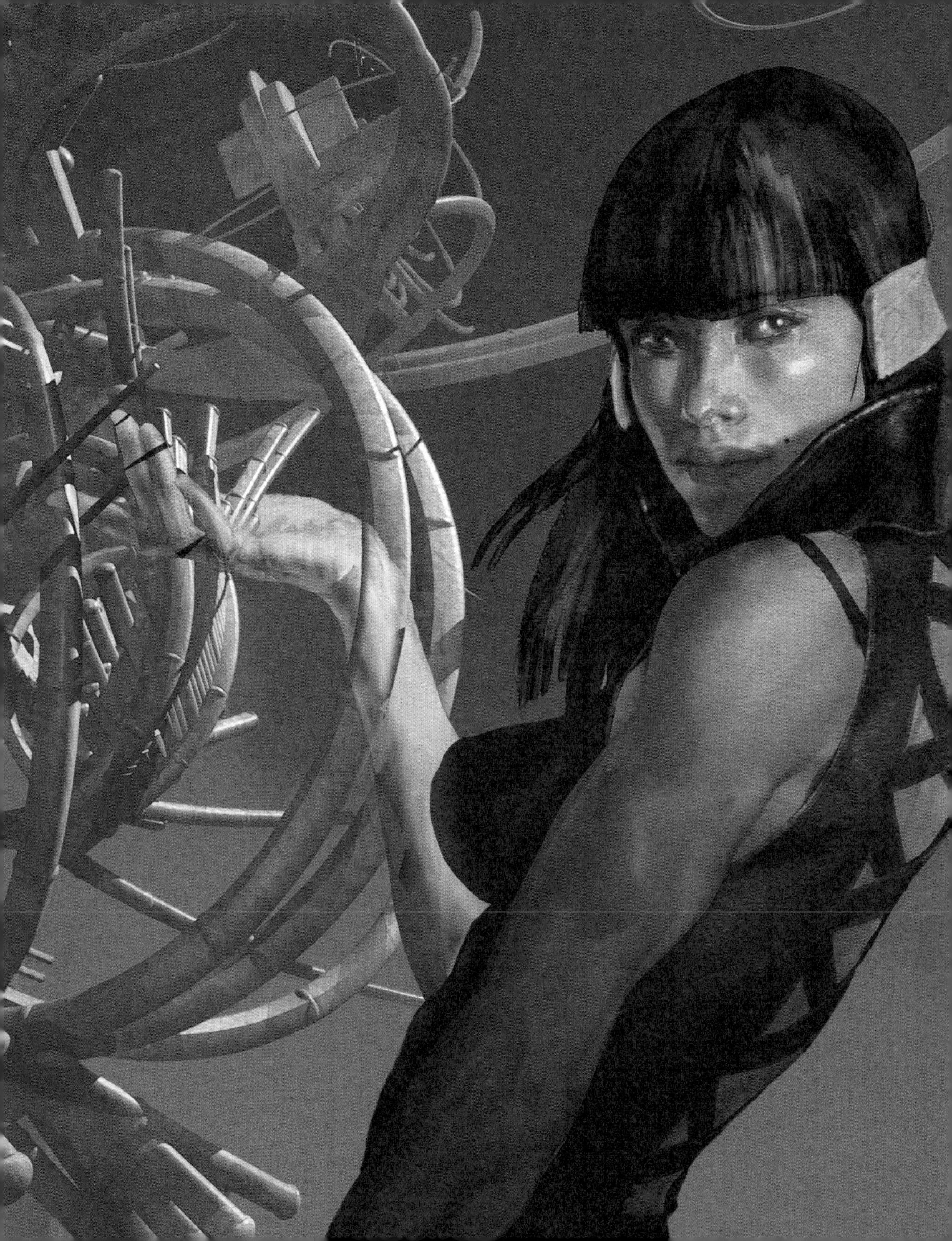

Amor y pérdida

Durante el tiempo que compartieron en los Vengadores, Sersi y el Caballero Negro se enredaron en una red de intrigas que amenazó a su cordura y a la supervivencia del equipo.

Tras el ataque de los desviantes contra Nueva York y después de que la Cuarta Hueste celestial se fuera al fin, Sersi retomó su vida de ocio habitual. Trabajaba como organizadora de eventos y entró en contacto con algunos Vengadores fuera de servicio, como el Capitán América, con quien coqueteó descaradamente. No obstante, el circunspecto héroe resistió los encantos de Sersi y mostró cierto desdén por la actitud despreocupada de la eterna. Dolida por el rechazo del héroe y decidida a demostrarse a sí misma que era tan buena como cualquier héroe humano, Sersi aceptó la oferta de unirse a los Vengadores. Su capacidad para manipular la materia resultó de una utilidad extraordinaria al equipo y ayudó a vencer a muchos villanos, con lo que se ganó rápidamente el respeto y la admiración de sus nuevos colegas.

Consciente aún de la importancia de su nuevo trabajo, Sersi conservaba su actitud abierta y seductora ante el mundo. Aportó una informalidad relajada a los Vengadores y fue clave en la eliminación de algunas de las normas innecesarias y de la excesiva burocracia del grupo. Con el tiempo, la eterna se sintió atraída románticamente por su compañero el científico y aventurero Dane Whitman. Última encarnación del Caballero Negro, Whitman era un antiguo socio de los Vengadores, y había regresado recientemente al equipo para dar sentido y estructura a su vida, con frecuencia caótica.

Sirena psiónica
Después de una vida de ocio, la eterna Sersi dio otra salida a sus potentes habilidades psiónicas como miembro de los heroicos Vengadores.
Eternals #2 (sep. 2006)

Whitman, estadounidense de nacimiento, era descendiente de Sir Percy de Scandia, pero no descubrió su vínculo familiar con el legendario héroe de Camelot hasta la edad adulta. Irónicamente, los años formativos de Whitman se caracterizaron por el rechazo de la superstición de todo tipo y por una fe inamovible en el poder de la ciencia para resolver los problemas de la humanidad. Se graduó en física y en otras disciplinas científicas y luego se convirtió en un ingeniero y genetista de primera categoría. Su confianza absoluta en el mundo racional no empezó a flaquear hasta que heredó el castillo ancestral en Inglaterra.

Mientras exploraba las laberínticas mazmorras del antiguo castillo, Whitman se perdió y quedó totalmente desorientado. Entonces, y para su estupefacción, se materializó ante él una figura espectral con aspecto de caballero medieval. Whitman, incapaz de entender lo que sucedía, solo atinó a tartamudear: «¿Quién… eres? ¿Qué quieres de mí?». La aparición respondió que era el espíritu de Sir Percy de Scandia y que el mago Merlín le había ordenado que lo invistiera como el nuevo Caballero Negro. Pese a su escepticismo inicial y de aferrarse a la posibilidad de estar sufriendo una vívida alucinación, todas sus dudas se disiparon cuando al fin blandió la Espada de Ébano. Whitman, a quien su antepasado había ordenado que recuperara el arma escondida en una cripta, sintió el poder arcano del arma y, en ese momento, su vida cambió para siempre. Las certidumbres del pasado, construidas sobre los cimientos del conocimiento científico, se desmoronaron. Su visión del mundo saltó por los aires y aceptó un nuevo destino, lleno de maravillas sobrenaturales y de la promesa de una aventura sin fin.

De vuelta en Estados Unidos, Whitman construyó un arsenal de armas de tecnología avanzada para su inminente cruzada contra las fuerzas de la oscuridad. Incluso utilizó las técnicas de ingeniería genética más novedosas para crear un extraordinario caballo alado al que llamó Aragorn.

Un legado heroico
El científico Dane Whitman aceptó el poder
sobrenatural de la Espada de Ébano y se convirtió
en un héroe caballeresco de la era moderna.
Black Knight #1 (ene. 2016)

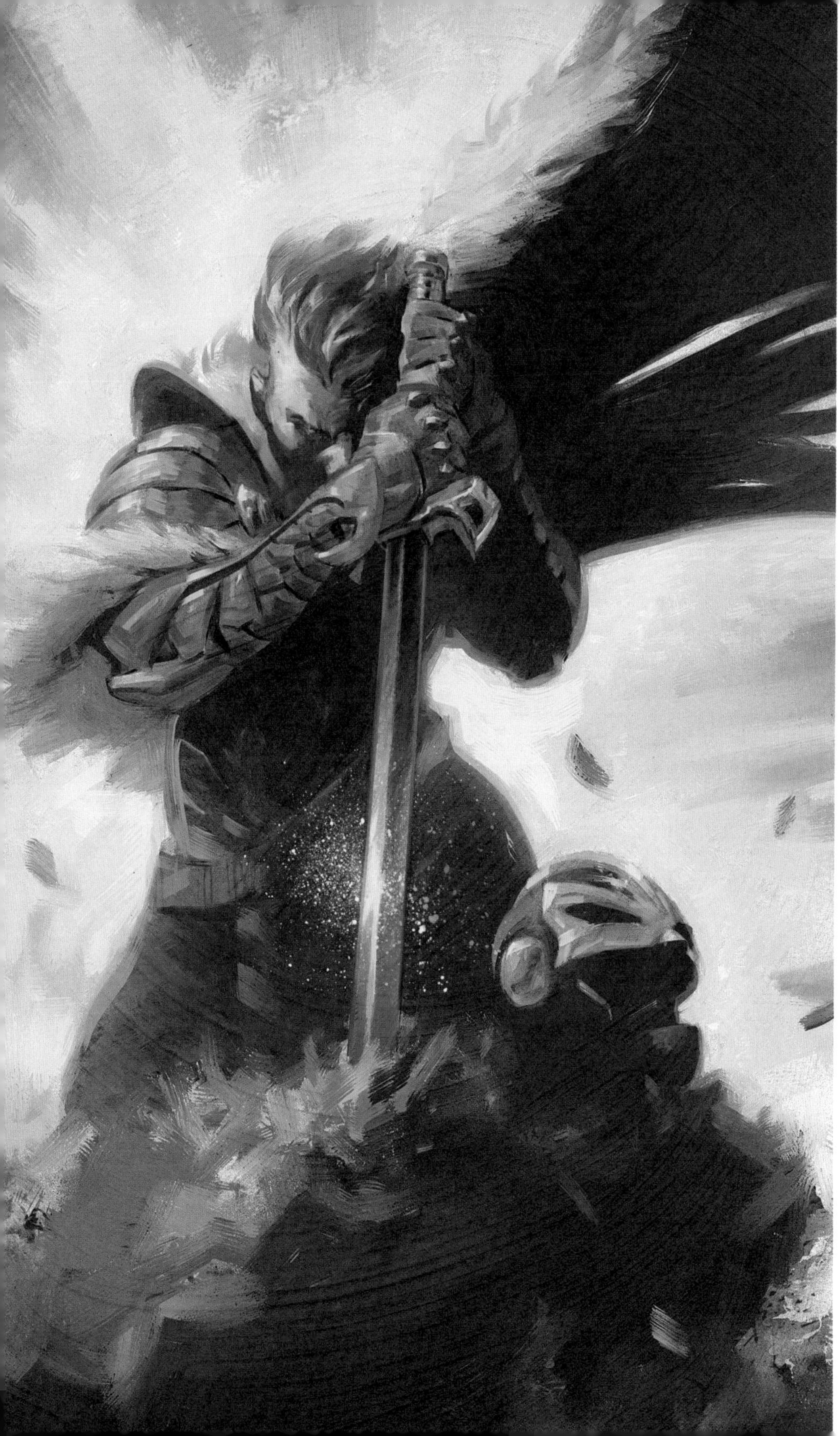

El Caballero Negro de los tiempos modernos ayudó a los Vengadores a vencer a los Maestros del Mal y a Kang el Conquistador, un viajero del tiempo, y se convirtió en un miembro de reserva del equipo. Siempre que los Vengadores se enfrentaban a obstáculos abrumadores, lo llamaban para que acudiera a ayudarles con su poderosa espada y con su igualmente prodigiosa inteligencia.

Durante un enfrentamiento con la hechicera asgardiana conocida como Encantadora, el alma de Whitman quedó atrapada en un limbo donde languideció durante lo que al impotente héroe le pareció una eternidad. Al fin fue liberado del reino atemporal por el Ojo Diabólico, una antigua reliquia redescubierta gracias al esfuerzo conjunto de los Vengadores y los Defensores.

«El Caballero Negro se alzará de nuevo.» Caballero Negro (Dane Whitman)

El Caballero Negro reanudó sus tareas heroicas, pero comenzó a sospechar que la Espada de Ébano ejercía una influencia maligna sobre sus acciones. Pidió ayuda al Doctor Extraño, que enseguida descubrió que la espada había sido maldita en la era medieval y que la sangre de los malvados a los que había dado muerte la había corrompido. Ahora, la Espada de Ébano amenazaba con volver loco a Whitman cada vez que derramaba sangre en combate. Sabiendo esto, Whitman volvió a guardar a regañadientes la espada en la cripta del castillo y, cuando se reincorporó a los Vengadores como miembro de pleno derecho, lo hizo blandiendo una espada láser de alta tecnología en vez de aquella.

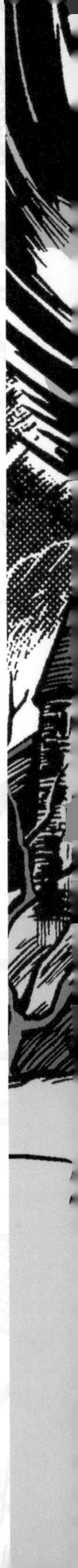

Maravilla alada

El nuevo Caballero Negro volaba a lomos del alado Aragorn, un corcel modificado genéticamente semejante a una criatura mitológica de la era medieval.
Marvel Super-Heroes #17 (nov. 1968)

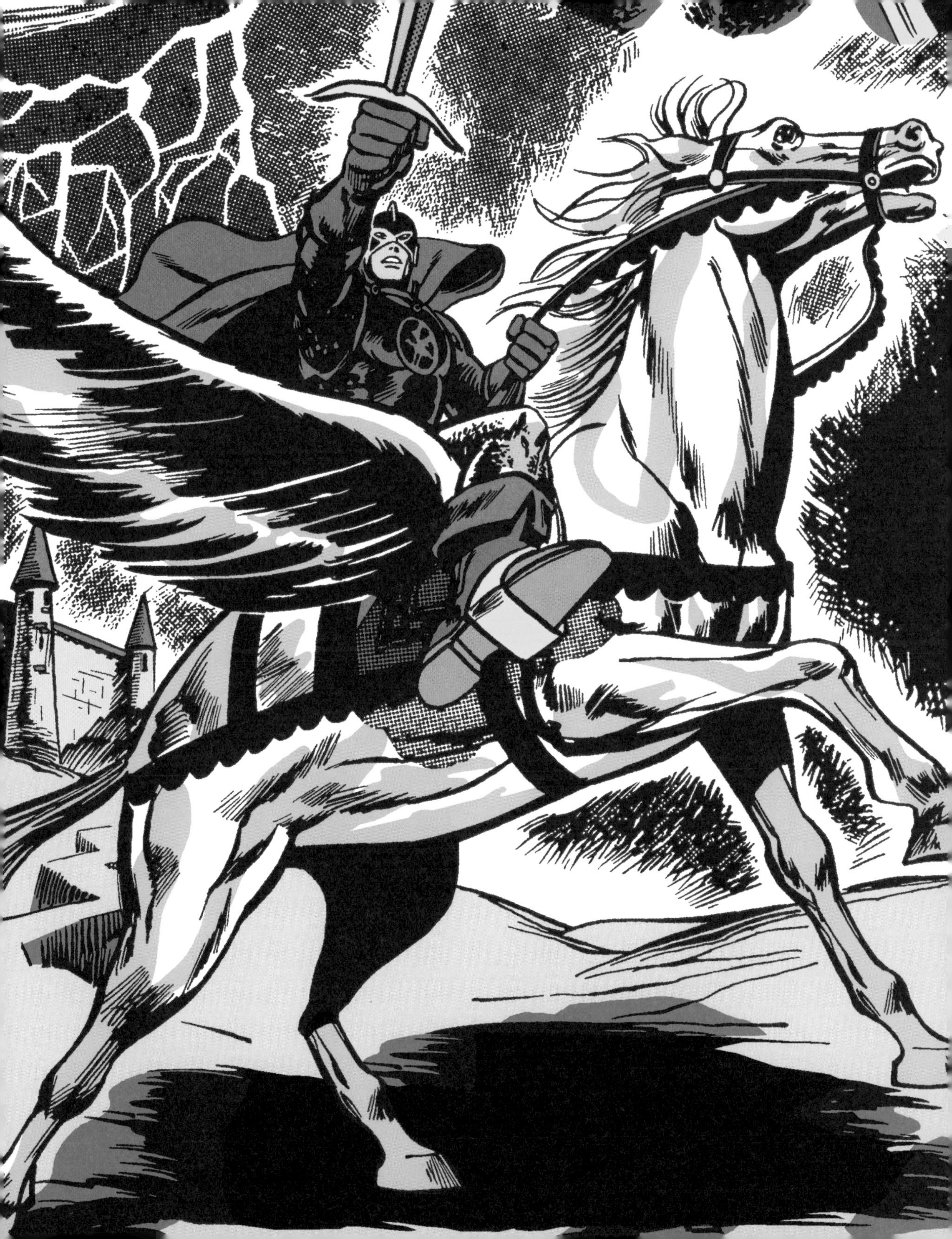

Orígenes humildes
Aunque había evolucionado a partir de bacterias comunes, la Cofradía era una raza orgullosa y noble liderada por Thane Ector, que encarnaba el espíritu guerrero de su pueblo.
Avengers #334 (jul. 1991)

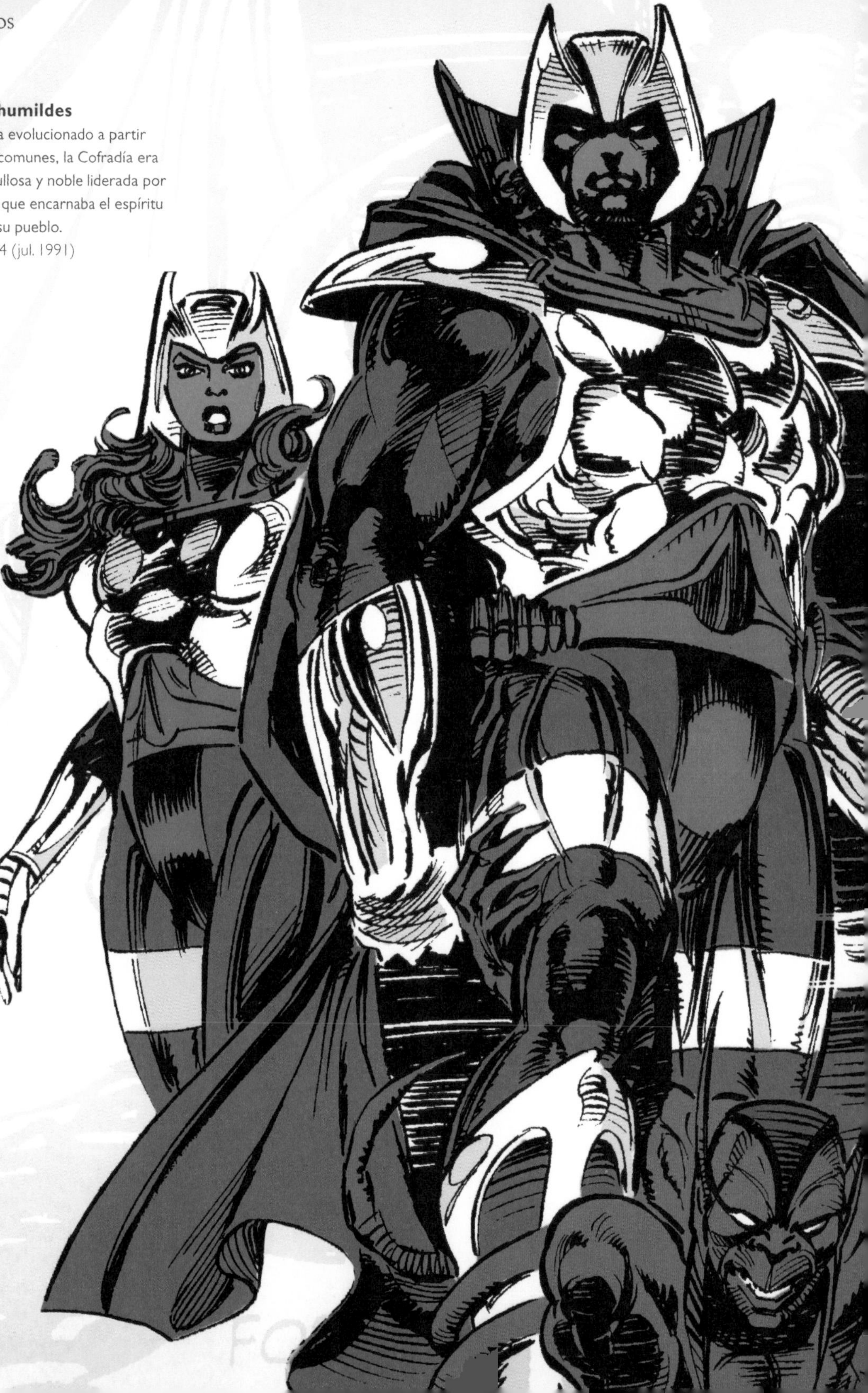

Whitman vio a Sersi por primera vez cuando se mudó a la Mansión Vengadores en Nueva York. Pronto forjaron un estrecho vínculo, pero Whitman se sentía dividido entre la atracción que sentía por Sersi y la emoción más profunda que sentía por otra nueva Vengadora, Crystal.

Poco después de integrarse en el equipo, Sersi se quedó estupefacta al descubrir que los Celestiales no solo habían experimentado con antropoides en el pasado lejano, sino que además habían usado bacterias comunes como base genética para crear a la Cofradía, una raza de humanoides mejorados. El Celestial Arishem soltaba a la belicosa Cofradía sobre los planetas a los que consideraba indignos, y los humanoides, con una eficiencia brutal, erradicaban hasta el último ser vivo y dejaban tras de sí mundos reducidos a cascarones vacíos.

Al parecer, llegó un momento en que los Celestiales perdieron el interés por su letal experimento genético y la Cofradía quedó libre para merodear por el universo a su antojo. El villano extraterrestre conocido como el Coleccionista los acabó añadiendo a su enorme reserva de artefactos únicos e individuos extraordinarios. Algo después, y en un intento de aniquilar a la mayoría de la humanidad de modo que los escasos supervivientes se convirtieran en raras piezas de su museo cósmico, el Coleccionista envió a la Cofradía a la Tierra. Los Vengadores apenas pudieron contener la invasión, pero el equilibrio de fuerzas se invirtió cuando Sersi percibió una conexión con el líder de la Cofradía, Thane Ector. Como ambos habían sido creados por los Celestiales, pudieron formar una Uni-Mente y, cuando compartieron una conciencia única, Sersi pudo convencer a Ector de que traicionara al Coleccionista. Aún en la forma compartida de la Uni-Mente, la eterna y el líder de la Cofradía atacaron al villano y lo obligaron a abandonar sus planes y huir.

«Ayudadme... Creo que me estoy volviendo loca.» Sersi

Aunque Sersi había salvado a la Tierra, tuvo que pagar un precio muy elevado por la victoria: su estabilidad mental. Se volvió cada vez más violenta y sufría brotes psicóticos durante los que, al parecer, mató a tres personas. Pese a que la eterna intentó ocultar el deterioro de su estado mental, los Vengadores se dieron cuenta de que algo no iba bien y pidieron ayuda al resto de los eternos. Ikaris llegó de Olimpia y anunció que Sersi sufría el Mahd W'yry, una enfermedad mental incapacitante que aquejaba a algunos eternos cuando envejecían. Sersi había desarrollado una forma precoz de la enfermedad como consecuencia de haber formado la Uni-Mente con un extraterrestre. El Mahd W'yry no tenía cura conocida y los eternos solo podían aspirar a estabilizar el estado de Sersi. Entonces, Ikaris forjó un sólido puente mental entre Sersi y el Caballero Negro, a los que convirtió en almas gemelas (o «Gann Josin», en terminología eterna). Pero Dane Whitman no había accedido a participar en el proceso y se enfadó por la súbita violación de su libertad. Sin embargo, en tanto que Gann Josin no era dueño de su propia mente y desarrolló un afán de protección incontrolable y casi instintivo respecto a Sersi. Además, a medida que pasaba el tiempo, el nexo psicológico implicaba que asumía parte de la enfermedad de la eterna, cuyo sufrimiento emocional compartía y aliviaba.

Mientras la pareja intentaba entender mejor el extraño de los acontecimientos, los Vengadores sufrían el constante ataque de un villano misterioso, Proctor, que, aunque atacaba a todos los Vengadores, demostraba un interés especial por Sersi. El motivo de ello se hizo evidente cuando se descubrió que Proctor era el Dane Whitman de una Tierra paralela. En su mundo, Proctor se había convertido voluntariamente en el Gann Josin de una versión alternativa de Sersi. Sin embargo, ella había acabado rechazándolo, lo cual sometió a una tremenda presión su nexo psicológico, y él enloqueció.

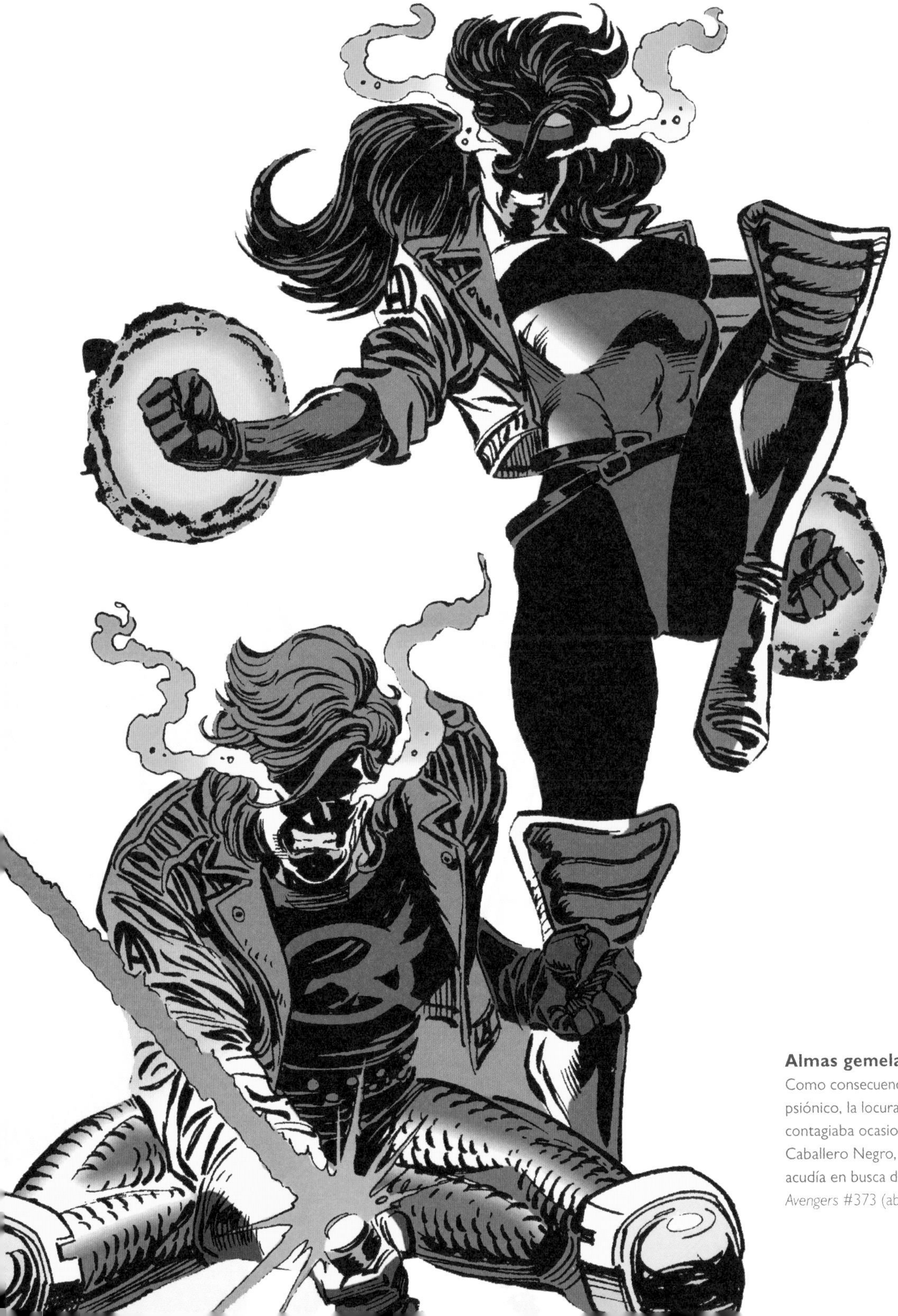

Almas gemelas
Como consecuencia de su nexo psiónico, la locura de Sersi contagiaba ocasionalmente al Caballero Negro, que entonces acudía en busca de su ayuda.
Avengers #373 (abr. 1994)

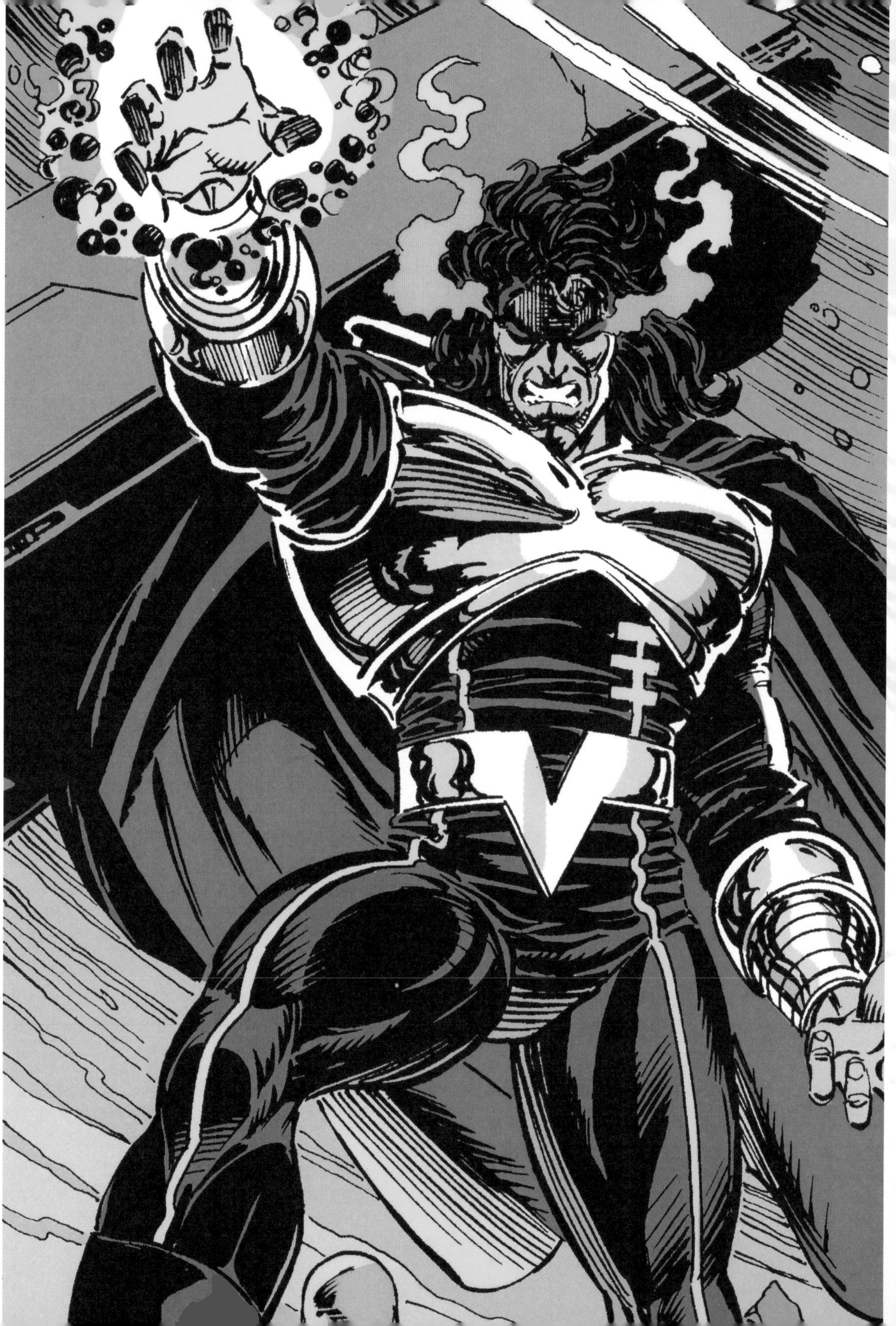

En vez de resistirse a la maldición sangrienta de la Espada de Ébano de su mundo, Proctor decidió asumirla y asesinó a muchos individuos al tiempo que obtenía unas habilidades psíquicas excelentes.

«¡Sabía que mi venganza estaba justificada!» Proctor

A medida que Proctor se desquiciaba, la versión de Sersi de su mundo hacía lo propio. Perdió el control sobre sus poderes mentales y acabó destruyendo su mundo natal. Solo Proctor sobrevivió a la catástrofe y, de algún modo, escapó al Multiverso. Enfrentado a infinitas realidades alternativas, emprendió una misión maníaca cuyo fin era destruir a todas las versiones de Sersi en el Multiverso. Sorprendentemente, había logrado realizar su propósito, excepto por la Sersi que vivía en Tierra-0.

Proctor no quería matar sin más a la última Sersi, sino que quería verla sufrir. En realidad, él había sido el responsable del tormento que la eterna había sufrido durante los últimos meses. Oculto entre las sombras, había usado sus poderes de telepatía para influir en su conducta y, poco a poco, había ido derribando sus barreras mentales hasta que pareció que sufría el Mahd W'yry. Él mismo había sido el responsable de las muertes de las supuestas víctimas de Sersi, cuya memoria había alterado para hacerla creer que era una asesina. Después de haber disfrutado del sufrimiento de la eterna durante un tiempo, Proctor pasó a la fase culminante de su plan.

Acosador siniestro
Rechazado por la Sersi de una realidad alternativa, Proctor recorrió el Multiverso en una misión enajenada para acabar con todas las versiones de su antigua amante.
Avengers #363 (jun. 1993)

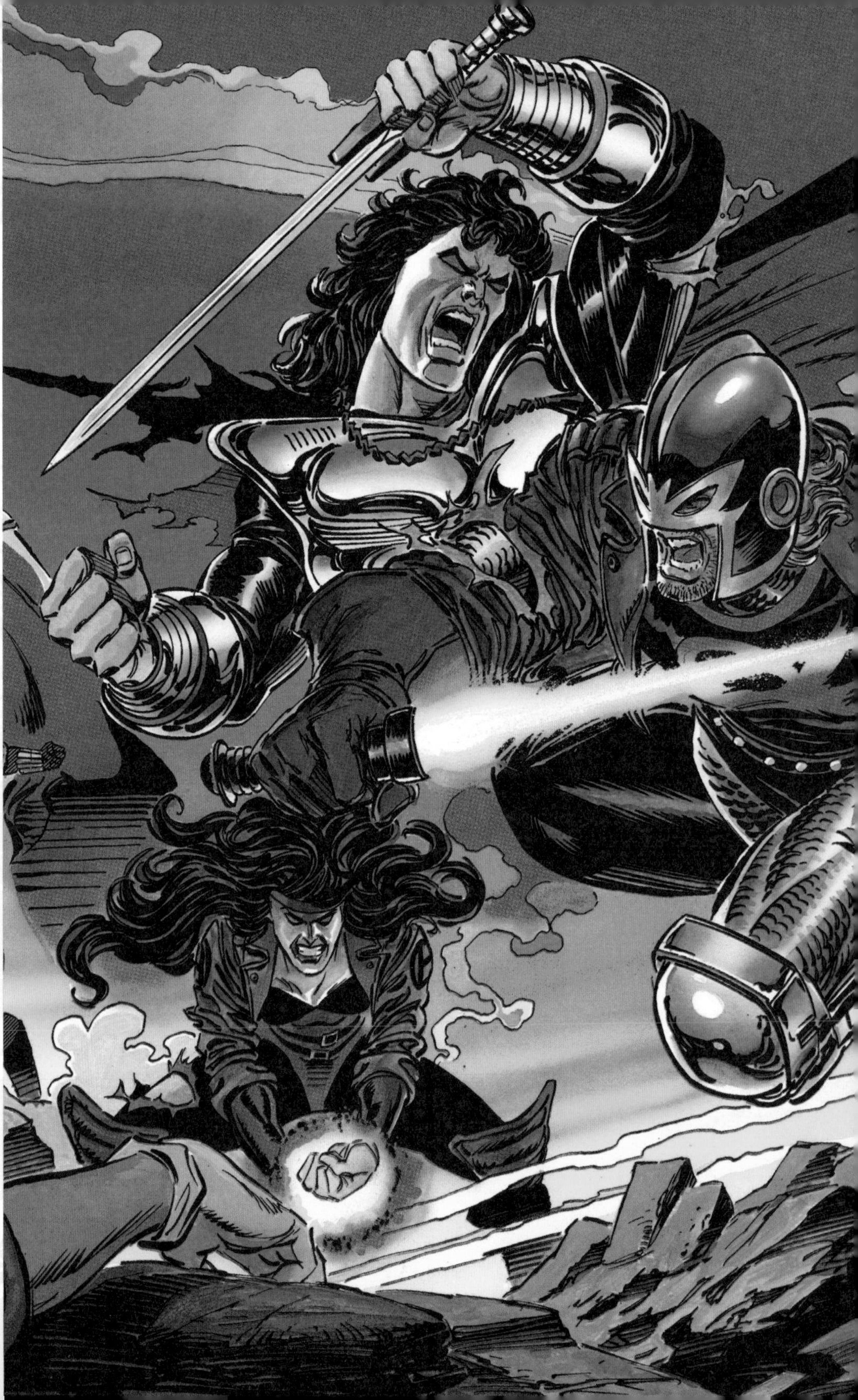

Secuestró a Sersi y absorbió el poder de la eterna en un esfuerzo por colapsar violentamente toda la realidad.

Los Vengadores acudieron inmediatamente en ayuda de Sersi y el Caballero Negro se enfrentó en combate a su doble de otra realidad. Whitman activó su espada láser y Proctor desenvainó la Espada de Ébano, que restallaba de tenebrosa energía negra. Proctor no tardó en derribar a Whitman. Al ver la lucha a vida o muerte que estaba librando el Caballero Negro, Sersi se enfureció y logró escapar de la jaula mental donde Proctor la había encerrado. Se hizo con la Espada de Ébano, que Proctor había dejado caer durante la lucha con el Caballero Negro, y se enfrentó al villano. Sin dar a Proctor la menor oportunidad de defenderse, Sersi acabó con él con su propia espada maldita. «Por todas tus víctimas, pongo fin a tu locura», le dijo.

«Todos hemos sido víctimas de Proctor.» Caballero Negro (Dane Whitman)

Después de la derrota de Proctor, Sersi y Dane se marcharon un tiempo para reflexionar acerca de lo sucedido. Mientras viajaban juntos por el Multiverso, consideraron si lo que sentían el uno por el otro era genuino o un efecto secundario de la manipulación mental de Proctor. Cuando regresaron a casa, se separaron como muy buenos amigos, pero nada más.

Duelo de dobles
El Caballero Negro acudió en ayuda de Sersi y cruzó su espada con la de Proctor, que conservaba la maldita Espada de Ébano.
Avengers #375 (jun. 1994)

Dane regresó a Reino Unido para reanudar sus tareas heroicas y pronto fue reclutado por la agencia de espionaje superhumana británica, el MI-13 (Inteligencia Militar, Sección 13), donde luchó junto a héroes nacionales como el Capitán Britania, Spitfire y Union Jack. El MI-13 fue clave a la hora de expulsar a los skrulls de Reino Unido cuando los extraterrestres asaltaron el globo. El Caballero Negro estuvo en la vanguardia del contraataque, repelió a muchos extraterrestres y se encontró luchando junto a Faiza Hussain, joven médica que, tras haber sido alcanzada por el disparo de un arma de energía skrull, había desarrollado la habilidad de manipular la materia e inmovilizar a las personas. Usaba sus dones con gran eficacia e intervino en el triaje de los heridos por los skrulls. Más adelante, y después de que el Capitán Britania le entregara la legendaria espada del rey Arturo, Faiza adoptó el nombre en clave de Excalibur. Se unió al MI-13 y se convirtió en la escudera de Dane Whitman, preparándose para relevarlo algún día como Caballero Negro.

«El escudero se convierte en caballero.» Caballero Negro (Dane Whitman)

Drácula percibió que Gran Bretaña había quedado debilitada tras la fallida invasión skrull y decidió aprovechar la ocasión para atacar. Sus legiones de no-muertos llevaban mucho tiempo sin una tierra a la que llamar hogar, y el Príncipe de la Oscuridad vio la oportunidad idónea para transformar Gran Bretaña, el hogar de algunos de sus mayores enemigos, en una nación de vampiros.

Rule, Britannia!
Tras un breve viaje interdimensional, el Caballero Negro Dane Whitman se unió al MI-13 británico junto a Blade, Pete Wisdom, el Capitán Britania, Spitfire y Excalibur.
Captain Britain and MI13 #15 (sep. 2009)

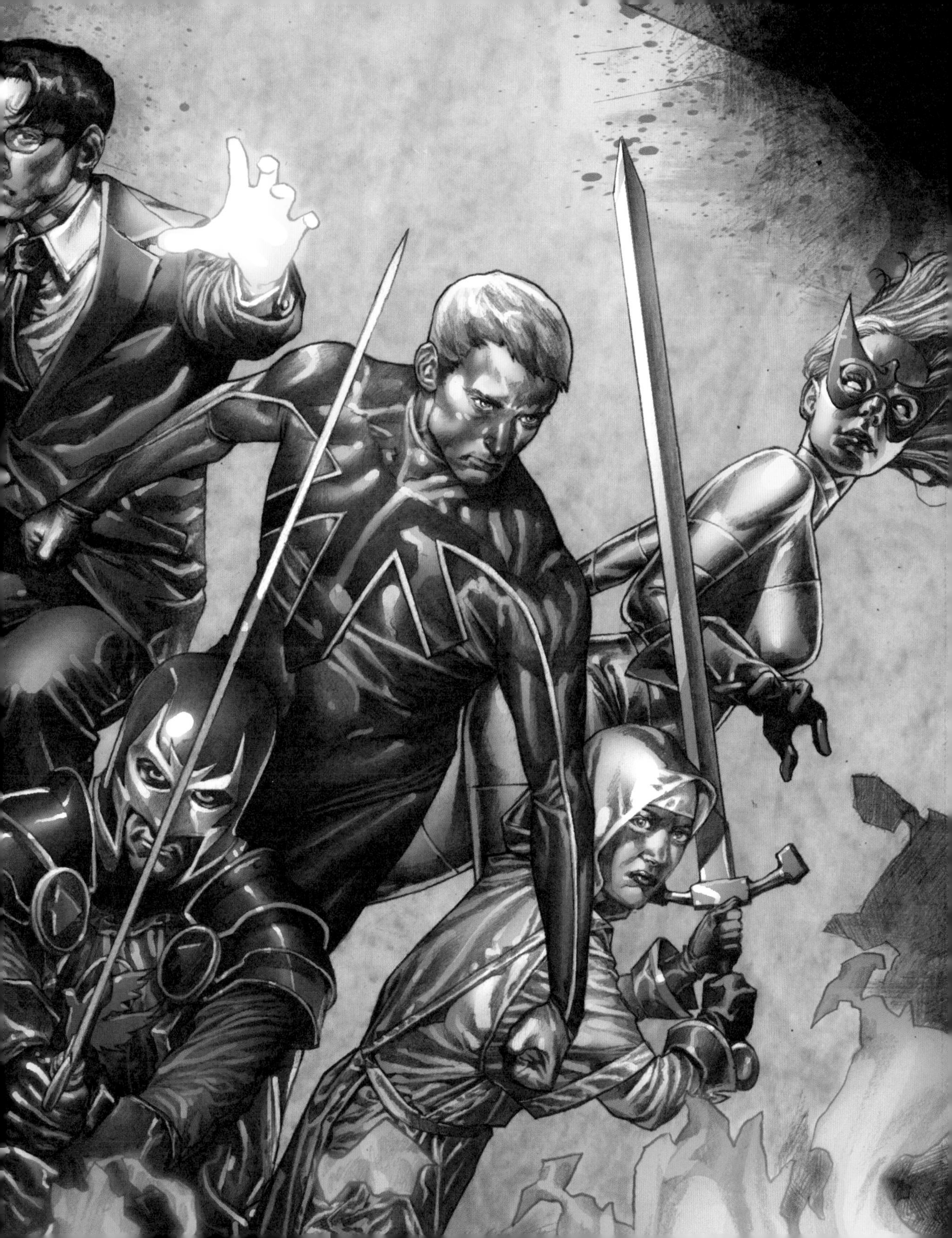

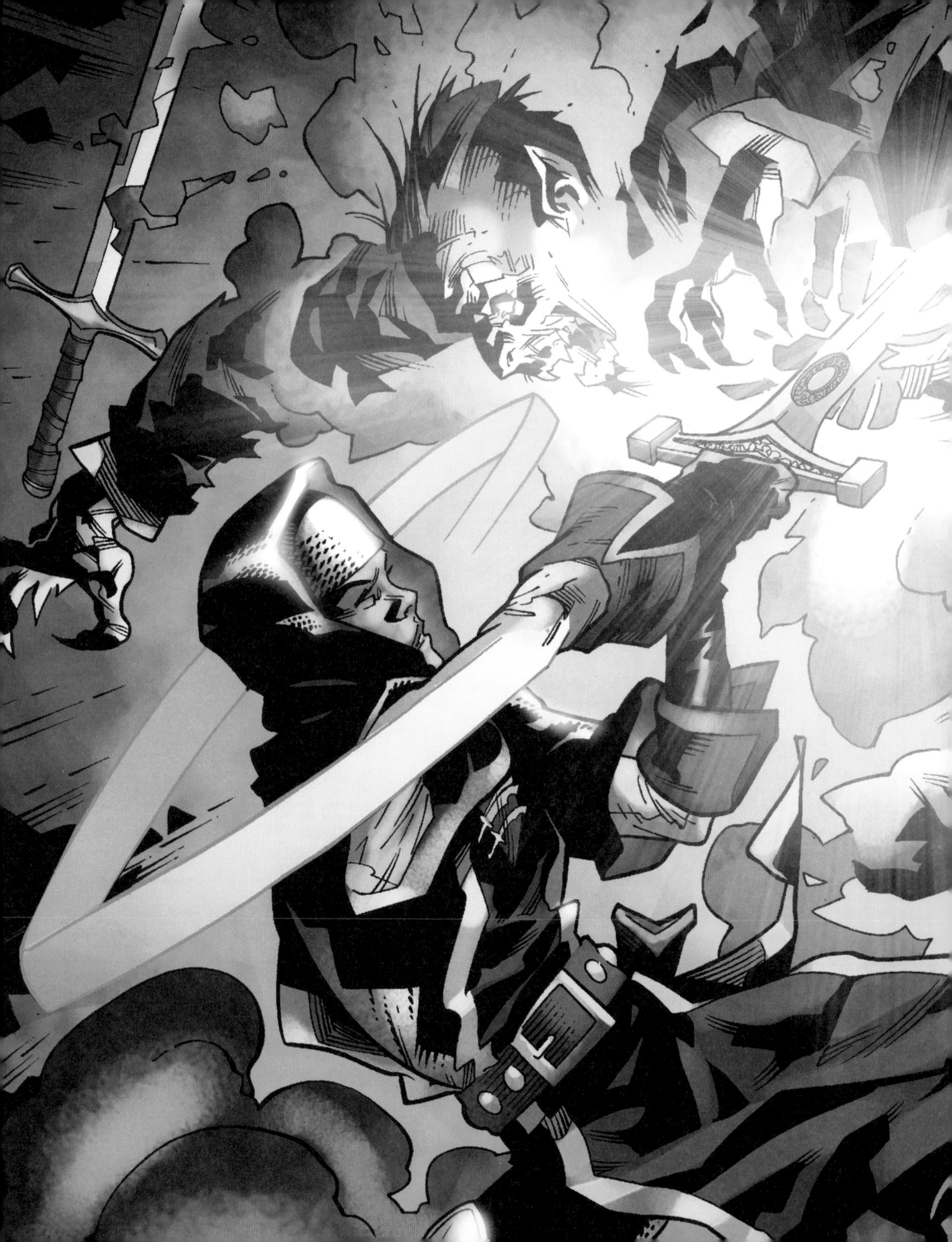

Hacía tiempo que Drácula y sus seguidores no podían entrar en el país debido a un hechizo realizado con el cráneo de Quincy Harker, que había dedicado su vida (y ahora también su muerte) a frustrar las maquinaciones del conde vampiro. El hechizo había convertido a Gran Bretaña en una gran residencia mística a la que ningún vampiro podía acceder si no era invitado. Obviamente, Drácula no podía iniciar su plan de invasión mientras el hechizo de Harker siguiera activo, así que recurrió a sus propios medios mágicos para localizar el cráneo escondido. El Caballero Negro y el MI-13, que descubrieron los planes de Drácula, corrieron a hacerse con el cráneo, pero llegaron tarde. Drácula llegó amparado por un manto mágico y rompió en mil pedazos el cráneo de Harker. El país quedó expuesto y los vampiros se lanzaron a la invasión de Gran Bretaña.

«Esta es Excalibur... y yo soy digna de ella.» Faiza Hussain

Desde su órbita en el espacio exterior, las legiones de Drácula llegaron en una vasta armada de buques de guerra. La situación parecía insalvable, pero la victoria de Drácula fue efímera. Los magos del MI-13 lo habían engañado con una alucinación muy convincente. El cráneo de Harker seguía intacto y el hechizo antivampiros continuaba activo. Cuando los vampiros entraron en el espacio aéreo británico, los guerreros no-muertos ardieron en llamas y quedaron reducidos a cenizas en cuestión de segundos. Drácula trató de huir pero Excalibur lo arrinconó, atravesó el corazón del vampiro con su espada legendaria y puso fin a la amenaza a su amada patria.

Mucho en juego
Faiza Hussain, la más reciente guardiana de Excalibur, usó la espada legendaria para atravesar el corazón del conde Drácula y salvar a Gran Bretaña del azote del vampirismo.
Captain Britain and MI13 #15 (sep. 2009)

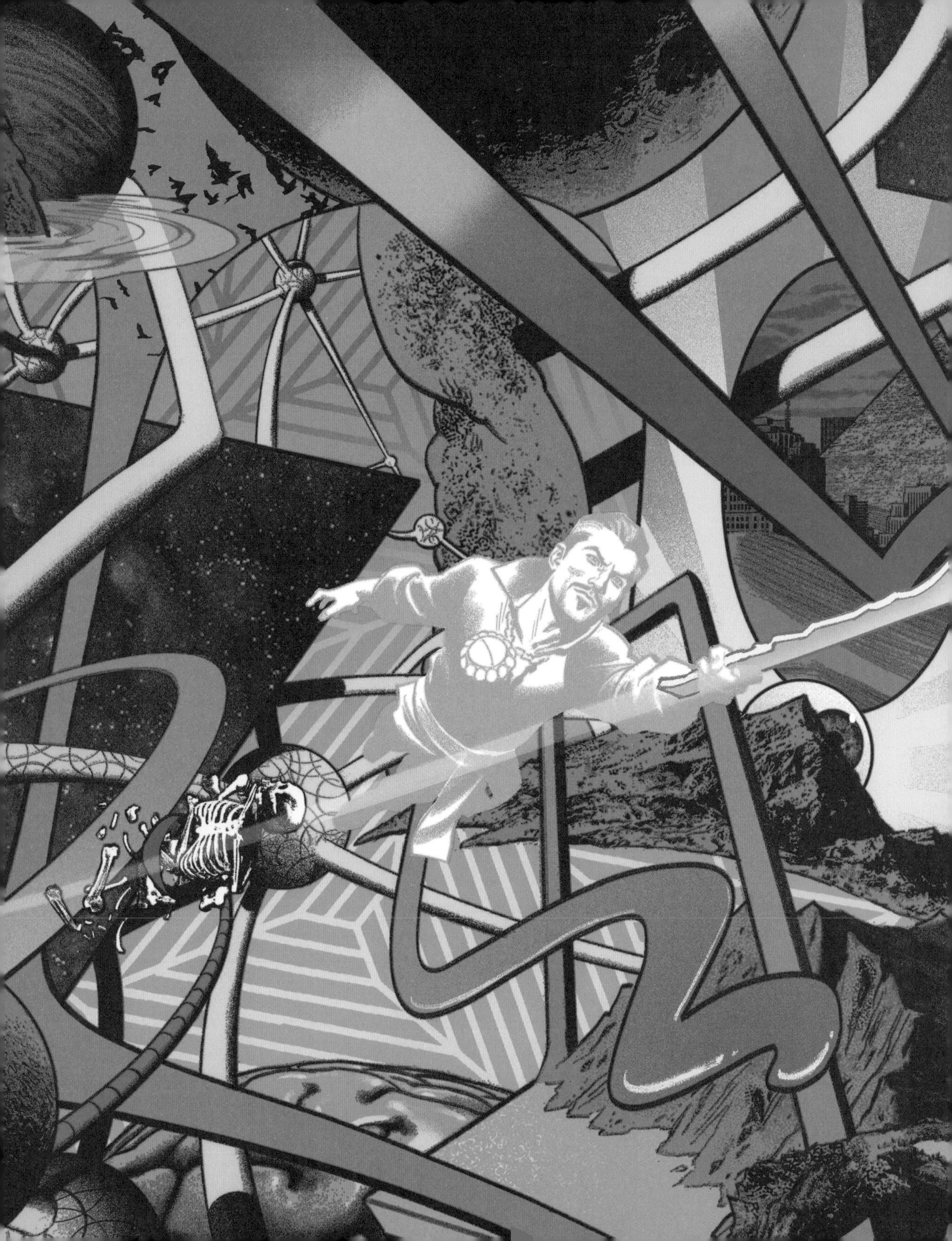

Doctor Extraño: se acabó la magia

El Doctor Extraño se había enfrentado durante años a las fuerzas de la oscuridad recurriendo al poder aparentemente infinito de la magia. ¿Qué haría ahora que el pozo se había secado?

Agamotto, el primer Hechicero Supremo de la Tierra, creó hechizos y artefactos mágicos que servirían a los místicos de la humanidad durante muchas generaciones. Hace un millón de años, aproximadamente cuando formó parte de los Vengadores prehistóricos de Odín, el mago ideó un potentísimo talismán.

Dotado del poder que le otorgaba la indomable esencia vital de su creador, el Ojo de Agamotto irradiaba una centelleante luz mística capaz de penetrar el velo de cualquier disfraz o ilusión. El Ojo también podía encontrar seres, ya fueran corpóreos o etéreos, siguiendo el rastro de su aura psíquica o mágica, y demostró ser aborrecible para innumerables demonios y entidades inmortales de débil voluntad, que se encogían ante su mirada omnividente.

Cuando Agamotto abandonó la Tierra para unirse a su madre, Oshtur, y al sobrenatural Hoggoth en los planos superiores de la realidad, dejó atrás el Ojo y otras reliquias mágicas, que pasaron por las manos de muchos místicos hasta convertirse en las armas principales del Doctor Extraño, que las esgrimió con precisión quirúrgica en una lucha aparentemente inacabable contra fuerzas sobrenaturales. Stephen Strange era el último de un largo linaje de individuos que habían tenido que asumir esa misma responsabilidad.

Centinela sobrenatural
El Doctor Extraño, el último mago en servir como Hechicero Supremo, enviaba a su cuerpo astral a los etéreos límites entre realidades en busca de posibles amenazas místicas.
Doctor Strange: The Best Defense #1 (feb. 2019)

Extraño se entrenó para convertirse
en un maestro de las artes místicas y
heredó el título de Hechicero Supremo
cuando su mentor, el Anciano, abandonó
el plano mortal. Ahora que era el mago
más importante del planeta, Extraño
tuvo que asumir la tarea de mantener
una guardia constante contra los
ataques e incursiones de otros mundos.

Un enemigo especialmente tenaz fue
Dormammu, el monarca de la Dimensión
Oscura, que puso a prueba la resistencia
del Hechicero Supremo (y la de las
defensas sobrenaturales de la Tierra)
en muchas ocasiones en su intento de
dominar el planeta. Tras una derrota,
Dormammu prometió impulsivamente
al Doctor Extraño que no volvería a
atacar a la Tierra, y aunque en líneas
generales cumplió su palabra, nunca
dejó de buscar el modo de sortearla.

En una ocasión, Dormammu se infiltró
en el plano terrestre siguiendo una vía
especialmente subrepticia en lugar de
lanzar un ataque directo. El Doctor
Extraño había quedado herido de un ojo
tras un combate reciente y Dormammu
utilizó el tejido cicatricial resultante,
que era tan místico como físico, como
un portal por el que cruzar desde su
dimensión natal. Dormammu trasplantó
una porción infinitesimal de su esencia
oscura en la herida, que infectó y donde
creció. Cuando alcanzó su fuerza plena,
Dormammu asumió el control sobre el
cuerpo del Doctor Extraño y bloqueó
la forma astral del Hechicero Supremo.
Rezumando un placer cruel, el déspota

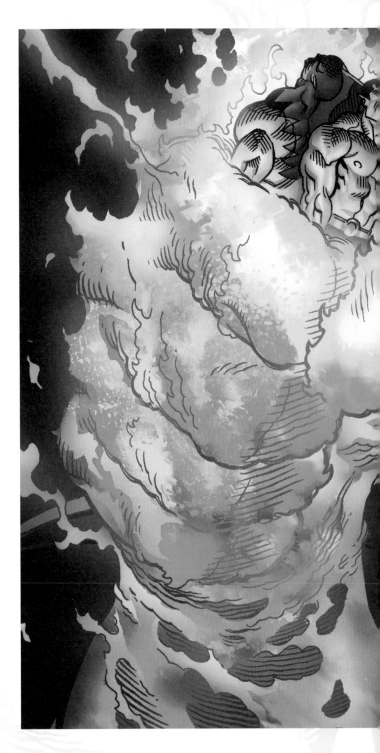

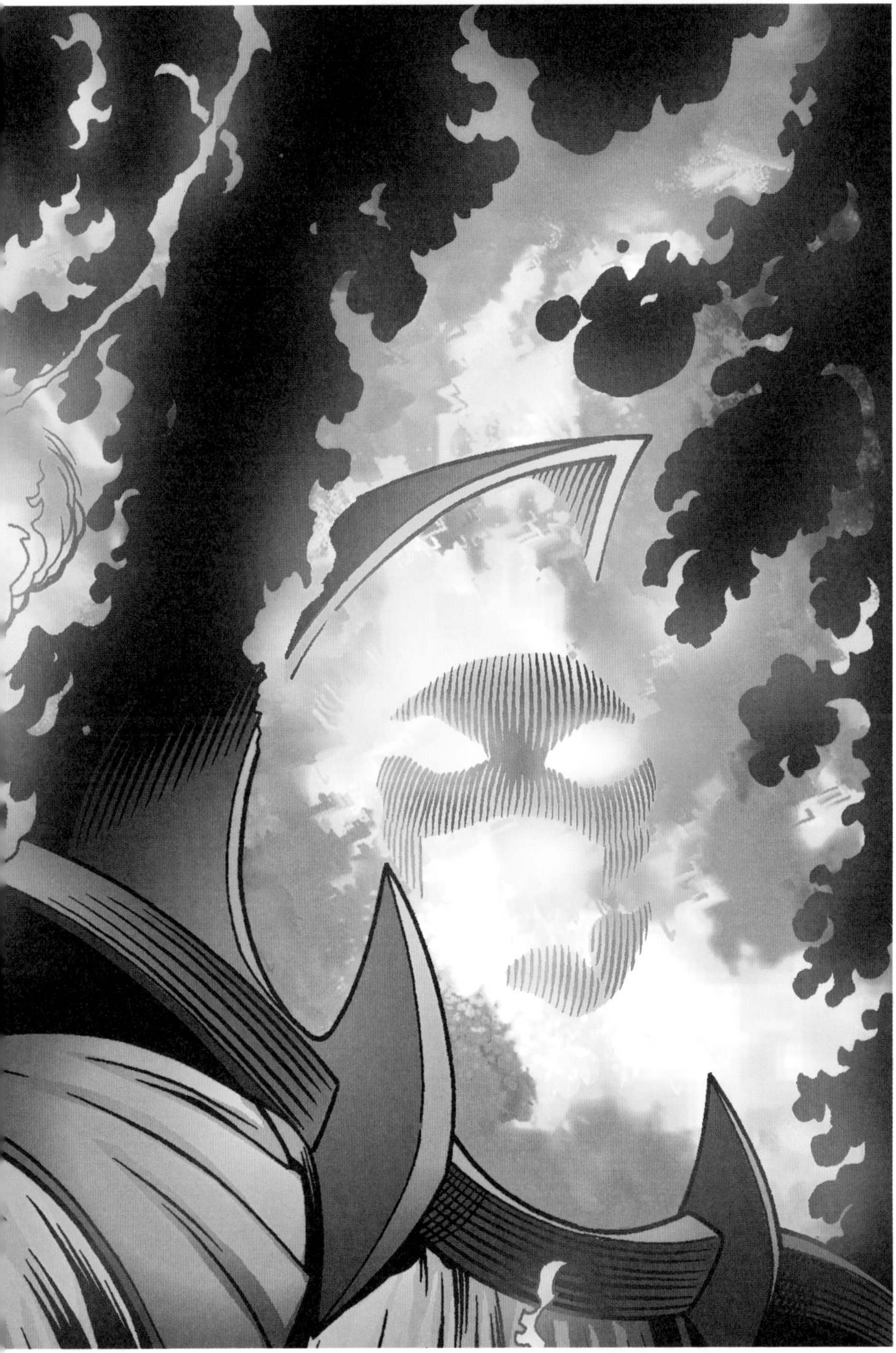

Ambición ardiente
Los desgraciados individuos que topaban por accidente con el reino de Dormammu, como el Hombre Submarino o el Tiburón Tigre, quedaban atrapados en su poder infernal.
Hulk #11 (jun. 2009)

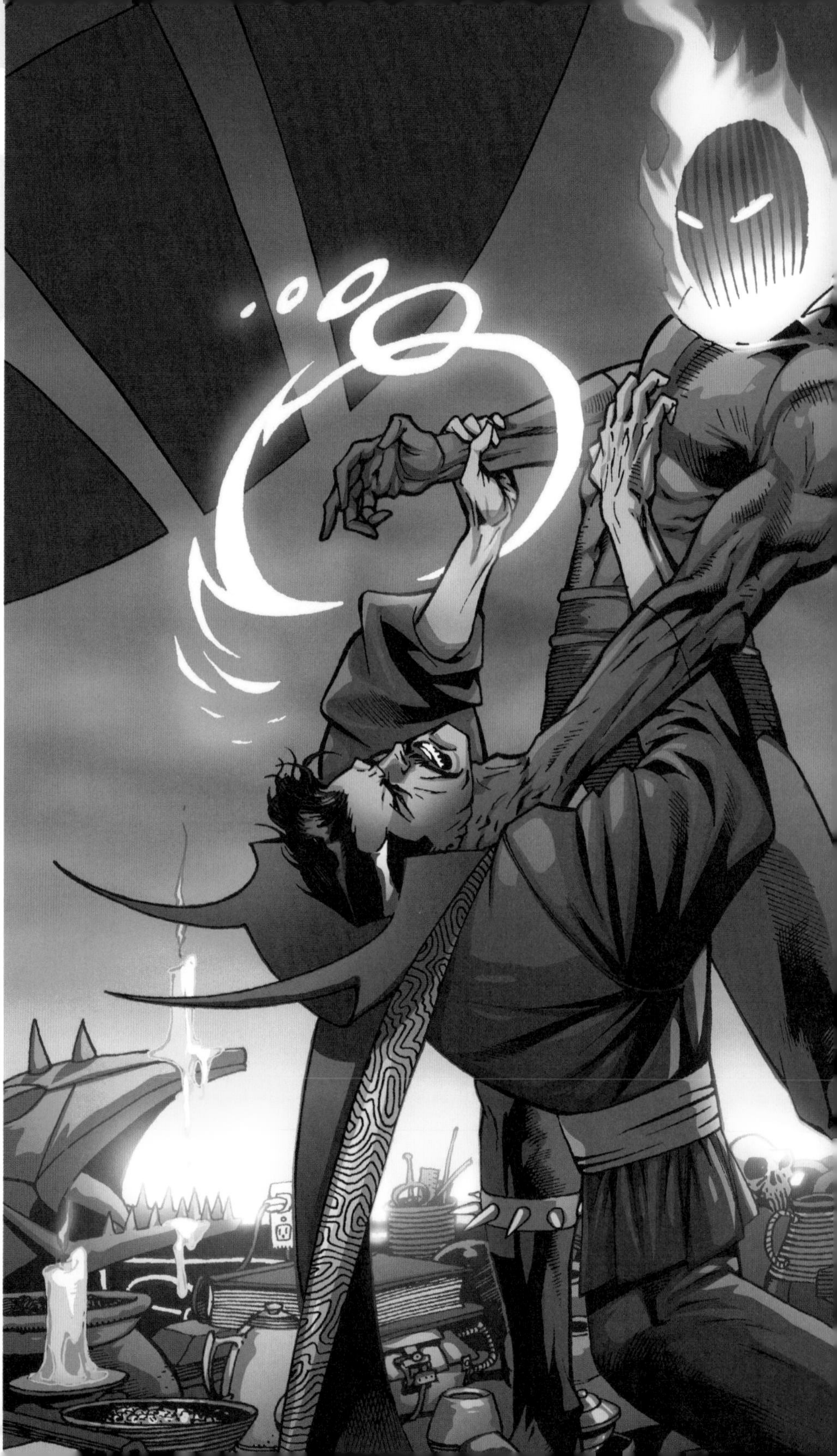

Días oscuros
Dormammu utilizó el cuerpo del Doctor Extraño como conducto místico y logró así escapar de su Dimensión Oscura.
Doctor Strange, Sorcerer Supreme #1 (nov. 1988)

ultradimensional anunció a Extraño: «¡Tu cuerpo y tu poder, todo lo que eres, se ha convertido ahora en la prerrogativa de Dormammu!».

Mientras Dormammu se divertía con su nuevo juguete y desataba una oleada de horrores sobre la Tierra, la conciencia del Doctor Extraño halló refugio en el lugar más insospechado. Perseguida por los servidores de Dormammu, la forma astral del mago se encontró en el cuerpo de una rata de alcantarilla. Aunque el Doctor Extraño era prácticamente indetectable mientras ocupara una forma tan inferior, el tiempo seguía siendo clave. Si la forma espiritual de Stephen Strange no se reunía pronto con su cuerpo físico, dejaría de existir y su conciencia se disiparía en el éter en 24 horas.

«¡Ahora este mundo es mío!» Dormammu

El primer impulso de Extraño fue contactar con los héroes de los Vengadores y los Defensores, pero no podía hacer acopio de sus poderes mágicos bajo su forma de roedor. Además, a medida que Dormammu reforzaba su dominio sobre la realidad, atrapaba a más guardianes de la Tierra detrás de barreras impenetrables. Así que el Doctor Extraño (Roedor Supremo) tuvo que enfrentarse a Dormammu directamente.

Al final, no obstante, el mago descubrió que no estaba solo. La Madre Tierra Gea advirtió a la wiccana Topaz de la precaria situación en que se encontraba el Doctor Extraño y la bruja unió su propio poder al del debilitado hechicero. Sus conjuros debilitaron el poder de Dormammu y, cuando Clea, antigua amante del Doctor Extraño, sumó también su poder a la causa, el malvado señor del mal fue expulsado del cuerpo de Stephen Strange. El feroz demonio se retiró a su dimensión de origen y el Hechicero Supremo de la Tierra recuperó toda su fuerza. Tras su ajustada victoria, el Doctor Extraño renovó su compromiso con su misión y prometió que, por muchos que fueran los horrores místicos que amenazaran a la Tierra, siempre estaría ahí para enfrentarse a ellos y derrotarlos.

Y así fue durante muchos años, en que el Hechicero Supremo recurrió a una inmensa reserva de hechizos y encantamientos para mantener a la humanidad a salvo de depredadores de otros mundos. Pero llegó un penoso momento en el que ya no podía recurrir a su tradicional fuente de poder místico. Sus talismanes, incluido el Ojo de Agamotto, empezaron a fallar y sus hechizos se agotaron. El Doctor Extraño se convirtió entonces en un hombre ordinario que se enfrentaba a enemigos verdaderamente extraordinarios.

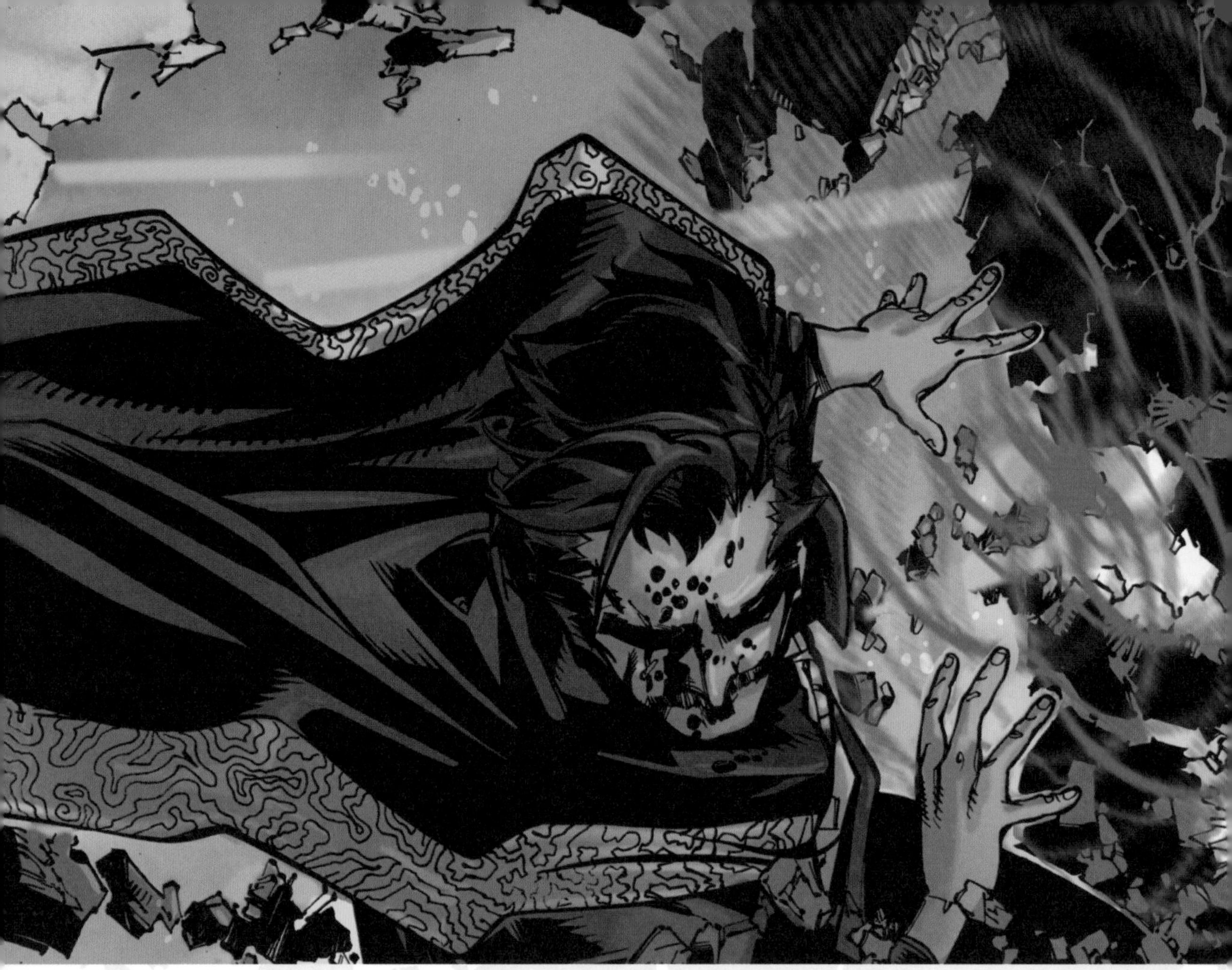

Todo comenzó con una advertencia de los magos de otras realidades, que le avisaron de que había algo que recorría los reinos místicos y erradicaba tanto la magia como a los hechiceros que la usaban. El Doctor Extraño viajó a otra dimensión para ver la devastación con sus propios ojos y avisó a sus colegas místicos del peligro inminente. Por desgracia, el aviso llegó demasiado tarde y los usuarios de la magia en la Tierra pronto se encontraron bajo el asalto de los empirikul, un colosal ejército de robots tecnológicamente avanzados y constructos de IA. Héroes místicos como la Bruja Escarlata y el Doctor Vudú fueron sus primeros objetivos, y los lobos cazamagos les dieron caza sin piedad. El Doctor Extraño también se vio sometido a un ataque pertinaz, y su Sancta Sanctorum del 177A de Bleecker Street de Nueva York fue invadido por Imperator, líder de los empirikul y comandante de sus ejércitos de autómatas.

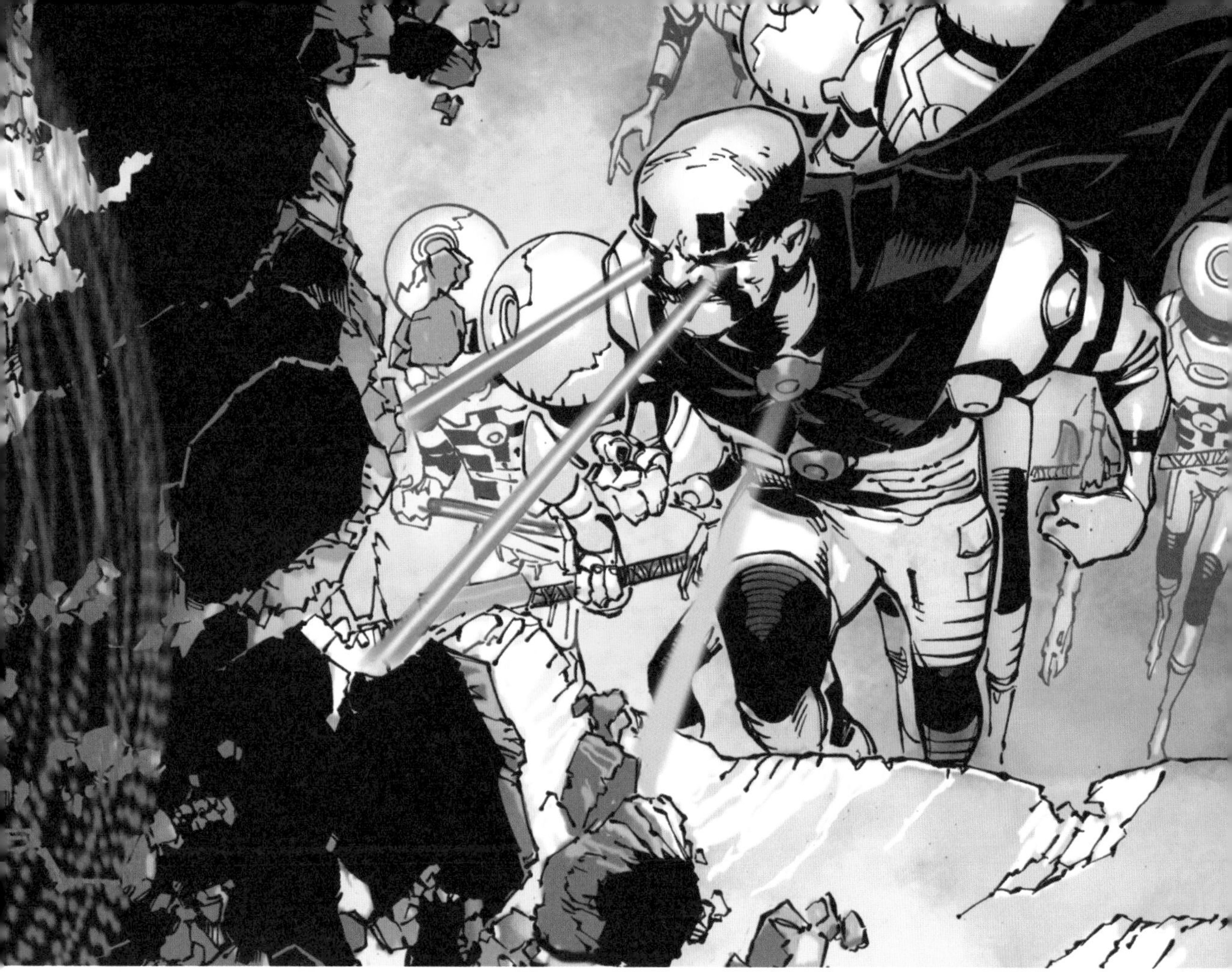

Flanqueado por un escuadrón de potentes ojobots, Imperator superó sin dificultad las defensas místicas del Hechicero Supremo, que, muy debilitado y al borde de la derrota absoluta, se vio obligado a recurrir a medidas extremas. Accedió a la red de líneas ley de la Tierra y conectó con el núcleo mágico del planeta, que le transmitió una cantidad de energía mística casi infinita y lo llenó de poder. Sin embargo, ni siquiera eso fue suficiente. Imperator esquivó el desesperado ataque del Doctor Extraño y tomó prisionero al nuevamente debilitado Hechicero Supremo.

Los empirikul habían ganado: el principal defensor mágico de la Tierra había sido neutralizado y las acciones de Extraño prácticamente habían agotado las reservas mágicas de la Tierra. El pozo de poder místico se había secado. Para demostrarlo, Imperator hizo pedazos la capa de levitación del Doctor Extraño ante la mirada del héroe.

Avances científicos
Lideradas por Imperator, las fuerzas científicas de los empirikul atacaron al Doctor Extraño con el propósito de erradicar toda la magia existente.
Doctor Strange #6
(mayo 2016)

Durante su cautiverio, el Doctor Extraño descubrió que Imperator era un huérfano de otro mundo cuyos padres, que eran científicos, habían sido sacrificados hacía ya décadas ante el dios oscuro Shuma-Gorath. Sin embargo, la pareja logró salvar a su bebé, que fue entregado a los intuitivos ojobots. Pasó su infancia en un entorno artificial y, llegado a la edad adulta, prometió vengar la muerte de sus padres acabando con toda la magia del universo. Con la ayuda de los ojobots, creó una enorme flota de naves espaciales y declaró la guerra a todo lo místico, con la ciencia como arma principal.

«Serás el último en arder, Extraño.» Imperator

Para celebrar su victoria en la Tierra, Imperator planeó reducir a cenizas el Sancta Sanctorum del Doctor Extraño. Pero el edificio resultó ser extraordinariamente resistente, como si tuviera un aura mística propia. Los ojobots hallaron el origen de ese poder cuando se adentraron en el sótano, donde descubrieron una criatura con múltiples rostros y una forma de color negro que fluía como el mercurio. Se trataba de la encarnación del sufrimiento místico del Doctor Extraño. Sin que el hechicero lo supiera, el dolor que había experimentado durante sus numerosos años de servicio se había materializado en una entidad viva, que había ido creciendo a medida que el héroe sufría privaciones mentales y físicas en aras de la humanidad. Mientras la extraña monstruosidad distraía a Imperator, apareció un anciano mago llamado Monako que liberó al Doctor Extraño y lo teletransportó a un lugar seguro.

El mal que todo lo ve
Shuma-Gorath exigía una veneración absoluta y mató a los padres de Imperator por la herejía que suponía creer en la ciencia.
Doctor Strange #7 (jun. 2016)

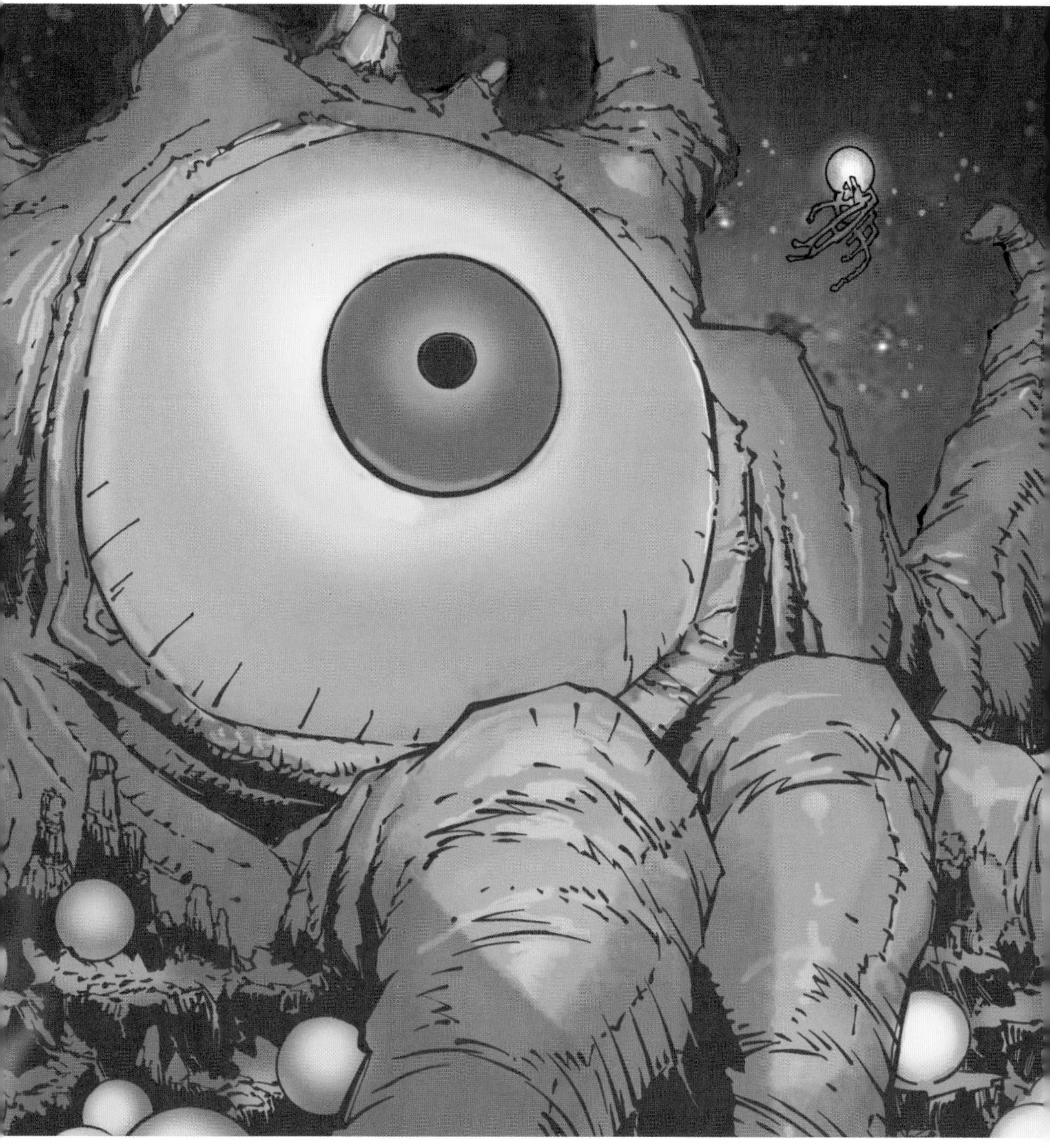

Por desgracia, el esfuerzo agotó las reservas de energía mística de Monako, que fue capturado y asesinado. El hechizo de Monako transportó al que fuera Hechicero Supremo al otro extremo del mundo y el Doctor Extraño halló refugio en una red de cuevas subterráneas junto a un puñado de hechiceros que habían logado sobrevivir al ataque de los empirikul. Extraño reunió a sus aliados y organizó una búsqueda mundial para hallar y recuperar los últimos iconos mágicos que quedaban en la Tierra. Los místicos no encontraron gran cosa y lo que recuperaron no era especialmente poderoso, pero dado lo desesperado de la situación en que se hallaban, tendría que bastar.

Armado con el hacha de Angarruumus y un puñado de otras armas básicas, el Doctor Extraño volvió a su hogar para enfrentarse de nuevo a Imperator. Como antes, el supercientífico tomó la delantera. Sin embargo, cuando el Doctor Extraño aceptó su propio dolor y se fusionó con la terrorífica criatura del sótano, reunió energía suficiente para superar a su enemigo. Con la derrota de Imperator, los robots empirikul dejaron de funcionar. Extraño había logrado la victoria, pero a un precio terrible. La reserva

> «Si hemos ganado,
> ¿por qué sigue estando
> tan frío el mundo?» Doctor Extraño

de magia de la Tierra era ahora muy limitada y el Doctor Extraño se enfrentaba a un futuro incierto. Eran los últimos días de la magia y los primeros de una nueva era.

Dolor oculto
La angustia emocional y el dolor físico del Doctor Extraño se habían materializado en una horrorosa entidad que permaneció oculta en su sótano hasta que Imperator la descubrió.
Doctor Strange #9 (ago. 2016)

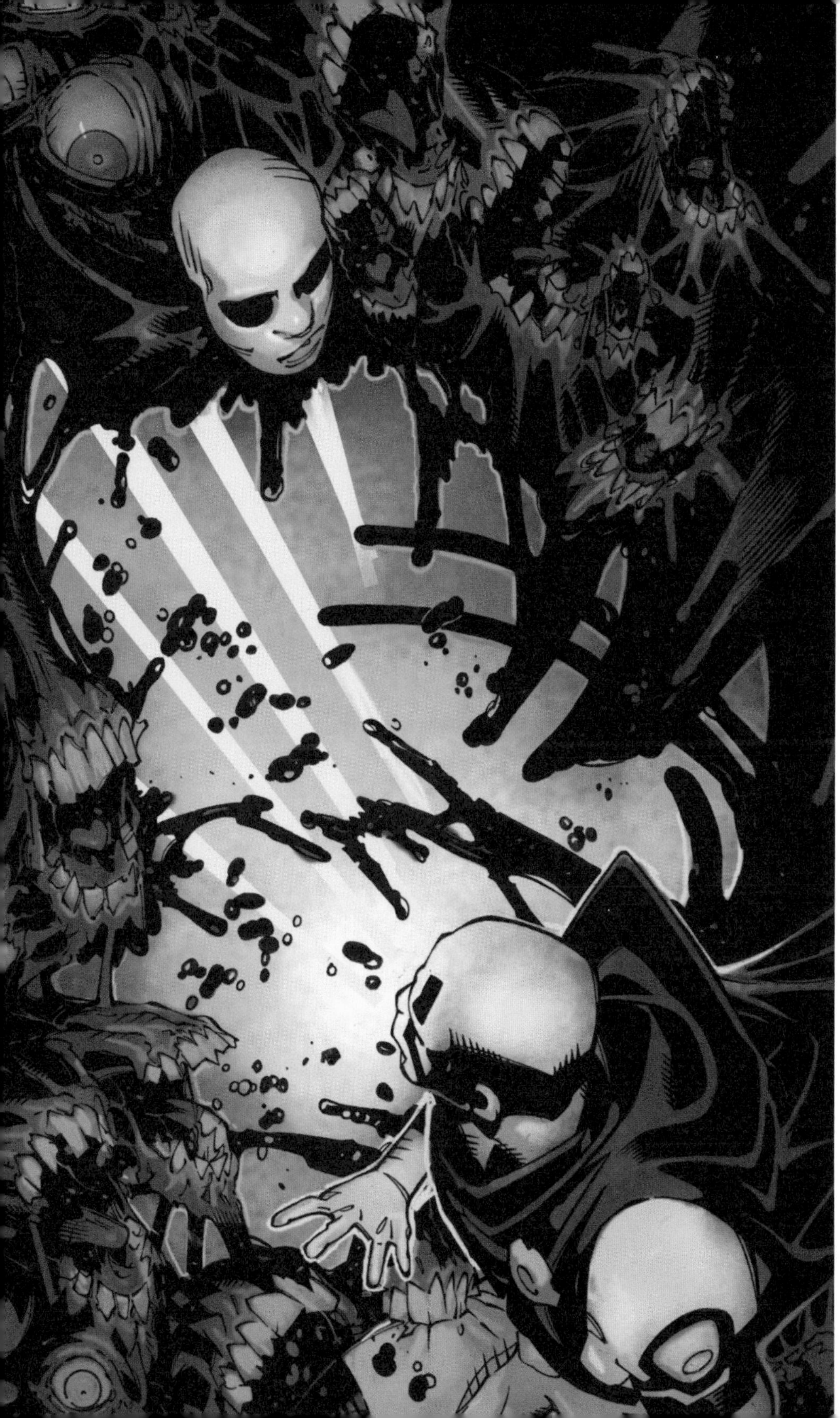

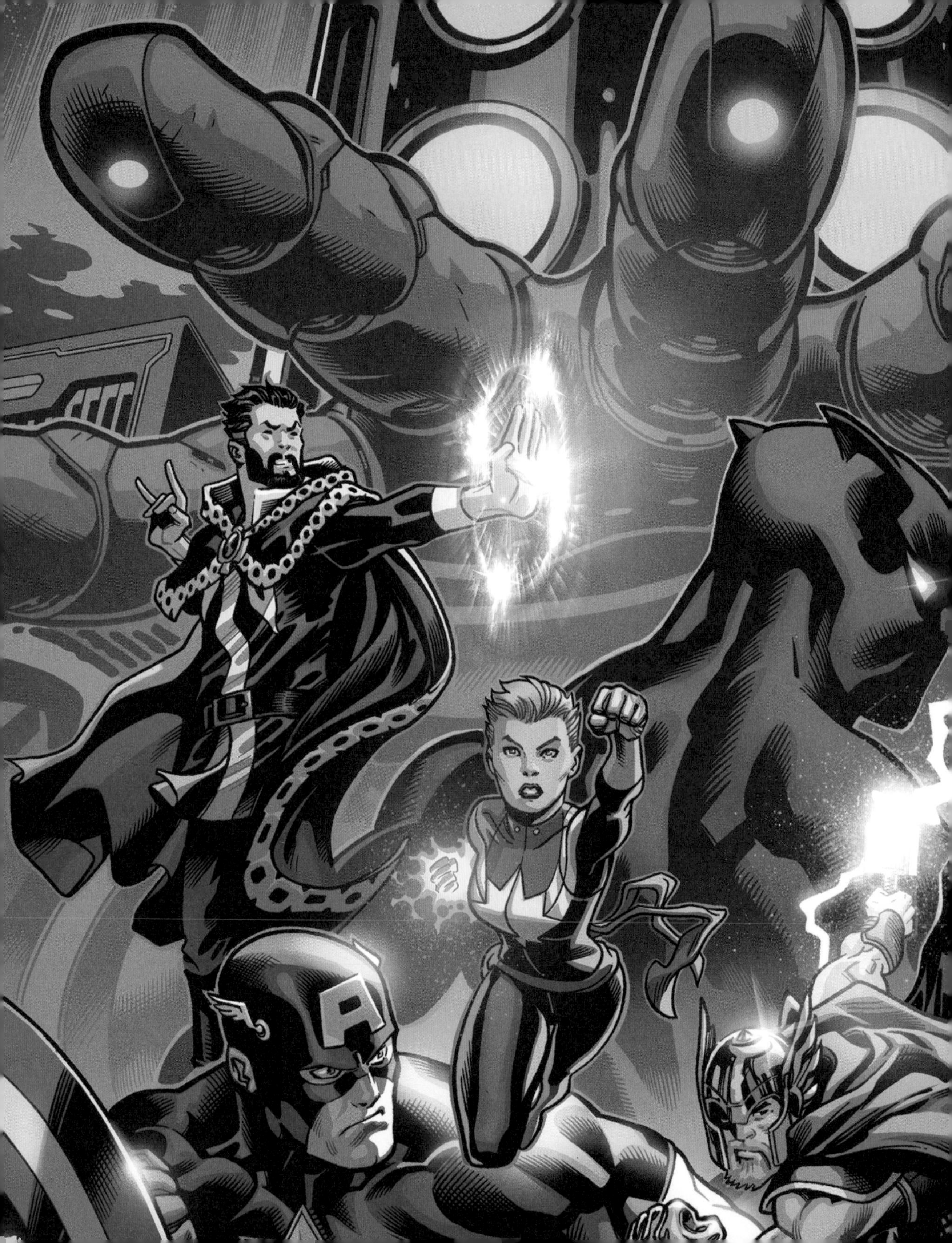

MITOS
MODERNOS

Dioses oscuros y otras reliquias
vivas del pasado primordial
siguen moldeando el mundo de hoy.
El dios simbionte Knull despertó hace
poco después de un letargo de eones
y desafió a Spiderman y al antihéroe
Veneno. Asimismo, los monumentales
Celestiales regresaron a la Tierra, y
su inesperada y amenazante llegada
motivó al Capitán América a reunir
a sus aliados y formar un nuevo
escuadrón de Vengadores.

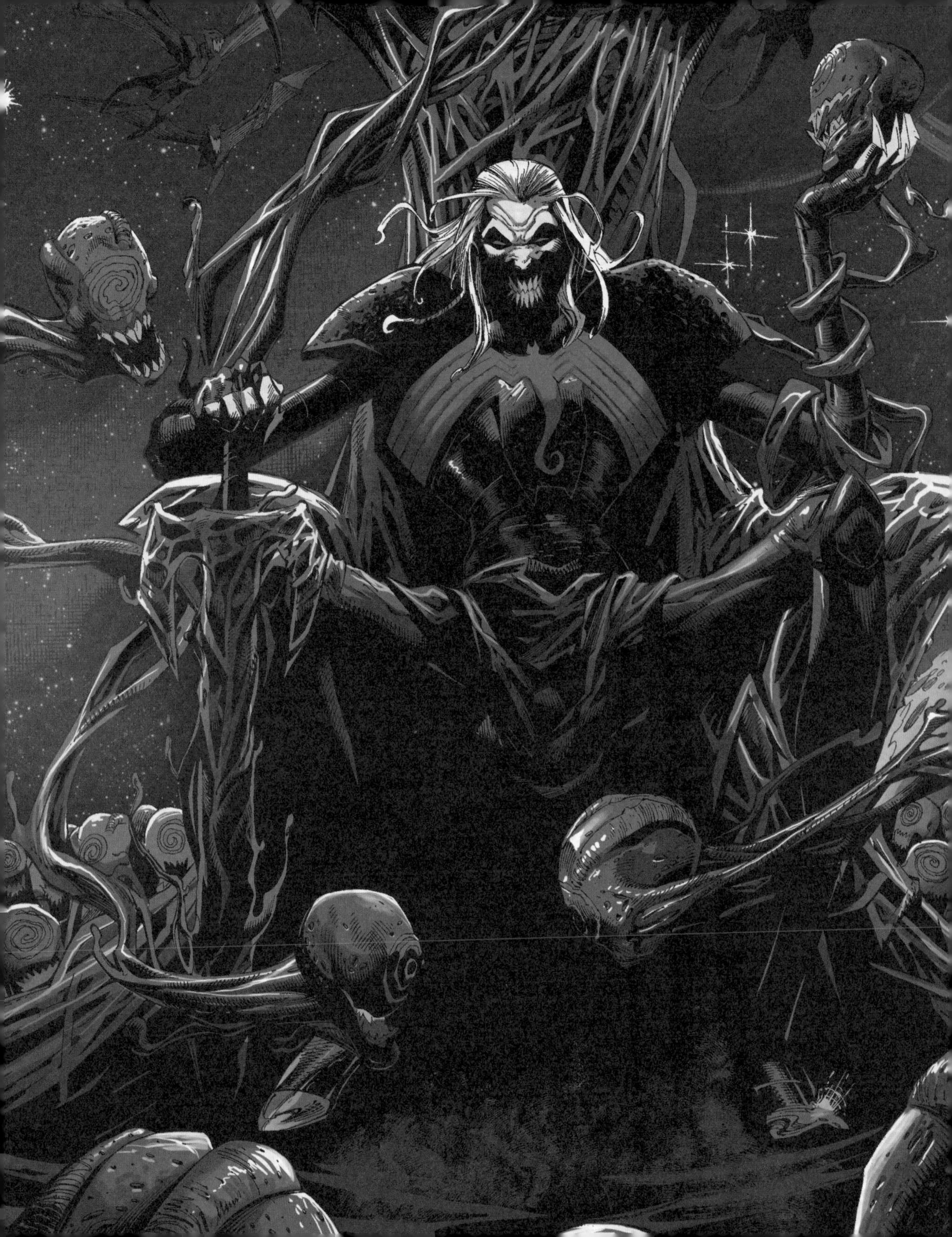

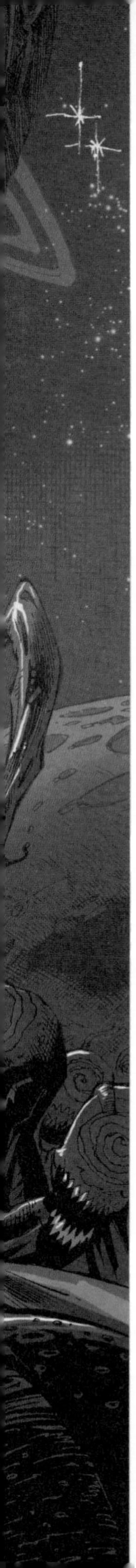

Knull y el vacío

Cuando el caos del Big Bang perturbó la solitaria existencia del malévolo Knull, este declaró la guerra a todos los seres vivos y desató un ejército de guerreros simbiontes sobre el universo.

Knull, un dios de la oscuridad primordial, fue el único ente que existía antes de que el tiempo comenzara. Vagó por el vacío durante un tiempo incalculable y estaba más que satisfecho con la monotonía de su existencia. Sin embargo, la luz del Big Bang perturbó el descanso del malvado dios, cuya cólera se fue acrecentando a medida que observaba cómo su lúgubre reino era invadido por la vida en sus múltiples formas. Decidido a luchar contra la intrusión de luz y vida en su reino, Knull forjó una espada de oscuridad viva a partir de su propia sombra. Llamó a su arma All-Black, la Necroespada, y la usó por primera vez contra un grupo de Celestiales con los que se topó en las profundidades del espacio.

Aunque Knull consiguió decapitar a uno de los dioses espaciales, sus gigantescos hermanos cósmicos se deshicieron de él rápidamente y lo arrojaron al vacío con tal fuerza que llegó más allá del universo de vida aún en expansión. Knull no cabía en sí de gozo al verse en terreno conocido y se alegró al descubrir junto a él, a la deriva, la cabeza cercenada del Celestial. El dios oscuro agarró el cráneo y lo transformó en una fundición colosal.

Un reino lúgubre
Knull era una deidad maligna que presidía el vacío. Su reinado fue absoluto hasta que el Big Bang perturbó la oscuridad primordial y liberó la luz y la vida en el universo.
Venom #3 (ago. 2018)

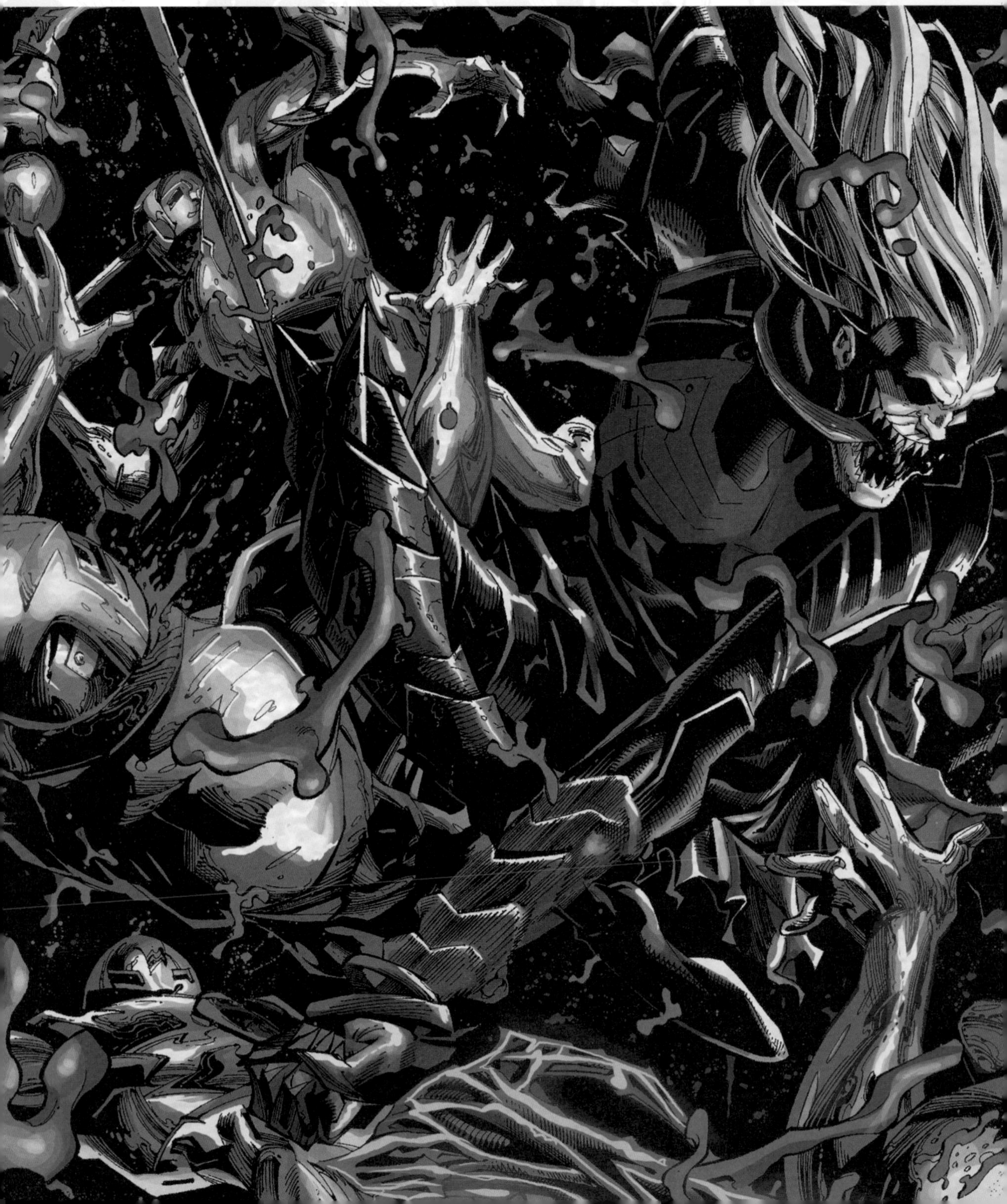

Knull aprovechó la energía celestial que aún crepitaba en el cráneo vacío para perfeccionar a All-Black, templar el metal y afilar la hoja hasta hacerla tan cortante como una cuchilla. Luego forjó una armadura simbionte viva a partir de la oscuridad sobrenatural que lo rodeaba. Por fin estaba preparado y se dispuso a cazar. Sus presas eran los seres divinos que ahora proliferaban por el universo y que alentaban a sus seguidores a explorar regiones cada vez más recónditas del espacio vacío. Knull usó a All-Black para destruir a muchas de esas nuevas deidades y se labró una reputación temible. «Juntos hemos degollado a la creación y ahogado a miles de millones de estrellas en la sangre de los todopoderosos», se vanagloriaba.

Sin embargo, una confrontación especialmente intensa con un grupo de dioses armados acabó mal para él, y la carnicería del dios oscuro llegó a su fin prematuramente. Herido de gravedad y apuñalado en el pecho por uno de los dioses guerreros, Knull cayó a un planeta deshabitado. Mientras yacía, la semisintiente All-Black se vinculó a un alienígena llamado Gorr que pasaba por el planeta y que se la llevó. La historia del arma, que pasó de un propietario a otro, se recogió en un libro divino, la Saga del Carnicero de Dioses.

La caída debilitó a Knull, que permaneció en estado semicomatoso durante un siglo. Cuando por fin recuperó la fuerza suficiente para salir a rastras del cráter de impacto y explorar el territorio, descubrió que se podía conectar a las pequeñas criaturas nativas del planeta, a las que cubrió con su propia esencia oscura y transformó en esbirros obedientes. Este acto de simbiosis dio lugar a una mente colmena cuyo centro ocupaba Knull, que controlaba a sus esclavos como si fueran una mera prolongación de sí mismo. El dios oscuro produjo una enorme horda de estos simbiontes, a los que envió al cosmos. Como consecuencia de su vínculo psíquico, Knull experimentaba todo lo que experimentaban los simbiontes. En algún momento descubrió que podía crear dragones simbiontes y extender el terror aún más lejos en el universo.

Asesino de dioses
Knull empuñó a All-Black, la Necroespada, y atacó a los dioses y diosecillos que tan rápidamente proliferaban, dejando un rastro sangriento por todo el cosmos primitivo.
Venom #4 (sep. 2018)

Knull envió a uno de ellos a la Tierra, donde, en el siglo VI a.C., atormentó a un grupo de vikingos que lo llamaron Grendel. A través de los ojos del dragón, Knull pudo ver que la Tierra tenía una conexión especialmente potente con la luz de la creación, y se propuso reducir el planeta a cenizas. Sin embargo, los vikingos contaban con un poderoso defensor, el dios del trueno Thor. Este detuvo el ataque del monstruo flamígero con una tormenta de una magnitud sin precedentes. La tormenta eléctrica fue tan explosiva que cortó la conexión de Knull con Grendel y el resto de los sirvientes cuya mente controlaba.

«¡Detenedlo! ¡Detened a Grendel!» Guerrero vikingo

Escindidos de la mente colmena, los simbiontes buscaron nuevos huéspedes, se unieron a criaturas de mundos diversos y desarrollaron su propia cultura independiente. Algunos incluso se volvieron contra Knull y lo aprisionaron en el centro de un planeta artificial al que habían dado forma a partir de su propia masa amorfa de cuerpos. Este mundo vino a conocerse como Klyntar («jaula» en el idioma simbionte).

A lo largo de los siglos, varios miembros de la raza simbionte quisieron redimirse protegiendo al mismo universo al que antaño habían aterrorizado en nombre del dios oscuro. Con el tiempo, también a ellos se los acabó conociendo como los Klyntar, y Knull fue olvidado. Pero la verdad no podía permanecer enterrada para siempre, y los eventos se confabularon para despertar a Knull de su letargo forzoso y desatar a un Grendel resucitado sobre el mundo moderno.

Un monstruo liberado
Cuando el mítico dragón Grendel resucitó en la era moderna, arrasó las calles de Nueva York.
Venom #2 (ago. 2018)

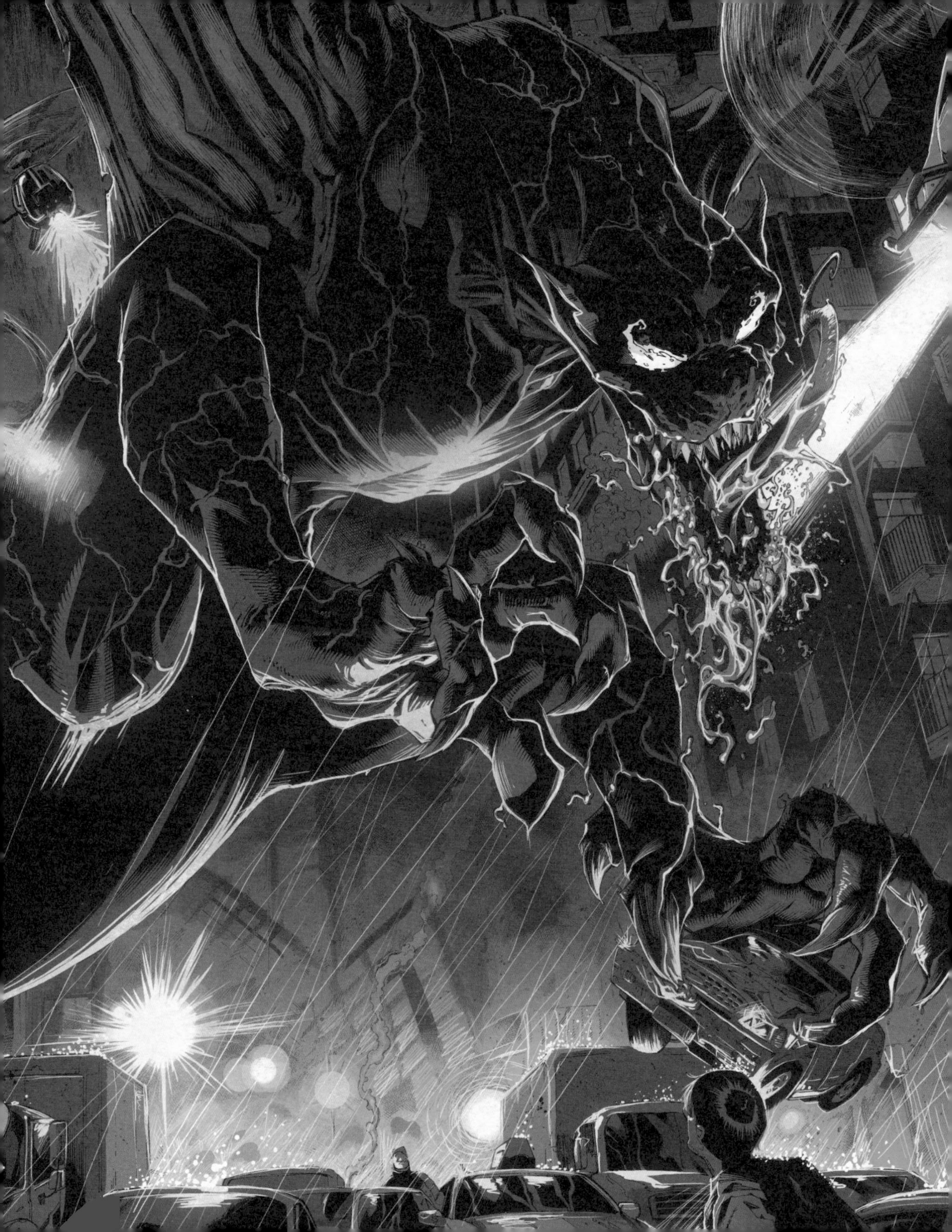

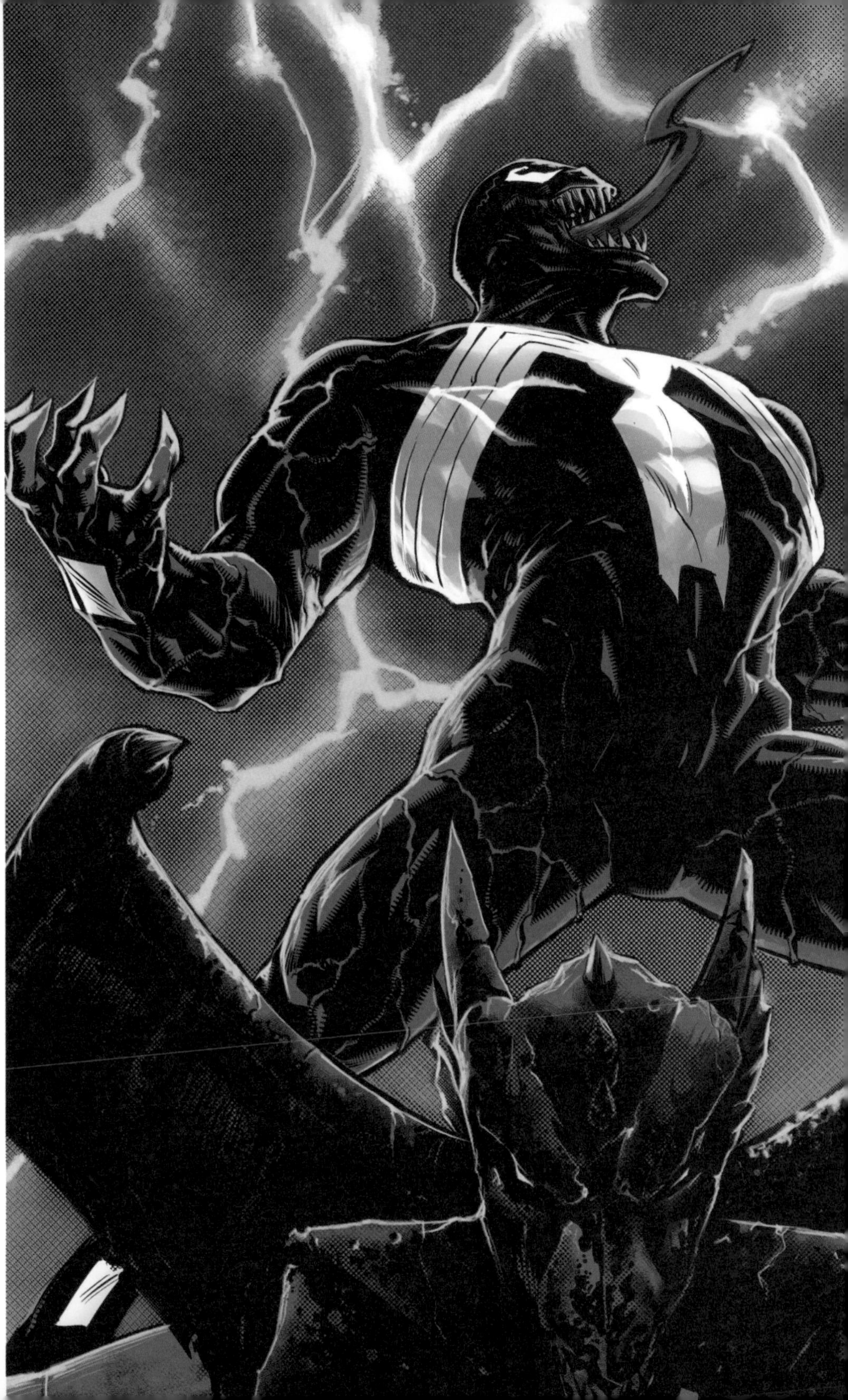

En la época de la guerra de Vietnam, agentes de SHIELD desenterraron el cuerpo de Grendel y usaron sus propiedades simbióticas para crear un pequeño equipo de Sym-Soldiers de eficiencia letal. Al final del conflicto en la jungla, los soldados mejorados fueron puestos en estado de suspensión criogénica, pero despertaron brevemente en el presente. Knull, que se estaba despertando lentamente en su prisión viva, detectó la resurrección y estableció un vínculo psíquico con ellos a través del vasto espacio. El dios oscuro tomó el control de los Sym-Soldiers y proyectó su propia esencia en la forma inerte de Grendel. Llevando al dragón como avatar, Knull emprendió el vuelo sobre Manhattan para disfrutar de su recién recuperada libertad y prometió lanzar una lluvia de fuego sobre la ciudad.

«Me convertí en la mente colmena. En el dios-huésped.»

Knull

Como una llama a una polilla, Grendel atrajo al experiodista Eddie Brock, que compartía desde hacía años su vida con un simbionte de Klyntar. Unidos tanto emocional como físicamente, ejercían de justiciero callejero bajo la forma del poco convencional héroe Veneno. Habitualmente, el simbionte cubría a su huésped adoptando la forma de un traje negro como la noche y le otorgaba poderes semejantes a los del héroe Spiderman. Sin embargo, ahora el simbionte actuaba de forma impredecible. Impulsado por una antigua memoria atávica, sentía el anhelo de unirse a Grendel y formar parte de la reanimada mente colmena.

El auge de Veneno
Eddie Brock se fusionó con un simbionte alienígena y se convirtió en el monstruoso antihéroe Veneno, que impartía su severa justicia callejera en Nueva York.
Venom #1 (jul. 2018)

Aunque el simbionte resistió la llamada durante un tiempo, Brock temía perder pronto a su socio alienígena como consecuencia de la influencia de la mente colmena. Además, estaba horrorizado por la destrucción que Grendel dejaba a su paso por las calles de Nueva York. Brock decidió pasar a la ofensiva con la ayuda de Miles Morales, un héroe adolescente que compartía la identidad de Spiderman con Peter Parker.

Los simbiontes eran especialmente vulnerables a los sonidos cacofónicos, y Brock esperaba que los «rayos venenosos» únicos de Morales fueran lo bastante potentes para derrotar a Grendel. Por desgracia, el monstruo se recuperó casi inmediatamente del asalto sónico de Spiderman. Knull era cada vez más fuerte y ahora se podía manifestar en la Tierra, por lo que, aunque su cuerpo seguía atrapado en Klyntar, su conciencia apareció ante los sorprendidos Brock y Morales. Se burló de ellos y les reveló que su plan último consistía en hacer volar a Grendel hasta los confines del espacio y liberar a su forma corpórea del encierro.

Brock se dio cuenta de que el poder de Knull se multiplicaba sin cesar y de que el dios oscuro era una amenaza para toda la creación y no solo para la Tierra, por lo que decidió huir en lugar de enfrentarse a él directamente y se llevó consigo a Morales, que había quedado debilitado después del lanzamiento del rayo venenoso. Mientras Morales se recuperaba, Brock se armó con un enorme arsenal de explosivos y regresó a la lucha. Detonó su carga y la explosión fue lo bastante potente para aturdir a Grendel; entonces Brock lo encerró en un alto horno y lo quemó vivo. Esto rompió el vínculo de Knull con la Tierra y dejó al dios oscuro atrapado y sumido en su ira cósmica. Brock había ganado la batalla y salvado al mundo, pero ahora Knull estaba completamente despierto. Un dios primigenio había resucitado en la era moderna.

Fauces letales
Veneno se enfrentó a las enormes fauces
y los afilados dientes de Grendel con la
intención de detonar un enorme arsenal de
explosivos y aturdir al monstruo baboso.
Venom #6 (nov. 2018)

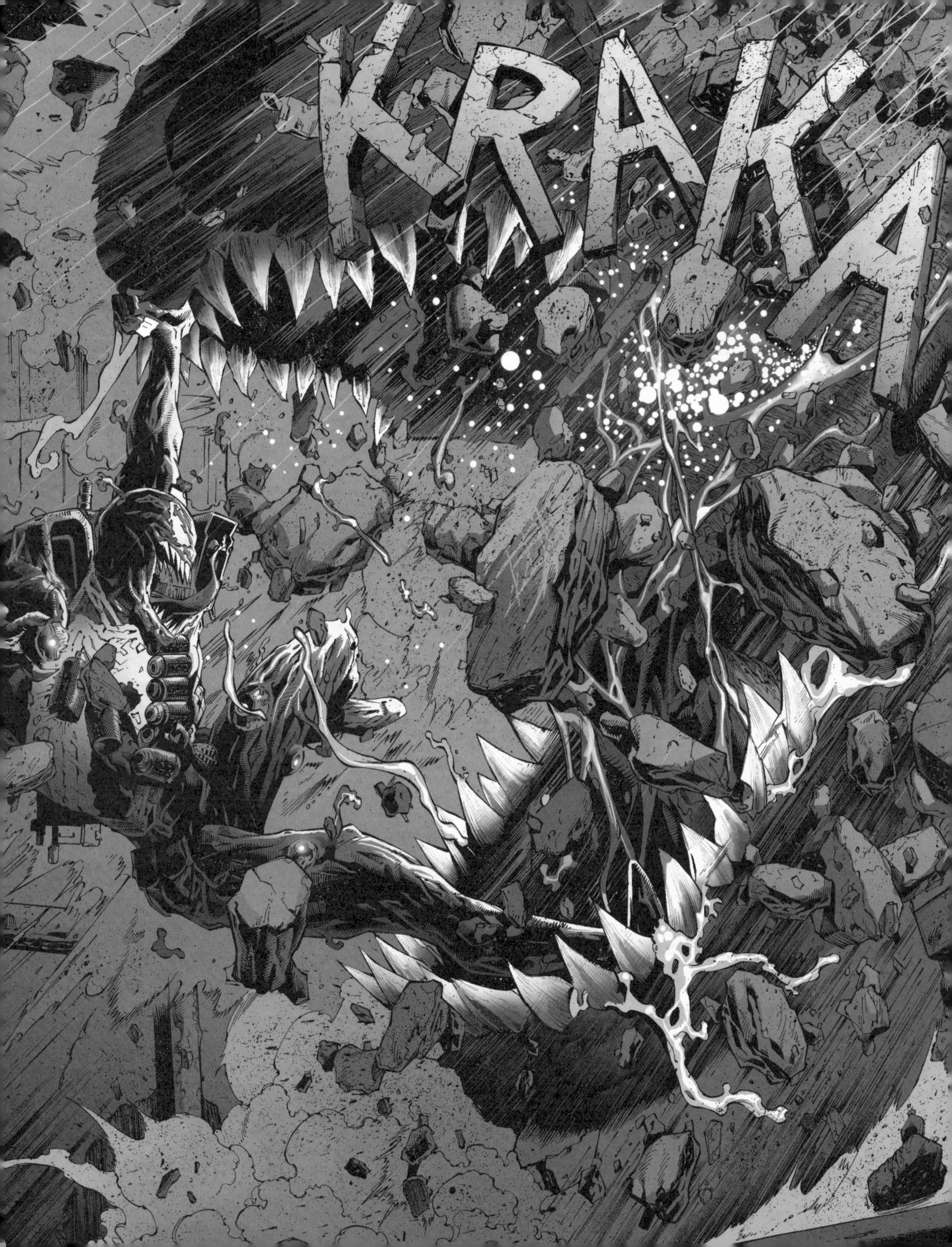
KRAKA

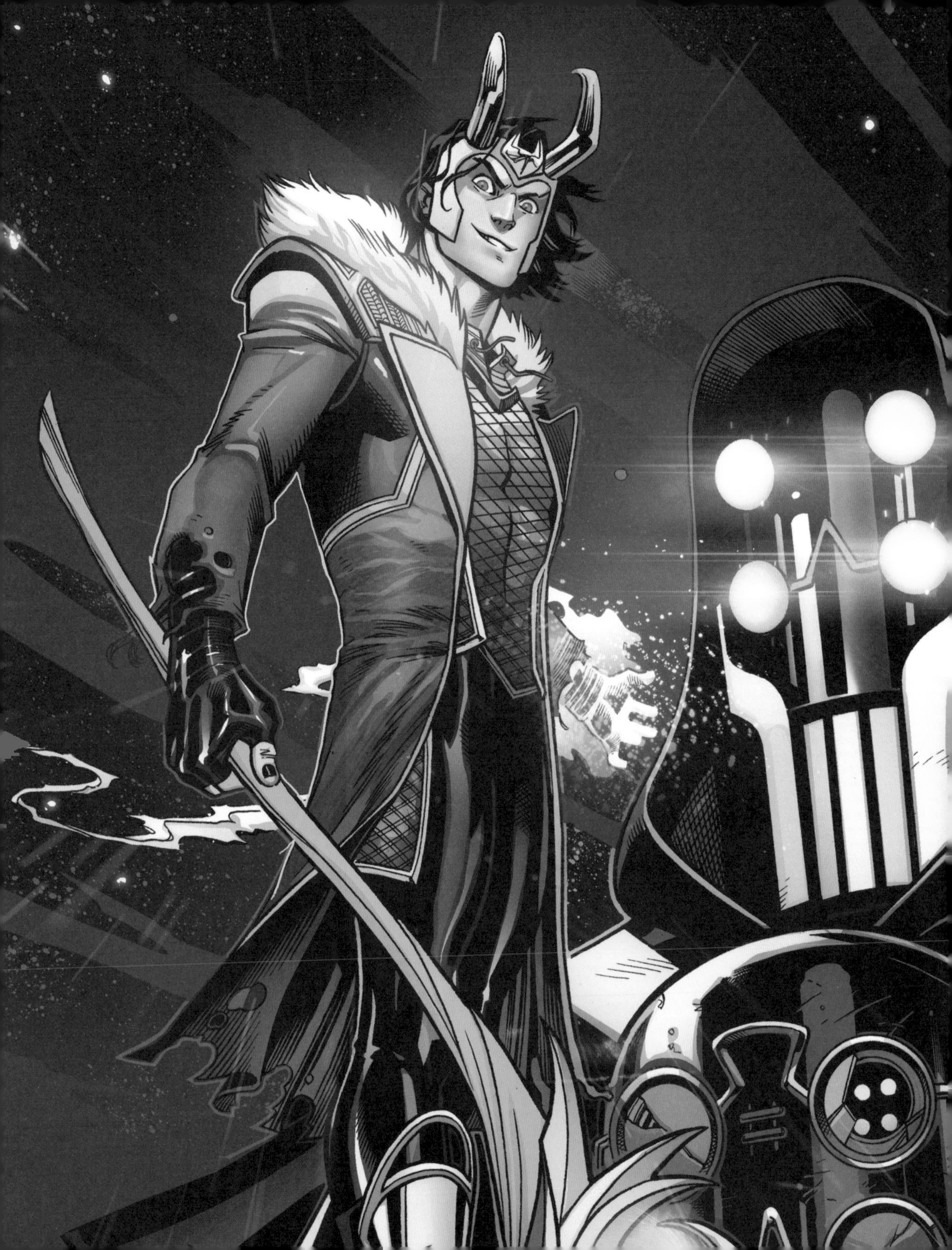

La Hueste Final

Cuando los Celestiales Oscuros descendieron del espacio, se reveló el destino definitivo de la humanidad, y un nuevo equipo de Vengadores se forjó entre las llamas de un conflicto que había prendido en el pasado prehistórico.

Odín, el Padre de Todos, disfrutaba entreteniendo a la corte de Asgard con las historias de sus hazañas, que hablaban de monstruos masacrados y de expediciones épicas, de compatriotas heroicos y de malvados enemigos. Con el tiempo, esas historias se convirtieron en algo tan familiar para los asgardianos como los eventos cotidianos de sus propias vidas. Por eso, muchos dioses dejaron de atender cuando Odín repetía la narración de alguna de sus épicas sagas. No así Loki, que, despreciado por la nobleza de Asgard, permanecía sentado, absorbiendo hasta la última palabra. Así supo de las aventuras de su padre adoptivo en la Tierra primigenia y de cómo los Vengadores prehistóricos habían acabado con el Celestial enajenado Zgreb y enterrado su cuerpo en el subsuelo.

En la era moderna, Loki pudo al cabo dar un fin práctico a su conocimiento. Iba a robar la energía del Celestial caído, pero descubrió que no estaba muerto: había permanecido aletargado, mantenido vivo artificialmente por la infección de la Horda alienígena que se extendía en su interior. De hecho, esta había proliferado como el insecto que era y había ido más allá del cuerpo del Celestial, creando una red de nidos subterráneos. Loki reanimó a Zgreb y se lo llevó al espacio exterior. Juntos buscaron a otros Celestiales, que sucumbieron ante la Horda y fueron transformados en caricaturas malévolas de sí mismos: los Celestiales Oscuros.

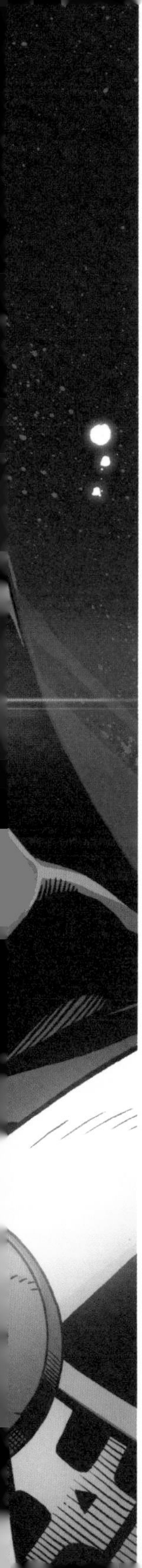

Extendiendo la oscuridad
Loki contribuyó a crear una nueva raza de Celestiales Oscuros y llevó a la Tierra a la Hueste Final para que erradicara a la humanidad.
Avengers #2 (jul. 2018)

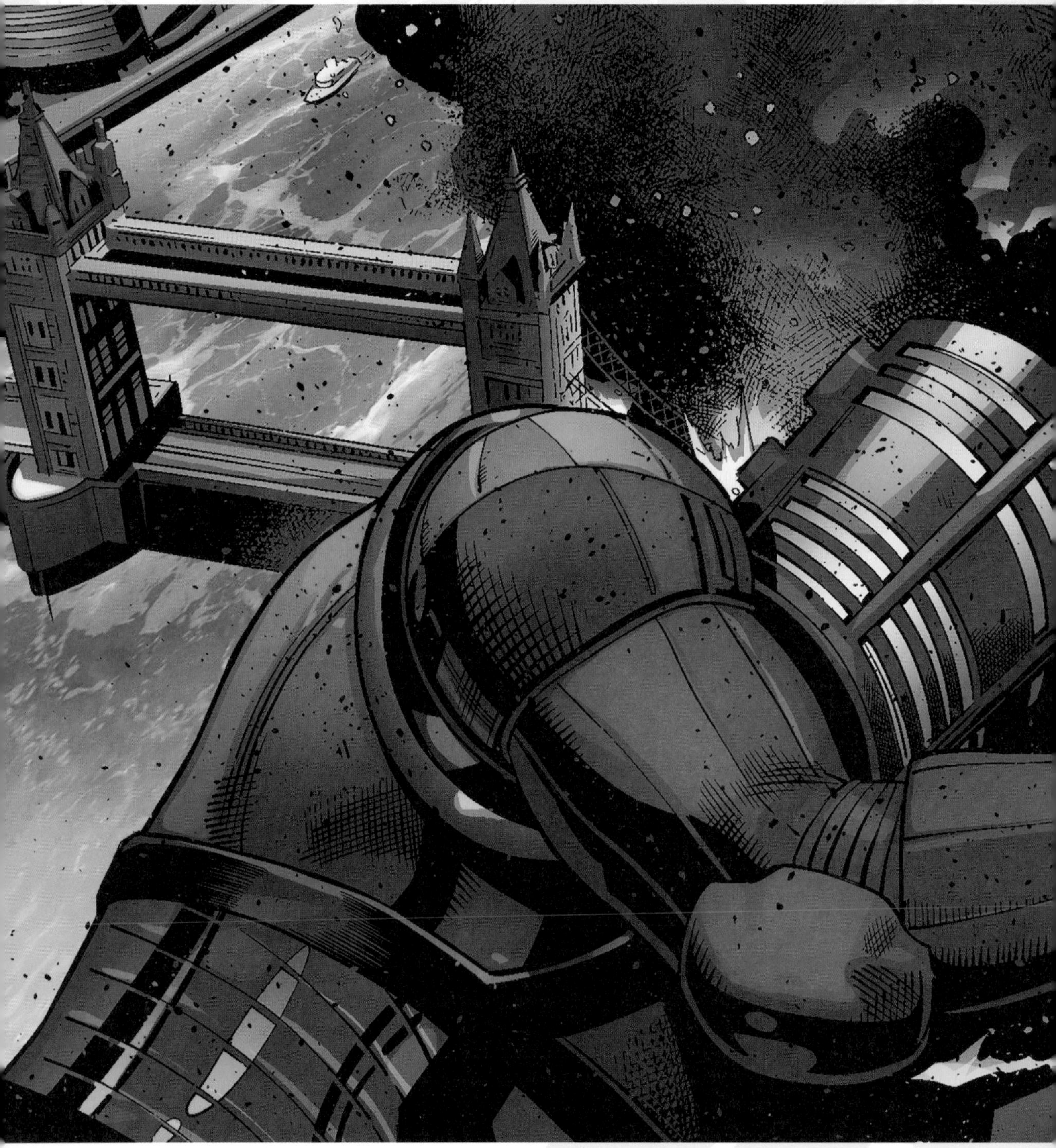

Aquellos que se resistieron a la transformación fueron asesinados y arrojados sobre la Tierra, causando destrucción y sembrando el pánico.

Ante la emergencia, el Capitán América instó a Iron Man y a Thor a unirse a él en un equipo de Vengadores reformado. El equipo anterior se había escindido recientemente, pues la tensión de tantas crisis existenciales había acabado por romper los vínculos de camaradería. Ahora, el Capitán América pedía a sus amigos que dejaran a un lado las diferencias y lideraran con el ejemplo. Las palabras del héroe veterano inspiraron a Iron Man y a Thor, que accedieron a su ruego. Los Vengadores habían vuelto a nacer. El Capitán Marvel, energizado por fotones, se unió al nuevo equipo, que hizo todo lo posible para limitar el daño que provocaban los dioses espaciales al caer.

Los Vengadores descubrieron pronto que Eson, uno de los Celestiales caídos, no había muerto, aunque sí estaba herido y yacía a lo ancho del río Hudson. Antes de que los héroes hubieran podido decidir qué hacer, Loki y los Celestiales Oscuros se cernieron sobre Nueva York. El dios de la mentira anunció que había llegado la hora de la Hueste Final y que había traído a los Celestiales Oscuros para que eliminaran a la molesta plaga que era la humanidad. En la breve batalla que siguió, Loki y los Celestiales Oscuros derrotaron con facilidad a los Vengadores y se retiraron a la lejana Siberia para poner en marcha sus planes genocidas.

Dioses caídos
El monumental Arishem fue uno de los numerosos dioses espaciales que cayeron sobre la Tierra como preludio de la invasión de los Celestiales Oscuros.
Avengers #5 (sep. 2018)

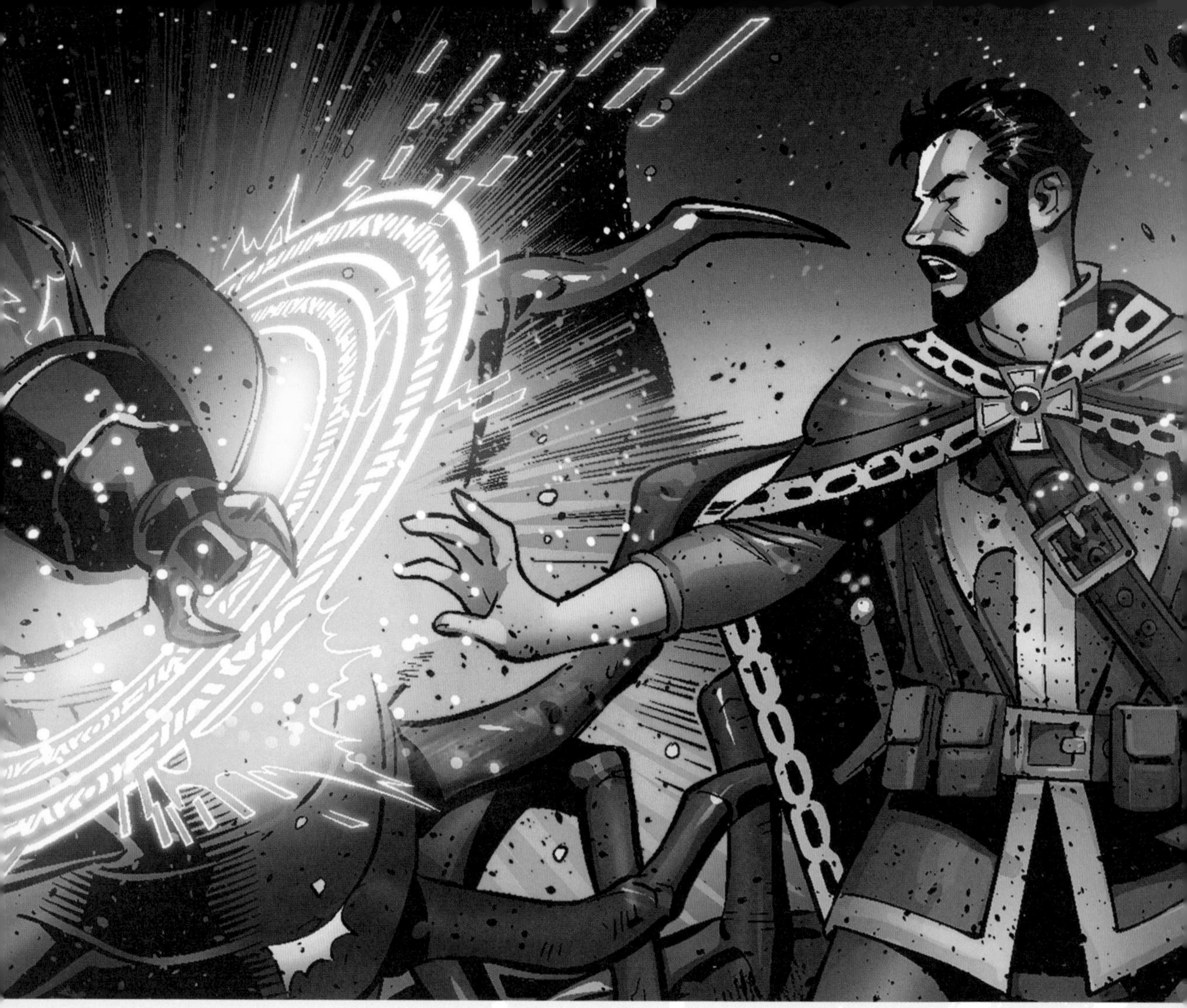

Mientras tanto, en su guarida, la Horda, perturbada por la retirada de Zgreb, había empezado a horadar un túnel hacia la superficie del planeta. Al parecer, la Tierra iba a ser atacada desde dentro así como desde fuera. Avisado de la amenaza de la Horda, Pantera Negra acudió al Doctor Extraño para que ayudara a invertir la terrible situación. Aunque el Hechicero Supremo manifestó su apoyo total a la misión, advirtió que aún no había recuperado todas sus fuerzas después del reciente ataque de los empirikul. La magia estaba regresando a la Tierra, pero muy lentamente. Algunos hechizos funcionaban; otros resultaban absolutamente inútiles. De hecho, luego se supo que la reducción de la energía mágica había debilitado a los

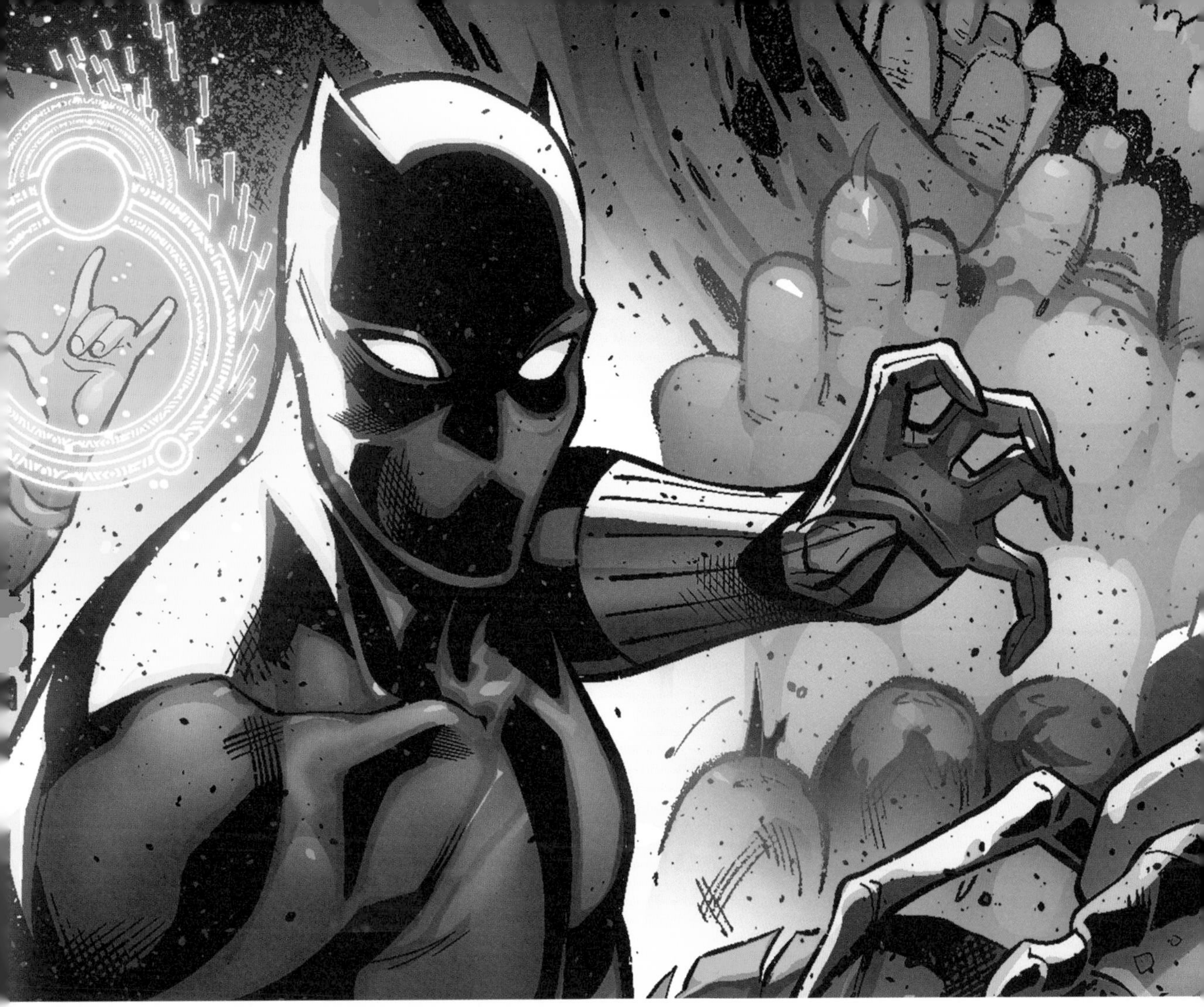

guardias místicos que Agamotto había dispuesto en torno a la tumba de Zgreb, lo que había contribuido a que la Horda se pudiera mover con más libertad que en el pasado.

El Doctor Extraño y Pantera Negra se introdujeron en el subsuelo para enfrentarse a los insectos alienígenas, pero pronto se vieron superados por las numerosas criaturas. Lejos de allí, en Nueva York, el Celestial Eson percibió las dificultades de los héroes y usó los vestigios de su poder para transportar a Hulka desde un parque cercano a la batalla subterránea. Se unió a ella el Motorista Fantasma, empujado a la acción tras un encontronazo con la Horda. Juntos salvaron al Hechicero Supremo y al rey de Wakanda de una muerte segura.

Resistencia subterránea
Pantera Negra y el Doctor Extraño se encontraron con la Horda mientras investigaban una perturbación subterránea, y lucharon valientemente para contener al enjambre de insectos.
Avengers #3 (ago. 2018)

Los cuatro héroes regresaron a Nueva York, donde se unieron a los Vengadores en un intento desesperado de detener a los Celestiales Oscuros. Iron Man y el Doctor Extraño volaron al Olimpo para consultar a Ikaris y a sus compañeros divinos. Pero, cuando llegaron, se encontraron con que la mayoría de los eternos habían muerto. Con su último aliento, Ikaris explicó que su raza había sucumbido ante la enajenación suicida desencadenada por el sacrificio masivo de Celestiales a manos de Loki. Falleció en brazos de Iron Man mientras pronunciaba unas crípticas palabras acerca de la Uni-Mente y la salvación de la humanidad.

En otro lugar, Thor y Hulka acudieron a Odín en busca de ayuda. El Padre de Todos les dio acceso a la fabulosa sangre de Ymir y les advirtió que el fluido vital del legendario gigante de hielo no garantizaba la victoria de los Vengadores sobre sus enemigos, pero que, al menos, haría que su muerte fuera «mucho más espectacular».

«Si caemos, caemos juntos.»

Thor Odinson

Los Vengadores se reunieron y siguieron a los Celestiales Oscuros hasta Siberia. Iron Man vestía una armadura colosal, la Godkiller MK II, mientras que Thor y Hulka bebieron la sangre de Ymir para alcanzar la estatura de los Celestiales Oscuros. La potencia del Motorista Fantasma también aumentó significativamente cuando abandonó su vehículo para pilotar el cuerpo de un Celestial muerto. Con todo, estos Vengadores aumentados seguían estando en franca inferioridad numérica, aún más evidente cuando los Celestiales Oscuros incrementaron sus filas al reanimar los cadáveres de los Celestiales caídos.

Vengadores reunidos
Un nuevo equipo de Vengadores se reunió para defender al mundo de la amenaza que los Celestiales Oscuros suponían para su existencia.
Avengers #1 (jul. 2018)

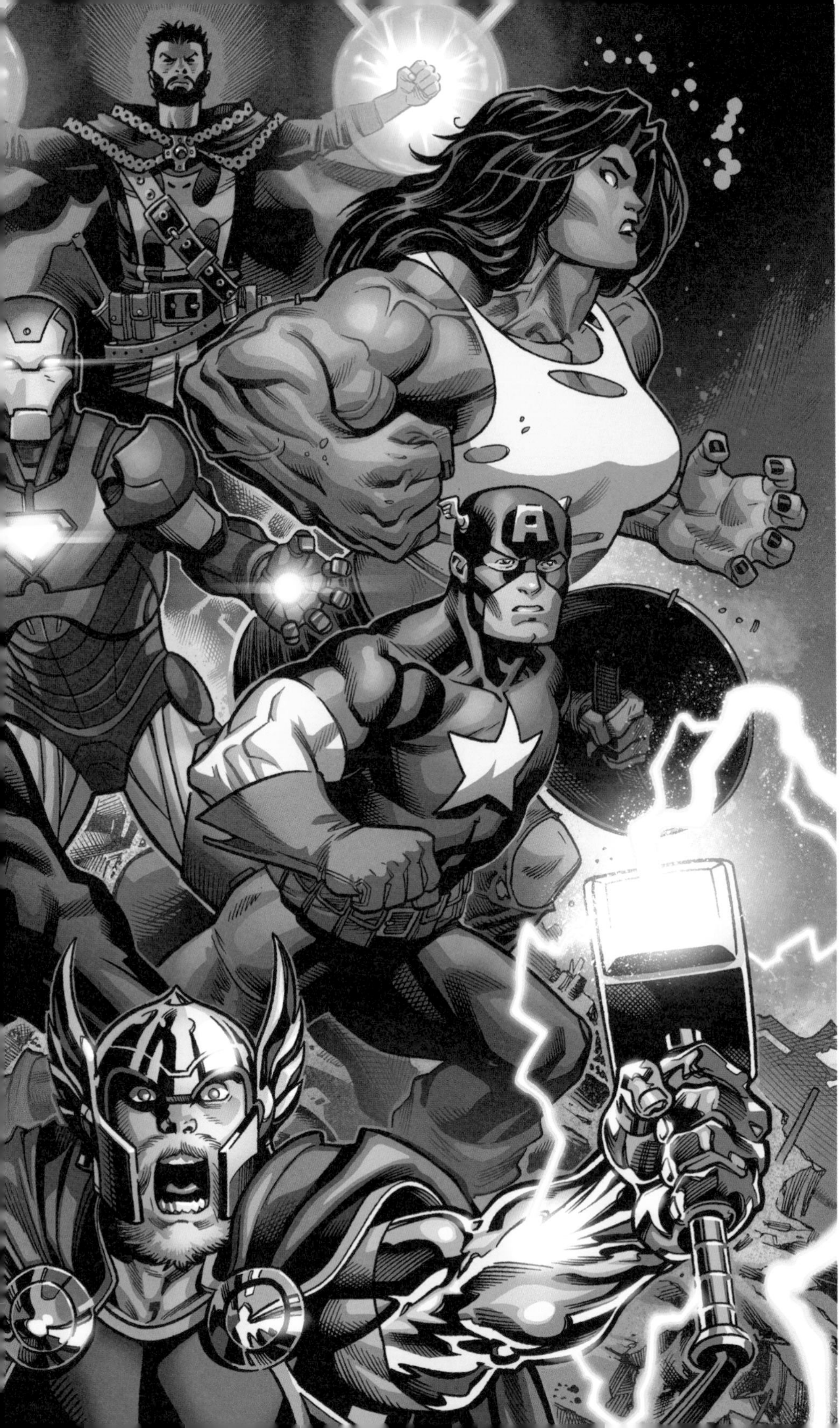

Cuando todo parecía perdido, una sugestión poshipnótica que el moribundo Ikaris había introducido en la mente de Iron Man se activó de repente. El Vengador había obtenido un acceso temporal al poder de la Uni-Mente, que utilizó para unirse telepáticamente a sus compañeros y canalizar su fuerza en el gigantesco Motorista Fantasma. Cuando el Capitán América le pidió que salvara al mundo, el Motorista Fantasma liberó la energía acumulada de sus camaradas en un solo y potentísimo disparo. La onda expansiva resultante derribó a los Celestiales Oscuros y mató a la Horda.

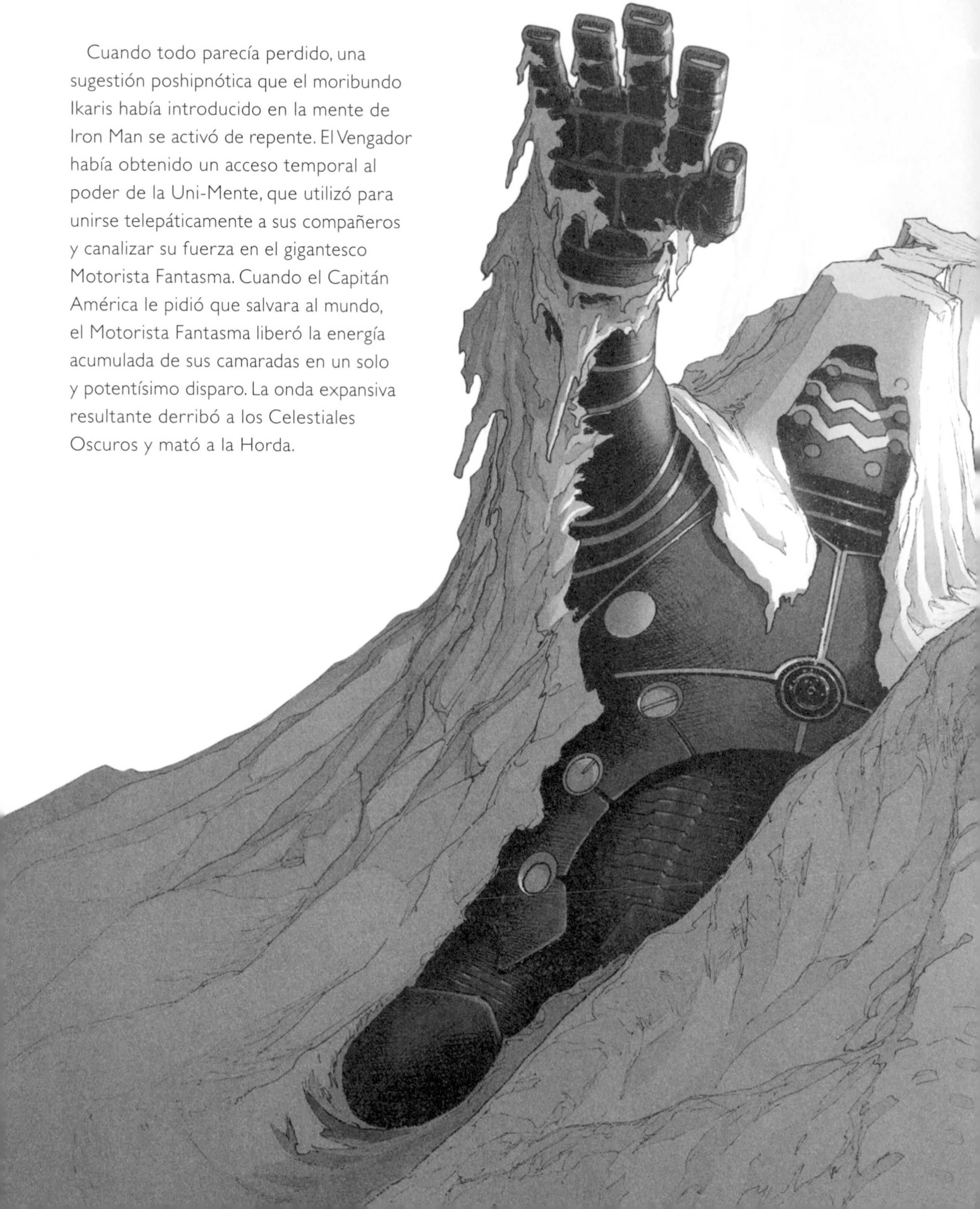

La tormenta de energía resucitó a los Celestiales y, ahora que controlaban de nuevo su propio destino, se unieron a los Vengadores contra los Celestiales Oscuros y los ayudaron a capturar a Loki. Tras la victoria se supo que este había sido el plan de los Celestiales desde el principio. Habían detectado que la Horda había infectado el mundo ya en la antigüedad y habían interferido en la vía evolutiva de la humanidad para potenciar el gen superhumano latente y asegurarse de que, algún día, la Tierra produjera una rama única de poderosos individuos. Los Vengadores eran el producto final de ese plan y constituían un grupo lo suficientemente fuerte como para poner fin a la letal amenaza de la Horda.

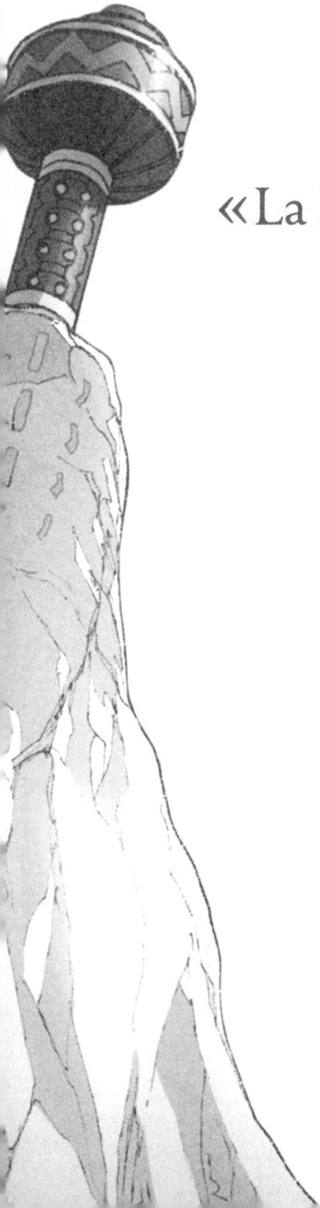

«La Hueste Final ha sido derrotada.»

Capitán América

Los Celestiales abandonaron la Tierra con Loki y los Celestiales Oscuros como prisioneros, pero, antes de partir, entregaron un regalo a los Vengadores. Alzaron el cuerpo del Celestial Progenitor del subsuelo del Polo Norte, donde había yacido, imperturbable, desde la formación del planeta. Ciertamente, la muerte del Progenitor, antes incluso del principio de la historia, había dado lugar a la era moderna de Súper Héroes, ya que las energías cósmicas del dios espacial habían hecho de la Tierra un terreno abonado para el nacimiento de seres con superpoderes. Ahora la armadura vacía del Progenitor hallaría un propósito nuevo como cuartel general de los Vengadores. Esa reliquia empírea del pasado mítico contribuiría a perpetuar la leyenda de los héroes más poderosos de la Tierra.

Refugio de montaña
La armadura del Progenitor, muerto hacía tiempo, se convirtió en el nuevo cuartel general del equipo: el Monte Vengadores.
Avengers #8 (nov. 2018)

ÍNDICE

Los números de página en *cursiva* remiten a ilustraciones.

Edición sénior Cefn Ridout
Edición de arte sénior Clive Savage
Diseño Lisa Sodeau
Revisión Kathryn Hill
Producción editorial Siu Yin Chan
Coordinación de producción Louise Minihane
Coordinación editorial Sarah Harland
Coordinación de arte Vicky Short
Coordinación de publicaciones Julie Ferris
Dirección de arte Lisa Lanzarini
Dirección de publicaciones Mark Searle
Ilustración de cubierta Tom Whalen

De la edición en español
Coordinación editorial Lakshmi Asensio
Asistencia editorial y producción Malwina Zagawa

Publicado originalmente en Gran Bretaña
en 2020 por Dorling Kindersley Limited
DK, One Embassy Gardens,
8 Viaduct Gardens, London SW11 7BW

Parte de Penguin Random House

© 2022 MARVEL

Título original: *Marvel Myths and Legends*
Primera edición 2022
Traducción en español 2022 Dorling Kindersley Limited

Servicios editoriales: deleatur, s.l.
Traducción: Montserrat Asensio Fernández

ISBN: 978-0-7440-5967-0

Impreso en China

AGRADECIMIENTOS
DK desea expresar su agradecimiento a James Hill por su texto y experiencia;
a Brian Overton, Caitlin O'Connell, Jeff Youngquist y Joe Hochstein de Marvel
por su ayuda y consejos; a Alastair Dougall por su asesoramiento editorial;
a Jon Hall y David McDonald por su ayuda en el diseño; a Julia March por
la corrección de pruebas; y a Vanessa Bird por la creación del índice.

Para mentes curiosas
www.dkespañol.com

MIXTO
Papel procedente de
fuentes responsables
FSC™ C018179

Este libro se ha impreso con papel certificado
por el Forest Stewardship Council™ como parte
del compromiso de DK por un futuro sostenible.
Para más información, visita:
www.dk.com/our-green-pledge